Dulce tentación

DULCE TENTACIÓN

Cora **Reilly**

TRADUCCIÓN DE
Yuliss M. Priego y Tamara Arteaga

CHIC

Primera edición: enero de 2022
Título original: *Sweet Temptation*

Diseño de cubierta: Hang Le

Publicado por Chic Editorial
C/ Aragó, n.º 287, 2.º 1.ª
08009, Barcelona
chic@chiceditorial.com
www.chiceditorial.com

ISBN: 978-84-17972-65-3
THEMA: FR
Depósito Legal: B 544-2022
Preimpresión: Taller de los Libros
Impresión y encuadernación: Liberdúplex
Impreso en España — *Printed in Spain*

PRÓLOGO

Cassio

Miré mis manos cubiertas de sangre y, después, el cuerpo sin vida de mi mujer. Cerré la puerta despacio, por si a Daniele le daba por volver. No tenía por qué regresar a ver esto. Las rosas rojas que la asistenta había comprado para Gaia como regalo de nuestro octavo aniversario estaban aplastadas junto al cuerpo sin vida. Rosas rojas, a juego con la sangre que manchaba las sábanas y su vestido blanco.

Cogí el móvil y llamé a mi padre.

—Cassio, ¿no habías reservado para cenar con Gaia?

—Gaia está muerta.

Se produjo un silencio.

—Repite eso.

—Gaia está muerta.

—Cassio…

—Necesito que alguien venga a limpiar esto antes de que los niños lo vean. Mándame a un equipo de limpieza y avisa a Luca.

UNO

Cassio

Cuando tu mujer muere, se espera que sientas tristeza y desesperación, pero yo solo sentí rabia y resentimiento al ver el ataúd descendiendo en el interior de la tumba.

Gaia y yo llevábamos casados ocho años. El día de nuestro aniversario, la muerte acabó con nuestro matrimonio. Un final adecuado para una relación que había estado condenada desde el principio. Tal vez fuera cosa del destino que ese fuese el día más caluroso del verano: el sudor perlaba mi frente y mis sienes, pero no parecía que las lágrimas fueran a unirse a la fiesta.

Mi padre me apretó el hombro. ¿Para evitar derrumbarse él o para que no lo hiciera yo? Su piel se había tornado pálida desde su tercer infarto, y la muerte de Gaia tampoco había ayudado. Me miró a los ojos, preocupado; los suyos estaban nublados por cataratas. Parecía más marchito a cada día que pasaba. Y, cuanto más se debilitara él, más fuerte tendría que ser yo. Si parecías vulnerable, la mafia te comía vivo.

Le dediqué un ligero asentimiento y me volví de nuevo hacia la tumba con expresión imperturbable.

Todos los segundos de la *famiglia* estaban presentes. Hasta Luca Vitiello, nuestro capo, había venido desde Nueva York con su mujer. En los rostros de todos, el gesto solemne: máscaras perfectas, como la mía. No tardarían en venir a darme el pésame, a susurrarme falsas palabras de consuelo, tan pronto como los rumores acerca de la prematura muerte de mi esposa comenzaran a propagarse.

Me alegraba que ni Daniele ni Simona fueran lo bastante mayores para entender nada de lo que se decía. No eran conscientes de que su madre había muerto. Con dos años, Daniele ni siquiera alcanzaba a comprender el significado y la extensión de la palabra *muerte.* Y Simona… se había quedado sin madre con tan solo cuatro meses de edad.

Una nueva oleada de furia recorrió todo mi cuerpo, pero logré apaciguarla. Pocos de los hombres que me rodeaban eran amigos; la mayoría solo buscaba en mí algún indicio de debilidad. Yo era un joven segundo de la mafia; demasiado joven a ojos de muchos, pero Luca confiaba en mí para gobernar Filadelfia con mano dura. Y yo no iba a decepcionarlo; ni a él, ni a mi padre.

Tras el funeral, nos reunimos en mi mansión para el almuerzo. Sybil, la asistenta, me tendió a Simona. La pequeña se había pasado toda la noche llorando, pero en ese momento dormía profundamente en mis brazos. Daniele se aferró a mi pierna, confuso y perdido. Era la primera vez que buscaba mi cercanía desde la muerte de Gaia. Sentía las miradas de compasión sobre mí y a mi alrededor. Solo, con dos niños pequeños, un segundo tan joven…; todos buscaban lo mismo: cualquier grieta en mi fachada, por mínima que fuera.

Mi madre se acercó con una sonrisa triste y tomó a Simona de mis brazos. Se había ofrecido a cuidar de mis hijos, pero tenía sesenta y cuatro años y ya se ocupaba de mi padre. Mis hermanas se congregaron a nuestro alrededor y arrullaron a Daniele. Mia lo cogió en brazos y lo estrechó con fuerza contra su pecho. Ellas también me habían ofrecido su ayuda, pero todas tenían hijos propios a los que cuidar y, a excepción de Mia, tampoco vivían cerca.

—Se te ve cansado, hijo —comentó mi padre con voz queda.

—No he podido dormir mucho estas últimas noches.

Desde la muerte de su madre, ni Daniele ni Simona habían dormido más de dos horas seguidas a la vez. La imagen del vestido ensangrentado de Gaia cruzó mi mente, pero la aparté enseguida.

—Deberías buscar otra madre para tus hijos —dijo mi padre, que se apoyaba pesadamente en su bastón.

—¡Mansueto! —exclamó mi madre por lo bajo—. Acabamos de enterrar a Gaia…

Él le palmeó el brazo, pero me miró a mí. Sabía que yo no necesitaba llorar a Gaia, pero debíamos mantener el decoro.

Eso sin mencionar el hecho de que yo no estaba muy seguro de querer a otra mujer en mi vida. Sin embargo, lo que yo quisiera era irrelevante. Todos y cada uno de los aspectos de mi vida habían sido dictados por férreas reglas y tradiciones.

—Los niños necesitan a una madre, y tú también necesitas a alguien que cuide de ti —insistió mi padre.

—Gaia nunca cuidó de él —murmuró Mia.

Ella tampoco había perdonado a mi difunta esposa.

—Este no es ni el momento ni el lugar —la corté.

Ella cerró la boca de golpe.

—Imagino que ya tendrás a alguien en mente para Cassio —le dijo Ilaria, la mayor de mis hermanas, a mi padre.

—No habrá capitán o segundo con hija casadera que no haya hablado ya con papá —dijo Mia en voz baja.

Mi padre todavía no me había comentado nada al respecto, porque sabía que yo no le habría escuchado. Sin embargo, probablemente Mia tuviera razón. Yo era un partidazo: el único segundo soltero en la *famiglia*.

Luca y su mujer, Aria, se aproximaron. Pedí silencio a mi familia con un gesto. Luca me estrechó la mano de nuevo y Aria sonrió a mis hijos.

—Si necesitas alejarte de tus obligaciones por un tiempo, dímelo —propuso él.

—No —le espeté.

Si renunciaba entonces a mi posición, jamás la recuperaría. Filadelfia era mi ciudad, y sería yo quien mandara sobre ella.

Luca inclinó la cabeza.

—Sé que no es un buen día para tratar estos asuntos, pero mi tío Felix ha hablado conmigo.

Mi padre asintió, como si supiera qué era lo que Luca iba a decir.

—Es una idea razonable.

Hice un ademán con el brazo para que me siguieran al jardín.

—¿De qué se trata?

—Si no conociera las circunstancias de la muerte de tu esposa, no habría sacado el tema hoy. Es irrespetuoso.

Luca solo sabía lo que yo le había contado.

Mi padre negó con la cabeza.

—No podemos esperar el año habitual. Mis nietos necesitan una madre.

—¿Qué querías tratar conmigo? —pregunté a Luca, cansado de mi padre y de que supiera de qué iba el tema sin haberme dicho nada.

—Mi tío Felix tiene una hija que no está prometida a nadie; podría ser tu esposa. Una unión entre Filadelfia y Baltimore fortalecería tu poder, Cassio —explicó Luca.

Felix Rizzo gobernaba Baltimore como segundo. Se había ganado el puesto al casarse con una de las tías de Luca —y no porque fuera bueno en su trabajo—, pero era un hombre tolerable. No recordaba a su hija.

—¿Por qué no la ha casado todavía?

Como hija de un alto cargo sin vínculos consanguíneos con la *famiglia,* la chica debería llevar años prometida a alguien de dentro..., a menos que tuviera alguna tara.

Luca y mi padre intercambiaron una mirada que hizo saltar todas mis alarmas.

—Estuvo prometida al hijo de un capitán, pero lo mataron el año pasado en un ataque de la Bratva.

Mi padre reparó de inmediato en mi expresión preocupada y añadió:

—Ella no lo conocía. Solo lo había visto una vez, cuando tenía doce años.

Había más.

—Podrías casarte con ella a principios de noviembre. Así, la boda no estaría tan próxima al funeral de Gaia.

—¿Por qué noviembre?

—Es cuando cumplirá los dieciocho —reveló Luca.

Los miré fijamente a ambos. ¿Habían perdido la cabeza?

—¡Le saco casi catorce años a esa niña!

—Dadas las circunstancias, es la mejor opción, Cassio —imploró mi padre—. El resto de hijas de altos cargos disponibles son todavía más jóvenes, y dudo mucho que quieras casarte con una viuda, teniendo en cuenta tus experiencias pasadas.

Endurecí la expresión.

—Hoy no es el día adecuado para hablar de este tema.

Luca inclinó la cabeza.

—No lo pospongas demasiado. Felix quiere encontrarle un marido a Giulia lo antes posible.

Asentí bruscamente y regresé dentro. Mi madre estaba tratando de calmar a Simona, que había empezado a llorar, y Mia salía del salón con Daniele en pleno berrinche. Necesitaba una esposa. Y, sin embargo, ese día no tenía la energía mental suficiente para tomar esa clase de decisión.

Faro me entregó un martini antes de hundirse en el sillón que quedaba frente al mío en mi despacho.

—Tienes un aspecto de mierda, Cassio.

Le dediqué una sonrisa tensa.

—Otra noche sin dormir.

Me lanzó una mirada desaprobadora mientras daba un sorbo a su copa.

—Dile que sí a Rizzo. Necesitas una esposa, y podrías tenerla en menos de cuatro meses. Él se muere por tenerte en su familia y salvar así su penoso culo; de lo contrario, no habría esperado todas estas semanas a que te aclarases. Estoy seguro de que, a estas alturas, ya podría haberle encontrado otro marido a su hija.

Apuré medio martini de un solo trago.

—Le saco casi catorce años. ¿Te das cuenta de que estaré esperando a que esa niña cumpla los dieciocho?

—Entonces tendrás que casarte con una viuda. ¿De verdad quieres a una mujer que ya haya estado con otro hombre, después de lo de Gaia? —preguntó en voz queda.

Hice una mueca. La mayoría de los días trataba de olvidar a Gaia, e incluso Daniele había dejado de preguntar por su madre, tras comprender que no iba a volver. Se había vuelto terriblemente callado desde entonces, jamás decía una sola palabra.

—No —repliqué con dureza—. Nada de viudas.

No era solo que no quisiera arriesgarme a repetir la misma historia, sino que, además, todas las viudas del mercado tenían hijos, y yo no quería que los míos tuvieran que compartir su atención con nadie. Mis hijos necesitaban todos los cuidados y el amor posibles. Estaban sufriendo y, por mucho que me esforzara, yo no era la persona adecuada para dárselos.

—Por el amor de Dios, llama a Rizzo. ¿Cuál es el problema? La chica pronto será mayor de edad.

Le lancé una mirada.

—Otros hombres matarían por tener la oportunidad de disfrutar una vez más de una jovencita *sexy* en la cama y, aun así, tú vas y te haces la víctima cuando se te ofrece una en bandeja de plata.

—Si no fuera porque somos amigos desde niños, te habría cortado un dedo por ese tono —espeté.

—Menos mal que lo somos, pues —respondió Faro mientras alzaba su copa.

Tras otra noche de berridos, llamé a Felix por la mañana.

—Hola, Felix. Soy Cassio.

—Cassio, me alegro de oírte. Deduzco que has tomado una decisión con respecto a mi hija.

—Me gustaría casarme con ella. —Aquello no era exactamente verdad: la chica era la única posibilidad que tenía de salvar mi cordura—. No puedo esperar mucho. Sabes que tengo dos niños pequeños que necesitan una madre.

—Por supuesto, Giulia es muy cariñosa. Podríamos programar la boda para principios de noviembre, el día después de que cumpla los dieciocho… ¿Te parece?

Apreté los dientes.

—Está bien. Suena razonable.

—Me gustaría que la conocieras antes, así podríamos discutir los detalles del banquete. Va a ser complicado organizar una boda de tales dimensiones con tan poca antelación.

—¿Insistes en hacer una gran celebración?

—Sí. Giulia es nuestra única hija y mi mujer quiere organizar algo especial para ella. Con nuestro hijo no tuvo la oportunidad de hacer todo lo que le habría gustado. Eso por no mencionar que, debido a nuestro estatus, será un evento social de lo más importante, Cassio.

—Yo no puedo involucrarme en los preparativos. Ya tengo bastante con lo mío, así que tu esposa tendrá que ocuparse de todo.

—Eso no será un problema. Hablaremos de los detalles cuando vengas, ¿de acuerdo? ¿Cuándo te iría bien a ti?

Sybil había pensado en pasar el fin de semana en casa para echarles un ojo a los niños.

—En dos días, pero no podré quedarme mucho tiempo.

—Perfecto. Has tomado la decisión correcta, Cassio. Giulia es maravillosa.

Giulia

Papá estuvo muy raro durante la cena. No dejaba de mirarme como si estuviera a punto de decir algo, pero luego no decía nada. Mamá tenía cara de haber recibido una invitación a la venta exclusiva de la colección de verano de Chanel.

Cuando terminé de cenar, esperé a que papá me diera permiso para levantarme: quería terminar el cuadro que había empezado por la mañana. Ahora que había terminado el instituto, dedicaría el tiempo libre a perfeccionar mis dotes artísticas.

Él carraspeó.

—Tenemos que hablar contigo.

—Vale —dije despacio, alargando la segunda vocal.

La última vez que mi padre había empezado una conversación así, fue para decirme que a mi prometido lo habían matado durante un ataque de la Bratva. Aquello no me afectó tanto como debería haberlo hecho si tenemos en cuenta nuestro futuro en común, pero solo lo había visto una vez, y había sido hacía muchos años. Mamá fue la única que derramó lágrimas amargas, principalmente porque esa muerte implicaba que me había quedado sin prometido a los diecisiete. Aquello era un escándalo en ciernes.

—Te hemos encontrado un nuevo marido.

—Ah.

No es que me pillara por sorpresa que quisieran casarme tan pronto, pero, dada mi edad, sí que había esperado que, al menos, pudiera participar en el proceso de selección de mi futuro marido.

—¡Es un segundo! —estalló mamá, radiante.

Alcé las cejas. Con razón estaba entusiasmada: mi difunto prometido tan solo era el hijo de un capitán, nada por lo que emocionarse demasiado. Al menos, en su opinión.

Me estrujé el cerebro pensando en un segundo que fuese más o menos de mi misma edad, pero no logré dar con ninguno.

—¿Quién es?

Papá rehuyó mi mirada.

—Cassio Moretti.

Me quedé boquiabierta. Papá a menudo me hablaba de su trabajo si necesitaba desahogarse, porque a mamá los detalles no le interesaban lo más mínimo. El apellido Moretti llevaba en las conversaciones varios meses ya: el segundo más cruel de la *famiglia* había perdido a su mujer, y ahora se había quedado solo con dos niños pequeños. Las especulaciones sobre cómo y por qué había muerto su esposa estaban a la orden del día, pero solo el capo conocía los detalles. Algunos decían que Moretti había matado a su mujer en un arrebato, mientras que otros aseguraban que ella había enfermado por vivir bajo su estricto mando. Los había, incluso, que especulaban con la posibilidad de que ella se hubiera suicidado para escapar de su crueldad. Ninguno de los rumores hacía que quisiera conocerlo, y mucho menos casarme con él.

—Es bastante mayor que yo —dije, al fin.

—Trece años, Giulia. Es un hombre en su mejor momento —me reprendió mamá.

—¿Por qué me quiere?

Ni siquiera lo conocía. Y él a mí tampoco. Y, lo que era peor: yo no tenía ni idea de cómo criar a unos niños.

—Eres una Rizzo. La unión de dos familias importantes siempre es algo deseable —respondió mamá.

Miré a papá, pero él seguía contemplando su copa de vino. Lo último que me había contado sobre Cassio Moretti era que Luca lo había convertido en segundo porque los dos eran iguales: irrevocablemente crueles, despiadados y corpulentos como toros.

Y ahora me entregaba a uno de ellos. A un hombre así.

—¿Cuándo? —pregunté.

A juzgar por la emoción de mamá, los detalles ya debían de haberse decidido.

—El día después de tu cumpleaños —respondió ella.

—Me sorprende que hayáis esperado a que cumpla la mayoría de edad. Como en esta familia se respetan tanto las leyes…

Mamá torció el gesto.

—Espero que abandones esa actitud de sabionda antes de conocer a Cassio. Un hombre como él no tolerará esta insolencia tuya.

Cerré los puños con fuerza por debajo de la mesa. Seguro que había sido mamá la que había apretado las tuercas en el tema del matrimonio. Ella siempre estaba tratando de mejorar nuestra posición dentro de la *famiglia*.

Sonrió y luego se puso en pie.

—Será mejor que empiece a buscar el sitio. Este será el evento del año.

Me dio unas palmaditas en la mejilla, como si yo fuera un caniche pequeñín y adorable que acabara de ganar un trofeo en un concurso de perros, pero volvió a fruncir el ceño al percatarse de mi expresión.

—No estoy muy segura de que Cassio vaya a aprobar ese malhumor… o ese flequillo.

—La niña está bien, Egidia —replicó papá con firmeza.

—Es joven y guapa, pero no sofisticada, ni elegante.

—Si Cassio quiere una dama, debería dejar de asaltar cunas —murmuré.

Mamá ahogó un grito y se llevó una mano al corazón, como si, con ese comentario, yo solita fuera a llevarla a la tumba antes de tiempo. Papá tosió para disimular una risotada, pero ella no se dejó engañar. Lo señaló con un dedo a modo de advertencia.

—Haz entrar en razón a tu hija; ya conoces a Cassio. Siempre te he dicho que deberías ser más estricto con ella.

Se dio la vuelta y desapareció con un crujido de su larga falda.

Papá suspiró mientras me dedicaba una sonrisa cansada.

—Tu madre solo quiere lo mejor para ti.

—Ella quiere lo mejor para nuestra posición. ¿Cómo es posible que casarme con un hombre cruel y mayor sea lo mejor para mí, papá?

—Vamos —dijo mientras se ponía en pie—. Demos un paseo por el jardín.

Lo seguí. Él me ofreció su brazo y yo lo tomé. El aire era cálido y húmedo y me golpeó, casi como una bofetada.

—Cassio no es tan mayor, Giulia. Solo tiene treinta y un años.

Traté de pensar en hombres de su edad, pero lo cierto era que jamás había prestado demasiada atención a los hombres. ¿No tenía Luca, más o menos, esa edad? Pensar en mi primo no fue ningún consuelo; me daba pavor. Si Cassio era igual…

¿Y si era un bruto gordo y asqueroso? Miré a papá y sus ojos castaños se reblandecieron.

—No me mires como si te hubiese traicionado. Ser la mujer de Cassio no es tan terrible como uno podría pensar.

—«Irrevocablemente cruel». Así es como lo definiste, ¿recuerdas?

Papá asintió, algo culpable.

—Con sus hombres y con sus enemigos, no contigo.

—¿Cómo puedes estar tan seguro? ¿Por qué murió su mujer? ¿*Cómo* murió? ¿Y si él la mató? ¿O si abusó tanto de ella que prefirió quitarse la vida?

Respiré hondo para tratar de calmarme.

Papá me apartó el flequillo de la cara.

—Jamás te había visto tan asustada. —Suspiró—. Luca me aseguró que Cassio no tuvo nada que ver con la muerte de su esposa.

—¿Confías en Luca? ¿No me dijiste que está intentando afianzar su poder?

—No debería haberte contado tantas cosas.

—¿Y cómo puede Luca estar tan seguro de lo que le pasó a la señora Moretti? Ya sabes cómo va esto. Ni siquiera un capo se involucra en asuntos familiares.

Papá me agarró por los hombros.

—Cassio no te pondrá una mano encima, si sabe lo que le conviene.

Ambos sabíamos que él no podría hacer nada una vez que me casara con Cassio. Y, siendo francos, papá no era de los que se arriesgan a entrar en conflictos para terminar perdiendo. Luca prefería a Cassio antes que a mi padre: de tener que elegir entre los dos, papá encontraría un final rápido.

—Mañana vendrá a conocerte.

Di un paso atrás, estupefacta.

—¿Mañana?

DOS
Giulia

Mamá me había dejado muy claro que no conocería a Cassio hasta que nos presentaran formalmente durante la cena. Se suponía que yo debía quedarme en mi cuarto toda la tarde, mientras mis padres y mi futuro marido discutían acerca de mi vida, como si yo fuese una cría de dos años sin opinión. Sin voz ni voto.

Salí a hurtadillas de mi cuarto al escuchar el timbre. Llevaba un vestido peto vaquero y, debajo, una camiseta blanca sin mangas con girasoles. Iba descalza, de modo que no hice ruido cuando, de puntillas, me dirigí al rellano superior para evitar así los escalones que crujían.

Me arrodillé para hacerme pequeña y espié a través de la barandilla. Por el murmullo de voces, supe que mis padres estaban charlando de cosas insustanciales e intercambiando cortesías varias con dos hombres. Papá entró en mi campo de visión con su sonrisa oficial y seguido de mi madre, que irradiaba felicidad. Aparecieron entonces los otros dos.

No me costó adivinar cuál de ellos era Cassio. Superaba en altura a papá y al otro hombre. Entonces comprendí por qué lo comparaban con Luca: era alto y fornido, y el traje de tres piezas azul oscuro lo hacía parecer aún más imponente. Su expresión parecía de acero, fría e insondable. Ni siquiera el pestañeo exagerado de mi madre logró arrancarle una sonrisa. Por lo menos su acompañante sí que parecía querer estar aquí. Cassio no se veía mayor, y no estaba gordo en absoluto. Se le intuían los músculos, incluso a través de las varias capas de ropa. Su rostro anguloso lucía una oscura barba incipiente dejada a propósito, no por descuido ni por falta de tiempo.

Cassio era un hombre adulto, un hombre tremendamente imponente y poderoso. Yo apenas había terminado el instituto. ¿De qué se suponía que íbamos a hablar?

Me encantaba el arte moderno, dibujar y hacer pilates. Dudaba que aquello le interesara a un hombre como él. Probablemente, la tortura y el blanqueo de dinero fueran sus pasatiempos favoritos; también, tal vez, tirarse a alguna puta de vez en cuando. La angustia se aferró a mis entrañas. En menos de cuatro meses, tendría que acostarme con ese hombre, con ese desconocido. Con un hombre que tal vez había conducido a su esposa a la muerte.

Sentí un ramalazo de culpa: estaba presuponiendo cosas. Cassio había perdido a su mujer y ahora tenía que encargarse de sus hijos él solo. ¿Y si estaba de luto? Aunque no lo parecía.

Teniendo en cuenta que los hombres de nuestro mundo aprendían desde pequeños a ocultar sus sentimientos, su inexpresividad no significaba nada.

—¿Por qué no vamos a mi despacho, nos tomamos una copa de buen coñac y hablamos del matrimonio? —propuso papá, que señaló el pasillo.

Cassio asintió.

—Voy a asegurarme de que todo vaya bien en la cocina. Nuestro chef está preparando todo un festín para esta noche —dijo mamá, entusiasmada.

Tanto Cassio como su acompañante le dedicaron una sonrisa de cortesía.

¿Aquel hombre sonreiría de verdad alguna vez, con los ojos y el corazón?

Esperé a que todos desaparecieran de mi campo de visión antes de bajar corriendo y meterme en la biblioteca contigua al despacho. Pegué la oreja a la puerta que conectaba con este para escuchar la conversación.

—Esta unión nos beneficiará a ambos —empezó papá.

—¿Ya le has contado a Giulia lo del enlace?

Oír mi nombre pronunciado por la voz grave de Cassio por primera vez me aceleró el corazón. Lo oiría decirlo durante el resto de mi vida.

Papá se aclaró la garganta. Aun sin verlo, sabía que estaba incómodo.

—Sí, anoche.

—¿Y cómo reaccionó?

—Es consciente de que casarse con un segundo es todo un honor.

Puse los ojos en blanco. Habría matado por verles las caras.

—Eso no responde a mi pregunta, Felix —le recordó Cassio, algo molesto—. Tu hija no solo se convertirá en mi mujer; necesito a una madre para mis hijos. Eres consciente de eso, ¿verdad?

—Giulia es muy responsable y cariñosa, toda una... *mujer.* —A papá le había costado pronunciar esas palabras y yo tardé unos instantes en comprender que se estaba refiriendo a mí. Todavía no me sentía una mujer—. En varias ocasiones ha cuidado del hijo de su hermano, y lo ha disfrutado mucho.

Sí, había jugado con el bebé de mi hermano un ratito cuando nos visitaban, pero nunca había cambiado un pañal ni le había dado de comer.

—Te aseguro que Giulia te satisfará.

Se me encendieron las mejillas, y en el despacho hubo un momento de silencio. ¿Habrían malinterpretado Cassio y su acompañante las palabras de papá, como yo?

Papá volvió a carraspear.

—¿Se lo has contado ya a Luca?

—Sí, anoche, tras nuestra llamada.

Se pusieron a hablar de una próxima reunión con el capo, cosa que hizo que desconectara por un instante y me perdiera en mis pensamientos.

—Tengo que llamar a casa. Y a Faro y a mí nos gustaría descansar un poco antes de cenar. Ha sido un día largo —dijo entonces Cassio.

—Por supuesto. Ve por esa puerta, en la biblioteca estaréis tranquilos. Todavía falta una hora para que te presente a mi hija.

Me aparté de la puerta a trompicones cuando oí que los pasos al otro lado se aproximaban. El pomo se movió y yo corrí a esconderme tras una de las estanterías, y me pegué a ella tanto como pude. Desde allí miré hacia la puerta. Cassio y Faro entraron, mi padre les obsequió con otra sonrisa falsa y luego cerró la puerta y me encerró con ellos. ¿Cómo se suponía que iba a salir y regresar al piso de arriba con Cassio y su acompañante ahí?

—¿Y bien? —preguntó Faro.

Cassio se adentró en la estancia y se acercó al lugar en el que me escondía. Tenía el ceño fruncido, pero ya no parecía estar tan alerta.

—Son agotadores. La señora Rizzo en particular. Espero que su hija no se parezca a ella.

Apreté los labios, indignada. Mamá era agotadora, cierto, pero sus palabras me sentaron fatal.

—¿Has visto alguna foto suya? —Faro cogió uno de los marcos de la mesilla y sonrió entre dientes.

Miré a través del hueco entre los libros y abrí mucho los ojos, horrorizada. La había levantado para que Cassio la viese. La foto era de cuando tenía nueve años: sonreía abiertamente, enseñando el aparato; llevaba dos pequeños girasoles, uno a cada lado de las coletas, un vestido de lunares y botas rojas de goma. A papá le encantaba esa foto mía y se había negado a quitarla de ahí, a pesar de las protestas de mamá. Ojalá le hubiera hecho caso.

—Joder, Faro. Deja eso —gruñó Cassio, brusco, lo que hizo que me encogiera—. Me siento un puto pedófilo mirando a esa cría.

Faro volvió a dejar el marco en la mesilla.

—Es mona. Podría ser peor.

—Espero sinceramente que ya no lleve el aparato, ni ese flequillo horrible.

Me llevé una mano al flequillo y sentí una mezcla de rabia y vergüenza.

—Bueno, al *look* de colegiala le va que ni pintado.

—No quiero follarme a una maldita colegiala.

Me estremecí y mi codo topó con un libro, que cayó al suelo. Oh, no. El silencio se adueñó de la estancia.

Miré frenéticamente a mi alrededor para buscar una escapatoria. Agaché la cabeza y traté de deslizarme al pasillo contiguo, pero fue demasiado tarde. Una sombra cayó sobre mí y choqué con un cuerpo fibroso, duro. Trastabillé de nuevo hacia la estantería, me golpeé el coxis con la madera y aullé de dolor.

Alcé la cabeza, con las mejillas ardiendo.

—Lo siento, señor —solté. Al cuerno con mi educación.

Cassio me miró, ceñudo. Y, en ese momento, se le encendió la bombilla.

¿Primeras impresiones? Bueno... Podrían haber sido mejores.

Cassio

—Lo siento, señor.

Bajé la mirada hacia la chica que tenía delante. Me miraba con unos enormes ojos azules y los labios entreabiertos. Entonces caí en la cuenta de quién era. Giulia Rizzo, mi futura mujer.

La miré fijamente. A mi lado Faro se aguantaba la risa, pero a mí eso no me hacía ni puta gracia. La mujer —la chica, más bien— que en menos de tres meses se convertiría en mi esposa acababa de llamarme *señor.*

Mis ojos recorrieron su cuerpo y repararon en los pies descalzos, las piernas esbeltas, el horrible vestido vaquero y la florida atrocidad que llevaba como camiseta. Al fin, mis ojos se detuvieron en su rostro. Seguía llevando el mismo flequillo, pero el resto de su cabello era largo y ondulado, y le caía sobre los hombros desnudos.

Al ver que no la dejaba pasar, alzó la mirada y se tensó, visiblemente sorprendida ante mi atención.

Tuve que admitir que el flequillo no le quedaba tan mal. Era muy guapa, una chica encantadora. Y ese era el problema. Vestida como iba, tenía aspecto de adolescente, no de mujer. Y, definitivamente, no de esposa ni mucho menos de madre.

Se tocó el flequillo con dedos temblorosos mientras el rubor se adueñaba de sus mejillas.

Debía de haber oído todo lo que habíamos dicho.

Suspiré. Todo aquello era una mala idea. Lo había sabido desde el principio, pero el acuerdo ya se había formalizado y ahora ya no había vuelta atrás. Se convertiría en mi esposa y, con suerte, no volvería a llamarme *señor.*

Dejó caer la mano y se enderezó.

—Disculpe, señor, no pretendo ofenderlo, pero no deberíamos estar solos sin supervisión, y mucho menos tan cerca el uno del otro.

Faro me lanzó una miradita, a punto de descojonarse.

Miré a Giulia con los ojos entornados, sin apartarme y sin dar un paso atrás, pero tuve que admitir que me gustó que se enfrentara a mí, a pesar del poder que yo tenía.

—¿Sabes quién soy?

—Sí, sé que usted es el segundo de Filadelfia, pero yo estoy bajo la potestad de mi padre y no la suya y, aunque así fuera, el honor me prohibiría quedarme a solas con un hombre con el que no estoy casada.

—Cierto —convine tranquilamente—, pero en menos de cuatro meses serás mi esposa.

Alzó la barbilla para tratar de parecer más alta. El numerito impresionaba, pero los dedos temblorosos y los ojos, exageradamente abiertos, la delataban.

—Tal como yo lo veo…, nos estabas espiando. Estábamos manteniendo una conversación confidencial, que tú has interrumpido sin permiso —dije en voz baja.

Ella apartó la mirada.

—Yo ya estaba en la biblioteca cuando ustedes han entrado y me han dado un susto.

A mi lado, Faro estalló en carcajadas. Lo acallé con una mirada y suspiré pesadamente. No tenía paciencia para los dramas. En varias semanas apenas había dormido una noche entera. Las asistentas se encargaban de casi todo, pero el llanto de Simona me despertaba igualmente por las noches. Necesitaba a una madre para mis hijos, no a otra cría de la que hacerme cargo yo.

—Faro, ¿puedes dejarnos un momento a solas?

Giulia me miró, insegura y todavía arrinconada contra la estantería. Yo di un paso atrás para dejarle el espacio adecuado. Faro se marchó y cerró la puerta tras de sí.

—Esto es inapropiado —insistió ella con voz suave.

—Necesito hablar un momento contigo a solas. Luego tus padres estarán por aquí y no tendremos ocasión de hacerlo.

—Ya se encargará mi madre de hablar. Es *agotadora.*

¿Se estaba burlando de mí? Su expresión era, a la vez, curiosa y cauta.

—No tenías que oír eso. —Hice un gesto hacia los sillones—. ¿Hablamos?

Ella ladeó la cabeza como si tratara de entenderme.

—Por supuesto.

Esperé a que ella tomase asiento antes de hacerlo yo. Cruzó las piernas y se retocó el flequillo una vez más, pero, al notar que la observaba, se sonrojó y arrugó la nariz.

—Le agradecería que no le dijera a mi madre nada de esto…

—No me llames señor —gruñí.

Ella hizo una mueca, turbada.

—¿Y cómo se supone que debo llamarle?

—¿Qué tal Cassio? Seré tu marido dentro de poco.

Ella suspiró, temblorosa.

—En noviembre.

—Sí, en cuanto cumplas los dieciocho.

—¿Acaso importa? ¿Qué diferencia hay? ¿Cómo van unos pocos meses a convertirme en una esposa adecuada si ahora mismo no lo soy?

—Seguirás siendo demasiado joven de cualquier modo, pero me sentiré más cómodo si me caso contigo cuando seas oficialmente mayor de edad.

Ella apretó los labios y sacudió la cabeza.

—Tengo dos hijos pequeños que precisan de cuidados. Daniele tiene casi tres años y Simona cumplirá diez meses cuando nos casemos.

—¿Podrías enseñarme alguna foto de ellos? —pidió, para mi sorpresa.

Saqué el móvil y le mostré el fondo de pantalla: era una foto que les habían hecho poco antes de que Gaia falleciera, pero ella no aparecía. En ella, Daniele acunaba a su hermana de cuatro meses.

Escruté el rostro de Giulia. Su expresión se había suavizado y ahora sonreía. La suya era una sonrisa honesta y confiada, no como aquellas a las que las mujeres de nuestro círculo me tenían acostumbrado. También eso evidenciaba lo joven que era: todavía no estaba hastiada de la vida. Todavía no estaba en guardia.

—Son adorables. Qué mono él, sujetando a su hermana. —Me sonrió un momento y, entonces, se puso seria—. Lamento su pérdida. Yo...

—No quiero hablar de mi difunta mujer —la corté.

Ella asintió enseguida y se mordió el labio. Joder, ¿por qué tenía que ser tan linda e inocente? Había miles de adolescentes que se emplastaban las caras, que se maquillaban como puertas para aparentar diez años más, pero Giulia no era una de ellas. Su aspecto era el de una chica de diecisiete años, y no iba a parecer mayor en cuatro meses, cuando cumpliera los dieciocho, como por arte de magia. Tendría que pedirle a su madre que la maquillara muchísimo el día de la boda.

Se llevó el pelo detrás de la oreja y dejó a la vista un pendiente de girasol.

—¿Siempre vas vestida así? —pregunté mientras señalaba su atuendo.

Ella se miró, con el ceño algo fruncido.

—Me gustan los vestidos.

El rubor de sus mejillas se intensificó cuando volvió a mirarme a mí.

—A mí también —repuse—. Pero los elegantes y apropiados para una mujer adulta. Espero que en el futuro te vistas de forma más sofisticada. Tienes que transmitir cierta imagen, de cara al exterior. Si me das tus medidas, mandaré a alguien a comprarte un nuevo fondo de armario.

Ella me miró fijamente.

—¿Entendido? —insistí ante su silencio.

Parpadeó un par de veces y después asintió.

—Bien —dije—. No habrá fiesta de compromiso. Ni tengo tiempo para ello ni quiero que nos vean juntos en público antes de que cumplas los dieciocho.

—¿Podré conocer a tus hijos antes de que nos casemos? ¿O ver dónde vives?

—No. No volveremos a vernos hasta noviembre, y conocerás a Daniele y Simona el día después de la boda.

—¿No crees que sería mejor que nos conociéramos antes de casarnos?

—No veo qué importancia puede tener —respondí secamente.

Ella apartó la mirada.

—¿Hay algo más que quieras de mí, aparte de un cambio de vestuario?

Consideré pedirle que comenzara a tomar la píldora porque yo no quería más hijos, pero me resultó imposible hablar de eso con una chica de su edad; lo cual, por otro lado, era ridículo, puesto que tendría que acostarme con ella en nuestra noche de bodas.

Me puse en pie.

—No. Ahora es mejor que te vayas, antes de que tus padres se percaten de que hemos estado a solas.

Ella se puso en pie y se abrazó los codos mientras me miraba durante un momento. Luego me dio la espalda y se marchó sin decir palabra. Faro volvió a entrar.

Alzó las cejas.

—¿Qué le has dicho? Parecía a punto de echarse a llorar.

Arrugué la frente.

—Nada.

—Lo dudo, pero si tú lo dices…

TRES

Giulia

Seguía temblando cuando entré en mi cuarto después de aquel primer encuentro con Cassio. Él se había mostrado intenso y frío, por no decir dominante. ¿Ordenarme cambiar de fondo de armario? ¿Cómo se atrevía?

—¡Ahí estás! ¿Dónde te habías metido? —preguntó mamá mientras me llevaba hacia el vestidor—. Tenemos que arreglarte. Por el amor de Dios, Giulia, ¿qué llevas puesto?

Me tiró de la ropa hasta que empecé a desvestirme, todavía en trance. Mamá me miró con curiosidad.

—¿Qué pasa contigo?

—Nada —respondí en voz baja.

Acto seguido, se volvió hacia la selección de vestidos que debía de haber sacado y extendido en la banqueta antes de que yo llegara.

—No puedo creer que no tengas ni un solo vestido decente.

Siempre había evitado ir a los eventos oficiales, porque no soportaba la actitud falsa, el chismorreo y las puñaladas traperas de quienes asistían a ellas.

—¿Qué tienen de malo mis vestidos?

Mamá había elegido los tres menos extravagantes de mi colección. Todos eran del estilo retro de Audrey Hepburn, que me encantaba. Escogió uno azul celeste con lunares blancos.

—¿No tienes nada liso?

—No —respondí. ¿Acaso nunca se había fijado en mi ropa o qué?

Tenía que agradecer a papá la libertad de vestir como quisiera. Aunque él fuera conservador, siempre le costaba decirme que no. Y, así, a mamá no le quedaba más remedio que claudicar.

Suspiró y me tendió el vestido azul.

—Este va a juego con tus ojos. Esperemos que a Cassio no le eche para atrás el estilo ridículo.

Me enfundé el vestido sin decir palabra mientras recordaba lo que había dicho Cassio sobre mi ropa y mi flequillo.

—Maquíllate, Giulia. Tienes que parecer mayor.

La miré exasperada, pero ella ya salía por la puerta.

—¡Y ponte tacones!

Respiré hondo y parpadeé para contener las lágrimas. Hasta entonces había tenido suerte. Había preferido hacer la vista gorda respecto a todo lo que en realidad suponía el hecho de pertenecer a la mafia, pero sabía perfectamente qué ocurría de puertas adentro. Nuestro mundo era cruel. Papá se había portado bien conmigo, pero yo sabía cuántas de mis primas habían sufrido el abuso de sus propios padres y había visto cómo mis tíos trataban a sus esposas.

Mi difunto prometido tenía más o menos mi misma edad; un chico callado y casi tímido al que mi padre había elegido para protegerme. Con él habría podido hacer lo que quisiera una vez casados, mantener mi posición contra la suya, de ser preciso. Eso sería complicado con Cassio. No me gustaba sucumbir a las emociones negativas, pero el miedo que sentía se había transformado en un dolor agudo que me atravesaba el pecho.

Cogí los tacones azules y me dirigí al tocador. Tenía los ojos vidriosos cuando me enfrenté a mi reflejo. Me maquillé más de lo habitual, pero, aun así, muchísimo menos de lo que mamá y Cassio probablemente esperaban.

Al bajar las escaleras para la presentación oficial, logré serenarme. Todavía me ardían los ojos por haber estado al borde del llanto, pero mi sonrisa no flaqueó ni por un momento mientras descendía los escalones en dirección a papá, Cassio y su acompañante, Faro.

Papá me tomó de la mano y la apretó con afecto mientras me conducía hacia mi futuro esposo. La expresión de Cassio al mirarme fue una obra maestra de controlada cortesía. Sus ojos eran de un azul oscuro similar al de las profundidades del océano y daban la impresión de poder tragarte con tanta facilidad como lo haría el mar insondable y sin fondo. Un destello de desaprobación cruzó su rostro cuando reparó en mi vestido.

—Cassio, te presento a mi hija, Giulia. —En su voz había cierto tono de advertencia que prácticamente rebotó en la estoica actitud de Cassio.

—Es un placer conocerte, Giulia.

Tensó los labios en una sonrisa prácticamente inexistente al tiempo que tomaba mi mano y la besaba. Yo me estremecí.

Sus profundos ojos azules se posaron sobre los míos y, entonces, me enderecé.

—El placer es todo mío, señ…, Cassio.

Papá nos miró repetidamente, preocupado: tal vez por fin se había dado cuenta de que me había entregado a un lobo. Entonces trató de intimidar a mi futuro marido con una mirada sombría, pero un cordero no se convierte en depredador por mucho que se vista con piel de lobo y papá nunca había sido más que una presa entre los monstruos sedientos de sangre de nuestros círculos.

Ignorando a papá, Cassio se enderezó e hizo un ademán hacia su acompañante.

—Él es mi mano derecha y *consigliere,* Faro.

Extendí una mano, pero Faro no la tomó, sino que se limitó a inclinar cortésmente la cabeza. Dejé caer el brazo y me pegué a papá, que me escudriñó la expresión. Parecía desgarrado, y yo no pude evitar sentir una especie de satisfacción enfermiza ante su evidente conflicto interior.

—Os haré llegar un nuevo fondo de armario para Giulia. Por favor, Felix, dile a tu esposa que le tome las medidas —dijo Cassio—. Necesito a una mujer a mi lado, no a una niña.

Aquello fue demasiado para papá.

—Tal vez todo esto sea un error y sería mejor cancelar el acuerdo.

Cassio se colocó frente papá y lo miró de una forma que me revolvió el estómago.

—Ya hemos acordado el compromiso, Felix. También hemos avisado a Luca. Todo está hablado y en marcha. Ambos por separado decidimos concertar esta unión, cosa que convierte a Giulia en mi prometida, y ya te aviso que nadie, y mucho menos tú, va a impedir este matrimonio.

Puede que Cassio no me hubiese querido en un principio, pero de ningún modo iba a permitir que nadie me apartara de su lado.

Contuve el aliento. Esa era la casa de papá, y en esa ciudad era él quien movía los hilos. Solo se postraba ante Luca, no ante ningún otro segundo.

Por lo menos, así es como tendría que haber sido en teoría.

Y, sin embargo, papá carraspeó y bajó la mirada.

—No tengo ninguna intención de romper el acuerdo. Solo estaba apuntando una posibilidad… Una propuesta.

¿Qué propuesta?

La expresión de Cassio mostraba la misma pregunta. Mi madre apareció en aquel momento, completamente ajena a lo que sucedía.

—¡La cena está lista!

Su sonrisa desapareció de golpe al vernos.

Cassio me ofreció su brazo. Miré a papá, pero él evitó todo contacto visual conmigo. El mensaje estaba claro: de ahora en adelante, sería Cassio quien marcara el camino.

Posé mi mano sobre el fuerte antebrazo de mi prometido: si papá ya no podía protegerme, tendría que hacerlo yo misma. Cassio me condujo hasta el comedor en pos de mamá, que balbuceaba sobre los posibles esquemas de color para nuestra boda. Es probable que aquello no le importara lo más mínimo a Cassio. Como hombre que era, ni siquiera tendría que fingir lo contrario; a diferencia de mí, la feliz futura novia.

Cuando llegamos a la mesa, él retiró la silla por mí.

—Gracias. —Me acomodé y me alisé el vestido.

Cassio tomó asiento frente a mí. Sus ojos se demoraron en mi flequillo antes de desplazarse hacia mis pendientes de flores, probablemente decidiendo qué nuevo corte de pelo me obligaría a llevar y qué clase de joyas comprarme.

Pretendía convertirme en la esposa que quería; moldearme como la arcilla. Tal vez pensara que mi edad me hacía una marioneta débil, sin alma y sin espinas, dispuesta a postrarse ante su dueño al menor tirón de los hilos.

Le sostuve la mirada. Había aprendido el sutil arte de salirme con la mía con amabilidad y una sonrisa, el único modo en que una mujer podía conseguir lo que quisiera en nuestro mundo. ¿Funcionaría con mi futuro marido? Papá siempre se derretía cuando le ponía ojitos y pestañeaba, pero tenía la sensación de que con Cassio no iba a ser tan fácil.

Una semana después, llegaron a casa dos paquetes llenos de vestidos, faldas y blusas. Mamá apenas podía contener la emoción mientras sacaba la ropa de Max Mara, Chanel, Ted Baker y muchos otros de sus diseñadores favoritos. Los vestidos eran bonitos y elegantes. No me pegaban lo más mínimo. No era para nada yo.

Entendía la necesidad de Cassio de proyectar cierta imagen de cara al público, y en eventos sociales jamás me habría puesto el vestido de girasoles, pero habría preferido que me pidiera que me comprara ropa elegante en vez de hacerlo él por mí, como si mi opinión no le importara lo más mínimo…

Como, por supuesto, era el caso.

Cassio

Los cuatro meses hasta noviembre pasaron volando: una hilera interminable de noches en vela, berrinches y duros días de trabajo.

La mañana de mi despedida de soltero me acuclillé frente a Daniele. Estaba concentrado en su iPad viendo una de las series que le gustaban. Tenía el pelo enmarañado por delante y enredado por detrás, pero se negaba a que Sybil lo peinara y yo no había tenido la paciencia suficiente para sujetarlo mientras ella lo hacía. Ya se lo cortaríamos después de la boda.

—Daniele, tengo que hablar contigo.

Ni siquiera alzó la mirada. Alargué el brazo hacia el iPad, pero él se volvió.

—Dámelo.

Encorvó sus hombritos, esa fue su única reacción. Cogí el aparato y lo aparté.

—Pronto alguien vendrá a vivir con nosotros, será tu nueva mamá. Ella cuidará de ti y de Simona.

Daniele arrugó el rostro, se abalanzó sobre mí y me golpeó las piernas con sus pequeños puños.

—¡Ya es suficiente! —troné mientras le agarraba los brazos.

Toda mi ira desapareció en cuanto vi las lágrimas que le caían cara abajo.

—Daniele.

Traté de abrazarlo contra mi pecho, pero él se retorcía y, al final, lo solté. En los días posteriores a la muerte de Gaia, Daniele había buscado mi cercanía, pero ahora había vuelto a ignorarme. No estaba muy seguro de lo que Gaia le habría dicho antes de morir, pero estaba claro que el crío estaba resentido conmigo.

Volví a dejar el iPad frente a él y luego me puse en pie. Sin otra palabra más, me dirigí al piso superior, al dormitorio de Simona. La niñera se apresuró a salir. En unos pocos días, por fin podría deshacerme de todas ellas y Giulia se haría cargo de Simona. Me asomé a la cuna. Simona alzó la mirada y me sonrió con una mueca desdentada. Deslicé las manos bajo su cuerpecito y la cogí en brazos. Mientras la estrechaba contra mi pecho, le acaricié la cabecita rubia oscura. Tanto Daniele como ella habían heredado el color de ojos y el pelo de su madre. La besé en la frente y recordé la primera vez en que lo hice, dos días después de que naciera. Gaia se había negado a que estuviese presente durante el parto de nuestra hija y solo me permitió estar cerca de ella al segundo día. Resurgió la ira, como siempre que recordaba el pasado. Simona balbuceó y de nuevo la besé en la frente. Siempre que la cogía alguien que no fueran mis hermanas, mi madre o yo, lloraba. Tan solo esperaba que se acostumbrara rápido a la presencia de Giulia.

La volví a dejar en la cuna, a pesar de que su llanto me partía el corazón. Tenía que prepararme para una reunión con Luca y, luego, para mi despedida de soltero.

Una hora antes del inicio oficial de la despedida de soltero que Faro había organizado para mí, me reuní con Luca en mi despacho. Su esposa Aria y él habían llegado un día antes para comprobar cómo iba el negocio en Filadelfia. No tenía de qué preocuparse: había sacrificado horas de sueño para asegurarme de que todo fuera como la seda en mi ciudad. Luca y yo nos acomodamos en los sillones de mi despacho. Me sorprendía que hubiese accedido a venir a mi despedida, pues, desde su boda con Aria, se había retraído un poco.

—Mi tía no ha reparado en gastos con la planificación de la boda —comentó Luca mientras se arrellanaba en el sillón—. Ha pensado en todo: desde palomas y esculturas de hielo hasta las sábanas blancas de seda.

Sábanas blancas de seda. Sábanas que se suponía que debía manchar con la sangre de mi joven esposa en nuestra noche de bodas.

Di un sorbo al *whisky* escocés y luego bajé el vaso.

—No habrá exhibición de sábanas, porque no voy a acostarme con Giulia.

Luca bajó su vaso despacio con los ojos grises entrecerrados. Sabía que no era por Gaia, aunque yo no hubiese estado con ninguna otra mujer desde su muerte.

—Es la tradición. Así ha sido durante siglos.

—Lo sé, y yo respeto nuestras tradiciones, pero esta vez no exhibiremos las sábanas.

Estas palabras bien podían significar mi caída en desgracia. No me correspondía a mí decidir si ignorar o no nuestras tradiciones. Solo Luca podía tomar una decisión así, y estaba claro que no iba a hacerlo. Había considerado la idea de acostarme con Giulia. Era guapa, pero no podía quitarme de la cabeza la imagen de sus ojos grandes e inocentes, ni lo joven que se veía con sus ropas ridículas y sin una gota de maquillaje. Las mujeres de mi pasado habían sido de mi edad, capaces de aceptar todo lo que yo podía darles.

—En tu primer matrimonio no pareciste tener problema en seguir la tradición. Esto no es algo que puedas hacer o no según te apetezca —arguyó Luca con brusquedad.

—La última vez que me casé, la mujer tenía más o menos mi edad. A mi futura esposa le saco casi catorce años, me llamó *señor* la primera vez que nos vimos. Es una niña.

—Ya es mayor de edad, Cassio. Hoy es su cumpleaños.

Asentí.

—Sabes que hago lo que me pidas, siempre. Que gobierno Filadelfia con mano dura, como tú quieres, pero hasta yo tengo ciertos límites que no estoy dispuesto a cruzar, y no voy a forzar a una cría.

—La chica es mayor de edad y nadie te está diciendo que tengas que usar la fuerza —repitió Luca, que me hizo perder los nervios.

Estampé el vaso sobre la mesa.

—¡Sí, lo es, pero, aun así, sentiría que me estoy aprovechando de ella...! No puedes creer de verdad que ella vendrá a mi cama de buena gana... Tal vez se someta porque sabe que no le queda otra, pero eso no significa que *quiera* hacerlo... Tengo una hija, Luca, y no querría que estuviera con un hombre trece años mayor que ella.

Luca me miró durante un rato largo, considerando tal vez la posibilidad de encajarme una bala en la cabeza. No toleraba los desafíos.

—Exhibirás las sábanas después de tu noche de bodas, Cassio. —Abrí la boca para volver a negarme—. Se acabó la discusión. Cómo las manches de sangre, ya dependerá de ti.

Me recosté en el sillón, receloso.

—¿Qué insinúas?

—No insinúo nada —respondió él—. Solo te estoy diciendo que quiero ver las sábanas manchadas de sangre, y que tanto yo como el resto las tomaremos como prueba del honor de tu mujer y de tu propia crueldad, tal como se espera de ambos.

Quizás me equivocaba, pero estaba casi seguro de que Luca había insinuado que falseara las sábanas. Di otro sorbo al *whisky* y me pregunté si Luca tendría experiencia falsificando manchas de sangre. Yo había estado presente cuando exhibió las sábanas tras su noche de bodas con Aria, pero, por mucho que lo intentara, no podía imaginar a Luca perdonándole nada a nadie. Lo había visto arrancarle la lengua a un hombre por faltarle al respeto a Aria y también había estado con él cuando le había destrozado el cuello a su tío. Tal vez me estaba poniendo a prueba. Quizá estuviera sugiriendo todo eso para ver si era demasiado débil para acostarme con mi esposa. Al crecer en nuestro mundo, había aprendido a identificar las señales de alarma. Si fracasaba en las pruebas a las que me sometiera mi capo, el resultado final sería inevitable. Me apartarían de mi puesto y de mi posición de la única forma posible: matándome. Y, si bien no temía morir, no soportaba la idea de lo que eso implicaría para Daniele y Simona. Ya habían perdido cruelmente a su madre. Si yo también los abandonaba, quedarían traumatizados de por vida.

En esa situación, mostrar cualquier tipo de debilidad sería fatal. No iba a arriesgar la salud de mis hijos, ni tampoco mi posición.

Di un sorbo.

—Haré lo que me pides, Luca, como siempre hemos hecho mi padre y yo.

Luca inclinó la cabeza, pero la tensión entre nosotros no desapareció. Tendría que guardarme las espaldas hasta que tuviera que volver a probar mi lealtad.

CUATRO

Cassio

Faro me entregó una petaca.

—Toma, para ti.

Me coloqué bien la corbata antes de aceptar su regalo.

—Hoy no beberé nada fuerte.

—He pensado que podrías usarla para golpearte la cabeza si se te vuelve a ocurrir algo tan estúpido como negarte a seguir la tradición de enseñar las sábanas.

Me metí la petaca en el bolsillo interior del esmoquin.

—No empieces con eso otra vez.

Faro me atravesó con la mirada.

—Prométeme que no intentarás esa mierda de falsear las manchas. Luca te estaba provocando. Créeme, se folló a esa mujer suya en su noche de bodas, por mucho que ella llorara desconsolada. Él es así, y espera que tú también lo seas. Y, joder, Cassio, lo eres, así que deja ya de hacerte el caballero porque te sientas culpable por lo de Gaia.

Le agarré la garganta.

—Somos amigos, Faro, pero también soy tu jefe, así que muestra algo de respeto.

Faro farfulló, con los ojos castaños llorosos.

—Solo intento mantenerte vivo. Giulia ya es mayor de edad. Eso es lo único que debería importarte.

—¡Voy a follármela, así que déjame en paz! —grité a la vez que lo soltaba.

No había vuelto a verla desde nuestro primer y único encuentro cuatro meses atrás, pero sabía que seguiría pareciendo joven, mucho más de lo que me habría gustado. Unos pocos meses no bastaban para que eso cambiara. Lo único que esperaba era que su madre hubiera seguido mis instrucciones y la hubiese maquillado lo suficiente para hacerla parecer mayor.

Faro sonrió de oreja a oreja.

—Hazme un favor y disfrútalo, ¿vale? Esta noche tendrás un coñito joven y estrecho alrededor de la polla.

Se marchó antes de que pudiera agarrarlo de nuevo.

Esperé a Giulia al frente de la iglesia. Faro estaba a mi derecha y frente a él esperaba una de las amigas de Giulia, quien parecía terriblemente joven. Un recordatorio de la edad de mi futura mujer.

Cuando la música empezó, dirigí mi atención hacia la puerta de la iglesia, por donde Felix entró con Giulia al lado. Lucía un vestido largo, blanco y elegante, de manga larga y encaje. Y, a excepción del flequillo, llevaba el pelo recogido.

Sonreía levemente mientras su padre la conducía hacia el altar, pero su nerviosismo era evidente. Cuando se detuvo frente a mí, reparé en los pequeños girasoles entrelazados tanto en su pelo como en el ramo. Sus ojos se encontraron con los míos y, por un momento, percibí sorprendido un atisbo de desafío en ellos. Cuando su padre me la entregó, ella se puso todavía más tensa y su sonrisa flaqueó.

Gracias al maquillaje y al vestido parecía algo mayor. Aun así, su mano húmeda y de huesos finos y la inocencia de su mirada me recordaron su verdadera edad.

A pesar de su juventud, mantuvo la cabeza alta y se mostró cómoda con la situación. Solo yo percibí su temblor. Pronunció el «sí, quiero» con firmeza, como si aquella unión hubiera sido realmente una elección suya.

Me lanzó miradas de incertidumbre durante todo el intercambio de anillos. No tenía muy claro qué buscaba, qué pretendía encontrar en mis ojos. Tal vez pena, o incluso tristeza. Recordé entonces mi primera boda. La tristeza, precisamente, no era ninguno de los sentimientos que me invadían al pensar en Gaia.

—Puede besar a la novia —dijo el sacerdote.

Giulia abrió mucho los ojos, como si esa parte de la ceremonia la pillase por sorpresa. Cientos de ojos nos observaban y un par de ellos eran los de mi capo. Tomé su rostro y me incliné sobre él. Ella no movió un solo músculo, salvo para cerrar los ojos un instante antes de que mis labios se posaran firmemente sobre los suyos. Hasta ese momento, había creído que la cercanía física con Giulia iba a ser algo difícil de lograr para mí; algo para lo que, incapaz de olvidar ni por un momento su edad y mi propio bagaje, me vería obligado a esforzarme. Ahora, sin embargo, con el roce de sus labios suaves con los míos y con el golpe de su dulce olor, un deseo hondamente enterrado prendió dentro de mí. Poseerla aquella noche no sería un problema. Ser un caballero, definitivamente, no formaba parte de mi futuro. Me aparté y, en ese momento, Giulia abrió los ojos. Me sostuvo la mirada mientras el rubor se adueñaba de sus mejillas. Me dedicó entonces una sonrisa. Una pequeña y tímida sonrisa, jodidamente inocente. Traté de enderezarme y desvié la mirada de su rostro joven y precioso. Por el rabillo del ojo capté su desconcierto justo antes de conducirla por el pasillo hacia el exterior de la iglesia, donde recibiríamos las felicitaciones.

Faro, por supuesto, fue el primero en darme la enhorabuena. Me palmeó el hombro con una sonrisa desafiante.

—¿Qué tal la primera cata de tu joven esposa? —preguntó en voz baja.

Le puse mala cara. Sabía perfectamente que yo no hablaba de esas cosas, pero eso no lo disuadió en absoluto. Dio un paso atrás, se colocó frente a Giulia y le hizo una leve reverencia. La sonrisa amable y desprevenida con la que ella respondió no era sino otra prueba de su edad. Como mi esposa, debería aprender a contenerse. Gaia había sido la perfecta anfitriona y mujer trofeo; siempre serena, maestra del protocolo y la etiqueta social. Una mentirosa rápida y brillante, que en un momento te sonreía y, al siguiente, te apuñalaba por la espalda. Giulia no era así. Tendría que madurar deprisa, aprender los entresijos de lo que significaba verdaderamente ser la mujer de un segundo.

Mis ojos se entretuvieron en los pequeños girasoles de su recogido. Eso sería lo primero en desaparecer: demasiado alegres, demasiado peculiares. Ninguna de aquellas dos cosas me gustaba.

Los pendientes, también de girasoles, eran todavía peores. Debería haberse puesto las joyas que le había enviado. Me incliné hacia ella.

—¿Por qué no te has puesto los pendientes de diamante que te compré?

Giulia

El tono frío y desaprobador de su voz me sobresaltó.

Mamá y papá se acercaron a felicitarnos, por lo que no tuve tiempo para pensar en la respuesta.

—No pegaban con el ramo.

Durante semanas había peleado con mamá para que hubiera girasoles en mi ramo de novia. Al final, y como siempre, papá se había puesto de mi lado.

—No deberías haber elegido los girasoles. Espero que la próxima vez que te compre algo te lo pongas.

Parpadeé, demasiado pasmada para responder. Él, sin embargo, se enderezó. Para él, el asunto se había zanjado: me había dado una orden y, naturalmente, esperaba que yo obedeciera. No le cabía duda de que lo haría. Al estrecharle la mano a papá, volvió a adoptar su expresión de acero.

Mamá me abrazó, lo que me hizo desviar la mirada de mi marido. Una arruga le surcó entonces el rostro.

—Muéstrate feliz, Giulia —susurró—. ¿Acaso no te das cuenta de la suerte que tienes? Jamás pensé que pudiéramos casarte con un segundo, teniendo en cuenta que todos estaban ya casados. Este es un tremendo golpe de suerte.

Noté tensa mi propia sonrisa. ¿Cuál era, exactamente, el golpe de suerte? ¿Que Gaia Moretti hubiese fallecido y dejado huérfanos a dos niños pequeños? ¿Que yo me hubiera casado con el hombre que tal vez fuera el responsable de su muerte?

Mamá puso mala cara.

—¡Por el amor de Dios, intenta parecer feliz, haz un esfuerzo! No nos arruines el momento.

Ni siquiera se daba cuenta de lo cruel que estaba siendo conmigo.

Por suerte, papá se nos acercó y me envolvió entre sus brazos. Yo me sumergí en él. Siempre habíamos estado muy cerca el uno del otro, pero últimamente mi rencor había enturbiado nuestra relación.

—Estás preciosa.

—Creo que Cassio no piensa lo mismo —murmuré.

Papá se apartó y me buscó la mirada. La culpa y la preocupación que él sentía añadieron más peso a la carga que ya llevaba yo sobre los hombros y en el corazón.

—Estoy seguro de que aprecia tu belleza —dijo en voz baja.

Le di un beso en la mejilla y se alejó de mala gana para ceder el puesto a los padres de Cassio. Nunca había hablado con ellos, y solo los había visto de lejos en un par de ocasiones, en ambos casos eventos de sociedad. El señor Moretti tenía los mismos ojos azul oscuro que Cassio, aunque los suyos estaban enturbiados. Del mismo modo, su imponente figura se veía algo desmejorada, como disminuida, dado que apoyaba su peso en un bastón. La madre de Cassio era una dama bella y elegante, y llevaba el pelo rubio oscuro recogido en un moño perfecto. Tras ella aguardaban las hermanas de Cassio, tan gráciles y serenas como la primera. Se suponía que yo debía ser así. Cassio no me quería por cómo era. Él pretendía que me convirtiese en alguien que sirviera a sus propósitos. Un mero complemento en su vida. Un simple accesorio.

Apenas pude probar bocado durante la cena. Cassio no me dirigió la palabra, solo hablaba con su padre y con Luca. Yo permanecí sentada a su lado como la perfecta mujer florero.

Tal vez fuera lo mejor. Hasta ese momento, cada vez que se había dirigido a mí era para ordenarme cosas o para intimidarme todavía más. Teniendo en cuenta que tendría que acostarme con él por la noche, ahora prefería su silencio. De todas formas, las probabilidades de que me quedara dormida eran elevadas.

Lo miré de reojo. Sus facciones eran atractivas: pómulos afilados, mandíbula fuerte y marcada y una oscura barba incipiente.

Nunca lo había visto con otra cosa que no fuera un traje de tres piezas, pero los músculos eran inequívocos, aun bajo todas las capas de ropa.

—Mi hermano jugaba al fútbol americano en el instituto —susurró Mia.

Aquello me sobresaltó. Apenas habíamos hablado. A pesar de ser cuñadas, éramos unas desconocidas, por no mencionar el hecho de que ella era diez años mayor que yo.

Noté cómo me sonrojaba al darme cuenta de que debía de haberme pillado mirando fijamente a Cassio. Ni siquiera podía imaginármelo en el instituto.

—Tú te has graduado este verano, ¿verdad? —preguntó Mia.

Asentí con una pequeña sonrisa.

—Sí. Pensé que iría a la universidad, pero…

—Pero has tenido que casarte con mi hermano.

—Habría tenido que casarme de todas formas. Pero, como esposa de un segundo, el ir a la universidad ahora ni siquiera es una opción —respondí en voz baja.

A mi madre le habría dado un infarto si me hubiera oído siendo tan sincera con la hermana de Cassio, pero estaba hasta las narices de fingir.

—Eso es cierto. Pero estarás ocupadísima criando a sus hijos, así que no tendrás tiempo para aburrirte.

Se me aceleró el corazón, como siempre que me imaginaba haciéndome responsable de dos personitas. No sabía nada de niños. Había leído un montón de artículos sobre cómo criarlos durante esos últimos cuatro meses, pero una cosa era leer sobre ello y otra, muy distinta, la puesta en práctica. La mayor parte del tiempo me sentía una cría, no una mujer. Mucho menos una madre.

Mia me tocó la mano.

—Todo irá bien. Yo vivo cerca. Puedo echarte una mano si no sabes qué hacer.

Cassio debió de oírla, porque frunció el ceño.

—Tú ya tienes dos niños pequeños y otro en camino, estarás desbordada. Giulia puede encargarse de todo.

Parecía conocerme mejor que yo misma. ¿O, tal vez, sencillamente acababa de ordenarme que fuera una buena madre?

Mia suspiró, pero no replicó. El nudo en mi estómago se estrechó todavía más.

Estaba tan tensa que, cuando llegó el momento de nuestro primer baile, apenas me di cuenta de que Cassio me había conducido hasta el centro de la pista. Los invitados se congregaron a nuestro alrededor para vernos. Sonreí. Si algo había aprendido de mi madre era a sonreír frente a las adversidades.

Debido a la diferencia de altura entre ambos, bailar no resultaba fácil. Si hubiéramos sido una pareja de verdad, podría haber apoyado la mejilla en su pecho; pero apenas éramos conocidos, y eso en el mejor de los casos. Cassio me guio por la pista de baile sin tropiezos, tan seguro de su liderazgo en eso como en todos y cada uno de los restantes aspectos de nuestra vida. La mente me iba a mil por hora al imaginar nuestro futuro. Al imaginar lo que tenía que ocurrir por la noche.

—¿Por qué tiemblas? —preguntó Cassio, lo que me sobresaltó.

Estudié sus ojos, vacíos de cualquier expresión. ¿De verdad no lo sabía?

—¿Por qué no me ordenas que pare? Puede que mi cuerpo te obedezca.

Su expresión se endureció.

—Espero que cuando estemos en público tengas más cuidado con lo que dices. Soy tu marido y me debes mostrar respeto.

Bajé la mirada hacia su pecho, la sonrisa todavía congelada en mi rostro.

Sus labios rozaron mi oreja justo cuando la canción terminó.

—¿Entendido?

—Entendido, *señor.*

Eso lo tensó y sus manos me sujetaron con más vehemencia, pero no tuvo ocasión de decir nada más, porque ahora le tocaba a papá bailar conmigo. Una y otra vez quiso saber qué me pasaba, pero no vi ninguna razón para decírselo. No había nada que pudiera hacer; nada que estuviera dispuesto a hacer. Mamá no dejó de hablar durante su baile con Cassio. Por su expresión encantada, cualquiera podría haber pensado que era ella la feliz recién casada.

—Es mi turno —dijo entonces Christian.

Mi sonrisa perdió algo de su rigidez cuando apareció mi hermano. También él me sonrió brevemente cuando empezamos a bailar. Apenas lo veía desde que se había marchado de casa hacía ya cinco años, cuando él tenía dieciocho. A diferencia de otros hijos de segundos, había preferido no trabajar para papá en Baltimore y esperar a que el título le llegara por herencia. Christian había querido hacerse un nombre por su cuenta y, así, se había marchado a trabajar para los Moretti.

—Me alegro mucho de verte —dije mientras lo abrazaba con fuerza.

Él asintió, serio.

—Y yo.

—No parece gustarte mucho la idea de que pronto vaya a vivir en la misma ciudad que tú.

Christian sacudió la cabeza.

—No a este precio.

—¿Casada con Cassio, quieres decir?

Christian echó un vistazo a nuestro alrededor, pero Cassio bailaba con una de sus hermanas a una buena distancia de donde nosotros nos encontrábamos.

—No es el hombre adecuado para ti.

—Porque es demasiado mayor.

Christian soltó una risa burlona.

—Esa es solo una de las razones.

—¿Tú sabes qué le pasó a Gaia?

No había visto a mi hermano desde que había sabido que iba a casarme con Cassio. Hacer ese tipo de preguntas por teléfono era demasiado arriesgado. Nunca sabías si el FBI habría pinchado la línea.

—Eso solo Luca, Mansueto y Cassio lo saben. —Vaciló.

—¿Y…?

—Los del equipo de limpieza. Ambos murieron poco después en un «trágico» accidente de coche.

Por un momento, dudé haberlo oído bien. Empecé a verlo todo muy oscuro.

—Papá me dijo que Cassio no tuvo nada que ver en la muerte de su mujer.

Un destello de ira cruzó el rostro de Christian.

—Papá necesita el apoyo de Cassio para seguir a cargo de todo. Es un jefe débil. Es solo cuestión de tiempo que otros traten de deshacerse de él. Con Cassio en la familia, van a pensárselo dos veces antes de intentar nada… Si yo estuviera al mando, jamás te habría entregado a él. Yo habría podido controlar a nuestros hombres sin ayuda de nadie.

Juegos de poder. No quería formar parte de ellos, pero, sin comerlo ni beberlo, me había convertido en un peón más del tablero.

—Estos últimos años has trabajado para Cassio. ¿Tan malo es?

Su expresión mudó al arrepentimiento.

—No debería haberte dicho nada.

Clavé los dedos en su brazo.

—Dímelo, por favor. Necesito estar preparada.

Aunque ¿cómo podías prepararte para algo así?

—Es un hombre eficaz, implacable y brutal. No tolera la desobediencia y tiene a sus hombres bajo control. Pocos hombres en nuestros círculos son tan respetados como él. En estos momentos es el mejor segundo de la *famiglia.* —Christian negó con la cabeza—. Debería ir a hablar con él.

—No —susurré, aterrorizada. Si lo que Christian había dicho era cierto, Cassio no permitiría que mi hermano se involucrase. Christian era un hombre valiente y algún día sería un buen segundo, pero no iba a permitir que arriesgase su vida por mí—. Prométeme que no le dirás nada. Júralo.

—Quiero ayudarte.

—Entonces dime qué debo hacer para que este matrimonio funcione.

Christian rio sin ganas.

—¿Cómo voy a saberlo? —La canción terminó y él se quedó en silencio y con la boca torcida, asqueado—. Obedécelo.

Perdí toda esperanza. Cuatro meses atrás, mis mayores preocupaciones habían sido qué curso de pilates hacer y si lograría encontrar el tiempo para terminar un cuadro. Ahora, sin embargo, tendría que preocuparme de satisfacer a un marido que quizás había asesinado a su anterior esposa y, probablemente, también a los hombres que habían limpiado el estropicio después.

CINCO

Giulia

Después del baile con mi hermano, lo único que me apetecía era encontrar un rincón apartado en el que recobrar la compostura, pero el padre de Cassio se acercó cojeando hacia mí.

Le sonreí a la vez que mi hermano se escabullía tras un seco asentimiento. El señor Moretti me tendió una mano.

—¿Concederás a este pobre viejo el honor de bailar con la novia?

—Por supuesto, señor Moretti —respondí con una pequeña reverencia.

—Mansueto, por favor. Ahora somos familia.

Asentí y acepté su mano mientras me preguntaba cómo íbamos a bailar con su bastón. Él sonrió con nostalgia.

—Tendremos que bailar sin desplazarnos, si te parece bien, jovencita.

De nuevo asentí y me acerqué un poco más a mi suegro. Él entregó el bastón a un hombre que yo no conocía para después posar la mano en mi espalda con delicadeza. Empezamos a movernos al son de la música.

—Estás muy callada. Por lo que he podido oír de ti, no eres una muchacha reservada.

Se me encendieron las mejillas mientras trataba de imaginar quién le habría dado aquella clase de información. ¿Christian? Desde luego, mi madre no.

Los ojos de Mansueto eran amables, pero, como su hijo, aquel hombre tenía una reputación escalofriante.

—Estoy muy orgulloso de la reputación de mi hijo —dijo entonces, como si fuera capaz de leerme la mente, cosa que me aterró—. Sé que gobernará Filadelfia sin problema, incluso cuando yo ya no esté. Pero es una reputación que tal vez pueda inquietar a una mujer joven, especialmente a una tan joven como tú.

No sabía muy bien qué decir. Sentía que debía contradecirlo, porque la tradición dictaba que yo fingiera que mi marido no me inquietaba en absoluto, pero eso habría sido mentir y, por desgracia y para disgusto de mamá, yo era una pésima mentirosa.

—Mi esposa y yo educamos a mi hijo para que respetara a las mujeres y, por lo que yo sé, eso es lo que hace.

Por lo que yo sabía, sin embargo, las apuestas que lo situaban matando a su esposa en un arrebato iban ganando. Cassio no parecía alguien capaz de perder el control de aquella manera, pero por algo se había ganado la reputación de ser uno de los líderes más crueles de nuestros círculos, y las palabras de Christian no habían hecho más que confirmar mis temores.

—Gracias por decírmelo —respondí, porque algo tenía que decir.

No me sentía más tranquila, no había ningún consuelo. La canción terminó y dejamos de movernos. Faro se detuvo a mi izquierda con su última pareja de baile. Le llamé la atención, pues creía que, como padrino y *consigliere,* también querría un baile.

Él negó con la cabeza y una sonrisa de disculpa.

—Si alguna vez me canso de vivir, te pediré ese baile.

Se volvió y se lo pidió a otra mujer.

Miré a Mansueto, atónita, y él se echó a reír.

—Vamos, volvamos con el resto.

—¿Qué ha sido eso? —pregunté mientras seguía su lento avance hacia la mesa, donde Cassio conversaba con Luca como si estuvieran en una reunión de negocios y no en nuestra boda.

—Me temo que mi hijo es un poco territorial. Puedes bailar con la familia, pero, por favor, intenta no acercarte a otros hombres. No me gustaría tener que presenciar un conflicto en vuestra boda.

Esperé alguna risa, algún indicio que revelara que estaba bromeando. Pero no lo hubo. Me detuve y él hizo lo mismo.

—Creo que voy a refrescarme.

Mansueto asintió, pero su expresión daba a entender que sabía que yo quería salir corriendo. Sonreí discretamente, giré sobre mis tacones y me apresuré a abandonar el salón.

Pasé corriendo por delante de los servicios y en la esquina giré hacia un pasillo desierto donde me apoyé contra la pared y, despacio, como si me hundiera, me dejé caer al suelo. La falda del vestido quedó amontonada a mi alrededor, cual burbuja blanca y pura.

No era digno ni decoroso, y, si alguien me encontraba así, sería un escándalo por el que mamá jamás me perdonaría. Ni siquiera me importaba. Esta era mi vida.

No sabía cuánto tiempo llevaba sentada de esa forma, considerando mis pocas opciones, cuando oí pasos al fondo del pasillo. Con ese vestido no podía ponerme en pie con rapidez, así que ni siquiera me molesté en intentarlo.

Mia giró la esquina y, en cuanto me vio, se dirigió hacia mí con aspecto preocupado. Me sorprendió que se sentara a mi lado, con su elegantísimo vestido largo y su vientre abultado.

—Cassio es un hombre difícil, Giulia. No te voy a mentir.

Me reí entre dientes. Que fuese difícil no era el problema, podía lidiar con ello. Eran los rasgos de su carácter, más allá de su dificultad, lo que de verdad me preocupaba.

Cassio

En toda la noche, no le quité el ojo de encima a mi mujer. Mi proximidad la incomodaba, su temblor durante nuestro baile me lo había dejado claro. Y esa reacción no auguraba nada bueno para la noche.

Después de bailar con mi padre, Giulia abandonó el salón a toda prisa y él se me acercó.

—¿Nos disculpas un momento, Luca? Necesito hablar con mi hijo.

Luca asintió con brusquedad.

—Bailaré con Aria —dijo antes de dirigirse hacia su esposa.

—¿Qué pasa?

—Tu chica está aterrorizada. Intenta mantener el tipo tal como le han enseñado, pero lo veo en sus ojos.

Fijé la mirada en la puerta por la que Giulia había desaparecido.

—No la llames así, padre. Me hace sentir aún más mayor.

Él rio por lo bajo.

—Tal vez sea lo mejor. Que recuerdes que se te ha dado una esposa que hace nada era una niña, que debes ser bueno con ella.

Fruncí el ceño.

—No tengo ninguna intención de *no* ser bueno con ella.

Aunque ser bueno sería difícil, sin duda.

—Quizás deberías decírselo, hablar con ella antes de esta noche. Tal vez te convenga eliminar algunos de sus miedos de antemano.

Apreté los labios.

—Padre, no pienso discutir sobre mi noche de bodas contigo.

Sonrió.

—Y yo te lo agradezco. Ve a hablar con ella, Cassio. Hazle ese pequeño favor a tu viejo.

—Mantendré una conversación con ella cuando regrese.

—La crueldad tiene su lugar, Cassio, y ese no es el matrimonio.

Ya había tenido suficiente.

—¿Quieres volver a hablar de Gaia? ¿Precisamente hoy?

—Me preocupa que olvides que Giulia no es Gaia.

—Parece que tú conoces a mi mujer mejor que yo.

Me alejé. Por muy irrespetuoso que fuera, mi padre ya no era segundo. No necesitaba sus consejos al respecto, ni tampoco en mi matrimonio. Mia me miró con dureza desde el otro lado del salón y también salió de allí.

Hacía rato que Giulia se había marchado…

Tras un suspiro, me dispuse a encontrar a mi joven esposa. Me dirigí hacia los baños y allí seguí el sonido de unas voces de mujer que susurraban al otro lado de la esquina. Me detuve. Mia y Giulia estaban sentadas en el suelo, con sus carísimos vestidos desparramados a su alrededor. Al verlas una junto a la otra, volvió a hacerse evidente la edad de Giulia. Mi hermana era más joven que yo y, aun así, aparentaba ser mucho mayor que mi esposa. Fue un duro golpe de realidad.

En cuanto Giulia me vio, la tensión se adueñó de sus hombros estrechos. Me acerqué en un par de zancadas.

—Déjame hablar con mi mujer —le ordené a Mia.

Ella nos miró a ambos antes de extender el brazo. La ayudé a ponerse en pie.

—¿Qué tal si, por una vez, te comportas como un marido en vez de como un mafioso? —murmuró.

La ignoré. Una vez que hubo doblado la esquina, extendí el brazo.

—¿Qué te parece si tomamos un poco el aire?

Giulia puso su mano sobre la mía. Le temblaban los dedos delgados, estaban pegajosos de humedad. Tiré de ella para ponerla en pie y luego puse una mano en su espalda. No dijo nada mientras la conducía de vuelta al salón y, de ahí, hacia las puertas francesas que llevaban a la terraza del hotel. Su madre abrió mucho los ojos y entonces miró al reloj, como si fuera a abalanzarme sobre su hija en el jardín antes de la hora indicada. Los invitados que socializaban en la terraza volvieron a entrar de inmediato para darnos espacio. Me detuve a cierta distancia de las ventanas y luego miré hacia mi esposa. Con ese flequillo estaba preciosa y terriblemente adorable y ambas cosas habrían estado genial, de no ser porque también la hacían parecer joven e inocente.

—Mi padre me ha dicho que estás asustada. —Tal vez debería haber abordado el tema de un modo más delicado, pero el tacto no era uno de mis fuertes.

Ella abrió mucho los ojos; tenía los labios rojos trémulos.

—Yo..., yo no..., yo... —Se mordió el labio inferior y apartó la mirada. La luz de la luna resaltaba la piel suave, inmaculada y tersa.

—Anda, mírame.

Levantó la vista. Acaricié sus dedos con el pulgar y, cuando llegué al anillo, se estremeció.

—Este anillo te hace mía.

Giulia se tensó y entonces me di cuenta de que tendría que haber usado otras palabras, algo que no sonara como si yo fuese un neandertal a punto de reclamarla; cosa que, por cierto, tampoco distaba tanto de la realidad. Aquella noche la poseería, aunque solo fuera por seguir las tradiciones que ninguno de los dos podíamos eludir. Y, sí, ella *era* mía, pero no era eso lo que había pretendido decir. No estaba muy seguro de qué añadir para tranquilizarla. Gaia y yo nunca habíamos hablado demasiado. Ella solía gritar o llorar y solo hablaba dulcemente algunas veces, cuando quería algo.

—La tradición nos ata de pies y manos, Giulia. No solo a ti, a mí también.

Había jurado protegerla, como se suponía que un marido debía proteger a su mujer, y esta vez me esforzaría en hacerlo mejor.

—Conozco nuestras tradiciones —dijo ella enseguida, avergonzada.

—No me refiero a las sábanas.

Tragó saliva.

—¿A qué te refieres, entonces?

—A que, al ser mi mujer, estás también bajo mi protección.

Giulia inclinó la cabeza y me miró con curiosidad.

—Está bien.

No estaba muy seguro de haberme explicado bien, pero nunca había sido hombre de demasiadas palabras en lo que a los sentimientos se refería. Haría todo lo que pudiera para tratarla bien.

El silencio se instaló entre nosotros. Intuía que Giulia quería decir algo, tal vez incluso quisiera que yo dijera algo más, pero permanecí callado. No conocía a mi joven esposa y no tenía ni idea de lo que hacía durante el día, excepto ir de compras y quedar con otras mujeres. Ella era una adolescente, yo no. Y ni siquiera cuando tenía su edad había actuado como tal.

—Regresemos, los invitados nos esperan. Ya casi es medianoche.

Ella se tensó, pero me siguió adentro.

SEIS

Cassio

Los tíos de Luca, los otros segundos a los que yo no tragaba, fueron los primeros en pedir que me acostara con mi esposa.

Giulia y yo estábamos con mis hermanas y sus padres cuando el primer grito se oyó por encima de la música.

Lo siguieron vítores y aplausos y, a continuación, coreada por la mayoría de los hombres, la exigencia: «Llévatela a la cama».

Ni el padre ni el hermano de Giulia se unieron a la petición. Christian me lanzó una mirada que rayaba en la amenaza. En cualquier otro momento, habría reaccionado como correspondía a aquella falta de respeto, pero ese, sin embargo, no era el momento. Tenía más cojones que su padre, eso sí que debía reconocérselo.

Giulia se aferró a su copa de vino y dedicó a mi hermana Mia una sonrisa avergonzada.

Esta me abrazó con fuerza.

—No me obligues a patearte el culo, hermanito: sé bueno con ella. Es un encanto.

Me liberé de su abrazo. No pensaba hablar de sexo con ella.

Felix me miró duramente, pero ambos sabíamos que, pasara lo que pasara esa noche, ya no era su responsabilidad. Ciertamente, adoraba a su hija, pero también amaba el poder y, de tener que elegir entre los dos…

Me volví hacia mi mujer, cansado de que todo el mundo metiera las narices en nuestro matrimonio. Giulia me miró tímidamente con las mejillas rojas. Le ofrecí mi mano y ella la tomó sin vacilar. Tenía la palma sudorosa.

—¿Estás lista para subir? —murmuré, y me incliné para que solo ella pudiera oírme.

Tragó saliva y asintió.

Me volví hacia nuestras familias.

—Con vuestro permiso.

Antes de que nos marcháramos, Egidia abrazó a su hija una vez más y le susurró al oído algo que la sonrojó intensamente.

Todavía con la copa de vino en la mano, permitió que la condujera hacia la salida. El silencio volvió a reinar entre ambos. Pensé en decir algo que la tranquilizara, pero lo cierto era que no había nada que decir y, de todas formas, yo tampoco era un hombre al que se le dieran bien ese tipo de cosas.

Giulia dio un sorbo a la copa. Ya iría, por lo menos, por la quinta.

—¿Qué te ha dicho tu madre? —pregunté para llenar el tenso silencio entre nosotros mientras subíamos a la *suite* en ascensor.

En cuanto se abrieron las puertas, salimos.

Otro sorbo. Me detuve y le quité la copa. Si se emborrachaba, tendría que terminar falseando las putas manchas de sangre.

—Ya basta.

—Es *ginger ale.*

Lo probé, sorprendido.

Giulia buscó algo en el bolsito blanco que le colgaba del hombro.

—Solo he tomado una copa de vino espumoso en la recepción. No quería emborracharme. —Y aquellos enormes ojos azules se clavaron en los míos.

—¿Qué te ha dicho tu madre? —volví a preguntar mientras la conducía por el trecho restante hasta la *suite.*

Abrí la puerta y Giulia frunció los labios.

—Que debía satisfacerte y tratar de disimular mi falta de experiencia. —Resopló—. Ahora mismo, me conformo con no desmayarme de miedo.

Y abrió mucho los ojos.

Le hice un ademán para que entrara; yo la seguí y nos quedamos solos. La zona del salón era amplia, con dos sofás y una mesa de comedor en la que dejé la copa. No es que fuéramos a usarla, pero era costumbre que nos alojáramos en la mayor *suite* del hotel, aunque no necesitáramos más que un dormitorio. Miré entonces a mi joven esposa, que acababa de sincerarse conmigo, honesta hasta la vulnerabilidad.

—No temas, Giulia. Tenemos toda la noche.

Ella miró alrededor, hasta que sus ojos se detuvieron en la puerta de la izquierda, que conducía al dormitorio.

—¿Te parece que prolongarlo es lo mejor?

No sabía qué hacer para que se sintiese mejor.

—Dime qué puedo hacer para aliviar tus miedos.

Rumió mis palabras.

—Saber que puedo decidir. Que tengo elección.

—Y puedes —dije mientras me acercaba a ella.

—¿De verdad? —susurró, y me miró—. ¿En serio dejarías que fuera decisión mía?

Quería que fuera decisión suya, de hecho. Pero no mostraría debilidad; no frente a Luca y no después de haberla mostrado ya durante nuestro encuentro. No le daría motivos para dudar de mí. Ni siquiera el precioso rostro de mi mujer o su adorable sonrisa iban a disuadirme de cumplir con mi deber. Una decisión ficticia podía servirle igual.

—Sé lo que hay, Cassio. Lo que implicaría, tanto para ti como para mi padre, que no enseñásemos las sábanas mañana por la mañana. —Tragó saliva.

Le toqué el brazo y sentí la calidez de su piel a través de la tela fina.

—Entonces decídelo tú.

Ella buscó mi mirada.

—De acuerdo —dijo poco después con voz queda.

Me alivió que fuera tan razonable. Al menos, en eso era distinta de mi difunta esposa. Me sorprendió cuando se encaminó hacia la habitación sin que yo se lo propusiera. La seguí a un par de pasos de distancia. Por primera vez, me permití a mí mismo verla como una mujer: algo que, hasta entonces, había evitado a toda costa, pero que era necesario para lo que habría de ocurrir esa noche.

El vestido realzaba su cintura estrecha, la preciosa curvatura de sus caderas y el trasero. Ya en el dormitorio, Giulia se detuvo y me miró por encima del hombro. A pesar de su evidente nerviosismo, sonrió antes de dejar el bolso en la banqueta que había a los pies de la cama. Fijó la mirada en ella un momento, más ruborizada todavía, y, al fin, carraspeó.

Me acerqué a ella. El olor a fresas inundó mi nariz y me pregunté si sabría tan dulce como sugería su elección de perfume. Me fijé en el elaborado encaje de su corpiño de manga larga y me detuve en la turgencia de sus pechos.

—Voy a tener que cortarte el vestido —dije mientras sacaba la navaja de la funda que llevaba en el pecho.

Otra tradición que no podía eludir.

Ella miró la navaja con el ceño levemente fruncido antes de asentir. Se volvió y ladeó la cabeza para evitar que el pelo cubriese el encaje de la espalda. Tenía el cuello largo, elegante y sin imperfecciones, y tuve que reprimir las ganas de llevar mi boca a él y marcarla como mía. No acostarme con ella me había parecido infinitamente más fácil cuando no estábamos casados, en ese momento me parecía absurdo. Volvió la cabeza y me miró a través de las largas pestañas, con los ojos nerviosos.

—¿Va todo bien? —preguntó en voz baja.

—Por supuesto —respondí con voz áspera.

Mi respuesta había sido más brusca de lo que pretendía porque estaba molesto conmigo mismo. Ella desvió la mirada y se tensó.

Tenía la disculpa en la punta de la lengua, pero no pasó de ahí. Introduje un dedo bajo el encaje para separarlo de la piel suave, que se erizó por completo en cuanto la rocé. Hice descender la navaja y, con un siseo que sobresaltó a Giulia, corté con ella la carísima tela. Di un paso atrás cuando la hoja alcanzó la falda.

Giulia se bajó el vestido lentamente y yo, detrás de ella, fui incapaz de apartar la mirada mientras revelaba así su suave espalda, centímetro a centímetro. No llevaba más ropa interior que un diminuto tanga de encaje blanco. Mis ojos se detuvieron en sus nalgas perfectas: un par de globos redondos a los que quise clavar los dientes y entre los que deseé hundir la polla, que se me estaba poniendo dura con solo mirarla.

—¿Te importa si entro un momento al baño?

Su voz sonó en mitad de la oleada de excitación.

—Claro.

La brusquedad de mi respuesta hizo que Giulia se atreviese a mirarme a la cara, tras lo cual corrió hacia el baño. Atemorizar a mi joven esposa antes de tener que poseerla había sido una puta estupidez.

Me aflojé la corbata, caminé hacia el pie de la cama y me senté. El anillo de casado, similar al anterior, parecía burlarse de mí. Dejé la corbata a un lado y escuché el murmullo del agua. Giulia iba a necesitar paciencia y tiento. Yo jamás había tenido mucho de lo uno ni de lo otro, y menos todavía desde todo el lío con Gaia. Apoyé los brazos en los muslos e intenté concentrarme en tratar bien a mi mujer. No la quería a malas conmigo.

La puerta del baño se abrió, lo que atrajo mi atención hacia Giulia. Llevaba puesto un camisón de seda azul oscuro que le llegaba hasta las rodillas y que se ajustaba a su cuerpo esbelto. El cabello le caía por los hombros en suaves rizos castaños, liberado ya de los ridículos girasoles. Giulia permaneció inmóvil en el umbral, se alisó el flequillo en un ademán nervioso e hizo trazos en el suelo con un pie descalzo.

—¿Y ahora qué?

La miré a los ojos. Ella esperaba que yo la guiase, y esa era la única cosa que no tenía reparo alguno en concederle. Me puse en pie y le tendí una mano.

—Ven.

Inspiró hondo y se acercó hasta colocarse frente a mí: sin los tacones apenas me llegaba al pecho. El aroma a fresas era ahora más intenso todavía y, pese a que yo nunca había sido un amante de las cosas dulces, de golpe tuve un tremendo deseo de ellas.

Le tomé la cabeza entre las manos y ella aguantó la respiración. Miré su precioso rostro por un momento, justo antes de inclinarme sobre ella y besarla en los labios para ver cómo reaccionaba. No se movió. Le acaricié el pómulo con el pulgar y repetí el gesto y, al fin, se suavizó.

—¿Por qué llevas todavía el esmoquin? —preguntó tras el tercer beso.

Me aparté, me quité la chaqueta y la dejé en la banqueta. Giulia me observaba.

—¿Y el chaleco?

Reprimí una sonrisa y empecé a desabrocharlo. No se comportaba como yo había temido, no como Gaia había hecho. El último botón me dio algunos problemas, pero, antes de que mi frustración fuera a más, Giulia me apartó la mano y lo desabrochó con sus elegantes dedos. También lo dejé caer sobre la banqueta.

Giulia exhaló un pequeño suspiro.

—Estás muy fuerte. —Hizo amago de tocar mi bíceps, pero se contuvo.

Tomé entonces su mano y la puse sobre mi brazo antes de flexionarlo. Giulia soltó una risa nerviosa y a mí me temblaron los labios. Alzó la vista y la desvió hacia lo que había detrás de mí. Volví a tomarla de la mano y la acerqué a la cama.

—Túmbate.

Se recostó sobre la cama y, por un momento, se tensó. Me quité los zapatos y me tumbé a su lado, todavía vestido casi por completo. La acerqué a mí agarrándola de la cadera y me incliné sobre ella.

Un destello nervioso cruzó su preciosa cara. Me centré en su cuerpo y le besé el cuello. Ella aguantaba la respiración, muy quieta. No era la mejor reacción posible, pero tampoco la peor. La besé de nuevo justo bajo la oreja y ella me sorprendió al retorcerse y soltar una risita.

Una risita propia de una adolescente.

Hice una pausa y la miré: se mordía el labio inferior con el semblante entre avergonzado e inseguro, parecía una puta cría. ¿Mayor de edad? Mis cojones. Sí que lo era, pero sus reacciones, sus tonterías y sus expresiones… no eran las de una mujer adulta, sino las de una niña en proceso de convertirse en una mujer.

Me levanté y ahogué un suspiro.

—Lo siento —se disculpó a toda prisa—. No quería reírme, es que tengo cosquillas.

Me miró, vacilante, con los ojos rebosantes de preocupación. Las cosas no estaban saliendo como yo había esperado. Con el maquillaje y el vestido elegante sí que había parecido mayor. En ese momento, sin una gota de maquillaje y vestida con un simple camisón, su aspecto se correspondía al de la adolescente que en realidad era.

Siempre había hecho lo necesario. Había amenazado, torturado y matado, así que acostarme con mi esposa debería haber sido pan comido.

Ignoré su disculpa y me puse en pie. Cuanto antes me lo sacara de encima, mejor. Me quité la camisa, los pantalones y los calcetines. Al ir a bajarme los calzoncillos, reparé en la mirada de Giulia. Sus ojos estaban muy abiertos, cosa que la hacía parecer todavía más joven e inocente, y me miraba con una mezcla de miedo y fascinación.

Solté la cinturilla tras llegar a la conclusión de que lo mejor sería no descubrirme la polla por el momento. Como se le ocurriera soltar un chillido al verla, mandaría a Luca a tomar por culo con las putas sábanas, y entonces sería mi propia sangre la que acabaría tiñéndolas.

Desde el borde de la cama, extendí la mano hacia su rodilla y la rocé.

Ella volvió a retorcerse y a morderse el labio para tratar de reprimir otra risita.

—Seguro que hay un sitio en el que no tienes cosquillas —dije, sarcástico.

Ella apretó los labios.

—No puedes saber… —Abrió mucho los ojos—. ¿Te refieres a…? —Entonces inspiró de golpe.

Por lo menos lo había pillado. De lo contrario, lo habría mandado todo a la mierda.

Me arrodillé sobre la cama. Quería relajarla lo suficiente para que le doliese lo menos posible. Mi primera mujer había llorado durante nuestra primera vez: una experiencia que en absoluto quería repetir.

Le subí el camisón hasta la ropa interior y sentí un tirón familiar en la ingle al ver el valle entre sus muslos. Posé los dedos en sus caderas y fui deslizándolos hasta la cinturilla del tanga.

Ella seguía totalmente inmóvil y me miraba con los labios entreabiertos y esa puta expresión inocente que iba a ser mi perdición.

—¿Te lo puedo quitar?

Era una pregunta retórica, ambos sabíamos qué se esperaba de nosotros.

—¿Y qué pasaría si dijera que no? ¿Acaso importaría? —preguntó con un deje de insolencia.

—¿Te sentirías mejor si continuara a pesar de que me hubieras dicho que no? A mí, por lo menos, no me ayudaría.

—Dudo que te importase. Desde luego, no va a dolerte tanto como a mí.

Sentí un ramalazo de ira. Me coloqué sobre ella y puse los brazos en el espacio junto a sus hombros. Sus manos trataron de apartarme, las palmas presionando contra mi pecho. Abrió mucho los ojos y los fijó en mis pectorales; le temblaban los dedos.

—Escucha, tienes razón: la que sentirá dolor serás tú, pero te aseguro que portarte como una cría no te ayudará en nada. Todo irá mejor si ambos colaboramos.

—No se trata solo del dolor. Hasta ahora, los hombres podían besarme la mano o bailar conmigo durante los eventos, nada más. Y ahora tú estás aquí, sobre mí, medio desnudo, y yo también estoy medio desnuda, y dentro de poco ambos estaremos totalmente desnudos y tú vas a... —Inspiró profundamente.

—Lo sé —convine con voz queda—. No llores.

Ella se mordió el labio inferior. Después de un momento, dijo con firmeza:

—No voy a llorar. —Me miró—. ¿Por qué te importa? Has visto cosas peores.

Sí, así era. Mucho peores, y no me habían importado una mierda. Pero Giulia era joven, demasiado, y ahora también era mi esposa: la que, supuestamente, debía convertirse en la madre de mis hijos. Joder. Menudo desastre.

Ella seguía mordiéndose el labio. No me miraba a mí, sino a algo que solo ella podía ver.

—Giulia —murmuré, y sus ojos se posaron en mí—. Ayúdame con esto.

Ella me observó con aquellos ojos enormes y asintió despacio.

Me embargó el alivio. Agaché la cabeza y la besé con suavidad. Y, luego, otra vez. Al tercer beso, sus labios se movieron, vacilantes, contra los míos, y yo succioné su carnoso labio inferior. Ella hizo un ruidito y cerró los ojos. Le abrí la boca con la lengua y la introduje en ella, y saboreé a mi esposa por primera vez. Joder, era tan increíblemente dulce que iba a matarme. Sin dejar de besarla, apoyé la palma de la mano sobre sus costillas.

Abrió los ojos de golpe y se retorció ligeramente. Me aparté de su boca y la admiré al tiempo que deslizaba la mano por su costado, de arriba abajo y viceversa. La acariciaba con suavidad, promesa implícita de que la trataría con cuidado.

—¿Me dejas que te desvista?

Volvió a asentir sin pronunciar palabra. Me puse en cuclillas y la ayudé a incorporarse también. A continuación, metí los dedos bajo el dobladillo del camisón y tiré hacia arriba. Ella levantó los brazos para permitir que se lo sacara por la cabeza. Tiré la prenda al suelo y volví a centrar la atención en Giulia. Tenía los brazos cruzados sobre el pecho. Mientras se mordía el labio en aquella forma suya tan adorable, los bajó despacio y me regaló unas vistas perfectas de sus pechos.

Dios, era preciosa.

Estiré la mano hacia ella y acaricié con los nudillos el valle entre sus hermosos pechos. Giulia se retorció, arrugó la nariz y reprimió otra risita antes de ruborizarse.

—Lo siento.

—No —respondí en un tono de voz algo más bajo.

Prefería que riese a que llorase y, ahora mismo, afortunadamente, no parecía estar al borde de las lágrimas.

—Eres muy hermosa —aseguré.

Porque era la verdad y porque no quería que se cohibiera. Eso solo la tensaría más.

—Gracias.

—De nada —murmuré mientras le acariciaba la parte exterior de un pecho con los nudillos. Se le endurecieron los pezones y el rubor de sus mejillas se le extendió por todo el rostro. Me alegraba no haber escuchado a mi conciencia y no haberle pedido a Luca que cancelara la boda porque Giulia fuera demasiado joven para mí. En ese momento, supe que sería mía para siempre.

Pasé el pulgar por el pezón y Giulia inspiró súbitamente. Repetí el movimiento y reprimí un gruñido ante el tacto de aquel botón tan perfecto.

—¿Te gusta?

—Sí.

Deslicé la mano hacia su tanga.

—Túmbate.

Ella me hizo caso y percibí cómo su cuerpo se tensaba. Flexionó los músculos del abdomen y aguantó la respiración.

—No tienes por qué ponerte nerviosa. Solo voy a quitarte la ropa interior.

Se la bajé por las piernas lentamente y sentí una oleada de alivio antes de que el deseo me inundara. La mayoría de las mujeres se depilaba por completo para la noche de bodas y, aunque aquello me gustaba, con Giulia no habría hecho más que acentuar su edad. Por suerte, se había dejado un pequeño triángulo de vello castaño oscuro sobre el pubis.

—Sé que no es lo tradicional, pero no quería…

—Es perfecto —murmuré con voz ronca.

Ella me miró tímidamente con las piernas todavía juntas. Me permití observarla un momento y, a continuación, me incliné sobre ella y le besé el vientre al tiempo que respiraba hondo para captar otra bocanada de la loción de fresa que debía de haberse aplicado antes. Dulce por encima de todo, mi mujer.

—Abre las piernas para mí.

—¿Por qué?

Levanté la mirada hacia ella y, al reparar en su nerviosismo, contuve la impaciencia que me generaba su tozudez.

—Giulia.

Ella apenas las abrió, así que tuve que apartarlas yo mismo para poder colocarme entre ellas y tumbarme. Entonces admiré el coño de mi mujer. Joder. Volví a sentir el torrente de deseo. Me incliné hacia delante, pero Giulia se tensó y, estirando el brazo, la mano sobre mi frente, me detuvo. Por un momento, creí que iba a echarme a reír. Eso era demasiado, incluso para mi autocontrol.

—¿Qué haces?

—Intento ayudarte a que te relajes.

Ella me miró desde arriba.

—Pero… ¿por qué?

—Porque la mayoría de las mujeres disfrutan mucho con esto. Y creo que a ti también podría gustarte.

Arrugó la nariz como si yo fuera a hacer algo desagradable.

—¿Entonces vas a… besarme ahí abajo?

No pude evitarlo: me reí.

—Sí, voy a besarte ahí abajo, y a lamerte, y a chuparte y, con suerte, lo disfrutarás tanto como yo.

Arqueó las cejas. Yo encajé la cabeza entre sus muslos y ahogué otra risita. Sentí su piel tersa contra mi mejilla áspera y centré la mirada en su coño perfecto una vez más. Envolví su mano con mis dedos y la aparté de mi frente.

—Y, ahora, voy a besarte.

Apoyé los brazos y me incliné. Giulia contuvo la respiración y se tensó tanto que parecía a punto de partirse en dos. En cuanto mis labios rozaron sus pliegues aterciopelados, se retorció e inhaló bruscamente.

Levanté la vista.

—¿Te he hecho cosquillas? —pregunté, ronco.

Ella estaba muy quieta y con los ojos muy cerrados.

—No.

Volví a besarla en el mismo punto, y presioné un poco más esa vez. El aroma dulzón de su sexo era irresistible. Volvió a coger aire de forma brusca. La besé ahí una y otra vez para que se acostumbrara a la sensación. No obtuve más respuesta que su respiración agitada; no estaba seguro de si le gustaba o no. Le acaricié el interior del muslo con la palma y lo presioné ligeramente con la intención de que se abriera más, pero se resistió. Sentí una punzada de frustración, pero la ignoré: dieciocho años. Joven e inexperta.

—Giulia, relájate.

Noté cómo destensaba las piernas y cómo, por fin, se abría del todo. Su sexo exhibía un rastro de humedad que me colmó de alivio. Agaché la cabeza y pasé la lengua por los pliegues sensibles. Su mano volvió a moverse, solo que esa vez no lo hizo para detenerme, sino para aferrarme la cabeza con dedos temblorosos. Me cerní sobre ella y usé la punta de la lengua para rodearle el clítoris. Giulia jadeó y crispó los dedos. Me tomé mi tiempo para descubrir qué le gustaba, pero me costó porque seguía tensa y sin decir nada. Cuando le pasaba la lengua por el clítoris, sí que notaba que le daba placer. Inspiraba hondo y su cuerpo reaccionaba a mi exploración, pero, al cabo de un cuarto de hora, me quedó claro que estaba demasiado nerviosa para correrse. Le besé la cara interior del muslo.

—¿Crees que podrás correrte?

Ella sacudió la cabeza.

—No, lo siento —dijo, profundamente avergonzada.

—No te preocupes. Lleva algún tiempo. —Hice una pausa a sabiendas de lo que tenía que pasar a continuación—. ¿Estás lista?

Sabía que no, y no porque no hubiera llegado al orgasmo. Estaba húmeda, tanto como era posible, dadas las circunstancias. Ella tragó saliva y asintió levemente.

Salté de la cama y me quité los bóxeres. Definitivamente, mi polla sí que estaba lista. Oler a Giulia, saborearla y admirarla había concentrado toda la sangre de mi cuerpo en aquella zona.

—Joder —susurró Giulia.

Arqueé las cejas y, por un segundo, estuve a punto de echarme a reír. Ahogué las ganas y me arrodillé en la cama.

—Te dilatarás sin problema.

Seguía mostrándose indecisa y, lo que era peor, asustada. A la mierda. Teníamos que acabar con eso de una vez por todas. Si empezaba a preocuparse de lo mucho que le dolería, solo lograría ponerse más tensa.

SIETE

Cassio

—¿Tomas la píldora? —pregunté.

No era lo más romántico que decir en una situación como esa, pero hasta entonces no había sido capaz de preguntárselo.

Asintió deprisa.

Me coloqué sobre ella y llevé la polla hasta su abertura, pero ella retrocedió. Quise rugir de frustración.

—Giulia… —imploré.

—¿Podrías abrazarme?

Por un puto segundo se me paró el corazón. Asentí y bajé hasta apoyarme sobre los codos, luego coloqué un brazo bajo los omóplatos de mi mujer y la estreché contra mi pecho.

—¿Así? —murmuré.

Con el rostro a pocos centímetros del mío, levantó la mirada en busca de mi ayuda, de mi protección, de mi cercanía. Besé la comisura de sus labios, el labio inferior y luego el superior, mientras movía las caderas para que la punta de mi miembro rondara su hendidura. Ella contuvo el aliento. Le aparté el flequillo de la frente sudorosa.

—Respira.

Lo hizo y yo le metí un par de centímetros.

Un destello de incomodidad cruzó su rostro y, entonces, me agarró el bíceps.

—Si es demasiado, me lo dices y ya se nos ocurrirá algo —me oí decir.

En aquel momento quise darme de hostias, pero ella me dedicó una pequeña sonrisa de gratitud y la sentí dilatarse levemente. Me introduje más en su interior, despacio, aun cuando ella cerró con fuerza los ojos y exhaló. Estaba muy cerrada y yo sabía que ese último empujón sería el que iba a dolerle más. La besé en la sien, empujé y se la metí por completo. Ella se tensó bajo mi cuerpo, ahogó un grito y comenzó a respirar agitadamente.

Me estremecí y suspiré, traté de permanecer inmóvil, convencido de que iba a dejarme seco en cualquier momento. Joder, estaba apretadísima.

—¿Giulia? ¿Cómo estás?

Me miró.

—Bien —respondió con voz temblorosa—. Es raro... sentirte dentro de mí. Me siento llena.

Sonreí ante aquel análisis.

—Estoy diciendo chorradas, ¿verdad?

Negué con la cabeza y le acaricié la mejilla antes de empezar a moverme; pequeños embates que fueron volviéndose más impetuosos cada vez. Ella seguía tensa, pero no lloró, sollozó ni se quejó, y yo di las gracias por ello. No tardé en alcanzar mi punto álgido y ni me molesté en contenerme, porque sabía que ella se alegraría de haber acabado.

Mi cuerpo se tensó, mis huevos se expandieron y me corrí en su interior. Me quedé muy quieto sobre ella y, al cabo de un momento, apoyé la frente sobre la almohada, junto a su cabeza. Giulia contenía la respiración, inmóvil bajo mi peso. Presté atención por si la oía sollozar, pero de nuevo el alivio me embargó al no escuchar nada. Poco a poco, salí de su interior y me aparté lo justo. Ella se volvió a un lado y me miró.

—Gracias —susurró.

Busqué en su rostro ruborizado.

—¿Por qué?

No podía ser por provocarle un orgasmo, porque claramente no lo había hecho, aunque no tardaría en provocarle muchos.

—Por ser paciente y cuidadoso.

Fruncí el ceño.

—¿Y por qué no habría de serlo?

Gaia había disfrutado haciéndose la víctima, y a menudo había llorado para hacerme sentir mal, incluso cuando lo había puesto todo de mi parte para comportarme de forma decente con ella.

—Las mujeres hablan. Algunos hombres no lo son porque eso les da sensación de poder, otros porque disfrutan haciendo daño y algunos solo quieren asegurarse de que la mancha de sangre sea grande para impresionar…

Sus palabras me sorprendieron. En ese momento no sonaba tanto como una adolescente.

—No necesito demostrar mi poder haciéndote daño durante el sexo. Soy segundo, doy órdenes a mucha gente todos los días. Y, aunque disfrute infligiendo dolor cuando es necesario, no me gusta hacer daño a mujeres o niños. En cuanto a la última razón…, tal vez algunos hombres crean que una mancha mayor hará pensar al resto que tienen una polla enorme cuando, en realidad, lo único que demuestra es que no tienen ni puta idea de cómo usarla.

Giulia rio y, después, sonrió, coqueta y burlona.

—¿Y tú sí que sabes?

Una risa grave retumbó en mi pecho.

—¿Usarla, dices?

Ella se ruborizó, pero asintió.

—Eso creo. Sé que lo de hoy no ha sido placentero para ti, pero pronto lo será.

Ladeó la cabeza, pensativa.

—Vale.

Bajé la mirada por mi cuerpo. Tenía la polla manchada de sangre. Me senté y le tendí una mano a Giulia.

—¿Podrías sentarte un momento?

Aun con el ceño ligeramente fruncido, lo hizo.

—¿Por qué? —Entonces abrió los ojos como platos y bajó la mirada por su cuerpo— .Vaya…

—Tú solo espera un par de segundos.

Arrugó la nariz.

—Es un poco asqueroso.

—Lo sé. Pero es la tradición.

Volví a apartarle el pelo de la cara y ella me observó con curiosidad: sus ojos eran de un azul deslumbrante, como el del cielo despejado de un caluroso día de verano, mientras que la nariz ligeramente respingona le daba cierto aspecto remilgado.

—¿Te parezco guapa? —preguntó mientras se mordía el carnoso labio inferior.

—Sí. —Acaricié el dorso de su mano con el pulgar; ni siquiera me había dado cuenta de que todavía la tenía agarrada.

—Ah… —dijo—. No estaba segura. No parecía que mi físico te importara demasiado.

Afortunadamente, había perfeccionado mi cara de póquer con los años. Gajes del oficio.

—Me pareciste, y me sigues pareciendo, muy atractiva.

—Mmm… Normalmente, se me da muy bien intuir esas cosas. En la mayor parte de los hombres es algo muy obvio: ponen esa mirada intensa, como si fueran a devorarte.

Una oscura irritación se enroscó en mi pecho.

—¿Era algo frecuente… que los hombres te miren así? ¿Como si quisieran devorarte? —No pude evitar una nota de crispación en mi voz. Algo que antes no había estado ahí.

Giulia ladeó la cabeza y me miró en silencio, de aquella forma tan suya.

—A veces. Hombres que venían a visitar a mi padre, o algunos desconocidos, cuando salía con mis guardaespaldas. Pero nunca se me ha acercado nadie.

—Bien —gruñí.

Ella enarcó las cejas.

—¿Eres celoso?

—Posesivo. No me gusta compartir. Nunca.

Giulia rio.

—¿Te parece gracioso? Lo digo completamente en serio.

Puso los ojos en blanco. Puso. Los. Ojos. En. Blanco. Ni siquiera recordaba la última vez en que alguien se había atrevido a hacérmelo.

—¿Te pones celoso porque unos hombres me miren desde lejos, aun sabiendo perfectamente que me has dado mi primer beso hoy, en la iglesia? Nunca has tenido que compartirme, y no vas a tener que hacerlo.

—¿Alguna vez has mirado así a un hombre? —quise saber.

—No —respondió sin vacilar.

—Que hayas crecido sobreprotegida no quiere decir que estés ciega.

Ella torció el gesto.

—Nunca he mirado tanto a los hombres para decidir si me gustaban o no. No me parecía inteligente, teniendo en cuenta que no iba a ser yo la que escogiera a mi marido.

Eso era cierto. No había tenido ni voz ni voto en aquel asunto.

Giulia

Cassio sacó las piernas de la cama.

—Voy a lavarme.

Recorrí su cuerpo musculoso con la mirada, fascinada por su dureza, por las hendiduras de sus abdominales y la estrecha V de sus caderas. Su cuerpo me atraía, lo cual era todo un alivio. Seguí bajando la vista: la imagen de su pene ensangrentado me sofocó, y aparté la mirada. De todas formas, ya había estado mirándolo durante demasiado rato. Me inspeccioné a mí misma y me encogí al ver mis muslos manchados de una asquerosa mezcla de sangre y esperma. Bajé de la cama y me fijé en el destrozo en las sábanas. Dejé escapar un gemido mortificado.

—¿Te encuentras bien? —preguntó Cassio, en algún lugar a mis espaldas.

Me giré con una mueca.

—¿De verdad tenemos que enseñar estas sábanas?

—Ese es el motivo por el que nos hemos acostado.

Au.

—Entonces, ¿solo te has acostado conmigo para poder enseñar las sábanas?

Ahora que estábamos casados, quería que Cassio se sintiera atraído por mí. Pasar la vida con alguien que no soportaba tocarte me parecía un destino horrible. A mí sí que me gustaba su cuerpo, mucho. Su contacto todavía me parecía extraño y el sexo había resultado doloroso, pero no había sido el calvario que mi madre y algunas de mis tías me habían contado. Podía imaginarme disfrutándolo, especialmente con su boca entre mis piernas.

Cassio me miró con extrañeza, como si yo fuera una criatura desconocida. Luego sacudió la cabeza con una risilla entre dientes.

—Soy un hombre.

Me dirigí hacia él, yo también necesitaba una ducha. Estaba pegajosa y dolorida entre las piernas.

—¿Eso es una respuesta? —pregunté con curiosidad.

Cassio entró en el cuarto de baño y yo lo seguí. Sus ojos viajaron por todo mi cuerpo, y un escalofrío familiar me recorrió la espalda. Ahora que ya me había visto desnuda, no le veía el sentido a cubrirme otra vez, y a él no parecía importarle. Más bien al contrario.

Aceleré el paso al sentir que algo goteaba de mí y prácticamente salté al interior de la ducha. Con un suspiro, me relajé, feliz de haber evitado mayores daños.

—Puedes ducharte primero —dijo Cassio.

—Podemos ducharnos juntos. —Me ruboricé—. Quiero decir que… ¿para qué malgastar agua? Hay espacio suficiente para los dos.

Las comisuras de sus labios se contrajeron.

—Hay que ahorrar agua, ¿verdad?

Puso un pie en la ducha. Con él dentro, no había tanto espacio como había creído y de pronto caí en la cuenta de que, pese a lo que había sucedido, todavía seguíamos siendo extraños. Me centré en el gel de baño y traté de ignorar su presencia mientras me enjabonaba el cuerpo. Fue imposible. Cassio estaba por todas partes. Su calor me abrasaba la espalda. Su olor varonil se adhería a mí por encima del del gel.

Él no dijo nada, tan solo se lavó. Por el rabillo del ojo lo vi frotarse la polla para limpiarla de mi sangre. El agua a nuestros pies no tardó en teñirse de rosado. Me encogí al limpiarme la entrepierna, sensible y dolorida.

—En un par de días estarás mejor —dijo él.

Me giré a medias para poder mirarlo a la cara sin chocarme con él, cosa que, por otro lado, no tenía mucho sentido, puesto que habíamos estado mucho más cerca hacía tan solo unos minutos.

—¿Tanto? Pensaba que mañana ya estaría bien.

La sombra del pasado cruzó su rostro y turbó sus profundos ojos azules. ¿Qué habría pasado entre su mujer y él?

—Ya veremos. —Fue todo lo que dijo antes de cerrar el grifo.

Cassio alcanzó una toalla y me la tendió y luego agarró otra para sí. Salió de la ducha y se secó. Lo miré mientras me envolvía para secarme. Físicamente, habíamos estado todo lo cerca que dos personas podían estar, pero emocionalmente nos encontrábamos a mundos de distancia. Volveríamos a compartir la cama, porque había visto deseo en sus ojos y porque yo también lo quería. A nivel emocional, no obstante, sería difícil acercarme a mi marido. Ya lo intuía.

Fue hasta el lavabo y se cepilló los dientes. Verlo haciendo eso me pareció mucho más íntimo que estar desnuda delante de él. Su expresión era cauta, volvía a estar en guardia. Solo durante el sexo, y por un momento breve, había sido distinta. Salí del baño para darle privacidad. Yo ya había terminado mi rutina nocturna. Tan solo me había mojado un poco el pelo durante la ducha, pero, con Cassio ahí, no quería usar el secador. ¿Cómo podían resultarme tan personales todas aquellas actividades después de lo que acabábamos de hacer?

Dejé la toalla en la banqueta, recogí el camisón del suelo y me lo puse por la cabeza. Tratando de ignorar la mancha en la sábana, y aun así viéndola perfectamente porque era imposible no hacerlo, me metí en la cama.

Sabía lo que era estar cansada, y en ese momento no lo estaba: mi cuerpo todavía rebosaba adrenalina. Cuando Cassio emergió del baño diez minutos después, con tan solo un pantalón de pijama negro y de tiro bajo, mis ojos se posaron en él. Muchos hombres ganaban peso una vez que se casaban. No demasiado, para que el capo no los mirase mal, pero sí lo suficiente para cubrir los músculos que tanto les había costado conseguir de jóvenes. No había sido así con Cassio. Todo en él era puro músculo; no tenía nada blando: ni en su cuerpo, ni en su expresión, ni en sus ojos. Si reparó en mi escrutinio silencioso, no dijo nada. En vez de eso, se metió en la cama y dejó entre nosotros el espacio suficiente para que cupiese otra persona.

¿No íbamos a acurrucarnos? Era algo a lo que había aspirado en el matrimonio.

En los últimos años, los arrumacos habían brillado por su ausencia en mi vida. No me permitían tener novio, y ya era demasiado mayor para tener esa clase de cercanía con mi padre. Mi madre, directamente, nunca había sido dada a mostrar afecto físico.

Esperaba que el matrimonio abriera la puerta a aquella clase de afecto que iba más allá del sexo. Quería que me abrazaran y que me mimaran. Tal vez había sido una estupidez pensar que Cassio estaría dispuesto a hacer algo así conmigo.

Cassio volvió la cabeza hacia mí, pero siguió tumbado bocarriba.

—¿Qué pasa? No temas, no volveré a buscarte. Ya hemos cumplido con nuestro deber.

Deber.

Honor. Deber. Había perdido la cuenta de las veces que había oído esas dos palabras a lo largo de mi vida.

—No es eso —susurré—. Es que yo... Yo solo...

Cassio frunció las cejas oscuras.

—No sé leer mentes, Giulia, y no tengo la paciencia suficiente para adivinar qué se te pasa por la cabeza.

Su voz sonó áspera y los ojos me escocieron por las lágrimas ante tal rechazo.

Suspiró, se apoyó sobre un codo y me miró.

—¿Te duele? ¿Te he hecho más daño del que creía?

Cómo no, había pensado que lo que me turbaba era algo físico.

—¿Giulia?

Me tocó el hombro desnudo con una de sus fuertes manos, y yo me estremecí con la caricia. Cassio malinterpretó mi reacción y enseguida fue a apartar la mano, pero yo se la sujeté.

—¿Podemos...? —No podía pedirle arrumacos a un hombre como Cassio. En vez de eso, y sin soltarle la mano, me acerqué a él hasta que pude sentir su calor—. ¿Estar así un ratito?

Al principio, no reaccionó, solo se quedó mirándome con aquellos ojos azules como el océano. Entonces, sin decir palabra, se tumbó bocarriba, pero esa vez levantó un brazo para hacerme espacio. Me acerqué a él hasta pegarme por completo a su cuerpo, con el rostro sobre su pecho fornido y una de mis piernas sobre su musculoso muslo. Olía bien, *muy* bien: fuerte, cálido, varonil. Dejé las manos torpemente apretadas contra mis pechos, sin saber muy bien dónde colocarlas. Cassio me envolvió con un brazo; vagamente primero, pero con más firmeza luego, cuando proferí un pequeño suspiro. Hice acopio de valor y apoyé una mano sobre su pecho, y pronto mis dedos se tornaron inquietos. *Curiosos.*

Hasta entonces, no se me había permitido tocar a un hombre ni descubrir su cuerpo. Recorrí ociosamente el vello de sus pectorales y me percaté de que me gustaba su tacto bajo las yemas. En la tele solo había visto a tíos con torsos lisos, y siempre había intentado imaginar qué se sentiría al tocarlos. Cassio era muy masculino, fuerte, y tenía vello por todo el cuerpo. Aunque no era excesivamente peludo, no. Deslicé los dedos hacia abajo, hacia las hendiduras de su abdomen, y seguí el rastro de vello hasta toparme con la cinturilla de sus pantalones.

Me sujetó la mano.

—Giulia.

Había sido un gruñido grave, sombrío y casi doloroso. Se echó hacia atrás y bajó la cabeza al tiempo que yo alzaba la mía. Me estudió el rostro.

¿Qué había hecho mal? ¿No le gustaba que lo tocaran así?

Más que oír su quejido, lo sentí. Fue algo parecido a una risa torturada. Parpadeé mientras intentaba comprender a mi marido. Él cogió mi mano y la colocó de nuevo con la palma abierta sobre su esternón.

—Ahí.

Volvió a apoyar la cabeza sobre la almohada y luego apagó las luces.

—Siento haberte hecho sentir incómodo. No era mi intención.

Cassio soltó un gruñido, casi una risa entre dientes.

—No estoy incómodo, y sé que no era tu intención hacerme sentir lo que siento. *Ese* es el problema. Y, ahora, duerme. —Aquello último fue una orden.

Desistí de tratar de averiguar el significado de sus palabras. Yo tampoco podía leerle la mente. Bostezando, me acomodé contra su cuerpo y cerré los ojos. El silencio se instaló entre nosotros y mi respiración se fue haciendo más lenta a medida que el cansancio me vencía.

Cassio se tensó.

—¿Te vas a quedar dormida así?

—Querías que durmiera.

—Sí. Pero en tu lado, no sobre mi brazo.

El estómago me dio un vuelco. Su comentario no tendría que haberme dolido tanto como lo hizo. Cassio era mi marido, pero solo sobre el papel. Yo no sentía nada por él, ni siquiera lo conocía lo más mínimo. Sin decir nada por miedo a darle a entender más de lo que quería, me alejé de él tanto como pude.

Mi lado de la cama estaba frío, no cálido como el de Cassio. Me tragué el dolor y el anhelo e intenté respirar con normalidad. Aun así, las lágrimas comenzaron a resbalar por mis mejillas.

Intuía el perfil de la cabeza de Cassio, y era consciente de que me estaba mirando. La certeza de que la oscuridad ocultaba mi expresión me consoló un poco, porque tenía la sensación de que él sabía que estaba llorando por mi forma de respirar.

—No puedo dormir con alguien cerca de mí. Sea quien sea —murmuró.

Asentí porque las palabras estaban fuera de lugar.

—Supongo que tiene sentido que mi segunda noche de bodas termine igual que la primera: con mi esposa llorando a mi lado en la cama.

OCHO

Cassio

No me gustaba mantener contacto físico por las noches y, en el pasado, a menudo ni siquiera dormía con mi difunta mujer. De todos modos, ella tampoco quería estar cerca de mí por las noches. Jamás se había molestado en ocultar lo mucho que le disgustaba el tenerme cerca o, peor aún, que durmiéramos juntos…, excepto cuando quería algo de mí.

Giulia había buscado mi proximidad y yo se la había denegado.

La luz matutina iluminaba su rostro hinchado, las lágrimas le habían pegado las pestañas a la piel. Estaba cerca, se había acercado mientras dormía hasta casi rozarnos. Sentí un irracional deseo de tocarla, pero no de forma sexual. Apoyado sobre un codo, la contemplé mientras dormía plácidamente. Como durante muchas de las noches anteriores, había tenido pesadillas con el cuerpo ensangrentado de Gaia. Casi nunca soñaba con la gente a la que había matado y, sin embargo, mi difunta esposa todavía se me aparecía en sueños.

Giulia se movió y abrió los labios en un leve suspiro. Me incorporé y saqué las piernas por el lateral de la cama, de modo que le di la espalda.

El colchón se movió. Miré por encima del hombro y vi a Giulia desperezándose y frotándose la cara enmarcada por el pelo enmarañado. Al reparar en mi mirada, clavó sus ojos en los míos y sonrió con vacilación. La luz matutina no fue amable conmigo, porque Giulia estaba absolutamente encantadora, de una forma del todo adolescente.

Mierda.

Me puse en pie.

—Tenemos que prepararnos. Dentro de poco vendrán las mujeres a por las sábanas.

Giulia cogió mi reloj de pulsera de la mesilla de noche.

—Solo son las ocho. ¿De verdad crees que vendrán a molestarnos tan temprano después de nuestra noche de bodas?

Seguramente no, pero no quería perder el tiempo en la cama. Tenía varias reuniones concertadas a lo largo del día y la más importante era con Luca, para comer. Tenía que aprovechar que estaba en la ciudad, así que cogí el móvil de la mesilla y le mandé un mensaje a Mia para que recogieran las sábanas en media hora. Recibí su respuesta al instante.

¿No piensas quedarte en la cama hasta tarde después de tu noche de bodas?

No te metas donde no te llaman.

Tras responder, volví a dejar el móvil en la mesilla e ignoré la mirada apreciativa de Giulia. La noche anterior la había visto observándome y ahora, por la mañana, lo había vuelto a hacer. Su reacción me sorprendía y, por supuesto, me alegraba que se sintiera atraída por mi cuerpo y no consternada, como Gaia.

—Mia y el resto vendrán en media hora. ¿Quieres ducharte tú primero? Yo puedo afeitarme mientras tanto.

Giulia se mordió el labio y desvió la mirada antes de asentir.

—Vale.

Se quitó las sábanas de encima y se puso en pie. La miré de arriba abajo y, por un momento, consideré decirle a Mia que esperasen. Giulia estaba preciosa, y el plan de volver a hundirme en su coño estrecho resultaba muy tentador; no obstante, la mancha de sangre en las sábanas me recordó por qué eso no iba a suceder.

Un cuarto de hora después, Giulia ya estaba duchada y vestida y yo me encaminaba hacia la ducha. Había escogido uno de los vestidos que le había hecho llegar a casa de sus padres: uno de manga larga, rojo y elegante, que le llegaba hasta las rodillas y se ceñía a su cuerpo esbelto. Seguía sin parecer de mi edad, pero, por lo menos, tampoco tenía el aspecto de la adolescente que era.

—¿Me maquillo los ojos hinchados o prefieres que la gente vea que he llorado?

Me detuve con un pie dentro de la ducha. Fruncí el ceño y volví el tronco hacia mi mujer, que se había quedado bajo el marco de la puerta.

—No quería que llorases. ¿Por qué iba a querer que la gente lo sepa?

Ella se encogió de hombros y me miró durante unos segundos.

—Pensaba que tal vez querrías que la gente creyera que me has hecho tanto daño como para hacerme llorar.

Lo valoré. Los hombres que esperaban abajo sacarían conclusiones erróneas y me temerían por ello. El mero hecho de considerarlo ya era terrible, pero ellos no eran buenas personas, igual que yo tampoco era alguien decente.

—Ya me temen…, y con razón. No quiero que mis hermanas me den el tostón, y, desde luego, lo harán si ven que has llorado, así que maquíllatelos.

Ella se quedó mirándome unos segundos más, aunque no entendí por qué. Me desconcertaba.

—Vale, no te robaré más tiempo. Dúchate, sé lo ocupado que estás hoy.

Había un atisbo de desaprobación en sus palabras. No había reaccionado cuando le comenté que iba a pasarme el día de reunión en reunión hasta la noche, momento en el que regresaríamos a mi mansión con mis hijos.

—Trabajo mucho, Giulia, y no pienso darte explicaciones. Como esposa mía, tu único deber es criar a mis hijos. Yo no puedo permitirme ese lujo.

Los ojos le brillaron de rabia, pero se dio la vuelta y se marchó.

No estaba de humor para pensar en sus tonterías de adolescente. Más le valdría ir deshaciéndose de ellas.

Cuando salí, vestido con otro traje de tres piezas oscuro, un cuarto de hora más tarde, vi a Giulia en el sofá del salón de nuestra *suite* escribiendo algo en el móvil. Tenía una sonrisilla en los labios. Me acerqué a ella.

—¿Con quién hablas?

Ella levantó la cabeza bruscamente y frunció el ceño.

—¿Perdón?

—Que con quién hablas. —Un destello de nerviosismo cruzó su cara, pero no me importó lo incómoda que se sintiera.

—¿Quién es? —gruñí.

—Tu hermana Mia.

Le arranqué el móvil de la mano y Giulia lo soltó sin protestar.

Te pido disculpas por la brusquedad de mi hermano, porque sé que él nunca lo hará. Te diría que es porque es un hombre, pero su estupidez no tiene nada que ver con el cromosoma Y.

Giulia se puso en pie.

—Te he dicho la verdad.

Eché un vistazo a la conversación para ver qué le había contado Giulia a mi hermana, pero lo único que había escrito era que todavía tenía que acostumbrarse a mí en respuesta a la pregunta que Mía le había hecho para saber si estaba bien.

Giulia negó con la cabeza y suspiró.

—La confianza es la base de un matrimonio.

—¿Y tú cómo lo sabes? —¿De verdad me estaba dando lecciones sobre relaciones?—. Creo que sobre el matrimonio y su funcionamiento yo sé algunas cosas más que tú, niña.

Un destello de dolor le cambió la expresión.

—Me pregunto si Gaia estaría de acuerdo con eso. —Calló de golpe y abrió los ojos como platos.

Sentí cómo me atravesaba la ira al tiempo que alguien llamaba a la puerta. Me tragué el cabreo y me dirigí hacia la entrada mientras agradecía la distancia que aquello había puesto entre Giulia y yo. La abrí de golpe, sentía el pulso en las sienes.

La sonrisa de Mia se esfumó al verme. Sus ojos buscaron algo detrás de mí.

—¿Va todo bien? —susurró.

Abrí la puerta del todo. Detrás de Mia estaban Ilaria, la madre de Giulia, Aria y otras mujeres que esperaban para la tradicional recogida de las sábanas.

—Entrad, coged las sábanas. No tengo todo el día.

—Tan grosero como siempre —soltó Ilaria al pasar junto a mí.

Mia vaciló, lo cual me vino bien. La aparté del resto.

—Ya he visto lo que le has escrito a mi mujer.

Ella resopló.

—¿La estás espiando?

—No te metas en mi matrimonio, Mia. Solo te lo diré una vez. Recuerda cuál es tu lugar. Y, por encima de todo, no hables con Giulia sobre Gaia, ¿entendido?

Ella se zafó de mi agarre y asintió.

—Por supuesto.

Giulia sonrió a las mujeres, quienes le dedicaban miradas compasivas. Me acerqué a mi joven esposa antes de que cualquiera de ellas, especialmente Mia, comenzara a hacerle preguntas indiscretas.

Me tocó el antebrazo con suavidad.

—Siento haber mencionado a tu difunta esposa, Cassio. No quería hacerte daño.

Me dejó atónito. Sus ojos y su expresión revelaban que lo decía en serio. Lo sentía de verdad.

Asentí con brusquedad y apoyé una mano en la zona baja de su espalda.

—Ven. Bajemos al salón, servirán el desayuno allí.

—¿No deberíamos esperar a que terminen? —preguntó mientras señalaba con la cabeza el dormitorio.

Las voces de las mujeres se habían tornado un murmullo de chismes y cuchicheos.

—No necesito ver eso.

Ella sonrió con timidez.

—Tienes razón.

Vacilé, a punto de añadir algo más, pero me limité a conducir a Giulia fuera de nuestra *suite*. Bajamos en el ascensor en silencio, aunque la tensión de ella era palpable.

—Lo peor ya ha pasado —la tranquilicé.

Ella levantó la cabeza y los labios le temblaron.

—¿Te refieres a nuestra noche de bodas?

Ladeé la cabeza y la estudié. Saltaba a la vista que estaba intentando no reírse.

—No tienes por qué fingir que no tuviste miedo. Sentí cómo temblabas.

—Es cierto, tuve miedo. Pero ya ha pasado y tampoco ha sido tan desagradable como imaginaba.

Alcé las cejas, sin saber muy bien cómo tomarme la sinceridad de mi mujer. A pesar de estar casados, me costaba acostumbrarme a aquella forma de hablar, honesta y descuidada.

—Supongo que eso es bueno.

Ella se inclinó hacia mí con una pequeña risa.

—Sí, eso creo yo también.

Las puertas del ascensor se abrieron y cortaron nuestra conversación. La conduje hacia el salón más grande, que ya estaba ocupado por los hombres de las familias de ambos, así como por los miembros más importantes de la *famiglia.*

—Que empiece el espectáculo de testosterona —dijo Giulia por lo bajo.

Le apreté el costado a modo de advertencia e incluso reprimí una sonrisa.

—Ahora eres mi mujer, y necesito que te comportes como tal. No puedo permitirme quedar mal en público.

Ella se tensó.

—Lo sé.

No tenía que haberme preocupado. Giulia había heredado el talento de su madre para conversar con la gente, incluso con desconocidos; pero, al contrario que Egidia, sabía mostrarse encantadora y se los metía a todos en el bolsillo con facilidad. Muchos hombres la miraban de una forma que me ponía de los nervios, pero ninguno se atrevió más que a estrecharle la mano.

Faro me guiñó un ojo mientras hablaba con varios de nuestros capitanes. Lo ignoré y centré mi atención en la puerta por la que entraban mi madre y la de Giulia con la sábana entre ambas. Se dirigieron a un lado del salón y colgaron la tela sobre dos sillas.

Al reparar en ellas, Giulia soltó un gemido ahogado y sus mejillas se tiñeron de rojo.

—Qué vergüenza, por favor.

Bajé la mirada. A mí no me avergonzaba, pero tampoco me gustaba exhibir ese atisbo de nuestra vida privada en público. Con Gaia no me había importado, tal vez porque, por aquel entonces, yo era joven y solo buscaba impresionar.

—Es una prueba de tu virtud, nada de lo que debas avergonzarte.

—Y también de tu crueldad, ¿no? —Contrajo los labios y le brillaron los ojos, como si acabara de hacer una broma privada.

—Supongo. Teniendo en cuenta tu edad, debería haber mostrado más escrúpulos. Que no lo haya hecho es una muestra de cómo soy realmente.

Una vez que los aplausos y el alboroto cesaron, Giulia y yo nos dirigimos a la mesa en la que se sentaba nuestra familia más cercana, así como Luca y su mujer. La madre de Giulia la abrazó de inmediato y mi padre me dio una palmadita en la espalda mientras me buscaba los ojos. Fuera lo que fuese lo que le preocupara ver en ellos, no lo encontraría en una sala atestada de conocidos.

Pese a que no me gustaban las muestras de afecto en público, Mia me abrazó.

—Espero que intentaras ser bueno con esa chica.

Ni siquiera estaba seguro de poder ser bueno en general. Serlo no estaba en mi naturaleza, no era mi forma de ser. A pesar de ello, no había sido brusco ni impaciente con Giulia.

—Métete en tus asuntos.

Ella entrecerró los ojos. Había perdido la cuenta de las veces que se lo había dicho, pero ella siempre hacía oídos sordos.

—¿Va todo bien? —susurró Giulia mientras tomábamos asiento a la cabeza de la mesa.

Me incliné hacia ella.

—A mi hermana le preocupa que no haya sido bueno contigo.

—¿Por lo de las sábanas? —Había una nota de miedo en sus palabras.

—Por mi forma de ser.

Giulia ladeó la cabeza con curiosidad. Su pelo olía como un campo de fresas en verano y me entraron ganas de hundir la nariz en él.

—Has sido bueno.

Me tocó la mano que tenía apoyada en el muslo. Sentí que me observaban y desvié la vista hacia la mesa: Christian, Felix y mi padre nos miraban con curiosidad. Endurecí la expresión.

Giulia

Era evidente que a Cassio le incomodaban las muestras de afecto en público. Enseguida se puso a hablar con Luca y el resto de los segundos y me dejó a merced de mi entrometida madre. Al cabo de un rato, pude quitármela de encima —a ella y a mis tías— y me escondí en uno de los cubículos del aseo.

Ahí me encontró Mia, veinte minutos más tarde.

—Es abrumador, ¿verdad? —dijo una vez que salí y mientras ambas nos retocábamos el maquillaje.

—Sí, sí que lo es.

—¿Estás bien? Dime la verdad. Cassio es mi hermano, pero ante todo soy una mujer.

Hice un gesto afirmativo con la cabeza y recordé tanto las palabras de Cassio como su reticencia a compartir nuestra vida privada con la gente.

—Estoy bien, gracias.

Ella me dedicó una pequeña sonrisa.

—No dejes que te convierta en algo que no eres. Nuestro mundo necesita a chicas como tú.

Le di un abrazo rápido. A diferencia de su hermano, a ella no solo no le importó, sino que me correspondió. Me alegraba tenerla de mi parte, aunque debía encontrar mi lugar en la vida de Cassio por mí misma. Él no aceptaría otra cosa.

Eran casi las ocho de la tarde cuando por fin llegamos a la entrada para vehículos de la mansión de Cassio: una fantástica casa de arenisca de tres plantas con columnas blancas que soportaban el peso del porche, marcos de ventana también blancos y árboles viejos y torcidos. Cassio aparcó en uno de los garajes dobles de la izquierda.

Salió del coche y me abrió la puerta. Tenía el estómago comido por los nervios. Esa sería mi casa a partir de entonces, y muy pronto conocería a los niños de los que tendría que cuidar. La mano de Cassio volvió a posarse en la zona baja de mi espalda al tiempo que me conducía hacia la magnífica puerta principal. Alguien del personal había recogido mis maletas por la mañana y las había traído ahí.

Suspiré temblorosa cuando Cassio metió la llave en la cerradura. Me miró.

—Esta es tu casa.

Le sonreí nerviosa, pues sabía que lo decía en serio. Sin embargo, a juzgar por cómo se había comportado hasta el momento, sabía también que las suyas serían las únicas reglas válidas entre esos muros. Tendría que pelear por cada pedazo de poder y de libertad, pues él no iba a cederlos con facilidad.

Abrió la puerta y me hizo un gesto para que entrara. Atravesé el umbral y traté de adivinar a qué olía mientras contemplaba el suelo de granito blanco y gris. Casi me dio un infarto al oír unos ladridos agudos y al ver, acto seguido, a una pequeña bola de pelo rojizo atravesar el pasillo a toda velocidad hasta pegarse a la pierna de Cassio. Gruñendo, el perrito empezó a tirar de la tela de sus pantalones. Parpadeé y me mordí el labio para tratar de reprimir la risa: era un espectáculo demasiado ridículo para no resultarme divertido.

—¡Joder! —gruñó Cassio—. Sybil, ¿no te dije que lo encerraras?

Se me borró la sonrisa de la cara: Cassio se agachó y trató de coger al perro por el cuello, pero aquella cosa diminuta mostró los dientes y le mordió un dedo. Hecho una furia, al fin logró agarrarlo. El perrito gimoteó un momento y se quedó en silencio, colgando en alto de la mano de Cassio. Mi marido parecía estar planteándose la posibilidad de pegarle un tiro o de estrangularlo con sus fuertes manos.

Le toqué el brazo, pues temí por el indefenso animalito.

—No le hagas daño.

Los ojos de Cassio se clavaron en los míos con la misma rabia. Yo dejé caer la mano, pero no cedí.

Se oyeron unos pasos. Una mujer alta, de pelo oscuro y de unos cincuenta y pocos años vino corriendo y se detuvo abruptamente antes de soltar una maldición en italiano mientras miraba al suelo. Había pisado una caca del perro, cosa que explicaba el olor que había percibido al entrar. Sus zapatos negros y planos habían quedado hechos un desastre.

—Se acabó —rugió Cassio—. Mañana quiero a este chucho fuera.

—Lo siento, señor Moretti. He entrado en su cuarto para limpiar y se me ha escapado. Llevo todo el día intentando atraparlo, pero es demasiado rápido. Y Daniele se ha vuelto a esconder. No sé… —Me miró y se quedó callada.

Cassio la ignoró y se marchó. Lo seguí dudosa hasta un impresionante salón con parqué de espiga y fui testigo de cómo abría la puerta de la terraza, lanzaba al perro fuera y luego la cerraba. El animalito nos miró a través del cristal.

—No puedes hacer eso —dije, horrorizada.

Sybil me lanzó una mirada con la que me aconsejaba cerrar el pico. Sin embargo, Cassio ni me escuchó.

—Limpia la mierda —le ordenó a Sybil al tiempo que se dirigía a la licorera, se servía una copa y se sentaba en el sofá de cuero color coñac.

Yo fui incapaz de apartar la mirada del perrito, que seguía sentado a la intemperie, en pleno noviembre, y con la nariz pegada a la ventana. Sybil se escabulló para obedecer las órdenes de su jefe.

Me quedé en medio del salón sin saber qué hacer. Una cosa era segura: no iba a permitir que ese perro se congelara ahí fuera. En nuestro mundo, a ojos de los demás, Cassio era el señor de nuestra casa, mi dueño.

Me dirigí hacia la puerta de la terraza.

—Ni se te ocurra.

Pese a que no las hubiera pronunciado en voz muy alta, aquellas palabras iban cargadas de autoridad. Cassio estaba acostumbrado a dar órdenes en todos los aspectos de su vida y esperaba de mí una obediencia firme.

No lo miré. Si hubiera visto aquellos ojos astutos y aquel rostro que destilaba poder, probablemente habría perdido el valor. Y aquello no iba a pasar, no iba a consentirlo. Ese era el principio de una nueva vida y, si ahora permitía que me pisotease, estaba perdida.

—Giulia, ni se te ocurra.

Su tono había sido de advertencia. ¿O qué? Se levantó del sofá cuando abrí la puerta y cogí en brazos a la bolita de pelo temblorosa. El perro siguió callado mientras yo lo abrazaba contra mi pecho. Noté su pelaje apelmazado, consecuencia de meses de descuido.

Cassio se abalanzó sobre mí y me bloqueó el paso. Yo alcé la cabeza y me enfrenté a su mirada furiosa.

—El chucho se queda fuera. —Me miraba duramente, pero no desvié la mirada—. Te he dado una orden.

¿Una orden?

—Vaya, parece que estoy tan mal adiestrada como tu perro.

En ese momento, recordé las palabras de mamá sobre la insolencia. Ya era demasiado tarde, y tampoco me arrepentía lo más mínimo.

El semblante de Cassio pasó de la sorpresa al enfado.

—Vuelve a dejarlo fuera. No te permito que lo traigas dentro.

Permitir. Ordenar. ¡Era su mujer, no su esclava...! Pero, aun así, él era un segundo, y probablemente no entendía la diferencia.

—Si el perro no puede estar dentro, me quedaré fuera con él. Así nos mantendremos calentitos los dos. —Hice ademán de dirigirme a una de las sillas reclinables, pero Cassio alargó un brazo y me detuvo.

Me encogí de miedo. Papá jamás me había puesto la mano encima. Mamá sí, un par de veces. No reaccioné así por haberlo vivido en carne propia, sino porque había sido testigo de los golpes que algunos hombres propinaban a mujeres y niños. Mis tíos, en particular, eran tipos violentos. Sucedía a menudo en nuestros círculos.

Cassio frunció el ceño y cerró los dedos en torno a mi codo con suavidad. Lo miré, curiosa.

—No hacía falta que te encogieras y no quiero que vuelvas a hacerlo, ¿de acuerdo?

—¿Quieres decir que no quieres que vuelva a reaccionar así o que no tendré motivos para hacerlo?

Sus labios esbozaron una sonrisa antes de que regresara la expresión severa.

Se inclinó para quedar a la misma altura que yo.

—No tendrás motivos para hacerlo.

—¿Estás seguro? —Lo dije más para molestarlo que por otra cosa, pero suavicé mis palabras con una sonrisita.

—Completamente.

—Bien.

Tenía la expresión confusa. ¿De verdad yo le resultaba tan impredecible?

—Y ahora deja al perro en el suelo.

Ensanché la sonrisa.

—No.

Me miró, incrédulo. Me soltó el codo y me agarró el mentón con el pulgar y el índice y acercó nuestros rostros. Esa vez no me encogí, y comprobé que eso le gustaba.

—Te he dado una orden. Soy tu marido, y mi palabra es tu ley.

—Lo sé. Y, si insistes en que el perro se quede fuera, saldré yo también.

Cassio entornó los párpados. Su aliento olía ligeramente a licor de hierbas y me entraron ganas de probarlo de sus labios.

—¿De verdad crees que me voy a tragar que te pasarás la noche fuera por un perro?

Lo miré, decidida.

Él soltó una carcajada.

—Sí, creo que sí. Que realmente lo harías. Tus padres se olvidaron de mencionar tu tozudez cuando nos presentaron.

—Estaban demasiado ansiosos por casarme con el segundo más cruel de la *famiglia* —murmuré.

—El más cruel de los segundos, ¿eh? ¿Así es como me llaman?

—Así lo hacían. Ellos y otra gente.

—¿Por qué tus padres dirían algo así de tu futuro marido?

—Para meterme en vereda. A mi madre le preocupaba que me pegaras una paliza si te faltaba al respeto.

Algo cruzó el rostro de Cassio, una sombra del pasado.

—No tendrían que haberte asustado antes de la boda.

—¿Es mentira, entonces? —susurré.

Por alguna razón, tuve la sensación de que su boca estaba ahora más cerca de la mía.

—No hay ninguna escala que mida la crueldad de una persona.

—O sea que es verdad.

No me contradijo. No supe interpretar su expresión. Actuando por impulso, me incliné hacia delante, rocé sus labios con los míos y saboreé con la lengua el rastro de licor de su boca. Dulce y ahumado.

Cassio se tensó, pero la expresión de su rostro se volvió aún más intensa.

—¿Qué ha sido eso? —Su voz sonó como un ronquido grave, que sentí por todo el cuerpo.

—¿Un beso?

No es que yo tuviera mucha experiencia, pero dudaba que alguien pudiera cagarla con un simple beso.

—¿Intentas manipularme con tu cuerpo?

Abrí mucho los ojos.

—No. Me ha venido el olor a licor de tu aliento y he querido probar cómo sabía.

Cassio soltó una carcajada.

—Eres una chica rara. —Hizo una mueca—. Una *mujer* rara.

Bajó la mirada hacia el perro, que seguía teniendo en brazos. Se había acurrucado contra mí tranquilamente. Sin decir palabra, Cassio se giró y volvió a por su copa de *whisky*. Yo entré y cerré la puerta. Mientras acariciaba al animal, seguí a mi marido.

—¿Cómo se llama?

—Lulú —respondió él con un tono extraño.

Me coloqué a su lado.

—¿Puedo darle un sorbo a tu *whisky?*

Cassio me miró fijamente.

—¿No lo has probado nunca?

—No. Mi padre no me permitía beber alcohol. Bebí mi primera copa en nuestra boda.

—Muchas primeras veces en un solo día. —Un pequeño escalofrío recorrió mi columna al oírlo gruñir eso—. No eres lo bastante mayor para beber licores fuertes.

Abrí la boca para contestarle, indignada. ¿Estaba de coña?

Apuró lo que le quedaba en la copa y, antes de que pudiese contestarle, me agarró de la nuca y me besó. Al principio fue con cuidado y no dejó de mirarme a los ojos. Lo agarré del bíceps y me puse de puntillas; para eso sí que tenía su permiso. Entonces, me besó de verdad: su lengua acarició la mía y descubrió mi boca mientras el sabor del *whisky* penetraba en ella. Era embriagador, pero no tanto como el beso. Dios, fue como si me prendieran fuego.

Cuando se apartó, estaba aturdida. Solo Lulú, que se revolvía en mi otro brazo, me trajo de vuelta a la realidad.

Cassio miró por encima de mi cabeza.

—¿Qué pasa, Sybil?

Me volví. Sybil estaba en el umbral frotándose las manos y miraba a todas partes menos a mí. Seguro que nos había pillado besándonos y, a pesar de no ser nada indecoroso o prohibido, teniendo en cuenta que estábamos casados, sentí un ramalazo de vergüenza.

—Los niños están durmiendo y ya lo he limpiado todo. ¿Necesita que me ocupe de algo más?

—No, puedes irte.

El tono cortante de Cassio no me gustó. Que ella trabajase para él no le daba derecho a hablarle como un sargento. Sybil asintió y, tras sonreírme discretamente, se marchó.

—¿Puedo ver a tus hijos?

Cassio frunció el ceño.

—El perro se queda aquí, y no podemos hacer ruido. No quiero que se despierten.

—¿Dónde dejo a Lulú?

—La encerramos en un cuarto porque no es capaz de comportarse.

Apreté los labios y caminé detrás de Cassio hacia el vestíbulo, donde señaló a una puerta.

La abrí y el corazón se me encogió en un puño. A juzgar por la ventanita y las estanterías de las paredes, anteriormente debían de haberla usado como despensa. Una cestilla destrozada, una cajita para sus necesidades y dos cuencos vacíos eran los únicos objetos que evidenciaban que el perro vivía ahí. No había juguetes. Cogí uno de los cuencos y se lo acerqué a Cassio.

—¿Puedes llenarlo de agua?

Cassio miró primero el cuenco y después a mí.

—Por favor.

El cuarto de Lulú debía cambiar, y cambiaría, pero ese era tan solo mi primer día. Tendría que ser inteligente a la hora de enfrentarme a mi marido. Él tomó el cuenco y desapareció. Yo me dirigí a la cestilla rota y dejé a Lulú dentro. Se hizo un ovillo. Debía de haberse desquitado con la cesta. No era de extrañar, teniendo en cuenta que probablemente pasara la mayor parte de los días sola y encerrada. ¿Qué había pasado en esa casa? Le acaricié la cabecita cuando Cassio regresó con el cuenco de agua. Lo dejó en el suelo y, en cuanto él se apartó, Lulú se acercó a beber.

Me puse en pie. No pude aguantarme más.

—¿Cuánto tiempo lleva aquí encerrada?

El semblante de Cassio se endureció.

—Este perro está descontrolado. No pienso tener mierda y meados por todas partes, y eso por no mencionar la posibilidad de que muerda a mis hijos, o a cualquier otra persona.

—¿Y cómo esperas que Lulú se porte bien si nadie cuida de ella? No es un robot, es un ser vivo, y, por lo que veo, no se la ha tratado como debería. Si tienes un animal, debes cuidar de él, no puedes tratarlo como a un objeto al que puedas abandonar en una esquina y usar cuando te apetezca.

—¡Yo no quería al maldito perro! Fue Gaia quien lo quiso, y después me tocó a mí encargarme de él, igual que con todo. —Y se quedó callado, con la respiración entrecortada, como si hubiese hablado más de la cuenta.

Lulú se había escondido en su cestita por los gritos.

No cedí.

—Entonces, ¿por qué no se la das a alguien que la quiera? —Mantuve un tono calmado. Ponerme como él no parecía inteligente.

Cassio sacudió la cabeza.

—Vamos arriba. Mañana tengo un día muy ocupado.

—¿Por qué? —insistí, y le toqué el antebrazo.

—Porque Daniele ya ha perdido a su madre, ¡no va a perder al perro también!

—Pensaba que Lulú intentaba morderlo.

—Y lo hace —respondió él—. Por eso no dejamos que se le acerque.

—Entonces, ¿por qué...?

—Ya basta —ordenó Cassio con voz cortante.

Señaló la puerta con la cabeza y salí. Cassio la cerró y encerró a Lulú una vez más.

—¿Sybil la pasea?

Cassio apretó los dientes y subió las escaleras delante de mí.

—No. Ya tiene una caja en el cuarto.

—Necesita salir a pasear. No es un gato.

Cassio me lanzó una mirada que dejaba bien claro que esperaba que cerrase el pico de una vez.

—Entonces la pasearé yo. Tienes correa, ¿verdad?

Se paró en el descansillo del segundo piso y vi que se le había hinchado una vena en la sien.

—No tendrás tiempo de pasear al perro. Tienes que encargarte de mis hijos.

Sus hijos. Lo decía como si yo solo fuera una canguro con la que, además, tenía derecho a acostarse.

—Los niños también necesitan respirar aire fresco.

Me lanzó una mirada condescendiente, como si yo fuera una cría delirante a la que amonestar. No me creía capaz de manejar a sus hijos y a un perro a la vez.

Tal vez tuviera razón, pero alguno de los dos tenía que intentarlo. Me daba la sensación de que, por mucho que Cassio mandara sobre sus soldados y sobre su ciudad, había dejado que la vida familiar se le fuera de las manos. No era capaz de enmendarla, puede que hasta se hubiese dado por vencido. Y ahí estaba yo, sin tener ni idea de niños ni de perros —excepto por lo que había leído en algunos libros—, teniendo que ocuparme de todo.

Durante los meses posteriores al compromiso, había temido la noche de bodas. Ahora, me parecía ingenuo que un simple acto sexual me hubiera generado tanta inquietud. Compartir la cama con Cassio era el menor de mis problemas; arreglar su familia y convertirla de algún modo en la mía era un reto mil veces más abrumador.

Contemplé los ojos cansados y recelosos de Cassio y me dije a mí misma que lo conseguiría.

NUEVE

Cassio

Estaba que echaba humo. Giulia levantó la mirada con parsimonia, con actitud de saberlo todo. Esa era la ventaja de la juventud: creer que sabes cómo funciona el mundo y estar convencido de poder amoldarlo a tus ideales. Pronto se daría cuenta de que los ideales no son más que tonterías de adolescentes.

—Vamos —dije, y apreté los dientes.

No quería pagar la frustración de los últimos meses con ella. Al fin y al cabo, era culpa mía, por haber permitido el matrimonio y pensar que una niña de dieciocho años podría ser una buena esposa y una buena madre. Solo de imaginar que Giulia pudiera convertirse en una Gaia 2.0 se me revolvía el estómago.

Giulia abrió la boca como si fuese a añadir algo más, pero le lancé una mirada de advertencia. Tenía que empezar a saber cuándo callarse. Torció el gesto, pero permaneció en silencio.

Primero la guie hasta el dormitorio de Daniele. Abrí la puerta, pero no encendí las luces. La cama estaba vacía.

—¿Dónde está? —susurró Giulia, preocupada, mientras cruzaba la habitación hacia la cama.

Se me encogió el corazón. Di media vuelta, salí de la estancia y recorrí el pasillo. Unos pasos me siguieron y Giulia apareció a mi lado.

—¿Cassio?

No respondí. No podía.

La puerta del último dormitorio a la izquierda estaba entreabierta, tal como había temido. La abrí de par en par. La luz que entraba por la ventana iluminaba la pequeña forma de Daniele en la enorme cama de matrimonio. Estaba hecho un ovillo encima del edredón, medio envuelto en su propia manta. Respiré hondo; detestaba el sentimiento de culpa que me asolaba por dentro. Gestionaba mucho mejor la ira hacia Gaia.

Sentía los ojos de Giulia fijos en mí, el aluvión de preguntas que quería hacerme. En el silencio de la habitación, incluso las palabras que no decía me frustraban. Dio algunos pasos vacilantes en dirección a Daniele. Le agarré el antebrazo bruscamente, con más fuerza de la que pretendía. Ella se encogió y me miró con un dolor que nada tenía que ver con mi firme sujeción. La solté al instante y me encaminé hacia la cama. Por un momento, me quedé mirando el rostro surcado de lágrimas de mi hijo. Solo tenía dos años; cumpliría los tres al cabo de un mes: una edad en la que llorar todavía era aceptable. Pronto dejaría de serlo.

Me agaché y lo cogí en brazos con cuidado para intentar que no se despertara. Siempre que lo hacía se revolvía y empezaba a llorar de nuevo. Esa vez, sin embargo, no se despertó. Su pequeña cabeza quedó contra mi pecho mientras lo acunaba, envuelto en su mantita.

Giulia me siguió en silencio mientras lo llevaba de vuelta a su habitación. Lo dejé en su cama, lo arropé y le acaricié el pelo con suavidad. Como sentía que no me quitaba el ojo de encima desde el umbral, me enderecé y me dirigí hacia ella, que retrocedió para que pudiera cerrar la puerta.

Giulia me observó con una expresión cargada de compasión.

—¿Siempre viene a tu cuarto por las noches?

—No es mi cuarto —respondí—. Es el de Gaia. Yo duermo en el dormitorio principal.

—Ah... —Su confusión era evidente—. ¿No dormías con tu difunta esposa?

Apreté los dientes para tratar de contener la ira y, lo que era peor, la tristeza.

—No.

Me dirigí a la habitación de Simona y Giulia se apresuró a seguirme. No podía dejarlo pasar, era demasiado curiosa.

—¿Porque tú no querías?

La atravesé con la mirada.

—No. Porque Gaia no quería compartir la cama conmigo. Y ya basta de preguntas. —Mi voz sonó brusca y amenazante:

un tono apropiado para los soldados que me contrariaban, pero, desde luego, no para mi mujer.

Aparté la mirada de la expresión herida de Giulia. Aferré el pomo con una fuerza excesiva y abrí la puerta de golpe. Crucé la estancia sin esperar a Giulia y me dirigí hacia la cuna. Simona dormía profundamente. Parte de la oscuridad que habitaba en mi pecho se evaporó, aunque no toda; ni siquiera podía recordar algún momento de mi vida en que mis pensamientos no hubiesen estado dominados por ella. Acaricié el moflete regordete de mi hija con el pulgar y luego me incliné y la besé en la frente. Iba a salir cuando Giulia habló:

—¿Y el monitor para bebés?

Me quedé helado. Tenía razón. Esa noche sería la primera en la que no se quedarían ni Sybil ni ninguna de las asistentes. Ellas siempre se llevaban el monitor durante la noche. Los lloros de Simona todavía me despertaban, y solo se calmaba cuando yo la consolaba. Regresé a la cuna y cogí el monitor del lateral. Cuando salí de nuevo al pasillo y cerré la puerta, pregunté:

—¿Cómo lo sabías?

Giulia se encogió de hombros.

—He leído sobre ellos y, al verlo ahí, he pensado que nos haría falta. —Se mordió el labio—. ¿Te lo habías llevado alguna vez?

Miré el pequeño aparato.

—No. Gaia o Sybil se lo quedaban por la noche… —Mi voz se fue apagando, y finalmente le tendí el monitor a Giulia. Ella lo cogió con el ceño levemente fruncido.

—Debería captar el menor sonido, pero, a menos que Simona empiece a llorar, no tienes por qué levantarte.

Giulia se limitó a asentir sin decir nada, pese a que era evidente que quería hacerlo. Agradecí su silencio. Señalé el final del pasillo con la cabeza.

—Vámonos a la cama. Mañana tengo que madrugar, y Simona probablemente nos despierte unas cuantas veces esta noche.

Conduje a Giulia hasta el dormitorio principal mientras me preguntaba cuánto tiempo querría dormir allí antes de trasladarse a uno de los dormitorios de invitados. Encendí las luces y le hice un ademán para que entrara. Pasó junto a mí y se adentró en el amplio espacio. Miró a su alrededor con curiosidad. Sus tres maletas la esperaban junto a la puerta del vestidor.

—Le dije a Sybil que probablemente quisieras deshacer las maletas tú misma.

—Sí, gracias. Así sabré dónde está todo —respondió, ausente, mientras se aproximaba a la ventana para echar un vistazo fuera.

Estaba demasiado oscuro para ver algo más que el contorno del jardín. Se la veía muy pequeña, y tuve que resistir la tentación de acercarme a ella y acariciarle los hombros. La noche anterior no le había quedado más remedio que aceptar mi proximidad, pero no volvería a obligarla a hacer nada que no quisiera.

Carraspeé, y Giulia se giró. Su mirada recayó sobre la cama de matrimonio de madera oscura del lado izquierdo de la habitación y la expresión se le tensó ligeramente.

—Iré a prepararme —dije entre dientes antes de encaminarme hacia el baño.

Ni siquiera sabía qué me tenía tan inquieto esa noche. Me había estado conteniendo durante casi un año, y cada vez me costaba más reprimir el torrente de emociones. Tan solo me había desahogado una vez, y había sido un gustazo. Un puto gustazo. Aquello me había llevado al punto en el que me encontraba ahora y que les había costado la madre a mis hijos. Dispuesto a detener ese peligroso hilo de pensamientos, empecé a cepillarme los dientes y a prepararme para meterme en la cama. Una cama que tendría que compartir con otra mujer que no me deseaba.

Giulia ocultaba su resentimiento mucho mejor de lo que Gaia lo hizo jamás. Aun así, era imposible que sintiera algo distinto, teniendo en cuenta que la habían obligado a casarse conmigo. Su actitud respecto a volver a compartir la cama conmigo esa noche había sido clara como el agua: miedo, temor. No tendría de qué preocuparse: pese a las terribles ganas que le tenía al precioso coño de mi esposa, sabía controlarme. Aborrecía la idea de volver a acostarme con una mujer que no me deseaba. Los años que había pasado con Gaia habían sido más que suficientes. Hasta cuando se me acercaba para tener sexo —cosa que solo sucedía cuando quería algo de mí—, se negaba a dormir conmigo. Ni siquiera pensaba en mí cuando me la follaba.

Una nueva oleada de ira me retorció las entrañas. Escupí la pasta de dientes en el lavabo, luego me lavé la cara y me puse el pantalón del pijama. La rabia no disminuyó al regresar a la habitación. Giulia se había cambiado, y ahora llevaba un camisón de seda con un estampado de pequeños girasoles. Miraba ensimismada una foto de la playa de arena blanca que había tomado desde mi casa de veraneo en Long Beach Island en un bonito día de primavera. Una fotografía que debía traerme calma.

En vano. Era irrazonable enfurecerse por su elección de vestuario, sobre todo cuando estaba tan guapa con aquel camisón, pero lo hice.

—¿No te dije que te deshicieras de todas esas atrocidades de girasoles?

Giulia se volvió, sobresaltada, y el cabello se le asentó en suaves rizos sobre los hombros desnudos. Tenía los ojos muy abiertos, tan azules como el cielo de la fotografía sobre su cabeza.

—¿Disculpa?

Sentía todavía más rabia en el pecho —que ni siquiera iba dirigida a Giulia— desde que había visto a Daniele en la cama de su madre. Todas las noches iba allí, por mucho que le dijera que no lo hiciera.

—Te compré ropa nueva. Espero que la uses.

Giulia levantó el mentón.

—Entiendo que necesites que parezca una dama en público, pero no veo por qué no puedo ponerme la ropa que me gusta en privado. Que me haya convertido en tu mujer no significa que haya dejado de ser quien soy. Tú elegiste casarte conmigo. No puedes cambiarme ni transformarme en la esposa que quieres. No puedes controlarlo todo, aunque creas que debes hacerlo.

¿Qué sabía ella?

Me dirigí hacia donde estaba.

Giulia echó la cabeza hacia atrás para sostenerme la mirada, furiosa. Se le puso la piel de gallina y los pezones se le endurecieron bajo la fina tela del camisón.

—¿De veras? Controlo a cientos de hombres y a una ciudad entera, pero ¿crees que no puedo controlarte a ti? —Di otro paso más y acorralé a Giulia contra la pared.

—Deja de intimidarme —replicó mientras intentaba escabullirse de mí.

Alargué un brazo y apoyé la palma de la mano contra la pared, junto a su cabeza, de modo que la atrapé.

—Me obedecerás.

Ella me miró el brazo y luego alzó la mirada. Se acercó a mí hasta casi tocarme, lo que me descolocó.

—¿Y qué harás si no lo hago?

Aquel maldito aroma a fresas me inundó la nariz. Le envolví la cintura con un brazo, la estreché bruscamente contra mi cuerpo e incliné la cabeza para besarla con aspereza. Ella se tensó entre mis brazos y ahogó un grito contra mi boca. ¿Qué cojones estaba haciendo?

Giulia

Me quedé helada; su repentina proximidad me había pillado desprevenida. ¿Cómo podía besarme estando tan cabreado?

Con una brusca exhalación, se dio la vuelta y se alejó algunos pasos antes de lanzarme una mirada cautelosa.

—No tengas miedo. No voy a forzarte. Lo de anoche fue necesario, pero no volveré a buscarte si tú no quieres.

Volvía a sonar cansado, y como si estuviera seguro de que yo nunca se lo pediría. ¿Qué había pasado entre su mujer y él? Empujé los pensamientos sobre Gaia al fondo de mi mente y, con ellos, el malestar que los acompañaba.

Tendría que haber respondido algo, pero estaba abrumada; por la situación, por el beso que aún sentía en mis labios, por la mirada de Cassio. Me sentía atrapada en una corriente que giraba y giraba cada vez más rápido y me dejaba desorientada. El día anterior por la mañana había sido yo, una chica de dieciocho años a la que le encantaban el arte y el pilates. Ahora era una esposa, una madrastra, una dama de la alta sociedad junto a un segundo de la mafia. Con todos esos nuevos roles, ¿seguiría habiendo espacio para mí misma?

Cassio me miró y asintió despacio, como si mi expresión hubiera respondido a una pregunta que él ni siquiera había formulado. Caminó hasta la cama y se sentó sobre ella. Sus anchos hombros y su espalda estaban cubiertos de finas cicatrices, alargadas y verticales, en las que no había reparado antes. Había muchas.

Me aproximé para verlas mejor. Cassio no dijo nada, solo me miró. Señalé una de las cicatrices y la toqué, pero aparté la mano enseguida.

—Puedes tocarlas —dijo Cassio con tranquilidad, pese a que en su voz percibí un deje de nerviosismo.

Pasé la yema de los dedos por las cicatrices de sus omoplatos y de su espalda. Algunos padres torturaban a sus hijos para hacerlos fuertes. Cassio *era* fuerte y despiadado. ¿Era acaso por su padre?

—¿Quién te ha hecho esto? ¿Tu padre?

Cassio negó con la cabeza. La forma en que me miraba me hizo sonrojar, aunque ni siquiera sabía por qué.

—Cuando tenía más o menos tu edad, la Bratva nos capturó a algunos de mis hombres y a mí. Me azotaron antes de pasar a otros métodos de tortura.

Se me secó la boca ante su tono aséptico.

—Dios mío, eso es horrible.

Me senté junto a él en el borde de la cama. Su olor almizcleño hizo que quisiera acercarme más a él, recorrer su piel con la nariz y saborearla. Qué pensamiento tan ridículo.

—¿Por qué has pensado que había sido mi padre?

—Porque así es como muchos hombres preparan a sus hijos en la mafia. Ya conoces a mis tíos…, maltratar a sus hijos es su deporte favorito.

Los ojos de Cassio se detuvieron en la pequeña cicatriz que yo tenía en la rodilla y luego ascendieron hasta las que tenía en el exterior del muslo y en el antebrazo. No eran prominentes, pero, al estar sentados tan cerca el uno del otro, era imposible no verlas.

—También tengo una en el hombro —le dije, y me retorcí para enseñársela—. Cuatro cicatrices. No son muchas en comparación con las tuyas.

Vi algo en su mirada que me aceleró el corazón, algo sombrío que acechaba en lo más profundo de sus ojos.

—Esas cicatrices —murmuró—. ¿Te las hizo tu padre?

Ah. Ahora entendía la mirada.

—No —me apresuré a responder y, sin pensar, coloqué una mano sobre la de él. Agachó la mirada hasta nuestras manos y luego volvió a centrarla en mí—. Nunca me ha pegado. Ni lo hará. Me adora.

Aquello había sonado muy vanidoso, pero era la verdad. Ciertamente, mi padre era un hombre violento, pero no en casa, ni con mi madre ni conmigo.

Cassio rio entre dientes.

—Ya entiendo por qué.

Me mordí el labio, sorprendida por sus palabras.

—¿Quién te las hizo, pues?

—Cuando era pequeña, me encantaba subirme a los árboles. Teníamos unos cuantos muy altos y viejos en el jardín. Me encantaba escalarlos. Se suponía que no debía hacerlo, pero me escapaba todo el tiempo. Una vez no presté la atención suficiente y me caí. Me rompí varios huesos y me hice algunos cortes con el arbusto lleno de espinas que había bajo el árbol. Eso es todo. Después de eso, papá taló todos los árboles del jardín.

—Haces que Felix parezca un buen padre, cosa que contradice la opinión que me he formado de él como ser humano en general.

Sus palabras no me ofendían. Mi padre no contaba con el respeto que sí tenían los demás segundos. Christian se había quejado de ello más de una vez.

—Tú tampoco le caes demasiado bien a él.

Cassio rio; una carcajada surgida desde lo más hondo de su vientre y que me hizo sonreír.

—Te entregó a mí. Qué forma tan extraña de mostrarme su desdén.

Nuestros brazos se rozaron ligeramente. Era tan cálido, tan alto y fuerte… Con aquella barba de tres días, la mandíbula angulosa y sus pómulos prominentes, era la personificación de la masculinidad. Yo siempre había pensado que me interesarían los hombres con físico de bailarín: el típico empollón con gafas, el sofisticado jugador de ajedrez. No podía haber estado más equivocada, porque el cuerpo de Cassio daba justo en la tecla. Mis ojos se detuvieron en el tatuaje de la *famiglia* que tenía en el pecho, justo sobre el corazón.

«Nacido en sangre, de sangre mi juramento.
Entro vivo, y solo saldré muerto».

Repasé las letras intrincadas sin siquiera pensar en ello. El vello en su pecho me hizo cosquillas en las yemas de los dedos y todas las terminaciones nerviosas de mi cuerpo se estremecieron. Cassio permaneció inmóvil bajo mi caricia, pero sus ojos me quemaban. Lo deseaba; deseaba sentir de nuevo su poderoso cuerpo sobre el mío, su barba rascando el interior de mis muslos y sus labios ardientes entre mis piernas.

El calor me inundó.

Alcé la mirada. Cassio tenía el pecho agitado, pero, por lo demás, no se movió. Estaba esperando a que yo dijera o hiciera algo, pero yo no sabía cómo hacerlo. Me embargó de nuevo una sensación abrumadora.

Bajé la mano y Cassio carraspeó.

—Mañana tengo que madrugar. Deberíamos irnos a dormir.

—Sí —dije rápidamente y después gateé hasta mi lado de la cama.

El modo en que Cassio exhaló me estremeció, y reparé entonces en mi movimiento inconsciente. Me había puesto a cuatro patas y con el culo en pompa a su lado. Casi pude ver cómo su autocontrol se hacía añicos: con un gruñido, me rodeó las caderas con el brazo y plantó un beso en una de mis nalgas antes de tirar de mí hasta colocarme sobre él. Yo ya tenía los labios entreabiertos por la sorpresa cuando su lengua invadió mi boca. Su enorme mano me sujetó por la nuca para impedir que me moviera.

Noté el pulso entre mis piernas ante el ardiente calor de su beso, al sentir sus fuertes muslos bajo mi trasero y la creciente presión de su deseo por mí.

Un berrido estridente hizo estallar nuestra burbuja. Nos separamos de golpe. Cassio miró hacia el monitor del bebé.

—Simona.

Bajé de su regazo. Sentía las piernas de goma y las bragas pegadas a mi sexo.

Toda mi excitación se evaporó cuando caí en que me tocaba a mí consolar al bebé y hacer todo lo que requiriera esa situación.

DIEZ

Cassio

Giulia me miró con los ojos bien abiertos. El cerebro me iba más lento de lo normal. Su sabor perduraba en mi lengua y todavía sentía la calidez de su precioso culo en mis muslos. Pese a mi promesa de mantener las distancias, la había arrastrado a mi regazo en cuanto había podido. Y ella no se había resistido. ¿Porque me deseaba o porque temía rechazarme?

Los berridos de Simona subieron de volumen.

—Seguramente tenga hambre.

—Eh… ¿Vale? —Giulia estaba paralizada.

Suspiré, me puse en pie y me recoloqué la polla, de forma que la erección no fuera tan evidente.

—Ven, voy a enseñarte dónde está todo.

Giulia se puso una bata y me siguió. Mientras bajábamos para preparar el biberón, se detuvo.

—¿No deberíamos tranquilizarla antes de bajar a la cocina?

Lo pensé y asentí despacio. Mientras yo me ocupaba de Simona, Sybil se encargaba de preparar el biberón. Y, una vez que se lo daba, yo volvía a la cama.

Nos dirigimos al cuarto de Simona y entramos en él. Encendí las luces. Mi hija tenía la carita arrugada y enrojecida por el llanto. Se me partió el corazón. Siempre había sido muy llorona, pero desde la muerte de Gaia había ido a peor. Ahora parecía como si a cada berreo le añadiese un deje acusatorio, y la culpa se tornaba más pesada sobre mis hombros.

Me acerqué a la cuna, cogí a Simona y la arrullé entre mis brazos. Tan solo calló un momento. Suspirando, volví a la puerta, donde Giulia esperaba con expresión insegura.

—No tienes ni idea de niños, ¿verdad?

Ella vaciló.

—Solo sé lo que he leído.

Era lo que había imaginado. Sus padres me habían hecho creer que era una canguro experimentada, pero, por supuesto, aquello solo había sido una estrategia. Bajé las escaleras meciendo a Simona y con Giulia pisándome los talones. Cruzaba los dedos para que Daniele no se despertase también. No sería capaz de calmarlos a ambos a la vez, aunque dudaba que él fuese a permitir que yo lo tranquilizara.

Reprimí la frustración que bullía en mi interior y entré en la cocina. Hacía tiempo que no preparaba un biberón, pero Sybil lo había dejado todo dispuesto.

Señalé hacia los biberones y la leche en polvo.

—Tienes que preparar el biberón.

Los ojos de Giulia se posaron sobre mí.

—No lo he hecho nunca.

Suspiré de nuevo y le entregué a Simona.

—Entonces sujétala tú mientras yo te enseño cómo se hace.

Giulia miró a mi hija y tragó saliva. Me miró avergonzada y predije lo que diría a continuación.

—Nunca he sujetado a un bebé.

Por un momento quise decirle de todo, pero me contuve. Giulia había tenido menos que decir que yo en lo que al matrimonio respectaba. Ella no tenía la culpa de no tener ni idea de cómo ser una madre.

—No es complicado. Solo extiende los brazos y cógela.

—¿Y si se me cae? ¿O si le hago daño? ¿O…?

—Giulia, no va a pasar nada. Ni se te caerá ni le harás daño.

Ella asintió e hizo lo que le había pedido. Le puse a Simona en los brazos y ella la acunó contra su pecho de inmediato.

—Vaya, pesa más de lo que me esperaba.

Me quedé a su lado para asegurarme de que realmente pudiera hacerlo, pero Giulia solo tenía ojos para Simona. Parecía asustada y algo perdida. Entonces, Simona hizo lo que hacía siempre que la cogía alguien que no fueran mis hermanas, mi madre o yo: empezó a chillar y a revolverse, agitó los bracitos y las piernecitas y trató de liberarse de la desconocida.

Giulia abrió los ojos como platos, asustada, y me pidió ayuda con la mirada.

Me dirigí hacia los biberones con un suspiro.

—Intenta calmarla. Tiene que acostumbrarse a ti.

Simona no se había acostumbrado a Sybil ni al resto del personal. Como pasara lo mismo con Giulia, los meses en vela se convertirían en años y mi hija se quedaría sin una figura materna en su vida. Esa era una opción en la que no quería ni pensar.

—Shhh... Shhh...

Giulia mecía a Simona, pero incluso desde lejos su nerviosismo era evidente, así que probablemente Simona también lo sintiera. No dejó de llorar. Los berridos se intensificaron todavía más. Aceleré el ritmo e intenté que el llanto no acabara con mi paciencia. Me daban ganas de llamar a Felix y decirle que se arrepentiría por haberme mentido, que encontraría la forma de hacer que me las pagara. La mejor venganza sería, sin duda, la anulación del matrimonio, puesto que me había engañado al prometerme una figura materna. Una vez que tuve el biberón listo, me acerqué a Giulia, que parecía al borde del llanto. Sin embargo, llegados a ese punto, sería absolutamente inmoral y deshonroso anularlo, y no solo eso... Por nada en el mundo iba a renunciar a Giulia ahora que me había acostado con ella. Tal vez no fuera la madre que mis hijos necesitaban, pero, joder, era lo que yo deseaba.

Giulia relajó los hombros, aliviada, cuando cogí a Simona de sus brazos. La niña se calmó conmigo y aceptó el biberón mientras me miraba con los ojos llorosos y las mejillas hinchadas.

—Lo siento —se disculpó Giulia con expresión culpable.

No dije nada. Despacio, subí las escaleras en dirección al cuarto de Simona. Giulia permaneció en silencio. Tal vez debería haber dicho algo como que todo iría bien, pero no estaba seguro de que fuera cierto.

Giulia no dejó de mirarme mientras le daba el biberón a mi hija, que se había tranquilizado contra mi pecho.

—¿Intento sujetarla de nuevo? —preguntó, algo insegura.

—No —respondí secamente. No aguantaría otra tanda de lágrimas.

Giulia asintió despacio y apartó la mirada. El silencio se adueñó de la habitación, salvo por los sonidos que hacía Simona al succionar. Una vez que hubo acabado, sentí que los ojos me ardían de cansancio. Traté de dejar a Simona en la cuna, pero, en cuanto lo hice, volvió a chillar.

Con un pequeño suspiro, fui hasta la mecedora de la esquina y me dejé caer en ella, que crujió a causa del peso.

—Puedes irte a dormir. No me haces falta.

Giulia se encogió como si la hubiese abofeteado. Se dio la vuelta, salió del cuarto y cerró la puerta sin hacer ruido.

Me mecí contemplando a mi hija, que parecía despierta del todo. Otra noche sin dormir.

Simona por fin se había quedado dormida, así que todavía podía dormir un par de horas antes de que me sonase el despertador a las seis. Gruñí de cansancio y me senté en la cama. Giulia se incorporó. Igual que en nuestra noche de bodas, tenía los ojos hinchados de haber estado llorando. Tal vez nuestra unión estuviera tan abocada al fracaso como la que había tenido con Gaia.

—Buenos días —saludó mientras se recolocaba un mechón detrás de la oreja y se peinaba el flequillo—. No te oí llegar a la cama.

—Era tarde. Simona no se dormía.

Giulia se mordió el labio.

—Sybil estará hoy en casa, ¿verdad?

Asentí.

—No te preocupes. Todavía no tendrás que quedarte a solas con los niños. Sybil te enseñará a cuidar de ellos hasta que sepas hacerlo tú sola. Aunque el verdadero trabajo de Sybil es limpiar y cocinar.

—Vale —respondió ella con voz suave.

—Voy a prepararme. Tus guardaespaldas llegarán a las siete, para que puedas conocerlos antes de que yo me vaya a trabajar.

—¿Son los mismos que los de tu difunta esposa?

La ira me abrasó el pecho.

—No.

Era la verdad, en parte.

Giulia se levantó de la cama sin apartar la mirada de mí.

—¿A qué hora volverás esta noche?

—No lo sé.

Fui al baño y cerré la puerta. La ducha caliente no contribuyó en absoluto a paliar el cansancio.

Mientras Giulia se arreglaba, yo me vestí con el traje de tres piezas de siempre y me dirigí a la habitación de Daniele. Tal como imaginaba, no estaba ahí. Lo encontré en la cama de Gaia, aún en pijama, absorto en su tableta.

—Daniele, ya sabes que no deberías estar aquí.

Su única reacción fue encorvarse y levantar la barbilla. Me acerqué a él y lo cogí en brazos. Él se revolvió, pero no lo dejé en el suelo.

—Ya basta —espeté. Después de la noche que había pasado, mi paciencia estaba a punto de agotarse.

Aquello solo sirvió para que él se retorciera todavía más. Sentí una opresión en el pecho; una mezcla de frustración y desesperación.

—Daniele, ¡basta ya!

Se quedó helado. Tanto como Giulia, que nos observaba desde el umbral.

Simona empezó a llorar en su habitación. Segundos más tarde, el chucho comenzó a ladrar en el piso de abajo. Me quedé quieto, convencido por un instante de que iba a perder los papeles. Tragué saliva, fui hacia Giulia y dejé a Daniele frente a ella.

—Vístelo y no dejes que se pase el día entero con la tableta. Yo me encargo de Simona.

No esperé a su respuesta. Les di la espalda tanto a ella como a la expresión acusadora de mi hijo y me dirigí hacia el dormitorio de mi hija. Una vez dentro, apoyé la frente contra la fría puerta durante unos segundos, hasta que me sentí lo bastante cuerdo para consolar a mi pequeña.

Giulia

Me había quedado helada mirando al niño. ¿Qué había sido eso? Daniele había tratado de zafarse del abrazo de Cassio como si le tuviera miedo. Y, por un momento, Cassio había estado a punto de perder el control.

Lulú seguía ladrando en el piso de abajo, pero al fin Simona calló, seguramente porque Cassio la había cogido en brazos. Tras recordar el desastre de la pasada noche, cuadré los hombros y me agaché frente al niño.

—Hola, Daniele. Me llamo Giulia.

Daniele me miró con sus tristes ojos chocolate con leche. Tenía el pelo, de color caramelo, alborotado, e incluso enredado en algunas zonas, como si nadie se lo hubiese peinado debidamente en mucho tiempo.

—Vamos a prepararnos para el día de hoy, ¿vale?

Se me quedó mirando y yo sentí el corazón en un puño. Ese niño estaba sufriendo. Su madre había fallecido hacía apenas unos meses y era obvio que su padre estaba sobrepasado por la situación. No sabía qué había sucedido ni hasta dónde alcanzaba el trauma de Daniele, pero estaba claro que necesitaba ayuda. Estaba muy delgado.

Me levanté y le tendí la mano.

—¿Me enseñas tu cuarto?

Nada. Bajó la mirada hacia la tableta que tenía aferrada y la encendió. En la pantalla apareció un juego con globos de colores. No quería llevármelo a su habitación a rastras como hubiera hecho Cassio, ya que eso no me ayudaría en absoluto a ganarme la confianza del niño.

—Daniele, ayúdame, por favor. Soy nueva aquí y necesito que me enseñes dónde está tu cuarto, ¿vale? —Esperé con la mano extendida.

Daniele no la tomó, y ni siquiera levantó la vista de la tableta, pero sí que puso rumbo a su habitación. Lo seguí hasta el interior. Se sentó en la cama con la tableta en el regazo.

Miré a mi alrededor y vi un armario a la derecha. Todo estaba decorado en tonos neutros: las paredes, los muebles y las alfombras, con la única excepción de los coloridos peluches de dinosaurios que había sobre las estanterías y sobre la cama. Tendría que hacer algo con eso. En mi investigación sobre los niños, había visto unos dibujos a mano preciosos para cuartos de bebé.

Tras buscar un rato, finalmente encontré unos vaqueros y un jersey. La mayor parte de la ropa del armario era para cuando hiciera más calor, y la de invierno parecía demasiado pequeña para Daniele. Volví a colocarme junto a él, me agaché y ladeé la cabeza para poder mirarlo a la cara. Estaba centrado en la pantalla, pero enseguida miró hacia arriba.

—¿Te sabes vestir solito?

No sabía cuándo aprendían los niños. Al ver que no hacía nada, extendí la mano hacia la tableta. Él soltó un grito enfurecido y me dio la espalda.

—Daniele, hay que vestirse.

Le quité la tableta y Daniele se abalanzó sobre mí, lo que me pilló completamente desprevenida. Como estaba en cuclillas, no pude sujetarme a nada. Caí de espaldas con Daniele encima, que luchaba por recuperar su tableta. Me arañó una mejilla.

—¡Ya basta! —gritó Cassio, y el peso de Daniele desapareció de encima de mí.

Me incorporé hasta quedar sentada en el suelo, todavía aturdida. Cassio estaba de pie a mi lado y tenía agarrado a Daniele a un costado por los brazos.

—¡He dicho que ya basta!

Daniele se quedó quieto, Cassio estaba hecho una furia. Tragué saliva y, muy despacio, me puse de pie. Cassio desvió la mirada hacia mi mejilla, que me ardía. Palpé la zona donde me había arañado y, al retirar la mano, me vi los dedos manchados de sangre.

—Maldita sea —espetó Cassio con brusquedad; la voz le temblaba con una emoción que no supe descifrar.

Miró al niño, ahora inmóvil entre sus brazos. Daniele no era el único que lo estaba pasando mal. Se dirigió a un cambiador que yo ni siquiera había visto antes y dejó a Daniele encima. Yo recogí la tableta del suelo y la coloqué sobre la cama antes de acercarme a Cassio. Le tendí la ropa que había elegido para Daniele.

Cassio hizo un gesto hacia el cambiador con la cabeza. Dejé la ropa ahí mientras miraba cómo desvestía a Daniele, que todavía llevaba pañales. Me quedé de piedra. Con casi tres años, ¿no debería ir al baño solo?

—¿Sabes cambiar un pañal? —preguntó Cassio, aunque su tono me dio a entender que sabía que la respuesta sería negativa.

Sacudí la cabeza.

—Puedo aprender.

Su boca se convirtió en una finísima línea. Cambió el pañal a toda prisa y Daniele ni se inmutó, vuelto hacia un lado. A continuación, lo vistió. Como sospechaba, la ropa estaba a punto de quedársele pequeña. No le apretaba, porque estaba muy delgado, pero sí que le quedaba corta. Cassio dejó a Daniele en el suelo y el niño fue directo a por su tableta.

—Había dejado de usar el pañal, pero entonces... —Cassio se quedó callado.

Pero entonces Gaia murió.

—¿Por eso está tan delgado y no habla?

Cassio tragó saliva y su expresión se tornó aún más grave.

—Sí. A ver si tú puedes conseguir que coma un poco más.

Me estudió el rostro y, de nuevo, detuvo la mirada en mi mejilla arañada.

—Esto ha sido un error.

Yo, yo era el error. Se refería a mí, porque no era lo que él había esperado. Pero tampoco él ni su familia eran lo que yo había esperado.

¡Había tantas cosas que cambiar en esa casa...! Daniele, el niño traumatizado por la muerte de su madre y la posible implicación de su padre. Simona, que se echaba a llorar en cuanto la tocaba. Lulú, que nunca había aprendido a ser un perro familiar. Y Cassio, que lidiaba con unos demonios sobre los que yo no tenía la menor idea.

Cassio se frotó la barba antes de suspirar.

—Este no es ninguno de los vestidos que te compré. No puedes ir así vestida cuando conozcas a tus guardaespaldas.

Me miré de arriba abajo. Llevaba medias negras, una minifalda negra plisada con tirantes y un jersey amarillo de cachemira. No iba elegante, pero sí lo suficientemente bien para pasar un día en casa.

—No entiendo por qué tengo que arreglarme para conocerlos.

Los ojos de Cassio centellearon.

—Giulia, no pongas a prueba mi paciencia. Ahora no. No me he casado para tener que cuidar de otra cría más.

Apreté los dientes ante su comentario y me di la vuelta. No me apetecía discutir con él, pero no pensaba ponerme uno de esos vestidos pijos cuando no había razón para hacerlo. No llegué muy lejos. Un brazo me rodeó por el estómago y tiró de mí hacia atrás, hasta pegarme contra un cuerpo duro. Tenía la palma de Cassio sobre el vientre, que me sujetaba mientras él se inclinaba hacia mí.

—Vas a cambiarte ahora mismo.

El tono de aquella orden vibró por todo mi cuerpo de una forma que me estremeció y me asustó a partes iguales.

—Pero ¿qué te pasa? ¿Qué problema tienes?

—Me pasa que sigues desobedeciéndome y que tu falda es demasiado corta, teniendo en cuenta que no voy a estar aquí.

Me reí, no pude evitarlo. Ni siquiera mi madre había pensado jamás que mi ropa fuera demasiado atrevida, y eso que ella era tradicional. Puede que la minifalda fuera corta, pero las medias eran opacas y el jersey no era precisamente sensual.

—No estoy bromeando —gruñó Cassio.

Solté una carcajada.

—Eres un exagerado.

Aún con un brazo en torno a mi cintura, Cassio me dio la vuelta y llevó la otra mano a mi nuca. No fue un gesto íntimo ni cariñoso. Fue dominante.

—Ni se te ocurra discutirme con esto. Con esto no. No pienso permitir que estés con esa falda en presencia de otros hombres mientras yo no estoy a tu lado. ¿Entendido?

La mirada le ardía, airada y posesiva. Probablemente le habría respondido, de no ser porque el sonido del juego de Daniele me recordó que el niño seguía en la habitación, detrás de nosotros.

—Entendido —respondí—. Y, ahora, suéltame.

Él dio un paso atrás. Yo me volví y me encaminé hacia nuestro dormitorio para cambiarme.

Cuando bajé con unos pantalones de vestir negros y una blusa holgada remetida, Cassio asintió satisfecho. Me sentía disfrazada, estaba incómoda con esa ropa. No era de mi estilo. No era yo.

—Mis hombres están en el despacho, esperando para conocerte.

—¿Y Simona? ¿Dónde está?

—Con Sybil, en la cocina. En cuanto te presente a tus guardaespaldas, quiero que bajes a Daniele. No puede quedarse en su cuarto todo el día.

—Tendré que ir de compras. No le cabe nada.

—Entonces, hazlo. Domenico y Elia irán contigo.

Posó una mano en la zona baja de mi espalda y me condujo por el pasillo hasta una enorme puerta de madera. Lulú ladró cuando pasamos por delante del cuarto donde estaba encerrada, y Cassio tensó el gesto una vez más.

Su despacho tenía una vista preciosa al jardín, que estaba tan cuidado como si perteneciera a una mansión de la campiña inglesa en vez de a una casa familiar. No parecían usarlo en absoluto. Había dos hombres sentados en los sillones frente a un elegante escritorio de madera de roble. Ambos se pusieron en pie en cuanto entramos. Cassio mantuvo la mano en mi espalda mientras con la otra señalaba al más mayor de los dos.

—Este es Domenico.

El hombre rondaría los sesenta años, llevaba el pelo corto y canoso y parecía que hubiera servido en el ejército: postura erguida, camisa perfectamente planchada y expresión decidida.

—Encantado de conocerla, señora Moretti.

Señora Moretti. Miré a Cassio, mi marido. Todavía no acababa de asimilarlo.

—Y este es Elia.

Dirigí la mirada hacia donde indicaba mi marido: hacia el segundo hombre, que era totalmente opuesto a Domenico. Para empezar, era joven, de unos veinticinco años como mucho. Tenía el pelo castaño y ondulado y lo llevaba repeinado. Sus ropas evidenciaban un cuerpo musculado y en forma, y sonrió enseguida. Se le veía relajado, casi encantador, aunque mostraba el debido respeto.

—Encantado.

Cassio me miró.

—Igualmente —respondí deprisa.

Qué sorpresa. Teniendo en cuenta lo celoso que parecía ser Cassio, esperaba que mis dos guardaespaldas fueran más como Domenico. Elia no daba el perfil en absoluto. Tal vez eso explicara por qué Cassio no había querido que llevara la minifalda, pero no parecía que fuera a escoger un escolta en el que no confiara plenamente. Cassio se crecía con el control. Estaba seguro de su poder. O tal vez quisiera confirmar hasta dónde llegaba ese poder y eso no fuese más que una prueba. La pregunta era… ¿a quién estaba poniendo a prueba? ¿A Elia o a mí?

ONCE

Giulia

Cassio se marchó poco después de presentarme a mis nuevos guardaespaldas. Pensé que desayunaría con los niños y conmigo, pero, al parecer, nunca lo hacía. Me sorprendió cuando se inclinó y me dio un beso de despedida. No lo tenía por un hombre que disfrutara con las muestras públicas de afecto, aunque tal vez aquel beso fuera para demostrar su dominio sobre mí. Fuera como fuese, me gustó sentir sus labios contra los míos.

Cuando la puerta principal se cerró a su espalda, me quedé plantada en el recibidor y me sentí algo perdida. Notaba los ojos de Elia y Domenico fijos en mí a varios pasos de distancia, esperando órdenes.

Me había convertido en la señora de esa casa, la responsable de dos niños pequeños y de un perro. Traté de no entrar en pánico y sonreí a mis guardaespaldas. Una sonrisa casi siempre salvaba la situación.

—Primero desayunaré con los niños. Después, iremos de compras. ¿Os gustaría desayunar con nosotros o tenéis una habitación donde prefiráis descansar hasta que os necesite?

Domenico asintió.

—Hay una caseta en el jardín…

—Nos gustaría desayunar con usted —lo interrumpió Elia.

Domenico frunció el ceño, pero no dijo nada más. Elia estableció contacto visual conmigo. Era simpático y abierto. Domenico, definitivamente, tenía el aspecto del típico guardaespaldas huraño.

—Perfecto. ¿Por qué no os adelantáis…? —empecé—. ¿Sabéis dónde se desayuna normalmente?

Elia sonrió.

Domenico se limitó a negar con la cabeza.

Les dediqué una sonrisilla avergonzada.

—Está bien, pues iré a la cocina a buscar a Sybil.

Gaia solía comer en el comedor, pero esa estancia era demasiado grande, demasiado formal para mi gusto. La cocina, no obstante, tenía un estilo más campestre, con grandes ventanales y una larguísima mesa de madera con huellas del uso.

Simona se movía por la cocina en su andador mientras Sybil cocinaba una especie de desayuno con huevos y salchicha. La niña me miraba con ojo crítico, pero estaba ocupada haciendo girar ruedecitas de colores en la bandeja delantera del andador.

—¿Por qué no os sentáis mientras yo voy a por Daniele? —sugerí.

Domenico y Elia tomaron asiento en sendas sillas a la vez.

—El niño no desayuna. Siempre se esconde para que no lo encuentre.

Me giré hacia Sybil.

—Podré con él, no te preocupes. ¿Has sacado ya a Lulú?

—No, nunca lo hago. Ya tiene la caja.

—Entonces la dejaré en el jardín hasta que pueda sacarla a pasear luego.

Sybil se volvió hacia mí con los ojos muy abiertos.

—El señor no quiere al perro en el jardín.

—Anoche lo dejó ahí, así que no creo que le importe tanto.

—No, no. Eso fue para castigar al perro, pero no debe mear en el jardín.

—Bueno, pues eso va a cambiar.

Elia y Domenico me miraron con curiosidad. Volví a sonreírles antes de dirigirme a la planta superior.

Tenía el presentimiento de saber cómo atraer a Daniele fuera de su habitación. Cuando entré en su cuarto no estaba. Tampoco lo encontré en el antiguo dormitorio de su madre, pero oí un sonido que provenía de debajo de la cama.

—¿Daniele? Voy a dejar salir a Lulú al jardín para que pueda correr un poquito. ¿Quieres acompañarnos?

Esperé y, tras un par de minutos, una cabecita rubia oscura asomó por debajo de la cama. Se puso de pie y me miró con recelo, con la tableta aferrada contra el pecho.

Le tendí una mano.

—Ven. Seguro que Lulú se muere por ver el jardín.

Él no me la agarró, pero me siguió abajo. Me coloqué delante de él cuando abrí la puerta de la prisión de Lulú. La perrita esperaba justo detrás, el suelo a su espalda estaba cubierto de pis y caca. Con un suspiro, me agaché y la cogí en brazos.

Daniele me miraba con la boca abierta. Acaricié el pelaje de Lulú y el rostro del niño se colmó de anhelo. Recordé lo que Cassio había dicho sobre la posibilidad de que la perra mordiera a sus hijos, así que decidí no permitir que la tocara todavía. Ambos tenían que sanar antes de llegar a ser amigos.

Daniele anduvo a mi lado mientras cruzaba el salón en dirección a las puertas dobles de cristal. El aire frío de noviembre me heló la cara. Sin llegar a salir, dejé a Lulú en la terraza. Por un momento no se movió, tan solo levantó la nariz y dejó que el viento revolviera su pelaje. Luego salió disparada. Casi se me paró el corazón al pensar que pudiera intentar escaparse, pero no fue así. Simplemente corría, revolviéndose y girando como una liebre. Corrió y corrió y corrió, delirante ante su recién descubierta libertad.

Daniele seguía a mi lado y lo observaba todo con entusiasmo infantil.

Me acuclillé junto a él, pese a la incómoda tela de los pantalones.

—Está feliz, ¿ves?

Asintió sin apartar los ojos de Lulú. Ambos nos quedamos así cerca de diez minutos durante los cuales Lulú solo se detuvo una vez, para hacer pis, antes de echar a correr de nuevo. Pero yo me estaba quedando helada, así que me puse en pie, me llevé dos dedos a los labios y silbé. Daniele alzó de golpe la cabecita hacia mí, boquiabierto.

Volví a silbar, pese a que Lulú ya venía trotando hacia mí.

—¿Quieres aprender a silbar así?

Daniele asintió, despacio.

—Entonces te enseñaré.

Lulú movía el rabo con vacilación y se mantuvo a cierta distancia de Daniele. No sabía si había pasado algo o si es que la perrita nunca había aprendido a tratar con niños, pero esperaba poder arreglar esa situación para ambos.

Daniele y yo entramos en la cocina. La estancia olía a beicon y a café recién hecho y el estómago me rugió al instante. La noche anterior no había cenado demasiado a causa de los nervios que me provocaba el hecho de conocer mi nuevo hogar, pero en ese momento me moría de hambre. Lulú nos seguía un par de pasos por detrás con el rabo entre las patas; estaba claramente asustada. Cómo la entendía…

Sybil sacudió la cabeza.

—Esto no está bien. Al señor no le gustará.

Yo me limité a sonreír.

—Gracias por prepararnos el desayuno.

Simona ya estaba sentada en su trona, pero había otra a su lado.

Sybil dejó la cazuela del desayuno en la mesa y luego agarró a Daniele, que empezó a gritar. A pesar de su forcejeo, consiguió quitarle la tableta e intentó sentarlo en la otra trona. Domenico se levantó para ayudarla.

—No —espeté con firmeza.

Los dos me miraron, sorprendidos. Elia permaneció sentado y me miró también.

—No comerá nada si no lo atamos a la silla —explicó Sybil.

Arranqué a Daniele de sus brazos, cosa que no fue fácil debido a su resistencia, y luego lo acomodé en una silla normal.

—¿Quieres sentarte en la silla de los mayores?

Se quedó callado. Luego desvió la mirada hacia su tableta.

—No —le dije con voz dulce—. Después de desayunar puedes cogerla, pero ninguno de nosotros va a jugar a nada mientras comemos. Ya eres un niño mayor, Daniele. Por eso no puedes jugar durante las comidas y por eso puedes sentarte en la silla de los mayores.

Sus ojos se clavaron en los míos por un momento. La tristeza que había en ellos parecía demasiado grande para alguien tan pequeño. Tragué saliva. Sin pensar, le acaricié la cabecita. Él se tensó. Me aclaré la garganta, me enderecé y acerqué su silla un poco más a la mesa.

—¿Puedes ir a por un cojín? —pedí a Domenico. Este desapareció y regresó un par de minutos después con uno pequeño—. Tengo que levantarte, para que Domenico pueda ponerte el cojín y que así estés más alto, ¿vale?

Daniele asintió levemente. Lo agarré por debajo de los brazos y lo levanté un segundo antes de volver a sentarlo sobre el cojín. Ahora tenía la cabeza a la altura de la mesa.

Me senté a su lado. Sybil me dio las gracias con la cabeza y luego volvió a centrarse en Simona, que se negaba a comer de las cucharadas que la primera le ofrecía.

—Comed —ordené a mis guardaespaldas antes de servirme un poco del desayuno en el plato—. ¿Quieres compartir el plato conmigo? —le pregunté a Daniele mientras le tendía un tenedor. Tras unos instantes de reflexión, lo aceptó. Trinché un trozo de salchicha y me lo llevé a la boca—. Está bueno. Pruébalo.

Daniele se limitó a remover la comida con el tenedor. Lulú no tardó en rondarnos bajo la mesa, claramente a la espera de sobras. Antes de que pudiera detenerlo, Daniele lanzó un trozo de salchicha al suelo, que Lulú engulló de inmediato.

—¡Daniele! —exclamó Sybil, pero yo levanté una mano.

Daniele levantó la barbilla y tan solo con mirarlo a los ojos supe que estaba a punto de aislarse en sí mismo si no hacía algo antes.

—Si quieres dar de comer a Lulú, tú también tendrás que comer. ¿Qué te parece si, por cada trocito que le des, tú te comes otro?

Daniele pareció meditarlo durante un instante antes de asentir brevemente y pinchar un minúsculo trocito de salchicha para metérselo en la boca. Masticó y se lo tragó, luego le lanzó otro a Lulú.

Sybil suspiró.

—Al señor no le hará ninguna gracia. El perro no debe estar en la cocina, y mucho menos recibir comida de la mesa.

No era lo ideal, pero, si con ese acuerdo Daniele comía, lo tomaría hasta que lograra averiguar por qué se comportaba del modo en que lo hacía y pudiera enderezarlo. Casi me eché a reír. ¿Cómo se suponía que debía ayudar a unos niños traumatizados? ¿Y a un perro desatendido?

Pues intentándolo. Eso era lo único que podía hacer, y lo haría, porque Simona, Daniele y Lulú —y tal vez incluso Cassio— me necesitaban.

Después del desayuno, saciada tras haber comido más salchicha y huevo de los que debería un perro de su tamaño, Lulú se acurrucó bajo la mesa para dormir. Domenico y Elia se adelantaron para preparar el coche para nuestra salida mientras Sybil se ocupaba limpiando el cuarto de Lulú, que a partir de entonces ya no cumpliría esa función. Yo quería que la perrita formara parte de la familia.

Me quedé sola en la cocina con Daniele, que seguía sentado sobre el cojín y en ese momento tenía la tableta en el regazo, y con Simona, que se retorcía en la trona. Esos dos niños eran ahora míos y debía cuidar de ellos. Sentí el peso de la responsabilidad como una losa sobre los hombros mientras los contemplaba. No me sentía una madre. ¿Llegarían ellos a aceptarme? Tal vez debía bajar las expectativas y empezar por convertirme en su amiga. Ese era el primer paso.

Me acerqué a Simona y le sonreí. Ella me observó con curiosidad.

—Hola, Simona, soy Giulia.

Tenía manchas de la papilla de plátano que había desayunado en la mejilla. Cogí un trapo de cocina y lo humedecí con mi saliva antes de frotarle la piel con él. Dios, me estaba convirtiendo en mis tías. Yo siempre había odiado que me limpiaran algo con su propia saliva. Y ahora era yo la que lo hacía. Simona se revolvió, pero no lloró. Lo consideré una pequeña victoria.

—Listo —declaré—. Ahora, vamos a sacarte de esta silla y a prepararnos para ir a comprar. —La agarré por debajo de los brazos, la levanté de la trona y me la coloqué a la cadera como había visto hacer a otra gente. Simona estaba tranquila, pero había abierto muchísimo los ojos, todavía no muy convencida respecto a mí. Por una vez, Daniele no estaba mirando a la pantalla de la tableta. Su intensa mirada estaba fija en mí y en Simona.

—No te preocupes por tu hermana, Daniele. Voy a cuidaros a los dos.

Sybil suspiró desde la puerta.

—Son demasiado pequeños para entender todo lo que les dices. Quizás no deberías darles tantas explicaciones. Tú eres la adulta, y no necesitas justificar todas tus acciones ante ellos.

Fruncí el ceño. No cabía duda de que ella me consideraba otra cría de la que ocuparse. Era joven e inexperta en lo concerniente a los niños, pero también iba a ser la nueva señora de la casa y un modelo a seguir para esos dos pequeños. Tuve que ponerme firme.

—Te agradezco el interés, Sybil, pero la educación de Daniele y Simona es solo asunto de Cassio y mío.

Al cabo de un momento de atónito silencio, Sybil asintió escuetamente.

—Por supuesto.

Aún rezumaba disconformidad, y yo no la culpaba por ello. Debía de ser extraño tener como jefa a alguien tan joven como yo.

—El desayuno estaba buenísimo. Muchas gracias —dije, a modo de ofrenda de paz. No quería a Sybil de enemiga. Necesitaba toda la ayuda que pudiera reunir.

La sorpresa cruzó su semblante. Luego asintió y un atisbo de orgullo destelló en sus ojos.

Con Simona en la cadera, ofrecí la otra mano a Daniele.

—Venga, vámonos de compras. Vamos a buscarte zapatos nuevos y camisas chulas.

Daniele volvió a bajar la mirada a su tableta.

En busca de una manera de convencerlo, mis ojos se posaron en Lulú, que seguía durmiendo bajo la mesa.

—También compraremos cosas nuevas para Lulú. ¿No quieres ayudarme a elegir los mejores juguetes para ella?

Daniele levantó la cabeza de golpe y bajó de la banqueta al instante.

—La tableta tiene que quedarse aquí. Tienes que estar muy atento a todos los juguetes que veamos.

Daniele titubeó y presionó la tableta contra su pecho. Luego, muy despacio, la dejó en la silla y se acercó a mí. Simona tironeaba de mi flequillo con curiosidad. Daniele no me agarró la mano, pero me siguió hasta el recibidor, donde Elia nos estaba esperando.

—¿Necesita ayuda? —Hizo un ademán hacia Simona.

—Pues lo cierto es que sí. No puedo ponerme los zapatos ni ayudar a Daniele a ponerse la chaqueta si la tengo en brazos.

Elia sonrió y vino hacia mí. Cuando cogió a Simona, sus dedos me rozaron la mano. Por alguna razón, tuve la sensación de que no había sido por accidente. Simona empezó a lloriquear en cuanto él la tuvo en brazos, y, aunque sus lloros me molestaban, por dentro estaba eufórica de que no lo hubiese hecho conmigo. Me vestí a toda prisa y encontré un abrigo para Daniele antes de que, por fin, saliéramos de la casa.

Me encajé como pude entre las dos sillitas de bebé en la parte de atrás del Cadillac mientras Elia y Domenico se sentaban delante. En el pasado, cuando había ido de compras, apenas había tardado dos o tres horas, pero con dos niños pequeños las cosas eran distintas. Desistí de intentar que se probaran la ropa y me limité a colocarles las prendas por encima con la esperanza de que les cupiesen. Pese a los berrinches, comprar ropa de niño era divertidísimo: había tantas prendas monísimas que hasta me explotaron los ovarios. Me moría de ganas de que Cassio las viera, aunque me preocupaba un poco su reacción ante los adorables vestiditos peto que le había comprado a Simona. Uno de ellos tenía botones con forma de girasol.

A Daniele le había comprado unas cuantas sudaderas con frases de hermano mayor, las cuales, tras explicarle lo que significaban, le hicieron sonreír un poquito.

Seis horas, diez berrinches, tres cambios de pañales —extraordinariamente complicados— y diez bolsas después, regresamos a casa. Ambos niños se habían quedado dormidos en el trayecto de vuelta a la mansión y no se despertaron ni siquiera cuando los llevé adentro. Simona en mis brazos y Daniele en los de Elia.

Después de dejarlos en sus camas, Elia me acompañó de vuelta a la planta baja.

—Tiene usted mano para los niños.

—Gracias —dije.

Todavía no tenía claro si solo estaba siendo amable... o si había algo más. Algo no terminaba de cuadrarme.

—¡Lulú! —llamé.

Oí unos arañazos procedentes de detrás de la puerta de la despensa seguidos de varios ladridos. Abrí la puerta con un suspiro. Sybil había debido de encerrarla allí otra vez. Se me había hecho muy tarde, y tal vez Lulú se hubiese vuelto a mear dentro de casa. Tenía que organizar un horario que me permitiera ocuparme tanto de los niños como de la perra. La solté en el jardín, con Elia permanentemente a mi lado. Lo miré con curiosidad.

—¿Llevas mucho trabajando para Cassio?

—¿Como guardaespaldas? Menos de un año. Pero he estado haciendo otros trabajos para él durante casi diez.

—¿También eras guardaespaldas de Gaia?

El rostro se le ensombreció de golpe. Señaló hacia el jardín con el mentón.

—¿Debería el perro estar cavando un hoyo?

Volví la cabeza.

—¿Qué?

Efectivamente, Lulú estaba cavando un hoyo, y la mitad de su cuerpecito ya había desaparecido en el suelo.

Salí a toda prisa.

—¡No, Lulú! ¡No!

Lulú levantó la cabeza un momento y luego siguió como si nada. La cogí en brazos y torcí el gesto cuando reparé en lo sucia que estaba, y en lo sucia que ahora estaba yo también.

Entré de nuevo en la casa y la mugre cayó sobre el suelo y sobre mí. El pelaje de Lulú ya no tenía arreglo, eso estaba claro.

—Es hora de bañarse.

Para mi sorpresa, Lulú no se resistió cuando la metí en la bañera, sino que se quedó quieta y me dejó hacer. Después de bañarla a conciencia y de secarla con una toalla, cogí las tijeras que había comprado y me acomodé en el suelo del recibidor con Lulú en el regazo. Era la habitación que parecía más fácil de limpiar, pues no tenía alfombras. Al principio, cuando acerqué las tijeras a su cuerpo, se revolvió, pero al fin, tras percatarse de que solo pretendía ayudarla, terminó por relajarse y me permitió recortarle el pelaje. Todos esos enredos tenían que haberle causado picor. Cuando terminé, resultó ser de la mitad de tamaño que antes. Estaba absolutamente adorable.

—Hecho —dije, y la solté.

Por un momento no se movió. Luego voló hacia su nueva camita, que había colocado en el salón, y saltó dentro de ella antes de empezar a retorcerse con alegría, las patitas al aire, disfrutando de la sensación del aire en la piel. Ahora solo tenía unos dos dedos de pelo, pero me daba que volvería a crecerle pronto. Tras echar un vistazo a mi propia ropa, cubierta de pelo y mugre, decidí asearme yo también.

Subí corriendo las escaleras y me puse ropa más cómoda. Calcetines negros por encima de la rodilla, falda plisada y el jersey amarillo. Y, de golpe, me sentí yo misma.

Cassio

Después de comprobar cómo marchaban nuestro nuevo laboratorio de drogas y uno de los casinos clandestinos, me dirigí a casa de mis padres, pues mi padre me había dicho que quería reunirse conmigo. Por supuesto, sabía de qué iba el asunto.

Giulia.

Antes de bajar del coche, le mandé un mensaje a Elia. Él me llamó poco después.

—¿Cómo va?

—Se muestra insegura conmigo. Parece notar algo raro, pero no creo que sepa qué pensar de mí todavía. Es buena con los niños y el perro.

—Ah, ¿sí?

—Tiene mucha paciencia. Y es encantadora.

Todos usaban esa palabra para describir a mi esposa y es que, joder, realmente lo era.

—Mmm. No te le insinúes demasiado rápido. Podría sospechar.

—De acuerdo, jefe.

Colgué y salí del coche. La puerta de casa de mis padres se abrió antes de que llegara a tocar el timbre. Miré a mi madre.

—¿Estabas mirando por la ventana?

Ella se encogió de hombros.

—Me preguntaba qué estabas haciendo en el coche.

—Trabajar, madre. Siempre estoy trabajando.

—¿Incluso tan poco tiempo después de casarte con esa chiquilla?

—Esa chiquilla se llama Giulia y, por Dios, deja de referirte a ella de ese modo. Me haces sentir viejo.

Mi madre me tocó la mejilla.

—No eres viejo.

Di un paso atrás, fuera de su alcance.

—¿Dónde está padre?

—En el salón de fumar. No me hace caso. ¿No podrías tú decirle que abandone este horrible hábito…? Ya ha sufrido tres infartos. Fumar no le hace bien.

—Tampoco me hará caso a mí.

El aroma denso y dulce de los habanos impregnaba la estancia. Mi padre se encontraba en el sillón frente a la chimenea con una copa de *whisky* en una mano y un puro en la otra.

Sonrió y las arrugas del rostro se le hicieron más profundas.

—Me alegro de verte, Cassio. Toma asiento.

Me hundí en el sillón contiguo al suyo y negué con la cabeza cuando me ofreció un puro. Nunca me había gustado demasiado el sabor.

—¿De qué querías hablar?

—¿Cómo van las cosas con Giulia en casa?

Le lancé una mirada exasperada.

—¿Para eso querías reunirte conmigo? ¿Para darme consejos maritales?

Él se inclinó hacia adelante y dejó el puro en la bandeja.

—Nuestros hombres te admiran; también te temen. Puede que algunos incluso te odien. Si tu segundo matrimonio termina de una forma tan desafortunada como el primero, el odio y el miedo podrían llegar a ser demasiado predominantes.

Me levanté del sillón, pero mi padre apoyó una de sus manos arrugadas en mi brazo.

—Quédate. Soy viejo. Puedo decirle la verdad a mi hijo, si quiero.

—La verdad según tú la ves, padre.

Esperó.

Con un suspiro, volví a hundirme en el sillón.

—Las cosas van todo lo bien que pueden ir si tenemos en cuenta la edad de Giulia y la situación en general. No es lo ideal, estoy intentando controlar los daños.

—Controlar los daños —se mofó él—. El matrimonio son emociones. Si siempre esperas lo peor, eso es lo que obtendrás.

—Si siempre espero lo peor, estaré preparado para lo peor. No volverán a pillarme desprevenido.

—Tal vez debas darle a Giulia el beneficio de la duda. Es una chica encantadora. No se parece en nada a Gaia.

—No sé qué clase de *mujer* es Giulia.

—¿Y quién tiene la culpa de eso? —preguntó mi padre.

Negué con la cabeza.

—¿Esta conversación tiene algún otro fin, además del de criticar la forma en la que llevo mi matrimonio?

—Estoy preocupado por ti, Cassio —repuso con voz queda y los ojos llenos de pena—. Eres todo lo que deseaba en un hijo. Eres fuerte, justo y nunca rehúyes las decisiones difíciles. Nunca he dudado de tu capacidad para gobernar Filadelfia.

—¿Y ahora sí que lo haces?

Se encogió de hombros. Pese a que el ambiente estaba cargado de humo, cogió el puro de nuevo.

—Un templo no se sostiene con un solo pilar. Hay vida más allá del trabajo.

Miré hacia las llamas de la chimenea.

—El trabajo es la única constante en mi vida, ahora mismo. —Me arrepentí de aquella confesión al instante.

Mi padre se inclinó hacia adelante y me palmeó la pierna.

—Entonces, cambia eso.

Eché un vistazo a mi reloj de pulsera.

—Tengo que irme ya. Debo reunirme con Christian para hablar de lo que ha descubierto sobre esa nueva filial de los Tartarus MC. Están saliendo hasta de debajo de las piedras.

Me puse en pie y, esa vez, mi padre no trató de detenerme.

Mi madre me siguió hasta la puerta para tratar de convencerme para que me quedara a comer, pero yo ya no estaba de humor para sus intromisiones. Le di un beso en la mejilla y corrí hacia el coche.

Christian y yo nos encontramos en un pequeño restaurante italiano que servía el mejor *risotto* de la ciudad. Él ya estaba sentado en nuestro sitio de siempre cuando entré en el local. Lo saludé secamente con la cabeza mientras tomaba asiento frente a él.

—¿Alguna novedad de la filial?

Christian no dijo nada durante un rato.

—¿Cómo está Giulia?

El tono de advertencia de su voz no me gustó ni un pelo.

—Está bien. Ahora es mi mujer, Christian. No es de tu incumbencia. Es mía.

—Eso puedo aceptarlo, siempre y cuando me prometas que no terminará como Gaia.

Me levanté de golpe, me incliné sobre la mesa, lo agarré del cuello con fuerza y lo empujé contra el banco. Su rostro se tornó rojo, pero aun así me sostuvo la mirada.

—Cuidado, Christian. En esta ciudad, mi palabra es la ley. La protección de tu padre, y hasta esa es limitada, acaba en los límites de Baltimore.

—No necesito la protección de mi padre. De lo contrario, no estaría aquí, trabajando para ti —dijo con esfuerzo—. Giulia es mi hermana pequeña. Y trataré de protegerla lo mejor que pueda.

Apreté los dedos alrededor de su garganta.

—Giulia está a salvo conmigo. No necesita tu protección. —Lo solté y volví a acomodarme en mi sitio mientras me introducía la corbata bajo el chaleco de nuevo y me alisaba después la chaqueta.

Christian se masajeó el cuello.

—Con razón le gustas tanto a Luca. Ambos tenéis gestos muy similares.

—Los moteros están planeando algo. Mira lo que hicieron en Nueva Jersey y Nueva York. Tendremos que mantenerlos vigilados.

—Estoy en ello. No es fácil establecer contactos.

Después de eso solo hablamos de trabajo, aunque era evidente que Christian no estaba muy conforme. Había demasiadas personas que trataban de entrometerse en mi matrimonio, y a mí no me hacía ni puta gracia.

Era ya casi medianoche cuando metí la llave en la puerta de casa y entré al recibidor. Una luz procedente del salón me llamó la atención. Elia no me estaría esperando allí. Los guardias tenían su propia caseta fuera, donde podían pasar la noche.

Algo se abalanzó sobre mí. Me llevó un momento comprender que era el perro. Este ladró, y yo me dispuse a agarrarlo otra vez antes de que me destrozara otro par de pantalones.

—No, Lulú. ¡Ven aquí! —ordenó Giulia.

Apareció en el umbral del salón, vestida únicamente con un camisón de seda. Iba descalza y estaba despeinada, como si se hubiese quedado dormida en el sofá.

Para mi sorpresa, el chucho detuvo su ataque y regresó trotando junto a mi joven esposa, que se agachó y lo acarició. En ese momento reparé en que la mayor parte de su pelaje había desaparecido.

—¿La has llevado a la peluquería?

Giulia rio con los ojos chispeantes de alegría mientras se enderezaba.

—No, no conozco ninguna peluquería canina. Se lo he cortado yo. Tenía demasiados nudos y no podía peinarla.

Asentí, aunque el perro me interesaba más bien poco. Si no fuera por Daniele, ya lo habría regalado hacía mucho tiempo. Cada vez que miraba a aquella cosa, volvían a mi cabeza algunas imágenes que no necesitaba recordar. Giulia se apoyó contra el marco de la puerta; estaba preciosa.

El perro se sentó obediente junto a su pierna y me miró como si fuera un intruso en mi propia casa. Miré a nuestro alrededor en busca de la razón por la que todavía estaba despierta.

—¿Qué haces levantada?

Giulia frunció el ceño.

—Estaba esperando a que volvieras a casa.

Me quité el abrigo y lo colgué antes de volverme hacia ella.

—¿Ha pasado algo?

Giulia negó con la cabeza y se me acercó. Bajé el mentón para mirarla. Descalza y con ese ligerísimo camisón, el contraste entre nosotros se hacía aún más evidente.

Colocó una mano sobre mi pecho y se estremeció.

—Dios, qué frío hace fuera. —Se le erizó la piel pálida y mis ojos se desviaron hacia la abertura de su salto de cama y el escote de su camisón.

—Es invierno. —Fue un comentario absolutamente superfluo, pero era tarde y la proximidad de Giulia me nublaba el cerebro—. Respóndeme, ¿ha pasado algo?

Ella sonrió con incertidumbre.

—No ha pasado nada, Cassio. Pero quería estar despierta cuando volvieras de trabajar. ¿No es eso lo que se supone que hay que hacer?

La miré fijamente. Desde que me había ido de casa de mis padres, nadie me había esperado jamás despierto y, si Gaia lo había hecho alguna vez, solo había sido el preludio de malas noticias.

—No te sientas obligada a esperarme. Trabajo hasta tarde.

Puse una mano en la zona baja de su espalda y la empujé suavemente hacia las escaleras.

—Venga, vete a la cama.

—No soy una niña, Cassio.

El perro fue a seguirnos cuando Giulia puso un pie en los escalones. Le bloqueé el paso.

—¿Por qué no está encerrado en su habitación? No le está permitido subir arriba.

—No volverá a quedarse en esa habitación.

Enarqué las cejas. Giulia estaba sobre el primer escalón, así que casi estábamos a la misma altura.

—Ignoraba haber tomado esa decisión.

—He sido yo.

Le agarré la cadera.

—Yo soy el amo de esta casa.

Dios, ese dulce olor a fresa me estaba volviendo loco.

—¿Esperas que te pida permiso para cada cosa, por nimia que sea? Puedo manejar a Lulú, así que déjame que lo haga.

—No la quiero arriba —dije firmemente.

Ella asintió y dio una orden al perro. Para mi sorpresa, Lulú retrocedió y regresó al salón.

—Tiene su camita allí. Es algo así como su refugio.

Sacudí la cabeza y subí las escaleras. Estaba demasiado agotado para estupideces como aquella. Giulia me siguió en silencio, pero percibía sus ganas de hablar. Entramos en el dormitorio y cerré la puerta.

—¿Cómo ha ido con mis hijos?

—Bien. He ido de compras con ellos, estamos conociéndonos. Estoy tratando de ser su amiga…

—No necesitan a una amiga, sino a una figura materna. Alguien que los guíe, los eduque y los mande.

—Si eso fuera lo único que necesitan, tú no me necesitarías a mí, puesto que se te da tan bien mandar —espetó.

Me detuve ante su insolencia. La mayoría de la gente me mostraba respeto sin que yo tuviera que hacer nada, pero Giulia seguía desafiándome de la forma más exasperante posible.

—Voy a ducharme. Vete a la cama e intenta dormir.

No esperé a que respondiera, desaparecí en el interior del cuarto de baño. Me tomé mi tiempo preparándome para ir a la cama con la esperanza de que Giulia ya estuviera dormida para entonces. Ella quería conocerme, y yo no estaba seguro de querer que lo hiciera.

Cuando salí, Giulia estaba en pie delante de la ventana. Reprimí un suspiro.

—¿Por qué no estás en la cama?

Ella dejó escapar una risita incrédula.

—Porque creo que tenemos que hablar. Estamos casados.

—No veo de qué tenemos que hablar.

Giulia dio dos zancadas hacia mí y se detuvo tan cerca que su aroma a fresas volvió a inundarme la nariz.

—De muchas cosas. Yo quiero que este matrimonio funcione, pero no lo hará si no pasamos tiempo juntos. ¿Sueles llegar tan tarde a casa?

—Sí, habitualmente. Soy un segundo, Giulia.

—Mi padre también, y muchos de mis tíos. Y, créeme: tienen tiempo de sobra para jugar al golf y para tirarse a sus amantes.

Una carcajada empezó a subir por mi garganta, pero la reprimí.

—Mi ética del trabajo es muy diferente a la suya.

—Como tu esposa, tengo derecho a exigir ciertas cosas para que este matrimonio funcione, y te estoy pidiendo que vuelvas a casa para cenar, para que los niños y yo podamos pasar tiempo contigo.

Aquello volvió a cabrearme, aunque una pequeña parte de mí se alegró de que quisiera pasar tiempo conmigo.

—Este es un matrimonio de conveniencia.

Los ojos de Giulia centellearon.

—Supongo que es muy conveniente para ti tenerme de niñera y para tu disfrute personal sin la carga de tener que hablar conmigo.

Joder, era exasperante. La estreché contra mi cuerpo y nuestras bocas quedaron tan cerca la una de la otra que, por un momento, casi me olvidé de mí mismo.

—Hemos tenido sexo una vez, niña, así que el factor del placer en nuestro matrimonio ha sido muy limitado. Y, en cuanto a tus habilidades como niñera..., no lo sé, no me convencen.

Ella levantó la barbilla.

—Entonces devuélveme a mis padres, si no soy de tu agrado. ¿No estipulaste ninguna cláusula de devolución en el trato?

—Por encima de mi cadáver —gruñí antes de tirar de ella hacia mí.

La besé con dureza y me perdí en aquella condenada dulzura que me quitaba el sentido. Era incapaz de controlarme con ella. Y tampoco es que quisiera hacerlo.

Al recordar la promesa que le había hecho, retrocedí varios pasos y me separé de ella de mala gana. No la forzaría a hacer nada que no quisiera.

—Esto no tenía que haber pasado.

Giulia estaba ruborizada.

—¿Por qué no?

Esa pregunta me confundió.

—Te dije que no me acostaría contigo hasta que tú no quisieras.

Giulia tragó saliva y sonrió con timidez. Y por su mirada de deseo supe lo que iba a decir antes de que llegara a pronunciar las palabras siquiera.

—¿Y si quiero, qué? —Su voz sonó baja y vacilante.

Sentía el pulso en la sien desde nuestra disputa. Aquello me había excitado, pero sus últimas palabras habían terminado de arruinar cualquier atisbo de compostura por mi parte.

Pese a la verdad que encerraban, no podía creerlas. Tensé los músculos. Al salir del cuarto de baño, había sentido un cansancio agotador. Ahora, el ansia había sustituido a la fatiga, pero el recelo persistía.

—¿Quieres?

Mi voz sonó grave, empapada a la vez de deseo y alarma. Di un paso hacia ella. Giulia se estremeció y los pezones se le endurecieron. ¿Estaba excitada o asustada? Probablemente ambas.

Ella asintió.

—Sí.

Otro paso adelante. Se me acumuló la sangre en la polla de golpe. Aun así, seguía dudando.

—¿Por qué? La última vez te dolió.

—No todo —admitió, y se ruborizó—. Lo que me hiciste con la boca no.

Dirigí la mirada a la unión de sus muslos, oculta bajo su camisón, y recordé su sabor, su olor.

—Joder.

DOCE

Giulia

—Joder.

Su autocontrol parecía haberse hecho añicos.

Se acercó a mí, me agarró por la nuca y me acorraló contra la ventana.

—¿Quieres mi boca?

El deseo de sus ojos y en su voz era abrasador.

Se me secó la boca.

—Sí.

Cassio se inclinó y me besó. Tanto sus labios como su lengua exigían que me rindiese a él. Quería tener el control y yo se lo permití, y dejé que su beso me consumiera hasta que nuestras bocas se separaron y él preguntó, jadeante:

—¿Así?

Estaba tan aturdida que no entendí a qué se refería. Sus labios esbozaron una sonrisa dominante.

—¿Quieres mi boca aquí o en otro lado?

—En otro lado —logré contestar, aunque tal vez fue más una exhalación que una respuesta.

—¿En el coño? —sugirió con voz ronca antes de volver a besarme para impedir que contestara.

Tal vez la disputa había hecho que se abriera más; la verdad es que me daba igual, porque era increíblemente *sexy* que me hablara así. Me cogió en brazos y me llevó hasta la cama, donde me tumbó con cuidado antes de aplastarme contra el colchón.

Siguió besándome con urgencia mientras me bajaba las bragas. Después le llegó el turno al camisón. Detuvo el beso para sacármelo por la cabeza. Allí tumbada, dejé que me contemplara y él deslizó su mirada hambrienta por todo mi cuerpo. Ya la tenía dura dentro del pijama y los músculos del estómago se le agitaban al respirar. Sentí la necesidad de seguir el camino de vello que desaparecía bajo la cinturilla de su pantalón con la lengua. Hasta entonces, había admirado a chicos atractivos de lejos, por curiosidad. Ninguno me había interesado tanto para fantasear con él mientras me masturbaba. La reacción de mi cuerpo con Cassio, sin embargo, era otra cosa; estaba en otro nivel. Pese a su edad, o tal vez por ella, la imagen de su cuerpo varonil y musculoso despertaba el deseo en todo mi cuerpo antes incluso de tocarme.

—Eres jodidamente preciosa —gruñó antes de colocarse sobre mí y envolverme en su olor masculino.

Aquel olor, cálido y reconfortante, era como una droga para mí. Sus labios volvieron a atrapar los míos en un beso posesivo antes de desplazarse hacia abajo. Lo vi rodearme el pezón con la boca y, al primer tirón, jadeé y le puse una mano en la cabeza.

—¡Sí!

Lo dije sin pensar.

Él alzó la vista y me sostuvo la mirada mientras succionaba. Sentí el calor de su boca sobre mi piel sensible y una oleada de placer entre las piernas, que apreté.

—Tendría que haberte hecho esto anoche.

Dios, ya lo creía que sí. Era increíble. Descendió hasta colocarse entre mis piernas y yo las abrí sin vacilar, encantada de sentir su cuerpo cálido y poderoso sobre mí. Me cubrió ambos pechos con las manos y los estrujó ligeramente sin quitarme los ojos de encima, del mismo modo que yo no le quitaba los míos de encima. La imagen de él tocándome me ponía a mil.

Me amasaba los pechos centrando su atención en los pezones, y los besaba, los lamía y los succionaba hasta hacerme jadear. De forma inconsciente, envolví su torso con las piernas y apreté mi sexo contra su abdomen en busca de fricción. Mi humedad le rozó los músculos y lo hizo gemir con voz ronca. Un destello de deseo y triunfo brilló en su mirada. Su boca se esforzó en excitarme todavía más, hasta que me sentí a punto de enloquecer. Seguí frotándome contra su abdomen de forma casi desesperada, pero no era suficiente. No era en absoluto suficiente. Necesitaba más, pero no sabía cómo pedírselo.

Emití un pequeño sonido gutural de impaciencia y le clavé las uñas en la espalda para tratar de decírselo sin palabras.

Sus ojos parecieron oscurecerse al comprender.

—Ahora me apetece algo dulce.

Fruncí el ceño hasta que entendí a qué se refería, y entonces me entraron ganas de llorar de alivio. Se apoyó en las manos y yo descrucé las piernas de su espalda. Bajó la mirada hacia su estómago, se pasó los dedos por los abdominales inferiores, húmedos de mi deseo por él, y luego se los llevó a la boca.

—Tan dulce como recordaba. Perfecto.

No pude más que estar de acuerdo. Pero yo me refería a mis vistas, a la imagen de ese hombre, fuerte y musculoso, que me miraba como si mi cuerpo fuera una revelación.

Descendió hasta que su rostro quedó a la altura de mi sexo. La vez anterior, aquello me había hecho sentir insegura porque no sabía qué esperar. En ese momento estaba nerviosa por otra razón completamente distinta.

—¿Y si no... me corro? —susurré las dos últimas palabras.

Cassio lo había intentado durante quince minutos en nuestra noche de bodas y, si bien fue placentero, no conseguí llegar al orgasmo.

Se apoyó en los codos y acarició mis muslos con las palmas de las manos antes de ahuecarlas contra las nalgas. Apartó los ojos de mi sexo y me miró, y el deseo que vi en su rostro por muy poco no me hizo correrme.

—No pienses en ello. Relájate y déjame hacer. No lo fuerces, tan solo deja que suceda.

Entonces tiró de mí, me acercó a su boca y..., joder, podría decirse que me besó el coño a la francesa. Me arqueé por completo y solté un gemido vergonzosamente alto. Cerré la boca de golpe al acordarme de los niños.

—Lo siento.

—Las paredes son gruesas y estamos en la otra punta del pasillo. No te preocupes —respondió con voz ronca mientras frotaba la barba contra la piel suave de la cara interna de mis muslos.

Le brillaban los labios y la barbilla, no podía dejar de mirarlo. ¿No debería haber cerrado los ojos o mirado hacia el techo? ¿No era aquello lo que se suponía que las mujeres debían hacer?

Cassio deslizó la lengua por la hendidura mientras me sostenía la mirada, y eso también lo sentí. Lo agarré del pelo para mantenerlo donde estaba, pese a que no parecía tener ninguna intención de marcharse. Me devoró como si fuese la última comida de su vida.

—¿Te gusta? —preguntó con voz ronca entre lametazo y lametazo.

—Sí —susurré. Eso ya era muchísimo mejor que lo de la última vez. Tal vez porque me había quitado un peso de encima, porque ya no me importaba—. ¿Y a ti? —Jadeé—. ¿A ti te gusta?

¿Dónde había estado escondido ese lado atrevido y sexual mío toda mi vida?

Cassio sonrió, enigmático, sin confirmar ni desmentir nada. Me estrujó las nalgas con las manos y las levantó hasta apoyar mis muslos sobre sus hombros y prácticamente hundir el rostro en mi sexo. Las piernas me colgaban a su espalda.

—Me gusta mucho. Tu sabor. —Introdujo su lengua en mí y yo gemí—. Tus gemidos. —Levantó la cabeza—. Y la vista de este precioso coño. Es jodidamente precioso.

Bajó la cabeza y yo miré cómo su boca se cerraba en torno a mí. Sus ojos me abrasaban al tiempo que succionaba, suavemente al principio y después con más fuerza, lo que me provocaba sucesivas oleadas de placer en el sexo. Estaba al borde del orgasmo, me acercaba más y más, sin llegar a caer. Aferré la sábana con la mano, desesperada y al límite. Y, aun así, había algo que seguía conteniéndome. Era como si hubiera un nudo en mi interior atado con tanta fuerza que me resultara imposible deshacerlo.

—Por favor —supliqué.

Cassio sacó una de las manos de debajo de mí. Acarició mi sexo con la punta del dedo y lo introdujo al tiempo que volvía a succionar. Me contraje, primero de incomodidad, después por placer. Sin dejar de mirarme, empezó a mover el dedo en mi interior mientras seguía succionando. De repente el nudo se desató, abrí mucho los ojos y noté cómo se me ahuecaba el abdomen entre oleadas de placer. Grité y arañé la cabeza de Cassio y me pegué a su boca en busca de un mayor contacto con la lengua y el dedo que deslizaba en mi interior. Medio gemí medio sollocé mientras me retorcía bajo su cuerpo ante aquel torrente de sensaciones. Yo ya me había masturbado alguna vez por curiosidad, pero el resultado nunca había sido más que ligeramente satisfactorio. Esto era increíble, una puta pasada.

—Joder, sí, eso es, cariño —gruñó él.

Estuve a punto de correrme otra vez. ¿Acababa de llamarme «cariño»?

Cassio alzó la cabeza; despeinado y con algunas partes de la cara relucientes de mi deseo. Siguió introduciendo y sacando el dedo de mi interior, de forma maravillosa, como si estuviera tratando de desatar otro nudo más que yo ni siquiera sabía que tenía. Esa vez no hubo sangre. No tuve tiempo de avergonzarme por lo excitada que estaba, porque me había llevado al borde de otro orgasmo.

Introdujo un segundo dedo y, aunque al principio me resultó incómodo, la sensación pronto fue a mejor. Movía las caderas al mismo ritmo que él movía los dedos. Me masajeó la nalga con una mano mientras miraba cómo los dedos de la otra se deslizaban en mi interior.

—Precioso —gruñó.

Tuve un espasmo, pero Cassio sacó los dedos de mi interior antes de que llegara al éxtasis.

Contuve la respiración.

—Quiero correrme.

Cassio volvió a sonreír misteriosamente antes de auparse sobre los codos y bajarse el pantalón del pijama.

—Y lo harás, pero conmigo dentro de ti.

Me abrió las piernas y se arrodilló entre ellas. Se apoyó en un brazo y usó la otra mano para agarrarse la erección y pasar la punta a lo largo de mi sexo. Jadeé al sentir la firme presión contra el clítoris. Me apoyé sobre los codos para ver mejor, fascinada por la imagen de la gruesa punta roja deslizándose contra mí, cubierta de flujo.

Cassio me miró algo confundido al principio. Después, gimió y su pene se contrajo por un momento.

—Joder. —Tragó saliva con fuerza—. ¿Quieres ver cómo mi polla te da lo que necesitas?

Me limité a asentir, porque se me había secado la boca. Él agarró un cojín y me lo puso debajo del culo para que pudiera verme a mí misma. Él también bajó la mirada antes de acercar la punta a mis labios vaginales. La frotó de arriba abajo y su respiración se volvió igual de agitada que la mía. Era una imagen extraña. La fuerte mano de Cassio controlaba su larga erección, brillante de mi deseo, mientras la frotaba contra mí. Volvía a estar al límite, el nudo en mi interior trataba de desatarse.

Cassio colocó su miembro en mi hendidura y empujó levemente. Yo me contraje ante la intrusión, pese a que mi cuerpo pedía más. Sin dejar de mirarme, Cassio se chupó el pulgar y lo presionó sobre mi clítoris: empezó a trazar pequeños círculos y a introducirse en mí con movimientos cuidadosos.

Había una pequeña cicatriz en el pulgar que me acariciaba. Círculo tras círculo, tiraba del tenso nudo que seguía en mi interior. Bajé la mirada hacia donde su miembro se introducía en mi sexo. Ya tenía la mitad dentro, y empujó más y más, hasta introducirlo del todo. Sin pensarlo, le agarré el culo firme y sentí cómo se flexionaba con cada embestida. La visión de ese acto primario junto con la sensación de la pelvis de Cassio al presionar contra la mía, de sus caderas al abrirme para él, de sus abdominales al tensarse y del áspero deseo en su hermosa cara deshicieron mi nudo por completo. Grité al tiempo que el placer me embargaba con una fuerza que me estremeció y contrajo tanto mi cuerpo que hasta Cassio exhaló al agarre de mi sexo entorno al suyo. Embistió con más fuerza mientras yo le clavaba las uñas en la espalda y levantaba las caderas frenéticamente para recibir sus empujones. Él me las agarró con fuerza y tiró de mí, más y más deprisa, hasta que el sonido de nuestros cuerpos al chocar y sus gruñidos resonaron en el cuarto. El dolor muscular me recorría todo el cuerpo y se mezclaba con el placer.

Cassio cayó hacia delante y se apoyó sobre un codo. Me agarró la pierna, la levantó y se introdujo con más fuerza en mi interior. Jadeé y luego gemí. Me abrasó con la mirada mientras respiraba agitadamente. Sus movimientos se volvieron descoordinados; su mirada, feroz. Me aferré a su espalda desesperadamente, abrumada por el dolor y el placer, por la sensación de su peso aplastándome contra la cama, por el olor de nuestro sudor mezclado y de sexo.

—¿Quién te está follando?, ¿eh?

Jadeé, confusa.

—¿Quién? —gruñó, y acentuó la palabra con una embestida que llegó a un punto delicioso en mi interior.

Casi puse los ojos en blanco.

—Tú —respondí—. Tú, Cassio.

—Sí. —Empujó con más fuerza y después se tensó con una áspera exhalación. Yo también me quedé inmóvil ante la sensación de plenitud, sin saber si iba a partirme en dos o a alcanzar otro orgasmo. Gemí al sentirlo vaciarse en mi interior. Me encantó. Cassio me besó en la boca y después en el cuello, todavía jadeando—. Sí, eres mía, cariño. Tu cuerpo y, lo más importante, esta cabecita tuya tan preciosa. —Me dio un beso en la sien, salió de mí y se tumbó de espaldas a mi lado.

Traté de recuperar el aliento mientras buscaba el sentido de sus palabras. Volví la cabeza a un lado y lo miré. Su cuerpo relucía por el sudor y el vello de sus fuertes músculos estaba empapado por nuestros fluidos. Se quedó mirando el techo con el pecho agitado.

Como ya no nos tocábamos, poco a poco se fue erigiendo un muro entre nosotros. Volvimos a convertirnos en extraños. Me toqué el abdomen y disfruté de su presencia a mi lado.

—¿He sido demasiado brusco? No tenía intención de tratarte así tan pronto después de tu primera vez.

Lo miré. El tono de preocupación que noté en su voz me derritió de un modo que no podría explicar.

—No, estoy bien. —Le sonreí—. Me ha gustado mucho.

Cassio soltó una risa breve.

—Ya me he dado cuenta. —Sacudió la cabeza como si lo creyese imposible. Se puso de lado, empezó a acariciarme el costado y acabó acariciándome el pezón con el pulgar—. ¿Por qué querría una chica tan encantadora como tú hacerlo con un hombre cruel y mayor como yo?

Lo había dicho sarcásticamente, pero percibí la verdad que subyacía en la pregunta.

Resoplé.

—No eres un hombre mayor. —No mencioné nada de la crueldad. No lo conocía lo suficiente para haberme formado una opinión sobre eso—. Eres *sexy*.

Él rio entre dientes mientras me estudiaba el rostro con la mirada. Su sonrisa se desvaneció lentamente y apartó la mano. Yo no quería que volviésemos a ser dos extraños. ¿Por qué iban dos extraños a ser tan cercanos durante el sexo, a sentirse conectados o, incluso, a sentir cariño el uno por el otro cuando, justo después, no había nada entre ellos? Quería sentir esa conexión todo el tiempo. Rodé hasta Cassio, posé la palma sobre su torso y la deslicé despacio hacia abajo por sus abdominales marcados, siguiendo el caminito de vello hacia la pelvis, hasta que las yemas de mis dedos rozaron su entrepierna.

Cassio soltó un leve quejido que bien podía haber sido el inicio de una risa.

—No tengo el vigor de un adolescente, Giulia.

Alcé la cabeza. Su expresión contradecía sus palabras, y lo mismo hacía su miembro semierecto.

—Pues a mí me parece que sí —comenté, burlona.

Sentí que la barrera que él había empezado a erigir segundos atrás se desvanecía una vez más. Envalentonada, lo acaricié. Él ahuecó el estómago, inspiró hondo y los abdominales se le marcaron todavía más.

Me miró con un brazo detrás de la cabeza, como si no supiera qué pensar de mí. Yo me incorporé hasta sentarme a horcajadas sobre su muslo. Adoraba su forma de admirar mi cuerpo. Noté la presión de su muslo cubierto de vello contra mi sexo aún sensible y me froté contra él mientras me mordía el labio de gusto.

Cassio negó con la cabeza, incrédulo, pero su mirada me alentó a seguir. Cerré los dedos en torno a su miembro y sentí cómo se llenaba de sangre al tacto de estos.

Cassio no quería ceder el control, pero yo me moría por que lo hiciera; quería verlo rendirse y entregármelo a mí, por lo menos durante un momento. Me incliné y me metí su punta en la boca. Él siseó y ahuecó la mano en mi sien antes de hundir los dedos en mi pelo. Al igual que respecto a todo lo demás, me había documentado sobre eso. Internet ofrecía un sinfín de posibilidades para mentes curiosas como la mía. Ahuequé las mejillas mientras succionaba para tratar de acomodarla en mi boca mientras le estimulaba la base con las manos. No eran movimientos practicados, sino torpes, pero consiguieron el resultado que buscaba. Cassio jadeaba mientras movía las caderas y sus dedos se crisparon sobre mi cuero cabelludo. Alcé la vista y lo encontré mirándome con expresión totalmente desprevenida, vulnerable. Por fin.

Entonces, algo cambió. Me agarró del pelo con más fuerza, sin llegar a tirar de él pero cerca de hacerlo, y me obligó a bajar la cabeza. Movió las caderas hacia arriba. Estaba retomando el control. Yo me rendí a sus embestidas y dejé que entrara en mi boca tanto como deseara, con su mano firme sobre mi cabeza. No buscó la profundidad ni llegó al fondo de mi garganta, sino que mantuvo el control. En cada uno de los empujones, me froté contra su muslo en busca de mi propio placer. No sabía por qué no sentía vergüenza. No había cabida para ello, estaba demasiado excitada, demasiado embebida en la expresión de deseo de Cassio.

—Suficiente —gruñó él.

Me agarró de las caderas y me sentó encima de él. Ni siquiera tuve tiempo de volver en mí antes de que tirara de mi cuerpo hacia abajo, hacia su erección.

Creía que estar encima haría que yo tuviese el control, pero me había equivocado. Cassio me había manipulado, como un titiritero controla a su marioneta. Me aferró las caderas con las manos, se introdujo en mi interior y me obligó a aceptarlo de golpe. Cada embestida llegaba más adentro que la anterior y rozaba un punto que yo ni siquiera sabía que existía. Dejé de lado mi lucha por el control y me rendí a sus demandas. Esa noche ganaría él, sí. Pero todavía quedaba mañana.

Cassio

Seguía despierto mucho después de que Giulia se hubiera quedado dormida de lado, hecha un ovillo de cara a mí. Esa vez había aceptado que me apartara de ella después del sexo para dormir. Todavía sentía su calidez, aquel dulce aroma suyo, su cercanía. Por un momento, consideré la posibilidad de atraerla hacia mí, pero, en su lugar, me quedé mirando el techo a oscuras. Esa noche había vuelto a sorprenderme en más de un aspecto. Era tozuda y amable. Había defendido su posición y sus deseos sin malicia.

Y el sexo…, eso sí que me había pillado desprevenido. Había dado por hecho que intentaría evitar la parte física del matrimonio durante tanto tiempo como le fuera posible, hasta que yo terminara por acercarme a ella el día en que no pudiese aguantar más. No quería serle infiel, y no iba a serlo. El desastre de Gaia… lo había arruinado todo. No quería que algo así volviera a suceder, y no sucedería.

No pensaba permitirlo.

Yo no conocía a Giulia ni ella me conocía a mí, pero en la cama nos compenetrábamos bien. Verla correrse por primera vez había sido la victoria más dulce que hubiese imaginado nunca.

Comerle el coño había sido maravilloso, y gratificante a su manera. Gaia nunca había querido que se lo hiciera, así que jamás llegué a hacérselo. Giulia había sido la primera mujer a la que se lo había hecho en casi diez años y me prometí a mí mismo hacérselo cada maldita noche, si me dejaba. En el poco tiempo que llevábamos casados ya me sentía rejuvenecido. Durante esos últimos meses me había sentido mayor, cansado y receloso. Pese a todo, sabía que el subidón del principio terminaría algún día. Era una fantasía que no podía albergar.

Como si pretendiera recordarme esa verdad irrefutable, el llanto de Simona tronó por el monitor y destruyó cualquier esperanza de volver a quedarme dormido.

Giulia se movió a mi lado y un suave gemido se escapó de sus dulces labios. Encendí las luces y me senté. Otra noche sin dormir.

Giulia parpadeó ante la luminosidad repentina, claramente desorientada.

—¿Qué pasa?

—Simona quiere el biberón.

Giulia asintió despacio y se levantó de la cama. Yo también me puse en pie.

—Quédate durmiendo. Yo me ocupo. Sé que tienes que trabajar mañana.

Me detuve al verla salir de nuestro cuarto. Tras un momento, la seguí. No tenía experiencia con niños, algo que había quedado claro la noche anterior. Dudaba que pudiera encargarse de Simona. Mi hija era exigente, sobre todo por las noches, y su llanto crispaba terriblemente los nervios. ¿Tenía Giulia la paciencia suficiente para encargarse de ella?

No creía que fuera a hacerles daño a mis hijos, no parecía de esa clase de mujeres, pero era joven. Sentirse abrumada podía resultar peligroso.

El llanto de Simona no se detuvo, pero sí que se redujo en intensidad. Me quedé en el umbral, atónito por lo que veía: Giulia había comprado una especie de canguro que le permitía acunarla contra el pecho, y en ese momento estaba intentando cerrárselo por la espalda. Estaba claro que era la primera vez que se lo colocaba. Me acerqué a ella y la ayudé. Jamás había visto una cosa así, de modo que tuvimos que intentarlo un par de veces hasta conseguir cerrarlo bien.

—Gracias —dijo Giulia—. Me lo he comprado hoy. La dependienta me ha dicho que ayuda a tranquilizar a los bebés, así que he pensado que podría probarlo. Ayuda a que el bebé se sienta conectado a su madre… —Y se calló.

Simona me miró con la cabeza apoyada sobre el pecho de Giulia.

—Vamos a por algo de comer, ¿vale? —le dijo Giulia con voz suave mientras le acariciaba la cabeza. Y, entonces, me sonrió—. Puedes volver a la cama. Ahora tengo las manos libres para prepararle el biberón. ¿Ves?

Asentí despacio. Giulia posó la mano en el culito de Simona y se marchó por el pasillo hablándole en voz baja a mi hija, cuyo llanto se fue calmando. Las seguí hasta el piso de abajo. El perro correteó hacia nosotros y se tumbó junto a Giulia mientras ella empezaba a preparar el biberón. Se mecía de un lado a otro y tarareaba algo en voz baja, cosa que parecía tranquilizar a Simona, pese a que seguía sollozando de vez en cuando.

Giulia me miró por encima del hombro.

—Todavía no confías en mí lo suficiente para dejar que me ocupe de todo, ¿verdad? —No sonaba enfadada, solo resignada.

—No es cuestión de confianza.

Aunque sí que lo era. Jamás había sido una persona confiada, y mi capacidad para ello últimamente estaba casi por completo agotada.

Giulia sonrió con tristeza.

—No pasa nada. Para ti lo son todo. Quieres protegerlos. —Comprobó la temperatura del biberón antes de abrir una de las correas del canguro para poder dárselo a Simona, que se aferró a él enseguida—. Voy a cuidarlos lo mejor posible.

La creí.

Subimos juntos. Reparé en que la puerta de la habitación de Gaia estaba abierta. Giulia siguió el recorrido de mi mirada.

—Simona y yo estamos bien, de verdad.

Me dirigí al dormitorio. Tal como pensaba, Daniele estaba hecho un ovillo sobre el cobertor con un pijama nuevo, de dibujitos de Superman. Me rompía el corazón verlo así. Lo único que yo veía al mirar hacia esa cama era sangre, mientras que él buscaba consuelo en ella. Lo cogí en brazos. Él se acurrucó contra mí y yo lo estreché todavía más contra mi cuerpo. Ojalá me permitiera esa cercanía cuando estaba despierto, como antes. Lo llevé a su cama y, después, volví a la habitación de Simona. Giulia estaba en la mecedora dándole el biberón.

Al verme en el umbral, su expresión se tornó severa.

—Vete a dormir, Cassio. Lo digo en serio. Yo me ocupo.

Me retiré despacio y me fui a la cama. Apenas tardé en quedarme dormido. Solo me desperté un momento cuando Giulia vino a la cama más tarde, pero no sabía qué hora era. Se tumbó tan cerca de mí que sentí su calidez, pero no me importó. Estaba a punto de quedarme dormido otra vez cuando las yemas de sus dedos me acariciaron la mano con suavidad.

Simona se despertó una vez más, pero Giulia insistió en que me quedase en la cama mientras ella se encargaba.

Tal vez aquella fuera la razón por la que, por la mañana, me sentía relajado por primera vez en mucho tiempo. A pesar de la falta de sueño, Giulia se levantó en cuanto salí del baño y entró ella.

Fui a la habitación de Daniele. Estaba despierto y, como siempre a esas horas, absorto en su tableta. Al principio se la había escondido, pero mientras jugaba con ese aparato era el único momento del día en que lo veía mínimamente feliz, así que había terminado por devolvérsela. No levantó la mirada cuando entré, pero encorvó los hombros. Me puse en cuclillas para quedar a su altura. Nada.

—Venga, Daniele, deja eso.

No reaccionó. Se la quité y empezó a chillar, pero la dejé sobre un estante y lo cogí en brazos, a pesar de su forcejeo. Su rechazo hacia mí me dolía más que los latigazos de años atrás.

Tragué saliva y lo dejé en el cambiador. Desde pequeño nos habíamos acostumbrado a que lo despertara yo; era una especie de ritual. Siempre le había encantado nuestro tiempo juntos por la mañana…, pero ya no.

Sus ojos llorosos miraron hacia algo detrás de mí. Me volví y vi a Giulia en el umbral, con ojos expresivos y el perro en brazos.

Entró.

—Lulú te ha oído llorar y ha venido a ver cómo estás.

Daniele se quedó callado y miró a la perra con los ojos muy abiertos.

Giulia se detuvo junto al cambiador para que la perra pudiese ver a Daniele y este verla a ella. Lo desvestí y, por una vez, no se resistió. Mientras le cambiaba el pañal, tenía los ojos fijos en el perro. Giulia sacó ropa del armario y la dejó a mi lado. Unos vaqueros, calcetines que parecían deportivas y un jersey con las palabras «hermano mayor» estampadas.

—Hoy vas a estrenar tu camiseta de hermano mayor —dijo ella con una sonrisa.

La boca de Daniele esbozó una pequeña sonrisa y yo tuve que apartar la mirada para serenarme. Me aclaré la garganta y dije:

—Eres un buen hermano mayor. Simona te necesita a su lado.

Daniele asintió despacio y dejó que lo vistiera. Él ya era más o menos capaz de vestirse solo, pero, como con muchas otras cosas, desde la muerte de su madre se había negado a hacerlo. Lo levanté del cambiador, pero esa vez no lo dejé en el suelo para que él mismo fuese andando como hacía normalmente, sino que lo apreté contra mi pecho. Él seguía con la vista fija en Lulú, pero al menos no trató de escaparse de mí.

—Vamos a ver cómo está Simona —dije.

Fuimos a la habitación de Simona todos juntos y Giulia dejó a Lulú en el suelo para coger a la pequeña en brazos. La perra salió de la habitación a hacer lo que tuviera en mente, probablemente mearse en las caras alfombras. En cuanto se perdió de vista, Daniele se inquietó. Lo dejé en el suelo antes de que se pusiese a llorar. Desapareció al instante, seguramente en busca de la tableta. Giulia me miró con Simona en brazos. Su expresión compasiva no me cabreó esa mañana, tan solo me hizo sentir melancólico. Se acercó a mí acunando al bebé y posó una mano en mi pecho.

—Ya entrará en razón. Dale tiempo. Sanar lleva un tiempo.

¿Sería tan optimista si supiese lo que había pasado?

Dirigí una mirada a mi reloj.

—Tengo que irme ya. —Entonces, no supe por qué, le acaricié la mejilla y la besé ligeramente en los labios—. Gracias por esforzarte.

La sorpresa se adueñó de su rostro. La misma sorpresa que había sentido yo desde el minuto uno de nuestro matrimonio. No era en absoluto como yo había esperado. Podía haber montado un numerito de adolescente, pero, en lugar de eso, estaba tratando de asumir las responsabilidades de su nueva vida.

Se encargaba de todo de forma atenta y adorable. Parecía demasiado buena para ser real.

Me aparté y bajé las escaleras. Elia esperaba mis instrucciones frente al coche. Sentí un atisbo de culpa al pensar en el acuerdo al que habíamos llegado, pues todavía tenía muy fresco lo de la noche anterior y lo de esa misma mañana. No obstante, no fue suficiente para echarme atrás. Giulia no había hecho nada para merecer mi desconfianza, pero necesitaba estar seguro de ello antes de que su encanto me atrapara y me impidiera ver la verdad.

Mis hijos no sobrevivirían a otra muerte de su madre.

TRECE

Giulia

Me dolía el pecho al pensar en el encuentro de Cassio con Daniele esa mañana. Había visto el dolor reflejado en los ojos de mi marido ante la reacción de su hijo con él. Tenía que ayudarlos de alguna manera, pero primero tenía que averiguar por qué Daniele se comportaba así. Por algún motivo, no me imaginaba a Cassio haciéndole daño a su hijo de ninguna forma. Era perfectamente capaz de llevar a cabo los actos más depravados imaginables; los rumores sobre sus prácticas en el trabajo habían llegado hasta mis oídos en Baltimore, pero, por cómo miraba a sus hijos, era evidente que los quería. No, tenía que haber pasado algo entre ellos. Me daba la sensación de que era algo relacionado con Gaia, lo cual era un problema, porque Cassio se negaba a hablar de ella. Daniele no hablaba en absoluto, y no estaba muy segura de que mencionarle a su madre fuera una decisión inteligente. Me dirigí a la cocina con Simona en brazos y Daniele siguiéndome de puntillas. Tenía la cara llena de churretes porque no había encontrado la tableta. Yo la había visto en lo alto de la estantería de su cuarto, pero había decidido no dársela: tenía que aprender a entretenerse sin esa cosa. Aquella obsesión con la tecnología no era sana.

Sybil estaba preparando gofres. La cocina olía a vainilla y a masa caliente.

Elia y Domenico no habían llegado todavía, pero sabía que estarían en algún lugar de la casa, de lo contrario, Cassio no se habría marchado. Lulú se deslizó bajo la mesa, probablemente con la esperanza de repetir lo de la mañana anterior, pero los dulces no eran buenos para los perros. Me aproximé a Sybil mientras Daniele se arrodillaba frente a la mesa para observar a Lulú.

—Deja que sea ella la que venga a ti, Daniele. Es tímida, pero al final se acercará. Dale tiempo, ¿vale?

Él asintió, distraído, pero no se movió.

—¿Podrías preparar también un poco de beicon?

—¿Para el perro? —adivinó Sybil.

—No quiero obligarlo a comer. No cuando todavía no confía en mí. Y esta es la única manera de que se coma el desayuno.

Asintió con la cabeza. No parecía del todo convencida, pero, aun así, sacó el beicon de la nevera.

—Gracias.

Elia no tardó en unirse a nosotros, pero Domenico seguía sin aparecer. Para mi sorpresa, se sentó junto a mí. Y, como el día anterior, su sonrisa no se hizo esperar, sus miradas fueron un poco demasiado íntimas y su brazo rozó el mío en un par de ocasiones «por accidente».

No fui la única que reparó en ello, porque Sybil lo fulminó con la mirada.

Ignoré todo aquello, no muy segura de cómo debía proceder. Mi plan para conseguir que Daniele comiera funcionó como lo había hecho el día anterior. Lulú recibía un trocito de beicon por cada trozo de gofre y plátano que comiera Daniele. A mi modo de verlo, era una situación beneficiosa para ambos, y Lulú, por supuesto, estaba de acuerdo conmigo.

—He pensado que podríamos salir todos a pasear, así Lulú vería sitios nuevos —le dije a Daniele.

Él asintió enseguida y su emoción prendió la mía propia.

—Suena bien. Hace buen tiempo y no hace demasiado frío. Conozco un parque no muy lejos de aquí —comentó Elia.

—Genial. —Me levanté—. ¿Por qué no te adelantas y vas preparándolo todo mientras yo hablo un momento con Sybil?

Elia nos miró a ambas antes de ponerse en pie y salir.

Llevé los platos al fregadero, donde Sybil frotaba la sartén.

—Tú trabajaste aquí desde el día uno del matrimonio de Cassio con Gaia, ¿verdad? —le pregunté en voz baja, para que los niños no me oyeran.

No lo sabía a ciencia cierta, pero su expresión confirmó mis sospechas.

—Sí.

Ella evitó mi mirada mientras colocaba los platos en el lavavajillas.

—¿Cómo era ella?

Mis padres habían coincidido con ella en los actos oficiales, claro. Había sido una dama de aspecto siempre perfecto, pero eso no significaba nada. Las apariencias de puertas para fuera y lo que ocurría de puertas para adentro eran dos cosas muy distintas.

—Yo solo trabajaba para ella. No la conocía.

La miré con incredulidad.

—¿Cómo puedes trabajar para alguien durante años y no conocerlo?

Sybil cerró el lavavajillas y empezó a limpiar las encimeras.

—Mantenía las distancias. La señora nunca desayunaba en la cocina. Prefería que terminara mis tareas lo antes posible para así no tener que verme. —Negó con la cabeza—. Si quiere saber más, tendrá que preguntarle al señor. Pero, si me permite el comentario, no creo que deba.

Con Simona sujeta contra mi pecho y Daniele en su cochecito, atravesamos el parque hacia la zona vallada para perros. Domenico se mantenía alejado, fingiendo ser una persona corriente, pero Elia no se separó de mi lado. Cualquiera que nos mirara supondría que éramos pareja. Elia claramente actuaba como tal, teniendo en cuenta lo cerca que caminaba de mí. Lulú salió disparada en el momento en que la solté y no tardó en perseguir a otros perros y jugar con ellos.

—Debe de resultarle extraño —comenzó Elia, que se sentó a mi lado en el banco—. Vivir en otra ciudad con un hombre al que apenas conoce.

Daniele siguió con la mirada a los perros que jugaban. Aquel tipo de fascinación solo aparecía cuando miraba la pantalla de su tableta. Simona también los observaba con los ojos como platos.

—Me han preparado para esta clase de vida desde que era pequeña. Las reglas de nuestro mundo son así desde hace mucho tiempo.

—Cierto, pero eso no quiere decir que siempre sea fácil amoldarse a ellas.

Me volví hacia Elia. La forma en que me miraba, como si quisiera ver cuánto tardaría en hacerme saltar, me obligó a levantar un muro para protegerme.

—¿Sueles saltártelas tú?

Él sonrió como si fuera a contarme un secreto.

—Puede ser liberador.

Estaba flirteando conmigo. Lulú aulló. Giré la cabeza de golpe. Un perro más grande estaba tratando de montarla.

—¿Puedes ayudarla?

Elia no vaciló. Se puso en pie de un salto y salió corriendo hacia los dos perros. El dueño del otro, un muchacho con gafas y barba de hípster, hizo lo mismo. Entre los dos consiguieron separar a los animales y, para mi sorpresa, se pusieron a charlar.

Elia le sonreía igual que llevaba sonriéndome a mí todo el día, pero de un modo menos expectante, menos desafiante. Era un coqueteo natural, nada forzado. El chico hípster, que todavía sujetaba a su pequeño bulldog por el collar, rio. Elia sonrió, pero entonces reparó en mi mirada y modificó su comportamiento. Dijo algo más y se apresuró a regresar a mi lado con Lulú en un brazo.

Estudié su rostro. Por un instante, ahí a lo lejos, había puesto cara de haber sido pillado con las manos en la masa. Tal vez Elia estuviera rompiendo las normas, pero no en la forma que me había insinuado antes. Ahora tenía sentido que Cassio hubiera elegido a un hombre tan atractivo como guardaespaldas. Elia no suponía ningún peligro a sus ojos. Podría pasearme desnuda delante de él todo el día y no le importaría lo más mínimo.

Regresamos a casa mucho más temprano de lo planeado porque Simona había empezado a llorar y no había quien la calmara. Daniele estaba más huraño por esa misma razón, pero al menos la presencia de Lulú evitó que también él se desmadrase. Cuando por fin, tras lo que se me antojaron horas, conseguí dormir a Simona, me sentía completamente agotada. Había considerado la idea de llamar a Cassio para pedirle ayuda, porque, a diferencia de Daniele, Simona se tranquilizaba cuando sentía a su padre cerca. Pero me alegraba haberlo conseguido sin haber tenido que llamarlo.

No quería que pensara que no podía manejar la situación. Mi ropa estaba empapada de sudor cuando me senté en el sofá minutos después de que Simona se hubiese quedado dormida. Daniele estaba sentado en el suelo con la tableta en el regazo. Había sucumbido y se la había devuelto. Si hubiese empezado a protestar como Simona, yo también me habría echado a llorar.

Elia se me acercó con un par de tazas en las manos.

—Tiene cara de necesitar un café.

—Necesito una copa y una ducha.

Pese a mi poca experiencia con el alcohol, de golpe comprendí por qué a la gente le apetecía una copa después de un día duro.

Él rio y me entregó la taza.

—Un café es un buen comienzo, ¿no cree?

Se sentó a mi lado, de nuevo más cerca de lo que era apropiado. Esa vez no me molestó, porque ya sabía la verdad. Le di un sorbo al café solo. Normalmente lo tomaba con leche y azúcar, pero igualmente me supo a gloria. Observé a Elia abiertamente, sin molestarme en disimular. Llevaba una camisa blanca ajustada que le marcaba los músculos y una funda de pistola negra encima. Sentía curiosidad por saber si sería bueno con las armas, si esa era al menos parte de la razón por la que Cassio lo había elegido..., o si su presencia no era más que una trampa.

Cassio le había ordenado a Elia comportarse así conmigo, no tenía dudas. Era celoso. Él mismo lo había admitido, y tanto Faro como Mansueto lo habían confirmado también. Sin embargo, no había esperado que lo fuera tanto para jugármela así. Aquello me cabreaba, pero, más allá de eso, me entristecía muchísimo. Si confiaba tan poco en mí, nos quedaba muchísimo trabajo por delante para que nuestro matrimonio funcionara.

Dejé la taza sobre la mesa y luego me volví hacia Elia. Me acerqué más a él y calibré su reacción.

—Me he estado preguntando una cosa...

Su mirada se volvió cauta, pero la sonrisa permaneció inmutable en su rostro.

—¿Lo sabe Cassio? —murmuré.

Su sonrisa era ahora menos sincera.

—¿El qué?

—Que te gustan los hombres.

Por un instante, antes de que volviera a ponerse la máscara, su expresión lo traicionó.

—No sé de qué me habla.

—Ah, ¿no? —proseguí—. He visto cómo mirabas al tío del perro en el parque. Has estado flirteando con él como has estado fingiendo flirtear conmigo. No estoy ciega. Tal vez los hombres de nuestro mundo no se hayan dado cuenta porque solo ven lo que quieren ver, pero a mí no me importa si te gustan los hombres o las mujeres. El amor es el amor.

Elia sacudió la cabeza.

—Yo no he mirado a nadie de ninguna forma. No puede ir por ahí diciendo ese tipo de cosas. Ya sabe lo que me ocurriría si los rumores se extienden.

—No tengo ninguna intención de contárselo a nadie. Eso es solo asunto tuyo —aseguré.

Oficialmente, no había hombres homosexuales en la *famiglia*. Era absurdo. Los chicos a los que les gustaban otros chicos aprendían a ocultarlo; en caso contrario, terminaban muertos. Esa era la única razón por la que no había gais en nuestros círculos—. Pero Cassio lo sabe.

Prácticamente podía ver los pensamientos de Elia a toda velocidad en su cabeza mientras trataba de llevarme por otros derroteros.

—Si pensara que soy gay, me mataría. La mafia no tolera a los maricones.

Sonreí. El insulto no había estado mal… Pero no colaba.

—No, a menos que lo mantengan en privado. Y a veces puede ser útil tener a soldados homosexuales a mano, especialmente si alguien es tan celoso como Cassio parece ser.

Elia no dijo nada. Lo había dejado completamente descolocado.

—Esto es…

—¿Ridículo? Sí, lo es. ¿Te ha pedido Cassio que te me insinúes para ver si mordía el anzuelo?

Elia se pasó una mano por el pelo. Lo tenía acorralado. Era evidente que ni él ni Cassio habían esperado que los pillara. Esto me cabreó incluso más que el hecho de que hubieran intentado jugármela.

—Soy su guardaespaldas. Mi deber es protegerla. Debería hablar con Cassio si cree que no estoy haciendo bien mi trabajo.

Puse los ojos en blanco.

—Tal vez deberías irte a la sala del personal. Ahora mismo no estoy de humor para que me mientan a la cara.

Elia inclinó la cabeza y se marchó. Llamaría a Cassio en cuanto pusiera un pie en aquella sala. Me recosté sobre el reposacabezas y cerré los ojos por un momento, me sentía agotada. Tenía la camisa pegada a la espalda por el sudor. Un hocico cálido me tocó el brazo. Abrí los ojos y encontré a Lulú en el sofá, a mi lado. ¿Estaba tratando de consolarme? Había leído que los perros percibían las emociones humanas, pero no había esperado que Lulú actuara así.

Probablemente no le estuviera permitido subirse al sofá, pero me traía sin cuidado si a Cassio le parecía bien o no. Me palmeé el regazo y Lulú se hizo un ovillo sobre mí.

Daniele dejó la tableta y se acercó. Se encaramó al sofá y se sentó a mi lado. Las piernecitas ni siquiera le llegaban al borde. Le sonreí. Sus ojos transmitían preguntas que no llegó a expresar.

—Estoy bien, solo cansada. Lulú está intentando consolarme porque nota que estoy cansada.

Daniele asintió despacio. Le acaricié la cabeza con tiento, pues esperaba que se apartase, pero no lo hizo. Sentí los enredos en su nuca. Había visto cómo se resistía cada vez que Sybil o Cassio intentaban peinarlo. Por el tacto, dudaba que peinarlo fuese suficiente.

—Lulú está muy guapa con el pelo corto, ¿verdad?

Daniele hizo un gesto afirmativo.

—¿Me dejas que te lo corte a ti también? No mucho, solo un poquito, para que Lulú no se sienta sola...

Su única respuesta fue otro pequeño asentimiento con la cabeza. Dejé a Lulú con cuidado sobre el sofá y fui en busca de las tijeras. Cuando regresé, Lulú se había acurrucado en el sofá con

Daniele sentado muy cerca, sin tocarla, aunque era evidente que se moría por hacerlo.

—¿Te sientas encima mientras te corto el pelo?

Asintió.

Levanté a Daniele y, al tiempo que volvía a sentarme, lo coloqué sobre una de mis rodillas. Le acaricié la cabecita antes de empezar a cortarle el pelo por detrás. No se movía, tan solo miraba a Lulú. También le recorté el pelo por los lados, y solo se lo dejé como estaba en la parte superior de la cabeza.

—Vaya, qué peinado más chulo llevas ahora.

Daniele permaneció sentado en mi pierna y yo seguí acariciándole la cabecita.

—Espero que me hables algún día. Me encantaría oír tu voz. Puedes hablarme de lo que quieras. Sé guardar secretos, ¿vale?

Se volvió sobre su hombro y me miró a los ojos, y esa vez lo hizo de verdad. Y en ese momento me pareció mucho mayor de lo que era.

—Tu papá te quiere.

Daniele apartó la mirada y se bajó de mi pierna. Volvió a sentarse en el suelo con la tableta.

Cassio no volvió a casa a tiempo para la cena. Eran las ocho pasadas cuando me acomodé en el sillón frente a la chimenea del salón para leer uno de mis libros favoritos. Había considerado la posibilidad de hacer pilates o de terminar mi último cuadro, pero no me había visto con fuerzas. Mi móvil estaba en la mesilla, por si Cassio me mandaba un mensaje. Algunas amigas del instituto me habían escrito, pero ya intuía que nuestra amistad no sobreviviría a la distancia. De todas formas, tampoco habíamos sido nunca aquella clase de amigas íntimas que comparten sus secretos más oscuros. Tal vez debía escribirle yo a Cassio para preguntarle cuándo volvería a casa, pero, aunque tenía su número, todavía no nos habíamos mandado ni un solo mensaje. Había pensado incluso en mandarle una foto desde el parque, pero al final no había llegado a hacerlo.

Se me ocurrió una cosa. Me levanté y me dirigí a la licorera que había a la izquierda de la chimenea de mármol. Estaba llena de distintas botellas de *whisky* escocés, ginebra, *bourbon* y todo tipo de bebidas alcohólicas sobre las que yo no tenía la menor idea. Recordé las palabras que había usado Cassio para decirme que no tenía edad para beber y cogí la botella de *whisky* escocés de aspecto más caro, cuyo nombre ni siquiera era capaz de pronunciar: Laphroaig, edición limitada. Me serví una cantidad generosa en una copa y me la llevé conmigo al sillón. Tras sentarme de nuevo, olfateé su contenido y tosí, sorprendida por el aroma ahumado del licor. Di un trago y tosí más fuerte todavía, hasta que se me saltaron las lágrimas.

—Por Dios…

¿Cómo podía alguien beberse eso por gusto? Tal vez fuera cosa de hombres. Una vez recuperada, cogí el móvil, me llevé el vaso a los labios, sonreí desafiante y me saqué un selfi. Se lo envié a Cassio.

El Laphroaig me hace compañía mientras tú trabajas.

Vio mi mensaje casi al instante. No respondió.

Molesta, volví a dejar la copa y el móvil sobre la mesilla.

Quince minutos después, la puerta principal se abrió y se cerró. Lulú, que había estado acurrucada en su cama, salió disparada hacia el recibidor y, acto seguido, oí la voz desaprobadora de mi marido.

—¡Lulú! —la llamé mientras cogía el vaso y le daba un trago más largo.

Lulú regresó al salón y volvió a tumbarse en su cama. Rápidamente puse las piernas sobre el reposabrazos, para que Cassio viera los calcetines por encima de las rodillas que tanto le desagradaban. Cassio apareció entonces en el umbral, oscuro e imponente de la cabeza a los pies, como el letal hombre de negocios que era. Me estudió de arriba abajo y se detuvo en el vaso que seguía presionando contra mis labios, en el floreado vestido peto que llevaba y en los calcetines negros.

Su cabreo no se hizo de esperar, y le transformó el rostro en una máscara de facciones todavía más afiladas. Se me encogió el estómago de miedo por un instante, consciente de que no sabía nada de la muerte de Gaia, pero no permití que esa emoción me absorbiera. Cassio no me había hecho nada. Aun así, cuando cerró la puerta, se me disparó la adrenalina. Echó a andar hacia mí, pero yo no me moví y di otro trago al *whisky*. El licor me quemó la garganta y el calor empezó a florecer en mi vientre; no solo por el alcohol. Algo en la desaprobación que su rostro transmitía despertaba mi cuerpo de una forma que en ese momento no me convenía en absoluto. Teníamos que hablar sobre Elia, y no iba a permitir que el sexo lo impidiera.

—No estoy para jueguecitos, Giulia. ¿Me has mandado esa foto para provocarme? —Se detuvo justo delante del sillón, alto e imponente. Estaba arrebatador y temible a la vez.

—No —respondí jovialmente—. Solo quería informarte de mis actividades vespertinas, en vista de lo mucho que deseas controlar cada aspecto de mi vida.

Él se inclinó sobre mí y apoyó los brazos musculosos en los reposabrazos del sillón. La carísima tela de su chaqueta me rozaba las pantorrillas y la fricción, aunque distante, logró estremecerme. Tal vez fuera el alcohol lo que me hacía tan sensible al aura de Cassio. Rezumaba dominio y un atractivo sexual primitivo. Sus ojos se deslizaron por mis piernas cruzadas y se detuvieron en el resquicio de piel desnuda en lo alto de mis muslos. Entonces alzó la mirada. Tragué saliva ante la intensidad de su expresión, pues parecía no tener muy claro si prefería devorarme o azotarme.

—¿Qué quieres decir con eso?

—Elia. No finjas que no te ha llamado hoy. Apuesto a que esperas informes actualizados sobre su misión a cada hora.

Su robusta mano encontró el camino hasta el pequeño tramo de piel desnuda entre el dobladillo de mi falda y los calcetines por encima de la rodilla. Sentí la caricia entre las piernas; quería que sus dedos se movieran hacia arriba, pero me contuve. Me quitó la copa y apuró el *whisky*.

—Te he dicho que no quiero que bebas alcohol destilado.

—Porque no soy lo suficientemente mayor.

Cassio dejó la copa vacía sobre la mesa y se inclinó todavía más sobre mí.

—Giulia.

La palabra había sido más bien un gruñido grave, bajo, rebosante de advertencia. No me importó. Su mano se deslizó hacia arriba por mi pierna, bajo la falda, y entonces estampó sus labios sobre los míos. Por un momento, mi cuerpo se arqueó hacia él, ansioso por el contacto, por el beso y por lo que este prometía. Pero no iba a permitir que Cassio me distrajera con sexo frenético, por mucho que mi cuerpo también lo deseara. Lo empujé por el pecho para separar así mi boca de la suya.

—No. Para.

Sus dedos rozaron mis bragas, empapadas ya desde la discusión. Gimió.

—¿Qué me estás haciendo?

¿Yo? ¿Que qué le estaba haciendo yo?

Lo empujé con más vehemencia.

—Cassio, para.

Me miró a los ojos y su expresión se suavizó y se tornó precavida y distante. Se enderezó, y me privó así de su calidez, de su contacto, de su olor.

—Tenemos que hablar de Elia —dije.

Cassio dio un paso atrás y se alisó las arrugas de la chaqueta como si nada hubiera pasado.

—No hay nada de qué hablar. Tienes demasiada imaginación.

La ira me atravesó. Bajé las piernas de golpe y me puse de pie. Como me sacaba más de una cabeza, el gesto no tuvo el efecto deseado.

—¿Te crees que soy idiota?

Cassio enarcó las cejas.

—No sé de qué hablas.

Resoplé al recordar que Elia me había soltado esas mismas palabras.

—Sabes perfectamente de qué te estoy hablando, Cassio, porque, en cuanto me he enfrentado a Elia, él te ha llamado.

El semblante de Cassio seguía siendo una máscara de estoica serenidad, y aquello me enfureció todavía más.

—Estás siendo irrazonable e infantil.

Cada vez que trataba de hablar con él o de hacer que cediera el control, me acusaba de comportarme como una cría. Cuando quería acostarse conmigo, sin embargo, no parecía acordarse de ese detalle.

—Como esposa tuya que soy, me merezco la verdad. No merezco que me engañes ni que me espíes. ¿Qué pretendías con esta farsa? ¿Creías que me lanzaría sobre el primer hombre atractivo que me sonriera?

Cassio entrecerró los ojos.

—Así que te parece atractivo.

Ya había tenido suficiente. Caminé hacia él y lo fulminé con la mirada.

—¿Lo dices en serio?

Cassio no se dignó a responderme. Se desabrochó la camisa con una indiferencia irritante.

—Mírame.

Levantó la cabeza, pero su mirada era fría. No había ni rastro de culpa. ¿De verdad creía que su forma de actuar era correcta?

—No puedo creer que usaras a Elia como cebo para ver si estaba dispuesta a engañarte. Estamos casados.

—El matrimonio nunca ha sido impedimento para nadie.

—Ah, ¿no? —pregunté con curiosidad, para tratar de averiguar si se refería a sí mismo.

—Yo nunca te engañaría.

—Vaya, ¿así que yo tengo que confiar en tu palabra, pero tú puedes usar a mi guardaespaldas para ponerme a prueba a mí? ¿No te das cuenta de lo injusto que es eso?

—Solo hago lo que es necesario.

—¿Necesario? Entonces, ¿admites haberle ordenado a Elia que coqueteara conmigo para ver cómo reaccionaba yo? Tendrías que confiar en mí.

El tono herido de mi voz era inconfundible.

—Yo no confío en nadie.

Mi primer impulso fue reaccionar con rabia, con un comentario mordaz, porque el día había sido duro y yo no tenía a nadie en quien apoyarme, tan solo un marido que me trataba como a una niña y que no confiaba en mí. Pero mi rabia no cambiaría nada. Solo añadiría leña al fuego.

—No sé lo que pasó entre Gaia y tú. Tal vez te preocupa que sea como ella. No la conocí, así que no puedo prometerte lo contrario. Lo que sí sé es que, si no te permites conocerme, nunca llegarás a confiar en mí, y, si no confías en mí, entonces este matrimonio fracasará de un modo u otro. —Tragué saliva y desvié la mirada de su áspera expresión—. Quizá necesites más tiempo. Es evidente que no me quieres cerca si no es para tener sexo. No te presionaré, pero no creo que pueda hacerlo. Al menos, no hoy. Te daré el espacio que necesites y me iré al dormitorio contiguo al de Simona. Así tendrás la cama para ti solo.

Cassio

Giulia salió del salón. Me había dejado helado, no porque se hubiese dado cuenta de lo de Elia, sino porque quería marcharse de nuestro dormitorio. Esa vez había sido enteramente culpa mía. Años atrás, no me había opuesto cuando Gaia insistió en tener su propia habitación. Lo había aceptado. No iba a cometer el mismo error, y no solo porque temiera que se repitiera la historia. Quería a Giulia en mi cama, cerca de mí.

Salí tras ella y la alcancé en la escalera. La agarré del codo y la obligué a volverse hacia mí. Casi perdió el equilibrio y tuvo que sujetarse a mis hombros para mantenerse en pie. Tenía los ojos anegados en lágrimas. Esa era, por lo menos, la tercera vez que la hacía llorar. El matrimonio no era el lugar adecuado para la crueldad. Eso era lo que me había dicho mi padre, y yo había estado completamente seguro de no ser culpable de ello. Sin embargo, la crueldad tomaba distintas formas. Giulia no había hecho nada para merecer mi desconfianza ni mi frialdad y, aun así, la había castigado por el crimen de otra.

—No pienso permitir que abandones nuestro dormitorio, Giulia. Vas a quedarte.

Giulia me escrutó el rostro.

—¿Por qué? Si ni siquiera quieres abrazarme por las noches.

Joder. El dolor en sus ojos me hizo añorar los latigazos de nuevo.

—Quédate. —Le acaricié la mejilla.

Ella inclinó la cabeza hacia el tacto de mi mano. Le rocé el pómulo.

—¿Por qué?

—Porque te lo estoy pidiendo.

Ella sacudió la cabeza.

—Dame otra razón.

—Porque quiero tenerte cerca. Porque me gusta quedarme dormido con tu olor a fresas por la noche.

Torció el labio.

—¿Olor a fresas?

Me incliné y hundí la cara en el delicioso punto en el que el hombro se le unía al cuello, en aquel dulce aroma, antes de besarle la piel.

—Como un maldito campo de fresas. Y ni siquiera me gustan las fresas.

Ella rio y se retorció bajo mi boca.

—¿A quién no le gustan las fresas?

—A mí. Son engañosas. Te prometen un sabor dulce, pero casi siempre son ácidas y acuosas.

Giulia trató de apartarse de mis labios, que ahora deslizaba por su cuello, disfrutando de su risa ahogada.

—Cassio, me haces cosquillas.

Levanté la cabeza.

La diversión encendió sus ojos, y, solo con ver aquella confiada alegría, el peso de mi alma se aligeró un poco.—Nadie puede resistirse a una dulce fresa.

—Sí —murmuré—. Ya lo veo.

Giulia negó con la cabeza.

—No puedo oler a fresas. Mi champú es de cereza.

Reí entre dientes.

—Pues para mí son fresas.

—Claro. Si tú le ordenas a una cereza que sea una fresa, eso es lo que será.

La callé con un beso, pero no uno de esos bruscos, provocados por la furia. Un beso tierno. Ella mantuvo los ojos abiertos, sin permitir que me fuera de rositas.

—¿Quieres tenerme cerca por las noches?

—Sí.

—Vale.

Sin dobles intenciones, un simple «vale», sin más.

La cogí en brazos y la llevé a la planta superior.

—Cassio…

—Shhh…, hablaremos después.

Ella no discutió. Cuando la tumbé en la cama, amoldó su cuerpo al mío. ¿Me cansaría algún día de su olor y de su sabor?

Más tarde, Giulia estaba abierta de piernas sobre mí y mis manos le agarraban el culo firme. Tenía el flequillo pegado a la frente sudada.

—Ahora, hablemos —dijo cuando yo ni siquiera había recuperado el aliento.

—Giulia…

—Me lo has prometido —refutó, y sus ojos detuvieron cualquier protesta que yo pudiera tener.

—Sí. —Esperó. A que lo admitiera, a que me declarara culpable—. Tienes razón. Le pedí a Elia que pusiera a prueba tu lealtad.

Giulia se impulsó hacia arriba, hasta quedar sentada a horcajadas sobre mi vientre. Me encantaba que no fuera pudorosa con su cuerpo, y me encantaba admirarla. Su expresión me dejó claro que no intentaba ir a por la segunda ronda, sino que buscaba estar en una posición más elevada para sentir que tenía el control. Iba a cedérselo. Le aferré las caderas, pues sentía la necesidad de tocarla.

—¿Que pusiera a prueba mi lealtad? Le ordenaste a otro hombre que se me insinuara para ver si estaba dispuesta a engañarte.

La amargura retorció mis pensamientos.

—No confío en nadie, no se trata solo de ti.

—Soy tu mujer, Cassio. Tenemos que confiar el uno en el otro. No quiero que seamos extraños viviendo bajo el mismo techo. Quiero que este matrimonio funcione, no solo por nosotros, sino también por Simona y Daniele. Necesitan una familia feliz.

—Una familia feliz —repetí.

Mis hijos nunca habían tenido una familia feliz. Durante un tiempo, Gaia y yo nos las apañamos para ocultar el resentimiento que nos guardábamos el uno al otro, pero, en el último par de años, las cosas habían ido a peor.

—Es lo que quiero —susurró con fiereza, y se inclinó hasta tener el rostro justo sobre el mío.

—Yo también —aseguré.

Pero yo era realista y, en unos pocos años, Giulia también lo sería.

—Y, sin embargo, no crees en ello.

Al mirar su rostro amable y esperanzado, sí que quería una familia feliz.

—No es cuestión de creer o no.

—Sí que lo es. Si no crees en ello, si no te esfuerzas por que funcione, entonces no funcionará.

Sonreí con tristeza mientras me preguntaba si alguna vez yo había sido así de optimista.

—No digas que es porque soy joven —me advirtió con un destello de enfado en los ojos—. Ser positivo no es un rasgo característico de los jóvenes. Tú eres el que ha decidido comportarse como un viejo gruñón.

Solté una carcajada. Giulia sonrió. Luego se mostró relajada, ilusionada.

—Cassio, quiero ser feliz. Quiero que todos seamos felices.

—¿Y qué quieres que haga yo? —pregunté sin pensar.

Giulia era joven. Yo no sería el culpable de su infelicidad, al menos no a propósito. No estaba seguro de tener elección en el asunto. Con Gaia, pensé que había hecho todo lo posible por hacerla feliz. En retrospectiva, no había sido suficiente, pero lo cierto es que me encontraba ante un reto imposible.

—Permítete confiar en mí.

Deslicé la palma de la mano hacia arriba por los suaves bultos de su espalda antes de acunar su cabeza y tirar de ella hacia abajo para besarla.

—Lo intentaré.

—Podrías empezar por contarme qué pasó con Gaia y por qué Daniele se comporta así.

Negué con la cabeza.

—Eso es el pasado y no tiene nada que ver con nosotros.

Giulia sonrió con tristeza. Sabía tan bien como yo que lo tenía todo que ver con nosotros, pero el pasado con Gaia no era algo que fuera a compartir con ella. No serviría de nada más que para destruir cualquier posible vínculo que se estuviese forjando entre nosotros. Ella era joven. Tal vez por eso estaba tan dispuesto a intentarlo. No quería ser yo el que echara a perder su encanto.

—Vale.

No, no valía. El lenguaje corporal de Giulia lo dejaba claro.

—¿Qué más?

—Pasa tiempo con los niños y conmigo. En familia. Vuelve a casa para cenar y quédate en casa los domingos. Quiero poder conocerte, saber qué te gusta hacer en tu tiempo libre, qué es aquello con lo que más disfrutas.

Traté de recordar la última vez que había hecho algo por placer y que no estuviera relacionado con el trabajo. No pude.

—No me digas que no te gusta hacer nada más que trabajar. Debe de haber algo con lo que disfrutes, más allá de torturar y matar.

Era tan desinhibida con las palabras que me parecía un soplo de aire fresco. Tarareé y le acuné la cabeza con mayor firmeza.

—Se me dan bien ambas.

—No lo dudo —susurró, y se estremeció—. A mí me gusta pintar y hacer pilates.

Destensé los dedos sobre su cuello.

—¿Pintar?

—Sí, lienzos. Naturalezas muertas, paisajes, animales. No se me da tan bien el cuerpo humano, pero estoy intentando mejorar. Eso es lo que había en el paquete grande. Mis lienzos.

No había prestado demasiada atención a las pertenencias de Giulia. Tal vez debería haber mostrado un mínimo interés en la vida de mi esposa antes de arrastrarla al desastre en el que se había convertido la mía.

—El pilates me ayuda a estar en forma y también es bueno para mi salud mental. —Calló—. Me miras como si dijera tonterías.

—Para nada —negué—. Es solo que no dejas de sorprenderme.

—¿Para bien o para mal?

—Para bien.

Se encogió de hombros.

—Bien.

Sí, bien. Pero lo bueno siempre solía tener un precio.

—¿Has pintado desde que estás aquí?

—No, he estado ocupada instalándome, y tampoco es que los niños y Lulú me dejen mucho tiempo libre. —Ladeó la cabeza, pensativa—. Y necesitaría una habitación especial para pintar. Para contener el olor y los vapores.

—Hay una libre junto a mi despacho. Tiene buenas vistas al jardín y acceso directo a la terraza.

A Giulia se le iluminó la mirada. Descendió y apoyó la barbilla sobre sus brazos, cruzados encima de mi pecho.

—Gracias.

—¿Cómo van las cosas entre mis hijos y tú?

Sus labios se convirtieron en una fina línea, no estaba muy seguro de por qué.

—¿Qué pasa?

—Nada —se apresuró a responder, aunque era evidente que sí que pasaba algo—. Los niños y yo nos estamos conociendo. Creo que puedo ganarme la confianza de Daniele a través de Lulú, y hoy Simona me ha dejado llevarla en brazos sin llorar.

—Hablando del perro…

Giulia volvió a incorporarse hasta quedar sentada.

—No quiero regalar a Lulú, ni tampoco la voy a encerrar en una habitación. No es justo para ella. De todas formas, ¿qué te pasa con ella?

—¿Aparte del hecho de que no está muy bien entrenada…?

—Pero eso no es culpa suya. ¿Gaia nunca la adiestró?

Me tensé.

—El perro llegó en un momento un tanto difícil.

—Creo que Lulú puede hacer bien a esta familia. Y me gusta mucho.

—Entonces quédatela, pero tendrás que adiestrarla.

—¿Elia seguirá siendo mi guardaespaldas?

—Por supuesto, es una buena elección.

—Porque no le interesan las mujeres.

Entorné los párpados y me pregunté cómo lo habría averiguado exactamente. Ella malinterpretó mi expresión y se tensó, preocupada.

—Lo sabías, ¿no?

—Claro, por eso precisamente es tu guardaespaldas.

Giulia resopló.

—¿Y la confianza?

Sonreí con malicia y luego me humedecí el pulgar antes de presionarlo contra el botoncito rosa que me provocaba desde su lugar privilegiado entre los dos labios carnosos.

—Trabajaremos en ello. Pero que confíe en ti no significa que vaya a confiar en cualquier hombre que esté a tu alrededor.

Hundí el pulgar entre sus pliegues y recogí la humedad antes de volver a deslizarlo por su clítoris.

Giulia se recostó y se apoyó con las manos en mis muslos para darme mejor acceso y unas vistas preciosas. Sonrió tentadoramente cuando mi polla rozó la parte baja de su espalda.

—No eres tan viejo después de todo, ¿eh?

Moví el pulgar más deprisa y disfruté de cómo movía las caderas en busca de mi dedo. Tenía poco más de treinta años; no era viejo en absoluto, aunque me hubiese sentido como tal esos últimos meses y, especialmente, al compararme con Giulia.

—Tengo que recuperar mucho tiempo perdido.

Un destello de curiosidad cruzó su mirada, y yo me arrepentí de mis palabras.

—Chúpamela —le ordené antes de que pudiera preguntar nada.

Ella levantó una ceja y torció el gesto para fingir indignación. Joder, era demasiado adorable.

—Primero dime algo que te guste hacer. Una afición.

—¿Aparte de comerte el coño?

Ella negó con la cabeza y abrió la boca para soltarme una réplica sin duda insolente, pero la agarré por los muslos y la volví de espaldas. Ella profirió un grito de sorpresa, su aliento cálido sobre mi polla y su culo apoyado frente a mí. Le di una cachetada de advertencia y lo mordí. Giulia se sacudió con un jadeo.

—Yo establezco las normas de esta casa, cariño, sobre todo en la cama.

Un escalofrío recorrió su espalda. Le masajeé el culo y disfruté de su excitación.

Ella me agarró la polla y se la metió en la boca bruscamente, y yo me retorcí con un gemido. Tan inesperadamente como se la había introducido, la soltó.

—Dime una cosa —exigió con suavidad antes de volver a metérsela entera en la boca.

Le estrujé el culo con fuerza a modo de advertencia.

—Tú chupa y calla.

Me metí su coño en la boca. Su gemido vibró contra mis huevos antes de que se los llevara a la boca.

—Una cosa.

Deslizó el brazo entre nuestros cuerpos. Rozó mi pecho y luego sus dedos chocaron contra mi barbilla. Me eché hacia atrás para ver cómo Giulia se metía dos dedos. Estuve a punto de correrme en ese momento. Sacó la lengua y lamió el líquido preseminal.

—*Quid pro quo.*

Reí hasta que sus dientes me rozaron la piel sensible del envés de la polla, lo que me hizo exhalar con brusquedad. Ella seguía metiéndose los dedos.

—Antes jugaba al billar —gruñí.

Estaba tan ansioso por su boca, tan desesperado por que siguiese follándose con los dedos, que en ese momento se lo habría contado todo.

Ella me lanzó una sonrisa triunfal por encima del hombro. De eso nada. Pegué la boca a su coño y luché con la lengua contra sus dedos por el dominio. Giulia gimió ruidosamente, pero aquello terminó cuando empujé su cabeza contra mi miembro de nuevo y mis dedos se enredaron en su pelo sedoso. Empujé con las caderas hacia arriba y se la metí más que antes. A ella le costó acogerme entero, pero no se hizo atrás. Seguía moviendo los dedos en su interior mientras yo lo lamía todo: sus dedos, sus pliegues, su clítoris, cada delicioso centímetro que podía alcanzar. Empezó a contraerse sobre mí y a gemir contra mi polla. Seguí embistiendo en su boca. Quería prolongarlo tanto como fuera posible, pero con su cuerpo derritiéndose sobre el mío, sus dedos buscando el orgasmo y su sabor en mi lengua, fui incapaz de contenerme.

Me tensé, crispé los dedos alrededor de su cuello y mis sacudidas se convirtieron en espasmos al correrme como nunca lo había hecho. La sensación de su boca cálida alrededor de mi polla mientras ella intentaba tragar era la perfección. Giulia se derrumbó sobre mí, sus dedos perdieron fuerza, y yo también quedé tumbado en el colchón, seco, con el corazón acelerado en el pecho. Al cabo de un momento, Giulia se apartó y tosió.

Mierda. La había retenido mientras me corría en su boca. Ni siquiera le había preguntado si le parecía bien. Me incorporé un poco, pero Giulia siguió tumbada allí, con la mejilla pegada a mi muslo y respirando con dificultad. Le aparté el pelo a un lado para poder verle la cara. Tenía los ojos cerrados y las mejillas rojas.

—¿Estás bien?

Abrió los párpados y la comisura de su boca se curvó.

—Sí, ¿y tú?

Miré fijamente a la chica tumbada sobre mí —a la mujer, a mi esposa—, maravillado por su extrañeza. No era algo que hubiese apreciado nunca, y, aun así, ahí estaba yo, incapaz de resistirme a su cuerpo y a su encanto. Froté sus labios rubíes con el pulgar. Ella me mordisqueó la piel y me miró con timidez.

—Tienes que enseñarme a jugar al billar.

—Tengo una mesa de billar en el salón de fumar.

—Por favor, dime que no fumas puros. Mi padre y mis tíos sí que lo hacen, y mi abuelo también lo hacía. Si los huelo en ti, no podré evitar acordarme de ellos.

Eso era lo último que quería, recordarle a los asquerosos viejos de su familia, y estaba seguro de que ella lo sabía. De todas maneras, por suerte, tampoco me gustaban los puros.

—Si no te gusta el olor, no los fumaré.

Ella entrecerró los ojos y sonrió.

—¿Por qué me da la sensación de que nunca te han gustado?

Se levantó y reptó sobre mí hasta acurrucarse contra mi pecho, con la mejilla sobre mi hombro.

—¿Me enseñarás?

—No será lo primero que te enseñe, así que ¿por qué no? —respondí en un tono bajo y posesivo.

Ella puso los ojos en blanco. Deseé poder decir que eso me molestaba.

—¿Podemos echar una ronda ahora?

—Es tarde. Mañana tengo que madrugar.

—Venga ya, si no son ni siquiera las once... Entretén a tu joven esposa.

—Está bien —respondí, para mi propia sorpresa.

Giulia estaba jugando bien sus cartas y lo sabía, y, aun así, no me sentía manipulado por ella. No lo hacía para vencerme ni por razones menos nobles todavía, sencillamente se comportaba como era. Rara, caprichosa y peculiar. Me incorporé y la arrastré conmigo. Ella me dio un beso de agradecimiento en los labios y bajó de la cama, tan llena de energía que era de admirar. Era difícil resistirse a su entusiasmo. Yo también salí de la cama y me enderecé, y contuve una sonrisa ante la mirada valorativa que me dedicó. Giulia nunca trataba de ocultar que le gustaba mi cuerpo. Recogí los pantalones de pijama del suelo y me los subí hasta las caderas.

Ella se vistió con el camisón y cogió el monitor del bebé antes de correr hacia la puerta y ofrecerme una mano. Negando con la cabeza y con una sonrisa entre dientes, acepté su mano y dejé que me arrastrara a la planta de abajo. No recordaba si alguna vez me había mostrado así de espontáneo. Tal vez de adolescente, pero aquello parecía haber pasado en otra vida.

Giulia abrió mucho los ojos cuando entramos en el salón de fumar, que rara vez cumplía esa función —solo cuando mi padre o algunos conocidos del negocio insistían en fumarse unos puros—. El débil olor del humo aún persistía, pero no era tan prominente porque Sybil siempre hacía su magia con el ambientador.

Al principio, jugaba al billar solo o con Faro, pero incluso eso parecía haber pasado hacía una eternidad. El trabajo había ocupado cada segundo de mis días últimamente, puesto que intentaba evitar que la gente hablara de Gaia creando nuevos incidentes que dieran que hablar. Sin embargo, mi brutalidad apenas lograba desviar la atención de todos los rumores y cotilleos que rodeaban la muerte de mi primera esposa. Al fin y al cabo, tampoco era nada nuevo.

Giulia lo inspeccionó todo. Además de los cuatro sillones frente a la chimenea, una mesa de billar profesional dominaba el espacio. Giulia se precipitó hacia los tacos y cogió uno.

—¿Me enseñas?

Joder, sí. Había pasado noches en vela con cosas mucho menos entretenidas que enseñar a Giulia a jugar al billar.

Giulia estaba inclinada sobre la mesa tratando de golpear la bola negra. Tenía la lengua pinzada entre los labios por la concentración. Yo tenía el pecho pegado a su espalda. Había metido las bolas en sus respectivas troneras y, de nuevo, mi mano guio la suya cuando mandamos la bola negra directa a su agujero. Giulia sonrió, volvió la cabeza y me dio un beso entusiasta en los labios.

El llanto de Simona resonó a través del altavoz y me recordó que nuestra vida no solo consistía en noches de billar y sexo. Me enderecé, con el peso de las responsabilidades de nuevo sobre mis hombros y, con él, la preocupante sensación de que eso no iba a durar. Giulia cogió el monitor del bebé y subimos a la habitación de Simona.

Como era habitual, los berridos de Simona aumentaron de volumen por momentos. Y, cuanto más llorara, más difícil resultaría calmarla. Giulia encendió las luces y entró en el dormitorio, pero yo esperé en el umbral, porque quería ver cómo se desenvolvía.

Giulia se asomó a la cuna y cogió a mi hija en brazos. Siempre era yo el que la sacaba de la cama cuando lloraba.

Simona calló y miró fijamente a mi joven esposa. Esperé la inevitable explosión, un berrinche todavía peor que el anterior, pero Simona tan solo dejó escapar un sollozo.

—Shhh. Eres la cosita más preciosa del mundo. —Y entonces Giulia se inclinó, besó la mejilla izquierda de mi hija y luego la derecha—. Con los mofletitos más redonditos que haya visto nunca.

El corazón me latía en el pecho, un *staccato* irregular que pude sentir en los oídos. Me había quedado de piedra. Simona extendió los bracitos hacia el flequillo de Giulia y tiró de él, pero mi mujer solo rio y sopló para apartárselo. La pequeña abrió mucho los ojos y, después, rio.

Simona rio.

Giulia alzó la mirada y sonrió; relajada, feliz, optimista. Me di la vuelta y salí.

—Iré a preparar el biberón —dije.

Aunque hubiera preferido que no lo hiciera, me siguió a la cocina. Me estuvo mirando durante todo el rato que tardé en preparar los polvos. Sentía todas sus preguntas flotando en el aire, entre nosotros. Aun así, no dijo nada y siguió haciéndole arrumacos a mi hija.

Cuando terminé de preparar el biberón, me acerqué a ella. Giulia se inclinó hacia mí.

—¿Por qué no le das de comer mientras yo la sostengo en brazos?

Contemplé aquellos ojos azules y me sobrevino la misma emoción que sentía cuando estaba de pie en las dunas, frente a mi casa de verano, mirando hacia el océano.

CATORCE

Giulia

Cassio cumplió su promesa. Al día siguiente, volvió a casa a la hora de cenar. Lo cierto era que me sorprendió. No pensaba que fuera a cumplir una promesa hecha conmigo desnuda y tumbada sobre él. Tal vez yo también tuviese ciertos problemas de confianza en los que trabajar.

Pareció sorprendido al entrar en la cocina, donde habíamos cenado los últimos días. Sybil se levantó de la silla, sin saber qué hacer o cómo comportarse. Elia también se levantó e inclinó la cabeza antes de coger su plato y salir por la puerta de atrás, seguramente en dirección a la caseta de los guardias. Él y yo habíamos aclarado las cosas la mañana después de que Cassio le contara que yo ya estaba al tanto de todo. Elia se había mostrado incómodo y visiblemente avergonzado, así que le había dicho que él solo había hecho su trabajo y que yo no estaba enfadada. Después de todo, él tampoco había tenido la opción de decirle que no a Cassio.

—¿Por qué no estáis cenando en el comedor? —preguntó.

Simona sonrió al ver a su padre. Tenía los dedos y las mejillas llenos de guisantes aplastados, pero a Cassio no pareció importarle. Se acercó a ella y le dio un beso en la frente, aunque apenas fue capaz de esquivar sus manitas sucias antes de que le manchase el traje.

Daniele no reaccionó más que para aferrar el tenedor con más fuerza. Por un momento, percibí un destello de añoranza en sus ojos. Quería la cercanía de su padre, pero algo lo frenaba. Cassio se volvió hacia el niño y lo besó en la coronilla antes de dirigirse hacia mí. Daniele nos miró con atención. Cassio me dio un ligero apretón en el hombro antes de sentarse frente a mí. No pude negarlo, aquello me decepcionó. Me habría gustado que me hubiera besado. Tal vez le preocupara la reacción de Daniele. Al fin y al cabo, su madre solo llevaba muerta seis meses.

—Prefiero cenar en el comedor —se limitó a decir.

Odiaba la distancia que se creaba entre nosotros cuando no estábamos solos.

—No sabía que fueras a venir para la cena.

—Te dije que lo haría, y lo mantengo. Si no llego a la cena, te llamaré.

Sybil colocó frente a él un plato de cerdo asado, puré de patata y coles de Bruselas con sirope de arce que estaba para morirse. Él asintió secamente.

—Echaré un vistazo a la colada —dijo ella antes de desaparecer y dejar el plato a medias.

—Podemos cenar en el comedor a partir de ahora —sugerí.

Daniele cogió un trocito de cerdo y lo lanzó bajo la mesa. La expresión de Cassio se tornó furiosa, pero yo me apresuré a sacudir la cabeza y, entonces, le dije a Daniele:

—Ahora te toca comer a ti.

Daniele pinchó otro trozo de cerdo, se lo llevó a la boca y masticó obedientemente.

Cassio frunció el ceño.

—¿Qué está pasando aquí?

Su tono de voz había sido tranquilo, pero era evidente que no aprobaba lo que veía.

—Daniele y yo tenemos un trato: puede darle de comer a Lulú si él también come luego.

Cassio dejó escapar un suspiro. Simona empezó a lloriquear y extendió los brazos hacia su padre. Él se levantó, le limpió la carita y las manos con una toallita húmeda y la sentó sobre su regazo. Contuve una sonrisa. Verlos así era adorable: Cassio, con su traje de tres piezas, corpulento y poderoso, con la pequeña Simona en el regazo, con un vestidito de girasoles. Ni siquiera se había quejado de eso. De nuevo, los ojos de Daniele se posaron sobre Cassio, que no llegó a percatarse, ya que estaba mirando a Simona.

Le acaricié la cabecita con suavidad y entonces me miró con una expresión tan triste y desvalida que me encogió el estómago. Si tan solo me hablara…

Sentí la mirada de Cassio sobre mí, así que cogí el tenedor y comí un poco de cerdo.

—¿Cómo te ha ido el día?

Nunca me había contado qué hacía exactamente durante el día, pero lo cierto era que tampoco había llegado a casa lo suficientemente pronto para hablar.

—Como siempre.

Quizás debería haber esperado una respuesta evasiva como aquella. Al fin y al cabo, Daniele y Simona estaban presentes. Hablar de su trabajo delante de ellos podía traumatizarlos incluso más que la muerte de su madre.

—¿Qué habéis hecho?

—Hemos ido al parque de perros otra vez, ¿a que sí? —dije a Daniele, que asintió antes de dejar caer otro trozo de cerdo al suelo—. Y Elia me ha ayudado a preparar la sala de pintura.

Estaba deseando volver a pintar y abstraerme en mi arte.

Los ojos de Cassio recorrieron mi rostro de una forma que me cohibió. Me recoloqué el flequillo mientras me preguntaba si todavía le seguiría disgustando. Era parte de mí, siempre lo había sido.

—Estaba pensando que podríamos pasar el fin de semana en la casa de la playa.

Abrí los ojos como platos. Hacía mucho tiempo que no iba a la playa.

Cassio trató de establecer contacto visual con Daniele. El niño había reaccionado al oír la propuesta.

—¿Qué te parece, Daniele? Podemos construir castillos de arena, como la última vez.

Daniele se encogió de hombros, cosa que ya era algo.

Cassio y yo llevamos a los niños a la cama después de cenar. Él dejó a Simona en la cuna mientras yo ayudaba a Daniele a ponerse el pijama. Nos resultaba más fácil así: Daniele no se enfurruñaba tanto y eso ayudaba a que se durmiese antes. Lo tapé con su mantita una vez que se tumbó y le revolví el pelo.

—A Lulú le va a encantar la playa.

La boca del niño se curvó en una pequeña sonrisa. Entonces, desvió la mirada a algo detrás de mí y se mordió el labio inferior.

Una sombra cayó sobre nosotros y, un instante después, Cassio se inclinó y besó a Daniele en la frente.

—Que duermas bien.

Tras despedirme con la mano de Daniele, apagué las luces y cerré la puerta. Seguí a Cassio por el pasillo, pero, antes de llegar a las escaleras, se giró hacia mí, me agarró del cuello y me besó de tal forma que me dejó sin aire. Mi cuerpo se encendió cuando me acorraló contra la pared y me amasó un pecho con una mano mientras se frotaba contra mí. Estaba empalmado y me clavaba insistentemente el miembro en la tripa.

—A la cama —susurré.

—Y una mierda.

Parpadeé, pero Cassio no me dejó tiempo para comprender. Con su boca sobre la mía, me agarró de los muslos y me levantó.

—Aquí mismo. Contra la pared.

Abrí mucho los ojos. Cassio me mordió el cuello y después calmó la zona con la lengua.

—¿Y Sybil?

—Se ha ido —gruñó contra mi piel.

Me sujetó con un brazo y se pegó a mí y entonces deslizó la otra mano entre nuestros cuerpos. El sonido de la cremallera hizo que me estremeciera antes de que me bajara las bragas y entrase en mí de golpe. Me arqueé con una mezcla de dolor y placer. Era la primera vez que lo hacíamos sin preliminares.

Acercó la boca a mi oreja.

—¿No te dije que dejaras de ponerte esos calcetines hasta la rodilla y esos vestidos ridículos?

Lo miré a los ojos mientras me frotaba contra él en busca de más placer y acomodaba mi cuerpo a su miembro.

—¿Es este mi castigo? —Le sonreí, desafiante.

Me agarró con más fuerza para volver a embestirme y llevarme contra la pared. Yo le clavé los talones en la zona baja de la espalda.

—No, cariño —contestó con voz ronca, lo que me calentó como una taza de chocolate—. Es un aviso.

Me reí. Pues menudo aviso. Aunque no llegué a decírselo, porque él comenzó a arremeter contra mí con más fuerza y hasta más adentro que antes, lo que obligó a mi cuerpo a rendirse a él. Y eso hizo. Poco después, yo ya estaba tan húmeda que el sonido de nuestros cuerpos al chocar resonaba por todo el pasillo. Cassio ahogó con un beso feroz los gemidos que solté cuando llegué al orgasmo con un estremecimiento violento. Me dejó en el suelo y casi me fallaron las piernas.

—De rodillas —ordenó.

Se me encendieron los ojos de indignación ante esa demanda, pero su expresión severa y el deseo salvaje en sus ojos le hablaron a una parte de mi cerebro a la que no le importó en absoluto su actitud dominante. Me puse de rodillas.

Hundió los dedos en mi pelo cuando cerré la boca en torno a él.

Seguí mirándolo a la cara, me encantaba verlo perder el control.

Después, me puso de pie cogiéndome del mentón.

—¿Estás bien o he sido demasiado brusco?

Me puse de puntillas y hundí el rostro en su cuello, conmovida por lo considerado que se mostraba. Estaba un poco dolorida y probablemente seguiría así hasta la mañana siguiente, pero aquello me gustaba: era como si Cassio hubiese dejado su huella dentro de mí.

—¿Giulia? —El grave retumbo de su voz irrumpió en mis pensamientos—. ¿He sido demasiado brusco?

Negué con la cabeza y dejé escapar un pequeño suspiro. Él me cogió de la nuca y me besó la coronilla. El gesto fue tan cariñoso que despertó en mí emociones que temía permitirme. Al fin y al cabo, el nuestro era, ante todo, un matrimonio de conveniencia. No quería enamorarme de él antes de que él sintiese algo por mí.

Qué pensamiento tan estúpido. Como si el amor pudiera posponerse hasta que fuera conveniente. Me separé de él y dejé que me condujera a la habitación.

Más tarde, en la cama, me acurruqué contra Cassio con la mejilla sobre su pecho mientras sus dedos me acariciaban el brazo. Ya habíamos apagado las luces e intentábamos dormirnos. Por la tensión en su cuerpo supe que él no iba a dormirse pronto.

—No puedes dormir si me abrazas, ¿verdad?

Aunque no era mi intención, no pude evitar sonar dolida.

Cassio dejó de acariciarme. Bajo mi cabeza, su caja torácica se expandió en un suspiro.

—Ya veremos. Te prometí que lo intentaría.

—Ya. Igual que vas a intentar confiar en mí.

Se produjo un silencio. Lo estaba intentando. No podía pedir más.

—¿Daniele ha dicho algo ya?

—No —respondí—. Solo se comunica con la cabeza. Su cumpleaños es dentro de dos semanas, ¿verdad?

—Sí. Cumple tres años. Todavía me acuerdo de la primera vez que lo tuve en brazos.

—Vi una foto de él de recién nacido. Tampoco es que sean muy monos con todo ese pringue encima.

—Ya estaba limpio cuando lo cogí en brazos, unas horas después del parto.

—¿Las enfermeras no dan el bebé a sus padres justo después de nacer?

—No estaba presente cuando nació.

—Ah, ¿por el trabajo? —supuse.

Noté su cuerpo tenso, y supe que no se debía a eso.

—Gaia prefirió dar a luz sola.

Me alegré de que la oscuridad ocultase mi cara. ¿Qué motivos podía tener una mujer para no querer que su marido estuviese presente en el parto del hijo de los dos?

—Ah.

Se hizo el silencio en la oscuridad.

—¿Y cómo fue con Simona?

Cassio negó con la cabeza.

—¿No te parece injusto que te impidiera formar parte del milagro que es un nacimiento?

Así era como lo describía todo el mundo, aunque yo no le veía ninguna magia al hecho de sacar algo tan grande por la vagina.

—El viernes por la mañana estaré muy liado, pero quiero salir hacia la casa de la playa por la tarde, así podremos pasar todo el sábado allí.

—¿Por qué no me cuentas nada de tu pasado? —pregunté con suavidad.

Cassio se movió y pegó la boca a mi oreja.

—Deja de fisgonear, Giulia. No te gustará lo que encuentres. Ahora, a dormir.

Me dolieron sus palabras. Hice el ademán de apartarme para dejarle espacio para que pudiera dormir, cosa que no sucedería conmigo cerca, pero entonces el brazo que él tenía alrededor de mi cintura se tensó. Me abrazó contra su cuerpo una vez más. Tragué saliva.

—Eres joven —añadió—. Me preocupan todas las formas en las que voy a hacerte daño antes de que te conviertas en una adulta cansada para sobrevivir en nuestro mundo y a mi lado.

—No lo creo.

—Lo sé, pero, con el tiempo, lo harás.

Cassio

Llevaba tres meses sin ir a la casa de la playa. La última vez había ido en busca de paz y silencio después del funeral de Gaia. Me había escapado sin mis hijos porque, cada vez que los miraba, recordaba a la mujer a la que quería olvidar.

Giulia abrió mucho los ojos cuando nos detuvimos frente al espléndido bungaló blanco en la playa. La casa contigua era de Mia, pero raramente veníamos a la vez, aunque ella llevara tiempo insistiendo en unas vacaciones con toda la familia al completo. Simona se había quedado dormida en su sillita, pero la cara de Daniele revelaba que recordaba el lugar. En el pasado le encantaba venir. Me preocupaba que también eso hubiera cambiado.

El viento frío mordía nuestras ropas. Noviembre no era el mejor mes para venir, pero quería enseñarle la casa a Giulia. Ni siquiera sabía muy bien por qué, puesto que habría resultado mucho más impresionante en primavera o en verano.

Otra ráfaga de viento hizo volar el sombrero de *cowboy* negro de Giulia. Estiré el brazo y lo cogí al vuelo.

Giulia dejó escapar una risa asombrada.

—¡Menudos reflejos…!

Se lo entregué y ella lo aceptó con una sonrisa dulce.

—Tener buenos reflejos es indispensable para sobrevivir si tienes tantos enemigos como yo. Aunque no sé por qué lo he cogido. Es horroroso.

Giulia había vuelto a vestirse con prendas que, evidentemente, no le había escogido yo. Botas de *cowboy*, pantalones cortos negros con tirantes, jersey rosa chillón y un abrigo holgado y enorme que también me habría cabido a mí. Era una pesadilla de la moda.

Tensó el rostro, preocupada, con la mano sobre la puerta.

—¿A cuántos intentos de asesinato has sobrevivido?

Traté de hacer memoria, pero era difícil de decir. Intentos había habido muchos, aunque solo un par habían estado cerca.

Giulia sacudió la cabeza.

—Da igual, si necesitas pensarlo, tal vez sea mejor que no lo sepa. Solo prométeme que tendrás cuidado, ¿vale?

Caminé alrededor del coche para abrir la puerta de atrás y saqué a Simona. Giulia y yo ya habíamos establecido cierta rutina en lo que respectaba a mis hijos. Ella se encargaba de Daniele y yo de Simona. Así era más fácil, aunque me dolía que mi hijo se negara a estar cerca de mí.

—¿Puedes coger el trasportín de Lulú?

Lo saqué del maletero. Giulia había insistido en que nos llevásemos a la perra, aunque yo habría preferido que Sybil se quedase con ella. Negarme a las peticiones de Giulia me resultaba más complicado de lo que había imaginado.

Estreché a Simona contra mi pecho para resguardarla del frío y conduje a Giulia hacia la puerta principal. Le costaba llevar a Daniele en brazos. A pesar de estar muy delgado, era alto para su edad, y Giulia era menuda. Habría tenido más sentido que lo llevase yo.

En cuanto entramos, dejó al niño en el suelo y miró a su alrededor, maravillada. Al igual que el exterior, el interior estaba pintado de blanco. La parte trasera de la casa, que daba a la playa, tenía unos ventanales de cristal con vistas a las dunas y al mar. Los matojos de barrón se inclinaban con la fuerza del viento y los nubarrones negros y bajos parecían colgar sobre el agua. Incluso en días borrascosos como ese, el blanco del mobiliario iluminaba la casa sin necesidad de electricidad.

Giulia se acercó a las ventanas y miró hacia fuera. Sus ojos se desviaron hacia la izquierda, donde había un columpio que se mecía suavemente con el viento. El porche lo protegía de la lluvia. Alargó la mano hacia el pomo.

Dejé el trasportín de Lulú en el suelo y después llevé a Simona a la cuna blanca. Seguía profundamente dormida.

—Va a haber tormenta. Podemos salir mañana.

Giulia hizo un puchero, como la adolescente que yo trataba de fingir que no era. A veces conseguía olvidarlo, sobre todo cuando se ocupaba de los niños o cuando estábamos en la cama, pero no siempre lo lograba.

Daniele estaba de pie junto a ella. Giulia le ofreció una mano y él se la cogió. Me quedé atónito y sentí el corazón en un puño. Lo acompañó hacia el trasportín con una sonrisa y ambos sacaron a la perra. Esta salió despacio y miró alrededor.

—Si se mea en las alfombras blancas, dormirá fuera.

Giulia puso los ojos en blanco, como si se tratara de una broma.

La perra empezó a olisquearlo todo. Por lo menos ya no intentaba morderme los pantalones.

Daniele la seguía como si fuera un cachorrito abandonado.

—Voy a por el equipaje —dije antes de volver a salir.

Al regresar con las dos maletas, vi a Giulia frente al frigorífico abierto. Las llevé a nuestro cuarto, al final del pasillo, antes de reunirme con ella en la cocina.

—Avisé a la ama de llaves de que llenase la nevera.

—¿Tienes una ama de llaves para tu casa de veraneo?

—Mia y mis padres también tienen casas en esta misma playa. El ama de llaves se encarga de las tres.

—¿Y qué hay de Ilaria?

—Está demasiado lejos.

Giulia asintió.

—Bueno, y… ¿sabes cocinar?

Alcé una ceja.

—Por supuesto que no.

—Por supuesto que no —repitió Giulia, muy despacio, mientras miraba el interior de la nevera como si estuviera mirando a su propia muerte—. Entonces supongo que tendré que probar suerte.

La miré mientras amontonaba una colección de hortalizas, arroz y pollo sobre la encimera.

—¿Te gusta la comida asiática?

Me apoyé contra la encimera y crucé los brazos a la altura del pecho.

—Depende.

—¿Te gusta el picante?

Torcí la boca. Giulia me lanzó una mirada indignada antes de que sus ojos se posaran sobre Daniele, que estaba en cuclillas frente a la ventana, con la perra al lado.

Me acerqué a ella y le toqué las caderas.

—Podré soportarlo, no te preocupes.

Giulia tragó saliva.

Me dirigí a la ventana mientras ella empezaba a preparar la cena que tenía en mente. Por un momento, Daniele alzó la vista cuando me detuve junto a él y la perra, pero luego volvió a mirar hacia el mar.

—Mañana podemos pasar la tarde en la playa.

No respondió, aunque tampoco había esperado que lo hiciera, así que me quedé mirando hacia fuera como él.

Después de cenar, llevamos a Daniele y a Simona —que se había despertado en mitad de la cena— a la cama. Pese a haber dos habitaciones más, ambos compartían el cuarto contiguo al nuestro.

—¿Nos sentamos en el columpio? —propuso Giulia cuando la envolví en mis brazos.

—Hace frío.

—Tú me darás calor. Por favor…

—Está bien.

Ella sonrió y cogió los abrigos del perchero mientras yo cogía un par de mantas gruesas de lana. El viento se había calmado, pero hacía muchísimo frío cuando salimos al porche. A pesar del abrigo, Giulia se estremeció cuando nos acurrucamos en el columpio. La envolví en la manta antes de pasarle un brazo por encima. Ella se hizo un ovillo contra mí, como un gato.

En el pasado, había pasado muchas noches a solas en el porche. Gaia nunca me acompañaba. Sin embargo, la presencia de Giulia no me parecía ninguna intromisión.

—No eres lo que había esperado.

—¿En qué sentido?

Nuestro aliento se transformaba en vaho cada vez que abríamos la boca y el estruendo de las olas nos llegaba desde lejos.

—Creía que tendría que forzarte a tener sexo, que evitarías la parte física de nuestro matrimonio.

Ella levantó la cabeza.

—Me gusta mucho acostarme contigo. —La luz de la luna iluminaba sus ojos—. Me haces sentir muy bien.

Reí.

—Así es como debe ser.

—¿Yo te hago sentir bien a ti? —lo formuló en un tono juguetón, pero noté un deje de incertidumbre en su voz.

—Sí.

La atraje hacia mí y la besé con languidez. No me refería solo al sexo. Como para recordármelo a mí mismo, deslicé una mano por debajo de las mantas y de su ropa y le acaricié el costado con los nudillos. Se retorció, riendo, y eso iluminó mi interior.

—¿Alguna vez has…?

—Nada de hablar del pasado.

Ella se quedó en silencio y ambos nos dedicamos a mirar el mar.

No recordaba la última vez que me había sentido casi en paz, pero en ese momento estuve cerca de estarlo.

QUINCE

Cassio

Pese al frío, dimos un paseo por la playa al día siguiente. Simona iba sujeta al pecho de Giulia gracias al canguro, mientras que Daniele y Lulú corrían por la orilla. La perra les ladraba a las olas y trataba de morder el agua espumosa. Era algo estúpido, pero hacía sonreír a Daniele y a Giulia, así que podría quedarse por ahora.

Las gaviotas planeaban sobre nuestras cabezas. Giulia me tendió una mano y yo entrelacé nuestros dedos tras un momento de vacilación, preocupado por la reacción que Daniele pudiera tener. Sin embargo, no pareció importarle. Toda su atención estaba puesta en la perra y en el mar.

Me vibró el teléfono en el bolsillo. Lo saqué y vi un mensaje de Faro.

Llámame en cuanto puedas.

Fruncí el ceño y volví a guardarme el móvil en el bolsillo. El viento soplaba demasiado fuerte para hablar por teléfono.

—¿Qué pasa? —preguntó Giulia.

—Tenemos que volver. Necesito llamar a Faro.

La expresión le cambió, y, por una milésima de segundo, consideré la posibilidad de ignorar el mensaje de Faro, pero le había dicho que no me molestase a menos que fuese importante.

—Ah, claro.

Le apreté la mano.

—Mañana por la mañana podemos volver a salir.

Asintió y luego exclamó:

—¡Lulú, Daniele, venid aquí!

Tanto la perra como mi hijo se volvieron hacia ella y regresaron dando saltos. Por un instante, el semblante de Daniele me recordó al que solía tener en el pasado, casi tan inocente como entonces.

Ya en la casa de la playa, llamé a Faro mientras Giulia les limpiaba la arena a la perra y a Daniele.

Simona gateaba por el suelo, persiguiendo una pelotita que tintineaba del modo más irritante posible.

—¿De qué se trata? Espero que sea importante. No quería que me molestaran.

—Mientras tú estabas ocupado tirándote a tu mujercita, a Luca se le ha ido la olla. Ha matado a sus tíos Gottardo y Ermano y a ese primo suyo a cuyo hermano le destrozó la garganta.

Me recliné, desconcertado.

—¿Qué coño ha pasado?

—Nadie lo sabe a ciencia cierta. Matteo no está muy comunicativo, que digamos. Se rumorea que Luca también ha hecho picadillo la nueva filial de los Tartarus MC de Nueva Jersey.

Simona me tiró de los pantalones y consiguió ponerse en pie poco a poco. Alargué el brazo para sujetarla mientras ella me regalaba una sonrisa desdentada de oreja a oreja.

—Se rumorea que está a la caza de traidores… Algunos sospechan que tiene algo que ver con su mujer. Esto es confidencial, pero Aria ha ido a Chicago, donde se ha visto con el puto Dante Cavallaro.

Apoyé las manos en los muslos, con la cabeza a mil por hora.

—¿Crees que ella ha tenido algo que ver en la traición?

—Sigue viva.

Luca y Aria parecían muy felices de cara a la galería; tanto, al menos, como podía serlo un matrimonio en nuestro mundo, especialmente si el marido era un hombre como Luca… o como yo mismo.

Giulia apareció en el salón, y la preocupación le ensombreció el semblante al mirarme. Se me acercó despacio.

—Volveré esta noche. Prepara una reunión. Mi padre también ha de estar presente.

Si Luca se había embarcado en una matanza, tenía que asegurarme de que mi ciudad estuviera limpia. Como una puta patena.

—Lo haré.

Colgué.

Giulia se sentó a mi lado.

—¿Qué sucede?

—Nada de lo que tengas que preocuparte.

—Tu cara dice lo contrario.

—Es el trabajo. Luca ha matado a dos segundos. Sus tíos Gottardo y Ermano.

Ella se estremeció, con los ojos como platos. Caí en la cuenta de lo desconsiderado que había sido: aquellos también eran sus tíos, aunque nunca me había dado la impresión de que los tuviera en gran estima, lo cual, por otra parte, no me sorprendía lo más mínimo. Habían sido un par de sádicos ególatras.

—¿Estás triste por lo de tus tíos?

Parecía que la hubiera sacado de su aturdimiento, pero entonces negó con la cabeza bruscamente.

—Estoy preocupada por ti. ¿Y si Luca decide deshacerse de más segundos?

—No se deshará de mí. No a menos que tenga una buena razón para ello, y yo no le he dado ninguna.

Giulia asintió despacio y entonces, de pronto, volvió a abrir los ojos como platos.

—¡Kiara!

—¿Quién?

—Mi prima Kiara. La hija de Ermano. ¿Qué ha sido de ella y de mi tía?

—No lo sé. Faro no me ha dicho nada de ellas.

Me aferró el brazo.

—Cassio, por favor, averígualo. Kiara solo tiene doce años. ¿Y si le ha pasado algo?

—Dudo que Luca le haga daño a una niña.

La preocupación en su semblante me llevó a sacar el móvil de nuevo. En circunstancias normales habría llamado a Luca directamente, pero no me pareció prudente dada la situación.

—Haz las maletas y prepara a Simona y a Daniele. Tenemos que irnos en media hora. Le preguntaré a mi padre por Kiara.

Mi padre descolgó enseguida.

—¿Faro te lo ha contado?

—Sí, pero eso puede esperar hasta la reunión. Necesito información sobre la mujer y la hija de Ermano.

—La niña está viva, pero Ermano mató a su esposa de un disparo.

Su voz sonó de tal forma que me hizo apretar los dientes.

—De acuerdo. He estado hablando con algunos amigos de Nueva York para intentar averiguar de qué humor está ahora Luca, si ya ha terminado de matar…

—Todo irá bien.

—Tendrías que habérselo contado todo, Cassio.

—Padre, todo saldrá bien. El pasado pasado está. Si se lo digo ahora, soy hombre muerto.

Colgué y fui al dormitorio, donde Giulia estaba preparando las maletas. Percibí el miedo en sus ojos cuando me miró.

—Kiara está viva, pero su madre no.

Se llevó una mano a la boca.

—¿Y qué va a pasar con ella?

—Luca tiene algunos familiares a los que podría pedir que la acogieran. —Cogí las maletas—. Vámonos. Tengo que volver ya.

Giulia asintió despacio, todavía ligeramente aturdida. Me acerqué a ella y le acaricié la mejilla.

—Todo irá bien.

El trayecto de vuelta transcurrió en silencio. Giulia estaba sumida en sus pensamientos y Simona se había dormido, como casi siempre que iba en coche.

Elia y Domenico ya estaban en casa cuando llegamos. Me ayudaron a llevar todos los bultos adentro. Giulia me siguió cuando fui a vestirme con mi habitual traje de trabajo.

—¿Dónde es la reunión?

Me até la corbata.

—No conoces el sitio. Es un club nocturno.

Intuía que Giulia quería preguntar más cosas, pero yo no quería hablar del trabajo con ella. La besé en los labios ligeramente.

—No me esperes despierta hoy. Llegaré muy tarde.

Volví a llamar a Faro mientras salía de casa.

—¿Todo listo?

—Sí, todos van de camino.

—¿Han dicho algo nuestros espías sobre movimiento en el club?

—Parecen estar en una reunión. Tienen las motos aparcadas fuera.

Ahora que Luca había acabado con toda una filial a sangre fría, la venganza de los moteros solo era cuestión de tiempo. Eran volátiles y se regían incluso por menos reglas que nosotros.

Esa era la parte de mi vida de la que no quería que formaran parte ni Simona, ni Daniele ni Giulia. Y haría todo cuanto pudiera para protegerlos de ella.

Giulia

Después de que Cassio se marchara, cogí el móvil y me hundí en el sofá. Simona estaba ocupada con un libro ilustrado que imitaba los sonidos de los animales y Daniele se encontraba sentado a su lado sobre una manta, con la mitad de la atención puesta en su propio juego y la otra mitad en el libro de su hermana.

Lulú se acurrucó a mi lado y yo comencé a acariciarla con la esperanza de que eso me calmara. Desde que Cassio me había contado lo de mis tíos, el corazón me latía más rápido de lo normal. En la mafia, caer en desgracia significaba la muerte. No sentía la de mis tíos: habían sido hombres malos, hasta para nuestros estándares retorcidos, pero me preocupaba lo que eso significaba para Cassio, para nosotros. Y tampoco podía dejar de pensar en mi pobre prima Kiara, que ahora se había quedado huérfana.

Llamé a papá. No lo cogió tras los primeros tonos, cosa rara en él. Papá siempre tenía tiempo para mí. ¿Y si Luca había decidido deshacerse de él también? No era ningún secreto que mi padre no era de sus favoritos, pero ¿lo protegería Cassio si se diera el caso? No se gustaban demasiado el uno al otro. Tal vez por mí, Cassio hablase bien de mi padre.

Al fin papá descolgó y yo me desplomé, aliviada.

—Giulia, ahora no es el mejor momento para una llamada.

—¿Estás bien? He oído lo que ha pasado.

Suspiró.

—Estoy bien. No puedo negarlo, es preocupante saber que Luca se ha estado deshaciendo de un familiar tras otro, pero yo nunca he hecho nada que pueda interpretarse como una traición.

—¿Qué va a pasar ahora con Kiara? ¿Sabes algo?

—Matteo nos ha llamado y nos ha preguntado si estaríamos dispuestos a acogerla con nosotros.

La voz de papá evidenciaba que la idea no le hacía mucha gracia.

—Necesita un hogar, y nosotros somos su familia.

—Tu madre y yo hemos trabajado muy duro para mejorar la posición de esta familia. Acoger a la hija de un traidor podría echar todo ese esfuerzo por la borda.

—Papá —dije, atónita—. Tiene doce años. Es inocente. Por favor, no me digas que vas a negarte a acogerla por algo que hizo su padre. Eso sería excesivamente cruel.

Se quedó en silencio durante un momento. No era que no lo creyera capaz de ser cruel, pero siempre había evitado parecerlo a mis ojos.

—De todas formas, es posible que Luca no nos deje otra opción. Tal como están las cosas, decepcionarlo podría resultar demasiado arriesgado.

—Pues no lo hagas y dale a Kiara un hogar.

—¿Cómo van las cosas entre Cassio y tú?

—Bien.

—¿Bien? —Lo preguntó como si no confiara en mi palabra.

Me entristecía saber que había esperado lo peor de Cassio y que, aun así, me había entregado a él.

—Sí. Prométeme que me llamarás en cuanto sepas algo más de Kiara, ¿vale?

—Lo haré. Tu madre quiere hablar contigo.

Contuve un suspiro. Conociendo a mamá, lo más probable era que le preocupara que todo el asunto de Kiara pudiera arruinar su posición social, y eso significaba que ya debía de estar planeando qué contraofensivas poner en marcha. Contraofensivas que, por lo general, solían involucrarme a mí o a Christian.

—Giulia, ¿cómo estás? —La alegría forzada en su voz confirmó mis sospechas.

—Bien. Un poco preocupada por Kiara.

—¿Cuándo vas a darnos a tu padre y a mí un nieto?

De acuerdo. Ese era su plan.

—Simona y Daniele son muy pequeños. Cuidar de ellos consume todo mi tiempo y energía.

—Pero no son tuyos, Giulia. Tienes que tomar decisiones inteligentes. Tener un hijo propio solidificaría tu posición, sobre todo si es un niño que pueda llegar a ser segundo.

—Daniele será segundo, mamá. Y, si algún día quiero un hijo, no será por estrategia.

Cassio y yo todavía no habíamos hablado del tema de los hijos. Él había insistido en que tomase la píldora, cosa que yo habría hecho de todas formas, porque no quería quedarme embarazada en ese momento. Buscaba ser la mejor madre posible para Daniele y Simona, y un tercer hijo no me facilitaría esa tarea lo más mínimo.

—Ahora que estás casada, no puedes permitirte ser ingenua.

Suspiré.

—Tengo que colgar. Simona me necesita.

No esperé a su réplica. Bajé el teléfono y observé cómo Daniele también presionaba las imágenes de los animalitos en el libro junto a Simona. La cacofonía de maullidos, mugidos y ladridos los hizo reír. Me recliné en el sofá con una sonrisa. Cada día se hacían con un pedacito más de mi corazón.

Traté de esperar a Cassio despierta, pero acabé quedándome dormida, acurrucada en una posición extraña en el sillón frente a la chimenea.

No sabía qué hora era cuando unas manos frías me tocaron el brazo y me arrancaron de la duermevela. La estancia estaba a oscuras, a excepción de las brasas agonizantes que danzaban en el hogar frente a mis ojos cansados. Cassio se inclinó sobre mí; olía a pólvora, a humo y a *whisky*.

—Te dije que no me esperaras.

—¿Qué hora es? —farfullé. Sentía la lengua tan pesada como el resto de los músculos del cuerpo.

—Tarde.

Traté de estudiarle el semblante a Cassio para conectar la tensión de su voz con su expresión, pero la oscuridad ocultaba sus rasgos. Alargué una mano y le toqué el brazo. La tela almidonada de la camisa se le pegaba a la piel. La sentí rígida contra los dedos, como costrosa. Cassio se apartó bruscamente.

En aquel momento, me espabilé.

—¿Cassio?

Me incorporé y él dio un paso atrás, fuera de mi alcance.

—Vete a la cama, Giulia. Ahora.

Me puse en pie y me dirigí hacia él. Las brasas agonizantes no iluminaban lo suficiente para ver demasiado, pero parte de su camisa blanca estaba oscura.

—¿Qué ha pasado? ¿Estás herido?

—Giulia, a la cama. Ya.

—No. No soy una niña, soy tu mujer y no pienso irme a ninguna parte hasta saber que estás bien.

—Tu insolencia me está sacando de quicio.

—Pues yo creo que te gusta que sea insolente.

Él suspiró y salió de la sala. Lo seguí. El vestíbulo también estaba a oscuras. Mi preocupación se acrecentaba a cada paso y con el continuo silencio de Cassio. Cuando llegamos al dormitorio, encendí la luz. Se me paró el corazón al ver toda aquella sangre en su camisa blanca. La mayor parte ya estaba seca, solo una pequeña mancha en su brazo parecía reciente. Cassio se dirigió al baño sin pronunciar palabra, pero su expresión transmitía desaprobación cuando lo seguí.

—¿Qué ha pasado?

Cassio se desabrochó la camisa y quiso quitársela con un movimiento de los hombros, pero una de las mangas se le quedó pegada al brazo. Me encogí al ver la herida a la que estaba adherida. Cogí una toalla, la mojé en agua caliente y le aparté la mano. Empapé la tela ensangrentada de la manga y esperé a que se despegara del larguísimo corte para no causarle mayores daños.

Cassio me miraba casi con curiosidad, como si nadie hubiera usado su antebrazo como tabla de cortar. Le quité la camisa con cuidado y se encogió un poco, pero sin proferir sonido alguno.

—No ha sido tu primer rodeo, ¿eh?

Necesitaba aligerar el ambiente antes de que la preocupación que sentía por mi marido derivara en un ataque de pánico. ¿Y si le pasaba algo? ¿Qué haría yo con dos niños pequeños, una casa enorme y una perrita ligeramente retorcida?

—Solo es un corte superficial. Sobreviviré.

Me reí, pero sonó forzado. En cuanto la herida estuvo libre de la camisa, Cassio arrojó la prenda estropeada al suelo.

—Yo me encargo. —Cogió el kit de primeros auxilios de un armarito bajo el lavabo.

—¿No vas a contarme lo que ha pasado?

Se limpió la herida, pero suspiró al ver que yo no apartaba la vista.

—No estoy muy seguro de que debas conocer los pormenores de mi trabajo.

—Formo parte de tu vida, así que déjame ser partícipe de ello.

La duda permaneció en sus ojos. Bajó la mirada a la herida y la cerró con suturas adhesivas.

—Luca ha estado ocupándose de los traidores y, al mismo tiempo, uno de los MC nos ha estado dando problemas. —Al reparar en la confusión en mis ojos, añadió—: Un club de moteros. Tienen más fuerza en el sur, sobre todo en Texas, Nuevo México y Florida, pero han estado apareciendo filiales por aquí. Luca me pidió que investigara qué se traía entre manos la de aquí. Hemos capturado a uno, un luchador bastante fuerte. Me ha alcanzado con el cuchillo.

—¿Y por qué te involucras en todo eso? ¿Por qué no mandas a tus hombres y que sean ellos los que lidien con la banda? Mi padre jamás arriesgaría su vida en un ataque.

Cassio sonrió con ironía.

—Por eso tu padre no es el mejor segundo. Si quieres ganarte la lealtad de tus hombres, debes demostrarles que estás dispuesto a luchar a su lado.

Negué con la cabeza.

—Así es como la gente termina muerta.

—¿Estás preocupada por mí?

Le rodeé el torso con el brazo y pegué la mejilla a su pecho.

—Prométeme que tendrás más cuidado.

—Siempre lo tengo.

—Esta herida no dice lo mismo.

—Venga, vete a la cama. Es…

El llanto de Simona nos llegó a través del monitor.

—No hay cama para mí.

Cassio puso una mano en la parte baja de mi espalda y me empujó hacia la cama.

—Vete a dormir, yo me ocupo de Simona.

—Necesitas descansar…

—No. Deja que yo me ocupe de ella.

Me di cuenta de que necesitaba sostener a su hija en brazos. Tal vez esa fuera su forma de recordarse a sí mismo todo lo bueno de este mundo.

—Está bien.

Me hundí en la cama, me sentía absolutamente agotada. Cassio me dio un beso rápido en los labios antes de dirigirse al cuarto del bebé.

Yo había crecido en el mundo de la mafia. La muerte y el peligro eran compañeros constantes, pero papá nunca había llegado a casa herido. Sabía cómo mantenerse al margen de los problemas y dejaba que los demás arriesgaran la vida por él. Admiraba a Cassio por su valentía y, aun así, al mismo tiempo, deseaba que fuese un cobarde como papá. De esa forma estaría a salvo. Por sus hijos… y por mí.

DIECISÉIS

Giulia

Daniele y yo nos sentamos en el suelo. Mientras Simona dormía la siesta, tocaba pasar tiempo en familia; no solo él y yo, sino también con Lulú. Las dos noches anteriores, Cassio había vuelto a llegar tarde a casa, aunque esperaba que aquello no se convirtiera en lo habitual. Por el momento, iba a centrarme en Daniele, Simona y Lulú. Y lo cierto era que me mantenían lo suficientemente distraída.

La perrita se acercó correteando con una pelota entre los dientes, como hacía siempre que me sentaba en el suelo. Se la quité y la hice rodar por el suelo. Daniele lo observaba todo, curioso. Después de otros dos lanzamientos, le ofrecí la pelota. Él la cogió, la lanzó y sonrió abiertamente al ver que Lulú iba en busca de ella. Lo repetimos todo durante un par de minutos, tras los cuales dejé la pelota a un lado y di unas palmaditas en el suelo, frente a mí. Lulú se acercó con la lengüecita rosada colgándole de forma adorable. La acaricié con suavidad, me senté con las piernas cruzadas y le hice un gesto a la perra para que se acercara. Ella se acurrucó en mi regazo y yo le acaricié las orejas con cuidado, asombrada ante lo sedosa que se sentía esa zona al tacto.

Daniele se acercó a nosotras hasta pegar las rodillas a mi muslo. Se notaba lo mucho que quería acariciar a Lulú. La observé un rato para ver si ya estaba preparada para que el niño se le acercara más. Durante los últimos días, ya no había tratado de mantenerse alejada de Daniele. Ahora se mostraba totalmente relajada y lo miraba con los ojos medio cerrados.

—¿Quieres acariciarla?

Daniele asintió rápidamente.

—Intenta moverte despacito para que se acostumbre a ti, ¿vale?

Otro asentimiento.

—Es tímida. Necesita conocerte y entender que eres su amigo.

Le cogí la mano y la posé en el lomo de Lulú. Ella sacudió las orejas con curiosidad y abrió los ojos un poco más. Despacio, moví la mano de Daniele por su costado, aunque la mantuve lejos de la cabeza por el momento, pues había leído que a menudo los perros se sentían amenazados si se los tocaba en esa zona. Lulú volvió a cerrar los ojos, disfrutando de las caricias.

—¿Ves? Hay que ir con cuidado. Lulú es pequeñita. No le tires de las orejas ni de la cola, ¿vale?

Daniele asintió mientras observaba fascinado su mano sobre la perra.

Yo aparté la mía y dejé que la acariciase él solo. Tal vez fuéramos por buen camino. Incluso Cassio había dejado de quejarse de Lulú, y Simona a menudo me dejaba consolarla por las noches, cosa que había dado a Cassio la oportunidad de dormir algo más.

Sonreí y sentí una oleada de optimismo.

Estaba medio dormida cuando Cassio regresó a casa aquella noche. Había pasado una semana desde los asesinatos y los niños y yo apenas le habíamos visto el pelo.

Lo miré mientras se preparaba para meterse en la cama. Después, se tumbó a mi lado.

—¿Cuándo volverás a casa para cenar?

Cassio me tocó la cadera y me acercó a su cuerpo. Me besó, pero, a pesar de la oleada de calor, me aparté. Nuestra única interacción, aparte de algunos breves intercambios de palabras, había sido el sexo. Él suspiró.

—El trabajo es importante. Tengo demasiado por hacer. Estoy cansado. Lo único que me apetece al llegar a casa es despejarme, no discutir contigo.

Volvió a besarme y esa vez lo aparté, cabreada.

—Me tratas como una niñera y una puta, Cassio. Merezco algo mejor.

—Jamás te trataría como una puta —gruñó—. Eres mi mujer y te deseo. Y, si no recuerdo mal, siempre lo disfrutas.

Tenía razón. Cassio siempre se cercioraba de que me corriese tanto antes como durante la penetración.

—Eso no significa que no necesite forjar un vínculo emocional contigo. Creía que íbamos por buen camino, pero estás volviendo a apartarme. ¿De verdad se debe solo a tu carga de trabajo o hay algo más?

Él se quedó callado por un momento.

—Intento que los niños y tú permanezcáis a salvo. Necesito tener el control absoluto de mi ciudad para garantizar vuestra seguridad. —Me besó una vez más; en esa ocasión con suavidad, pero sentía la pasión acechando bajo la superficie—. Intentaré volver para la cena.

¿Lo había dicho para apaciguarme? Dejé que profundizase el beso, que me deslizara el camisón hacia abajo y que despertara mi cuerpo con los labios.

Al día siguiente, busqué ideas para fiestas de cumpleaños para niños de tres años. Faltaba una semana para el día especial de Daniele y quería sorprenderlo con una tarta y una fiesta de cumpleaños temática. Agarrándose al borde del sofá, Simona se puso en pie a mi lado y me sonrió orgullosa.

—Muy bien —la aplaudí mientras vigilaba de reojo a Daniele y a Lulú.

Él lanzaba la pelota y ella la dejaba caer frente a él cada vez al regresar. Era una imagen preciosa y deseé que Cassio pudiera verla.

Mi móvil sonó para avisarme de que había recibido un mensaje. Me sorprendí al ver que era de Christian, que me decía que estaba por la zona y que quería visitarme. No lo había visto desde la boda. En el pasado, apenas lo veía cada dos meses porque vivíamos en ciudades distintas, pero ahora las cosas eran diferentes…, y así seguirían, al menos hasta que tuviese que volver a Baltimore para gobernar la ciudad junto a papá, sucediera cuando sucediese. Corrí a la cocina para pedirle a Sybil que preparase unos sándwiches y café.

Un cuarto de hora más tarde, su coche se detuvo delante de casa.

—Tu tío ha venido a visitarnos —le dije a Daniele, que había estado siguiéndome todo el día.

Llevé a Simona en brazos, pese a que no dejaba de retorcerse. Quería gatear, pero se movía rápido y se me hacía muy difícil vigilarla en una casa tan grande.

Daniele abrió los ojos como platos con una mezcla de sorpresa y esperanza. Me sorprendió su reacción. Cassio solo tenía hermanas. ¿Gaia tenía algún hermano? No me acordaba. Sonó el timbre. Lulú salió del salón, ladrando y como una bala. Se detuvo delante de la puerta y empezó a arañarla.

—¡Abro yo! —dije antes de que Sybil saliera de la cocina.

Elia y Domenico podían ver el escalón de la entrada gracias a las cámaras de seguridad de la casa, así que sabrían que solo se trataba de mi hermano.

—Lulú, no —la regañé, seria, y la aparté a un lado con el pie con cuidado antes de abrir la puerta.

Trató de pasar por mi lado, pero la obligué a quedarse atrás.

Christian llevaba un abrigo grueso para guarecerse del aire frío de diciembre. Me lanzó una mirada cargada de curiosidad.

—Ya sabía yo que te quedarías con el perro.

Daniele miró a mi hermano, se dio la vuelta y subió corriendo al piso de arriba. Confusa, sonreí a Christian mientras mantenía a Lulú alejada con el pie, pues no dejaba de gruñirle. Tendríamos que trabajar seriamente su trato para con los invitados.

—¿Qué pasa con el crío? —preguntó, y señaló hacia el lugar por el que había desaparecido Daniele.

Me encogí de hombros y abrí la puerta del todo para que pudiera pasar.

Christian entró y me envolvió con un brazo tratando de no aplastar a Simona, quien emitió un ruidito de protesta por su cercanía. Llevaba el frío adherido al abrigo y me lo transmitió a mí. Me aparté enseguida y cerré la puerta. Por un momento bajé la guardia y Lulú salió disparada por mi lado y se lanzó sobre Christian con ladridos furiosos. Él la miró desde arriba, nada impresionado.

—Vete —le ordenó, y la empujó con mucho menos cuidado que yo.

—¡Lulú!

Por fin se detuvo y trotó a unos pasos de distancia.

—¿Cómo estás? —preguntó Christian mientras se quitaba el abrigo y lo colgaba en el perchero.

Saltaba a la vista que ya había estado ahí y que sabía dónde estaba todo. Por lo demás, el tono preocupado de su voz era inconfundible.

Le toqué el brazo.

—Estoy bien.

Él entrecerró los ojos.

—Sé que estás mintiendo.

—Estoy bien, de verdad. Solo un poco abrumada. Daniele no habla y apenas come. Estoy intentando que se abra para averiguar qué le ha pasado, pero no sé cómo hacerlo.

Conduje a Christian al salón, aunque Daniele me tenía preocupada. Iría a buscarlo luego si no bajaba. Lulú nos seguía de cerca y no perdía de vista a mi hermano. Tenía que reconocérselo: tenía agallas.

Nos sentamos en el sofá, frente al que Sybil había dispuesto tarta, sándwiches, galletas y café.

—El crío ha perdido a su madre, pues claro que está traumatizado.

—Lo sé, pero hay algo más. Evita a Cassio.

—Tal vez deberías dejar descansar el pasado, Giulia.

Lo había dicho más como un aviso que como un consejo, y su expresión preocupada tan solo confirmó mis sospechas.

Cuando Simona empezó a revolverse demasiado, la dejé en el suelo. Enseguida se puso a gatear en dirección a su mantita y sus juguetes.

—Sabes algo y no me lo has contado. ¿Qué es?

Christian apretó los labios hasta que su boca se convirtió en una fina línea.

—A Cassio no le gusta que la gente se inmiscuya en su pasado, sobre todo en lo relacionado con Gaia, y creo que tú deberías respetar su decisión.

—¿Para protegerlo a él o para protegerme a mí?

Christian cogió una galleta y le dio un mordisco para ganar tiempo.

—A ambos…, y a sus hijos también.

Entonces señaló a Simona, que apretaba un peluche que soltaba risitas cada vez que lo hacía, lo que le provocaba carcajadas. Sus ojos rebosaban felicidad cuando me miró.

—¿Cómo voy a ayudar a Daniele, si no sé qué le ha pasado?

—Ya volverá en sí. Algún día se convertirá en segundo. La muerte de su madre no será el último trauma que sufra.

Se me cerró el estómago ante aquella aseveración tan fría.

—Te preocupa que Cassio me haga daño si intento descubrir qué le pasó a Gaia.

Christian cogió la taza de café y le dio un sorbo, y por su expresión deduje que estaba pensando qué decir.

—No tienes que preocuparte por mí. Hasta ahora me ha tratado bien, y es bueno con los niños.

Christian me tocó la mano y me miró igual que a veces lo hacía Cassio, como si fuese una niña ingenua.

—Te voy a decir una cosa sobre los hombres como Cassio, porque yo soy uno de ellos. Como él, me convertiré en segundo. Como él, he sobrevivido y he hecho cosas horribles para prepararme para esa responsabilidad. Hay que tener un lado oscuro para llegar a ocupar un puesto de poder en la mafia. Cuanto más fuerte es ese lado, más probable es llegar al poder y mantenerse en él. Y nadie se atreve a desafiar a Cassio.

—Sé que todos tenéis un lado oscuro. Tú, papá, Cassio; pero hasta ahora ninguno de vosotros me ha hecho daño, y no creo que lo hagáis.

Christian soltó una risa amarga.

—A veces la oscuridad aparece cuando no debería.

Elia apareció en el umbral del salón.

—¿Va todo bien?

Fruncí el ceño.

—Claro. —Miré el reloj. Ya eran casi las cinco—. ¿Por qué no sales antes? Estas semanas has terminado muy tarde. Christian se quedará conmigo para protegerme.

Elia miró a mi hermano. No supe descifrar su expresión, pero parecía claramente receloso.

—Cassio me ha ordenado que no la pierda de vista.

Lo dijo de tal manera que sonaba más a vigilar lo que hacía que a protegerme de cualquier peligro. ¿De verdad tendría que volver a tener una charla sobre la confianza con Cassio?

Christian entornó los párpados.

—Soy muy capaz de proteger a mi hermana, no te preocupes.

—Márchate —le ordené.

Elia asintió a regañadientes. Aun así, se dio la vuelta y se fue. Unos segundos después, la puerta de la entrada se abrió y se cerró. ¿Se lo contaría a mi marido?

Christian sacudió la cabeza.

—Cassio te tiene atada en corto.

No podía contarle nada sobre mi matrimonio. Hacerlo solo serviría para darle la razón a Cassio respecto a su reticencia a confiar en mí.

—¿Cómo lleva mamá lo de ser la nueva estrella de nuestro círculo?

Christian resopló, pero aceptó el cambio de tema.

—Ve peligrar su posición por haber tenido que acoger a Kiara.

—Nuestra prima no ha hecho nada malo. El traidor era su padre, no ella.

—Sí, pero ya sabes cómo son las cosas. Se verá afectada de cualquier manera. Los niños siempre pagan por los pecados de sus padres.

¿Se refería con eso a la mediocre reputación de papá, que había llevado a mucha gente a creer que tampoco él sería un buen segundo? ¿O a Cassio y Daniele?

—Los llamaré luego y hablaré con Kiara. Quería darle unos días para que se repusiese.

—Dudo que nadie pueda reponerse de ver a su propio padre asesinar a su madre.

—¿Todavía estamos hablando de nuestro tío o insinúas otra cosa? Porque, si intentas decirme algo sutilmente, ya te advierto de que no funciona.

Christian cogió otra galleta.

—No sé de qué me hablas.

—Claro que lo sabes. Creía que no sabías lo que le había pasado a Gaia. ¿Era mentira?

—No. Solo creo que es extraño que Daniele rehúya a Cassio y no hable. Ese tipo de trauma suele deberse a una razón de peso.

—Perder a tu madre a esa edad es una buena razón de peso.

Christian me sonrió, tenso.

—Al menos papá se alegra de tu matrimonio con Cassio.

Después de eso, empezamos a hablar solo de papá, que ya había comenzado a recoger los frutos de mi unión con Cassio. Ahora había menos gente que lo criticara a sus espaldas por miedo a mi marido. No obstante, dudaba mucho que Cassio acudiera en su ayuda, a no ser, tal vez, que yo se lo pidiera.

Simona arrugó la expresión.

Suspiré.

—Esa cara significa que tengo que cambiarle el pañal. ¿Prefieres quedarte aquí abajo?

Christian negó con la cabeza.

—Lo soportaré, he visto cosas peores.

Cogí en brazos a Simona y nos dirigimos a su cuarto, en la planta de arriba. De camino, reparé en que la puerta de la antigua habitación de Gaia estaba entreabierta. Puse a Simona en el cambiador. Ya le echaría un vistazo a Daniele después.

Christian puso cara de asco cuando abrí el pañal. Estaba claro que nunca le había cambiado el pañal a su hijo.

—¿No decías que podías soportarlo? —me burlé de él, aunque incluso yo arrugué la nariz por la peste, que, como siempre que Simona comía carne —como ese día—, era peor que de costumbre.

—Eso no quiere decir que me guste.

—A mí tampoco me gusta, pero alguien tiene que hacerlo, ¿no? —dije, antes de hacer reír a Simona con unas cosquillas en la tripita.

—Nuestro padre no tendría que haberte obligado. Eres demasiado joven para encargarte de dos niños pequeños que ni siquiera son tuyos.

Me empezaba a hartar de que todos dijeran lo mismo. Mamá, ahora Christian, e incluso Cassio los llamaba «sus» hijos. Apenas llevábamos tiempo casados, pero me habría encantado que se diese cuenta de lo mucho que ya me importaban.

—Puedo ocuparme de ellos, Christian —lo corté—. No es fácil, pero soy tenaz.

—Cierto.

Le lancé una mirada indignada, pero, al ver la sonrisa que me había acompañado durante toda la infancia, me fue imposible seguir enfadada. Cuando terminé con Simona, la dejé en la cuna. Notaba que estaba cansada. No había querido dormirse al mediodía. Lloró cuando di un paso hacia atrás, así que me incliné sobre ella y mecí la cuna hasta que se le cerraron los ojos. Sin embargo, en cuanto hice amago de marcharme, empezó a llorar de nuevo. Esa vez no volví a su lado, sino que esperé a que se calmara sola. Había gente que decía que había que dejar llorar a los niños para que aprendieran a tranquilizarse solos, pero a mí eso me resultaba terriblemente difícil.

—Es muy exigente —comentó Christian, apoyado contra la puerta de brazos cruzados.

Cogí a Simona en brazos y traté de averiguar qué le pasaba. Siguió llorando hasta que, de repente, vomitó sobre ambas.

—Qué asco —dijo Christian.

Con un suspiro, la cambié de ropa antes de volver a dejarla en la cuna. Esa vez, se calmó después de un par de minutos. Al salir del cuarto, le hice un gesto a Christian para que se callara y cerré la puerta. Él miró con disgusto el vómito que me ensuciaba la camiseta y el pelo.

—¿No vas a cambiarte?

Resoplé.

—Qué va, me gusta oler como un bar un domingo por la mañana.

—Ni que tú supieras cómo huele un bar.

No, no lo sabía. Jamás me habían permitido ir a uno, y no solo por mi edad. Probablemente Cassio tampoco me permitiera poner un pie en uno de ellos una vez que cumpliese los veintiuno. Entré al dormitorio tratando de no mirar demasiado la camiseta, pues con el olor tenía más que de sobra. Christian miró a su alrededor con curiosidad. ¿Se enfadaría Cassio por que hubiera dejado entrar a alguien a sus estancias privadas? Christian y él llevaban años trabajando juntos, pero no eran amigos en absoluto.

—Voy a darme una ducha rápida. ¿Puedes vigilar por si Simona vuelve a llorar? Me da miedo que vuelva a vomitar.

—Claro. Te esperaré en el pasillo. Al fin y al cabo, no puedo dejarte sin protección.

Puse los ojos en blanco y después entré al baño. Me costó quitarme la ropa sin mancharme de vómito. Tras echarme un albornoz por encima, corrí al piso de abajo a meter la ropa sucia en la lavadora, e ignoré la mirada interrogante de Christian. Dejé escapar un profundo suspiro de alivio cuando el agua caliente empezó a correr por mi cuerpo y se llevó consigo el persistente olor a vómito.

Me estaba secando el pelo cuando oí el alboroto. Apagué el secador y presté atención. Una voz masculina distorsionada llegó hasta mí. Me acerqué un poco a la puerta del baño.

—¿Qué coño haces aquí? —gruñó Cassio.

Dejé el secador y salí corriendo del baño cubierta solo con la toalla y con el pelo aún mojado. Lo que vi en el dormitorio me dejó helada: Cassio había arrinconado a Christian contra la pared y estaba ahogándolo con el antebrazo.

Reparó entonces en mí. Muy despacio, deslizó la mirada por mi cuerpo apenas cubierto y su expresión pasó a ser de pura rabia.

Arrojó a Christian al suelo, se sacó la navaja de la funda y se arrodilló sobre el pecho de mi hermano. Se me heló la sangre. Cassio presionó la hoja brillante contra la garganta de mi hermano y la sangre brotó de golpe. ¿Qué estaba pasando?

Corrí hacia ellos y agarré a Cassio del brazo para tratar de apartarlo.

—Cassio, ¿qué haces? ¡Para! ¡Para, por favor!

Él se inclinó, acercó su rostro al de Christian e ignoró mis inútiles intentos de detenerlo.

—¿Qué cojones hacías a solas con mi mujer?

Tardé unos segundos en asimilar lo que había dicho.

—Cassio, ¿te has vuelto loco? ¡Es mi hermano! ¡Suéltalo!

Christian trató de liberarse, pero estaba atrapado bajo el peso de Cassio y con su navaja contra la carótida. Tampoco podía hablar. Tenía la cara cada vez más roja y los ojos abiertos de par en par.

—Por favor, te lo suplico, suéltalo. ¡No es nada de lo que piensas!

Cassio no reaccionó.

Se oyeron pasos arrastrados en el pasillo. Miré hacia la puerta, pero no vi nada. Cassio siguió la dirección de mi mirada y se quedó inmóvil. Tenía que ser Daniele. Soltó a Christian de repente y se puso en pie de un salto después de ocultar la navaja tras la espalda unos segundos antes de que Daniele apareciera en el umbral. Tenía el pelo alborotado y cara de sueño. Su mirada pasó de Christian, tendido en el suelo, a mí, arrodillada a su lado, y, finalmente, a Cassio. Christian se presionaba la garganta ensangrentada con la mano para que Daniele no viese nada.

Cassio mantuvo la mano de la navaja tras la espalda al acercarse a Daniele. Había ocultado la ira aterradora bajo una agradable máscara de simpatía. Se agachó frente a su hijo. Daniele me miró, claramente desconcertado. Ya éramos dos. El corazón me iba a mil por hora y seguía teniendo el terror atravesado en la garganta, pero logré esbozar una sonrisa.

—¿Por qué no vuelves a tu cuarto y juegas a otro juego? Dentro de poco te llevaré a la cama —murmuró Cassio con voz forzadamente tranquila.

Daniele cogió su tableta con fuerza y se marchó. Unos segundos después, escuché la puerta de su cuarto y Cassio cerró la puerta y se volvió hacia nosotros. Christian se puso en pie, tambaleante y tenso. Yo me coloqué entre ambos, decidida a evitar que Cassio volviese a atacar a mi hermano.

Los ojos de Cassio me hicieron sentir una fría puñalada de miedo en las entrañas. Solo miraba a Christian. Por el rabillo del ojo, vi a mi hermano sacar su propia navaja.

—Te lo voy a preguntar por última vez. ¿Qué haces aquí?

—¿Es por esto que desapareció Andrea? —soltó Christian.

Cassio se abalanzó sobre él. Traté de apartarlo, pero era demasiado fuerte. Empezaron a forcejear.

—¡Cassio, por favor!

Sentí un dolor lacerante en el brazo y grité. Cassio se apartó con brusquedad y me miró, con los ojos muy abiertos. La sangre me chorreaba de un corte alargado y superficial en el antebrazo.

—¿La has…? —le gruñó a Christian.

—Has sido tú, Cassio. Estás desquiciado y me has herido —mentí.

No tenía ni idea de quién había sido, y, pese a que me ardía el brazo, tampoco era para tanto. Temblando, me tapé la herida con la mano.

Cassio retrocedió un paso. Miró su navaja, manchada de sangre. También podía haber sido la de Christian. Sin apartar la mirada de mi marido, mi hermano metió el arma en su funda y me preguntó:

—¿Te llevo al médico?

Mi marido tensó la mandíbula.

—No —respondí—. Ahora márchate.

—Giulia…

—¡Que te vayas!

Cassio respiraba agitadamente, con los orificios nasales dilatados y sin poder dejar de mirar cómo la sangre se escurría entre mis dedos.

Christian se alejó despacio, sin quitarle los ojos de encima a Cassio.

—Te llamaré en media hora.

Asentí levemente; todavía aturdida por lo que acababa de pasar y sin la menor idea de por qué mi marido había reaccionado de aquel modo.

Antes de que mi hermano se marchara, Cassio dijo en voz baja:

—Si me entero de que me has traicionado, Christian, no habrá lugar en el mundo en el que puedas esconderte. Ni siquiera Baltimore podrá protegerte si te quiero muerto.

—Si le haces daño a Giulia, yo te encontraré y te mataré a ti.

Cassio le dirigió a mi hermano una mirada oscura y este al fin se marchó.

De repente no estaba segura de que haberle dicho a Christian que se fuera hubiera sido una buena idea. Cassio se había vuelto loco sin motivo aparente hacía unos minutos. Su mujer había muerto… o la habían matado, y nadie sabía nada del tema.

Nos miramos a los ojos y su furia disminuyó. Lo que sí que perduró fue la desconfianza y un atisbo de culpabilidad. Guardó la navaja en su funda y se me acercó. Yo me tensé, sin saber qué esperar tras lo que había presenciado.

—No voy a hacerte daño —murmuró con un atisbo de arrepentimiento.

Me apartó la mano de la herida con suavidad y la inspeccionó. Me encogí cuando palpó la zona dolorida. Frunció el ceño, preocupado.

—¿Esto lo he hecho yo?

—¿Acaso importa? Tú has sido el que ha empezado la pelea. Has perdido los papeles. Me dijiste que jamás tendría razones para alejarme de ti. Hoy me has demostrado que es mentira.

—No pretendía hacerte daño.

—Pero a Christian sí.

Cassio apretó los dientes.

—Ven. Tengo que curarte la herida.

Lo seguí hasta el baño. No dijo nada cuando me subió al tocador y comenzó a limpiarme la herida.

—¿Qué ha pasado? —susurré.

Cassio me vendó el brazo y me besó la palma de la mano. En cuanto se irguió, dejó de parecer un marido cariñoso y se transformó en el poli malo al inicio del interrogatorio.

—¿Qué hacía Christian aquí solo contigo?

Fruncí el ceño.

—Ha venido de visita. Llevaba semanas sin verlo. He mandado a Elia a casa porque Christian es capaz de protegerme.

Cassio ahuecó la mano en mi cuello.

—¿Por qué te has duchado antes de que yo llegara a casa? ¿Estaba de coña?

—No sabía que tuviera que pedirte permiso para ducharme.

Empezó a ponerse furioso.

—¿Por qué te has duchado? Contéstame.

—No. Esto es ridículo.

—Si no me dices por qué, tendré que asumir que te has duchado para deshacerte de las pruebas de lo que has hecho.

Me estremecí e hice una mueca al comprender a qué se refería. Lo empujé por el pecho, pero él ni se inmutó.

—¿De verdad estás diciendo lo que creo que estás diciendo?

Estaba tan horrorizada por la mera idea de que así fuera que no sabía ni cómo manejar la situación.

Cassio me agarró de los muslos.

—Entonces contéstame.

Lo miré fijamente. Lo decía en serio.

—Simona me ha vomitado encima, por eso me he duchado. Si no me crees, ve a mirar en la lavadora. Todavía no me ha dado tiempo a encenderla.

Me soltó y se fue. No me lo podía creer. Bajé del lavabo de un salto y casi me fallaron las piernas. Estaba conmocionada. Ver a Cassio perder el control de esa forma por algo tan absurdo me había sacudido por completo. Salí al dormitorio, no muy segura de querer pasar la noche allí. Cuando Cassio volvió, estaba visiblemente más calmado.

Negué con la cabeza, despacio.

—No puedo creer que pensaras que te había engañado con mi hermano. Porque eso es lo que has pensado, ¿verdad?

Tenía el semblante serio. Se abrió los puños de la camisa para evitar responder.

—Deberías confiar en mí, Cassio, pero estás tan cegado por los celos que has llegado a sospechar de una infidelidad con mi propio hermano. ¡Es enfermizo...! Tú estás todo el día rodeado de mujeres preciosas dispuestas a acostarse contigo en tus clubes y yo jamás te he acusado de serme infiel con ellas, y mucho menos de acostarte con tus hermanas, ¡por el amor de Dios!

—¿Por qué iba a serte infiel con ellas? No puedo pensar en otra cosa que no seas tú.

Me quedé inmóvil.

—¿Que tú piensas en mí?

Nunca me había planteado la posibilidad de que él dedicara un solo minuto a pensar en mí mientras estaba en el trabajo.

Cassio me miró y en sus ojos vi que estaba librando una batalla interna.

—Entonces, ¿por qué sigues alejándome? ¿Por qué me haces daño al desconfiar de mí?

Se aflojó la corbata de un tirón. Estaba tenso y, si Christian siguiera ahí, probablemente hubiera vuelto a agredirlo. Siempre me había dado la impresión de que lo tenía todo bajo control, por eso me había sorprendido tanta agresividad. Aquello solo confirmaba el hecho de que yo había estado tratando de ignorar su lado oscuro. Por algo tenía la reputación que tenía.

—No te alejo de mí. Compartimos cama y pasamos tiempo juntos.

—Nos acostamos y hablamos sobre lo que hacen los niños, pero siempre que intento conocerte más te cierras en banda, y ahora casi matas a mi hermano por un ataque de celos. Cuéntame qué pasó.

Apretó la mandíbula. Le di la espalda porque necesitaba un momento fuera del alcance de su intensa mirada. Dejé caer la toalla y cogí un camisón del cajón. Sus pasos sonaron a mi espalda.

—No. No me toques. Ahora no. Necesito respuestas. Si te niegas a contarme la verdad, no puedo acostarme contigo.

Lo miré por encima del hombro. Empezó a desabrocharse la camisa. Lo hizo de una forma tan tranquila y precisa que, por un momento, yo también tuve ganas de gritar de rabia. Me alegré de que se dirigiera hacia la puerta.

—Voy a acostar a Daniele.

Me dejé caer en la cama. Le había prometido a Cassio que no me iría a otro cuarto, pero en ese momento no estaba segura de querer mantener esa promesa, del mismo modo que no estaba segura de poder quedarme mientras siguiera ocultándome lo que había pasado. No quería tenerle miedo, pero en esos momentos no podía evitarlo.

Oí a Daniele gritar, me levanté y salí corriendo hacia su cuarto. Cassio estaba intentando ponerle el pantalón del pijama, pero el niño se resistía. Al final lo soltó y Daniele vino corriendo hacia mí y me abrazó las piernas.

Una expresión de dolor cruzó el semblante de Cassio cuando se enderezó.

—¿Te importa…? —me pidió, con la voz ronca y la mandíbula prieta.

Asentí y cogí a Daniele en brazos. Cassio miró con ojos tristes cómo le ponía el pijama a su hijo y lo arropaba después en la cama. Le dio un beso en la frente, apagamos las luces y ambos salimos del dormitorio.

Cuando nos quedamos en el pasillo se hizo el silencio.

—Dime la verdad. Si quieres que nuestro matrimonio funcione, si te importo al menos un poco, cuéntame qué pasó —le supliqué.

Cassio miró hacia mi brazo vendado. Tenía la camisa medio desabrochada y parecía agotado.

—Necesito una copa. ¿Vienes? —Me tendió la mano.

Vacilé, pero, al ver su expresión atormentada, la acepté y lo seguí al piso de abajo.

Sybil seguía en el vestíbulo, con expresión preocupada.

—He preparado minestrone, está en la cocina. No sabía si pensaban cenar…

Su voz se fue apagando. Probablemente había oído la pelea y visto a Christian marcharse pitando.

—No tenemos hambre. Vete a casa —dijo Cassio con brusquedad.

Sybil buscó mi mirada. Sonreí.

—Gracias por prepararnos la cena. Que pases una buena noche con tu marido.

Ella vaciló, cogió su bolso y su abrigo y se fue. Cassio me dio un apretón en la mano y me llevó al salón. La chimenea estaba encendida, como siempre. Normalmente, aquella imagen me reconfortaba por dentro, pero esa vez no logró disipar la fría sensación de pavor que se había instalado en mi cuerpo. Cassio me soltó y se dirigió a la licorera. Yo me dejé caer en uno de los sillones y estiré las piernas desnudas mientras agradecía el calor de la chimenea.

—Ponme algo a mí también.

Cassio gruñó por lo bajo en señal de desagrado, pero, tras un par de minutos, me tendió una copa con unos tres centímetros de líquido ambarino. La acepté y le di un sorbito.

Cassio se dejó caer en el sillón junto al mío y agitó los cubitos de hielo de su copa. No me quitaba los ojos de encima.

—Sabía que este momento llegaría, que esto pasaría. No podía ser de otro modo. Tenía que acabar así.

—No se acaba nada —repuse—. No, si no lo permites. ¿Es que quieres perderme?

Cassio bebió de su copa y luego sonrió amargamente.

—¿Acaso no lo he hecho ya?

—No, pero lo harás si sigues ocultándome la verdad. Lo que ha pasado hoy... No voy a ser capaz de superarlo a menos que me cuentes por qué te has puesto así. Ayúdame a entenderte.

Cassio apuró lo que le quedaba de la copa. Se quedó mirando las llamas y volvió a sonreír con amargura.

Me sonó el móvil y me sobresalté. La expresión de Cassio se ensombreció, pero cogí la llamada. No tuve que mirar la pantalla para saber de quién era.

—Estoy bien, Christian.

—He contactado con algunos de los hombres de Baltimore que me son leales. Papá no interferirá, pero yo sí que lo haré si me necesitas. Solo pídemelo y te sacaré de ahí.

Aquello era traición. Teniendo en cuenta lo mal que iban las cosas en la *famiglia* en esos momentos y lo volátil que era Luca, no podía permitir que Christian se lo plantease siquiera.

—No. Estoy bien, de verdad. Mañana hablamos.

—Giulia...

—Mañana. —Y le colgué—. Necesito que me expliques esa mirada, Cassio.

Él alzó una ceja, como si no supiese de qué le estaba hablando. No me lo creí ni por un momento. Casi le salía fuego por los ojos de los celos cuando hablaba con Christian. Era algo que no alcanzaba a comprender.

—¿Cómo puedes siquiera considerar que yo tendría algo con mi propio hermano? —Me bebí la mitad de la copa, me arrodillé frente a él y posé una mano en el puño que tenía sobre el muslo. Él lo abrió para que pudiera entrelazar nuestros dedos. Tras la rabia y la sospecha que percibía en sus ojos, había un dolor y una vulnerabilidad inmensos. Eso fue lo que apaciguó mi enfado hacia él después de lo que había hecho—. Dime la verdad, por favor.

Cassio se agachó y me besó con dulzura.

Fruncí el ceño. No era momento para la cercanía física. Quería respuestas.

—Necesitaba un último beso antes de que me mires para siempre como lo has hecho cuando me he abalanzado sobre Christian. —Se recostó en el sillón y volvió a dirigir la mirada a las llamas—. Maté a mi primera mujer.

Fue como si el suelo se deshiciera debajo de mí. Solté nuestras manos despacio y deseé haberlo entendido mal, aunque tenía la terrible certeza de que no había sido así.

Cassio sonrió sarcásticamente. Se tomó su tiempo para escrutar mi expresión horrorizada.

—No con mis propias manos. Se suicidó, pero lo hizo por mi culpa.

Me invadió una enorme sensación de alivio. Si de verdad Cassio hubiera matado a su primera esposa, yo no habría podido seguir a su lado…, aunque, de todos modos, él tampoco me habría permitido abandonarlo.

Sabía que el suicidio era algo mucho más habitual de lo que la gente admitía en nuestros círculos, pero solía ser producto de los abusos y la desesperación. ¿Qué le habría hecho Cassio a su mujer? Conmigo y con los niños era bueno. No lo imaginaba maltratando a su difunta esposa, a no ser que su muerte lo hubiera obligado a cambiar. Incluso el corte en mi brazo… Aunque no hubiera sido Christian, tampoco había sido su intención herirme. Parecía haberse sentido culpable por ello.

—¿Por qué? —pregunté.

Aunque por una parte temía saber la verdad, quería librarme de las oscuras sombras del pasado, y la única forma de conseguirlo pasaba por arrojar luz sobre lo ocurrido.

Cassio esbozó otra sonrisa irónica. Las llamas ensombrecían su rostro anguloso.

—Porque maté al hombre que amaba.

Enmudecí por la sorpresa.

DIECISIETE

Cassio

En el pasado

Menudo día de mierda. Perder a dos hombres contra esos putos moteros ya era malo, pero perderlos por tener un topo entre los nuestros era peor. No sabía quién era, no con certeza. Muchos detalles apuntaban a Andrea. No había estado presente en la cena de Navidad de hacía dos días, pero ese día debía estar vigilando a Gaia.

Era cerca de medianoche cuando entré en casa. Esperaba que todos estuvieran ya en la cama, como siempre. La luz llegaba al recibidor desde el salón. La seguí y encontré a Daniele en el sofá, estaba jugando con una pequeña tableta y tenía el ceño arrugado por la concentración. Me acerqué a él.

—¿Por qué estás despierto todavía?

—No puedo dormir. El tío Andrea me ha regalado esto.

—¿Dónde está?

—Arriba, con mamá. Están jugando.

Ni siquiera levantó la vista; estaba completamente absorto en los colores de la pantalla. Aquel era, precisamente, el motivo exacto por el que nunca había querido que tuviera una de esas cosas.

—¿Jugando?

Daniele asintió, distraído.

—Sí. El tío Andrea me ha dado esto para que yo también juegue.

—Quédate aquí y sigue jugando —dije con voz firme antes de encaminarme hacia las escaleras y sacar la pistola.

Subí los escalones asegurándome de no hacer ningún ruido.

Me detuve a escuchar frente a la puerta del dormitorio de Gaia. Al otro lado, alguien gruñía y una mujer gritaba. No eran los sonidos propios de una tortura.

Abrí la puerta de golpe, tanto que golpeó la pared de atrás.

La ira me recorrió las venas ante la imagen que encontré allí. Gaia, mi embarazadísima esposa, sentada a horcajadas sobre su medio hermano, desnudos los dos.

Mi mujer follándose a su medio hermano.

Por un segundo, ninguno de nosotros se movió.

Gaia dejó escapar un grito y se cubrió los pechos, como si yo tuviera menos derecho a verlos que su asqueroso medio hermano. Ambos intercambiaron una mirada y entonces supe que llevaban haciendo eso desde hacía tiempo, quizás más del que ella y yo llevábamos casados.

El sabor amargo de la traición floreció en mi boca seguido de una irresistible sed de venganza. Cerré la puerta. Andrea se quitó a Gaia de encima y se lanzó a por la pistola que había sobre la mesilla de noche. Apreté el gatillo. La bala le atravesó la palma de la mano y se la reventó. Sangre y carne salpicaron por todas partes.

Andrea rugió de agonía.

—¡No! —chilló Gaia mientras se ponía de pie a trompicones para ir a por la pistola.

Llegué a ella en dos zancadas y le rodeé las costillas con los brazos, justo por encima de la barriga.

—¡No! —volvió a gritar mientras forcejeaba entre mis brazos.

Le cubrí la boca con una mano y la arrastré hasta el cuarto de baño.

—Deja de gritar —gruñí—. Daniele no tiene por qué oír nada de esto.

Sus gritos amortiguados no cesaron. Le daba igual si nuestro hijo oía la pelea. La metí en el cuarto de baño y cerré la puerta con pestillo antes de volverme hacia Andrea, que ya estaba saliendo del aturdimiento provocado por el dolor. Gaia aporreó la puerta. Andrea intentó hacerse con la pistola de nuevo. Le disparé en la otra mano y sentí una enfermiza satisfacción al oír otro alarido de agonía. Cayó hacia atrás con un quejido ahogado mientras sostenía las manos destrozadas a la altura de sus ojos.

—¡No le hagas daño a Andrea! No te atrevas, Cassio, o juro que mato al bebé que llevo en el vientre.

Helado, volví la vista hacia la puerta sin terminar de creer lo que Gaia acababa de decir. Me dirigí al vestidor y cogí cinta adhesiva y unas esposas antes de regresar al dormitorio. Andrea no era una amenaza para mí en aquel estado.

Abrí la puerta y Gaia casi cayó sobre mí. En cuanto vio lo que llevaba en la mano, dio un paso atrás, agarró mi cuchilla de afeitar y la presionó sobre la parte inferior de su vientre.

—No le hagas daño o te juro que saco a Simona con mis propias manos.

—¿Harías daño a tu propia hija por ese hombre?

—¡Tú no lo entenderías! —graznó—. Lo he querido toda mi vida. Él es lo único que me importa.

—Baja la cuchilla, Gaia, y podremos hablar.

—No lo dejarás vivir. Te conozco. Es o tú o él.

—Y tú quieres que muera yo.

—Sí. —No hubo ni un ápice de vacilación en su voz—. Llevo deseándolo desde hace mucho tiempo. Nada me gustaría más.

Me abalancé sobre ella y le agarré la muñeca antes de que pudiera lesionarse a sí misma y al bebé. Pese al forcejeo, me las arreglé para atarle los pies y las manos y la dejé con cuidado sobre un montón de toallas. Le cubrí la boca con cinta adhesiva para que Daniele no oyera sus gritos.

—No puedo permitir que mates a nuestra hija.

Su mirada era frenética cuando me incorporé y salí de allí. Cerré la puerta suavemente. Andrea había conseguido ponerse de pie, pero lo alcancé antes de que pudiera huir. Lo encadené al radiador con las esposas y luego le tapé la boca a él también. Ya hablaríamos luego.

Respiré hondo, me revisé la ropa por si tenía manchas de sangre y me cambié la camisa antes de volver abajo. De camino, le mandé un mensaje a Faro en el que le decía que viniera con un médico que pudiera tratar a Gaia. Ignoré sus preguntas posteriores.

Daniele estaba en el centro del salón con la tableta todavía en la mano. Su carita transmitía confusión. Yo sonreí pese a la oscuridad que se arremolinaba en mi interior.

—Tenías razón. Mamá y tu tío Andrea estaban jugando.

—He oído gritos.

Forcé una risa, aunque sentía la garganta cerrada.

—Sí. Se estaban persiguiendo y mamá se ha sorprendido.

Me acerqué a él y le acaricié la cabeza.

—Voy a llevarte a la cama. Puedes seguir jugando allí, si quieres.

Asintió. Levanté a Daniele en brazos y, sintiendo el calor de su cuerpo contra el mío, subí las escaleras. Mi hijo sacaba lo mejor de mí, una parte que Andrea no llegaría a ver hoy. Tras dejar a Daniele en la cama, salí y cerré su puerta con pestillo.

Regresé al dormitorio de Gaia. Antes de ocuparme de Andrea, fui a comprobar cómo estaba ella. Seguía justo donde la había dejado. Sus ojos me suplicaban que le perdonara la vida a Andrea. Al hombre al que se había estado follando a mis espaldas durante ocho años.

Me di la vuelta, incapaz de soportar aquella mirada en sus ojos, y me dirigí hacia Andrea. Tras abrir las esposas, lo agarré por una muñeca y lo arrastré por el suelo, y disfruté del sonido de sus gritos amortiguados. Forcejeaba como un loco. Acababa de bajar las escaleras tirando de él cuando Faro entró al vestíbulo con sus propias llaves, seguido del médico de nuestra confianza.

Faro bajó la mirada a la forma ensangrentada de Andrea, abrió los ojos como platos y luego volvió a levantar la vista hacia mí. El semblante del médico seguía impasible; ya conocía las normas. Nada de lo que viera saldría jamás de esta casa.

—Gaia está arriba —indiqué—. Trátala y asegúrate de que tanto ella como el bebé estén bien. Y no la pierdas de vista ni por un puto segundo. Ha amenazado con hacer daño al bebé.

No esperé a su réplica. En su lugar, arrastré a Andrea hasta la puerta del sótano y lo arrojé escaleras abajo. Los ruidos de su caída concluyeron con un sofocado quejido cuando aterrizó abajo. Entonces bajé yo. Oí pasos a mi espalda. No necesitaba darme la vuelta para saber que era Faro.

Andrea yacía hecho un guiñapo al pie de las escaleras y gemía. Volví a agarrarlo y lo arrastré hasta una habitación insonorizada, donde lo até a una silla.

Faro me miró con cautela.

—¿Es un topo?

—Puede —respondí—. Lo que sé con seguridad es que es un hombre que se folla a su hermana.

Faro abrió los ojos como platos y reparó entonces en el cuerpo desnudo de Andrea.

—Cassio…

—No —gruñí.

No quería su compasión. Valía menos que la mierda pegada a la suela de mis zapatos. La compasión era para los débiles y los estúpidos. Y tal vez yo fuera lo segundo, pero, definitivamente, no era lo primero.

—Joder —dijo Faro, que sacudió la cabeza.

Sabía lo que iba a pasar. Lo que yo necesitaba, lo que yo *quería* hacer.

Me acerqué a Andrea y le arranqué la cinta adhesiva de un tirón.

—Ahora, hablemos.

Andrea escupió contra mi pecho.

—No hay nada de qué hablar.

—Vaya, pues yo creo que sí. —Le agarré la garganta—. ¿Cuánto tiempo llevas follándote a mi mujer?

Andrea sonrió, sombrío.

—Ya era mía antes de que fuera tuya.

—¿Qué quieres decir con eso? —Lo sacudí con brusquedad.

Se le pusieron los ojos en blanco justo antes de que nuestras miradas volvieran a encontrarse. Había perdido mucha sangre, y seguía perdiendo más a cada segundo que pasaba. No saldría vivo de ese sótano.

—Estamos juntos desde que Gaia tenía quince años. Llevamos follando desde que cumplió los dieciséis.

La rabia bullía en mi interior como una ola imparable.

—Mientes.

—¿Por qué? ¿Porque sangró la primera vez que estuvisteis juntos? —Rio groseramente—. Hay médicos para todo.

Casi ocho años. Ese era el tiempo durante el cual Gaia me había estado engañando. Yo le había sido fiel, incluso cuando ella a duras penas toleraba mi presencia la mayor parte de los días y a pesar de que solo se había acostado conmigo una o dos veces al mes. No me había importado. Yo había respetado mis votos matrimoniales, mientras que ella los había pisoteado desde el primer día. Había confiado en ella y en Andrea, había permitido que él fuera su único guardaespaldas porque ella me lo había pedido. No me importaba una mierda lo que hubiera pasado antes de nuestra noche de bodas, si ella había llegado virgen a mí o no, pero cada traición desde entonces era como un corte con una navaja recubierta de ácido.

Apreté los puños.

—Recuerda los moteros —intervino Faro, pero yo apenas lo oí—. Necesitamos información.

Andrea tragó saliva.

—Si quieres un heredero, más te vale dejar viva a Gaia, porque Daniele y Simona no son tuyos. Son míos.

Sentí un pitido en los oídos. Me abalancé sobre él y le asesté una lluvia de puñetazos en la cara, en el pecho, en el abdomen. Golpeé cada centímetro de él que pude alcanzar.

—¡Cassio, para! —Faro me agarró los hombros, pero yo lo aparté con un rugido más animal que humano.

Se golpeó contra la pared y se desplomó.

Volví a centrarme en Andrea. Su mirada decía que sabía que iba a morir.

Me ardían los puños con cada nuevo puñetazo. Golpeé piel y hueso, y hasta el suelo que había debajo de nosotros, gobernado por la rabia ciega. Golpeé y golpeé hasta que ya no pude respirar más, hasta que los nudillos me palpitaron de dolor, hasta sentir un peso invisible en el pecho. Aparté el cadáver a un lado y, todavía respirando con dificultad, me dejé caer contra la pared. Tenía los nudillos abiertos del impacto contra el suelo de piedra.

Cerré los ojos y traté de recuperar el aliento. Cuando volví a abrirlos, me había calmado. Andrea era un amasijo de carne sangriento. No necesitaba tomarle el pulso para saber que estaba muerto. Había matado a muchos hombres a cuchillo, con una pistola, con un martillo e incluso con una cuchilla, pero jamás con las manos desnudas. Nunca permitía que la ira dominara mis acciones. Hoy lo había hecho.

Faro estaba sentado frente a mí y me miraba con cautela.

—¿Estás bien?

Estiré los brazos llenos de sangre. Tenía la camisa y los pantalones empapados. Me dolían los dedos al doblarlos. Sonreí, sarcástico.

—Mi mujer se ha estado tirando a su medio hermano durante todo nuestro matrimonio... Daniele...

Las palabras murieron en mi boca. Tenía la garganta seca.

Faro se levantó con un gesto de dolor. Sorteó el cadáver en el suelo y casi resbaló con la sangre.

—Su puta madre —gruñó antes de detenerse frente a mí.

Me tendió una mano. Yo la acepté y dejé que me pusiera de pie, pese al dolor agudo que me atravesaba los dedos.

Faro me tocó el hombro.

—Puede haberlo dicho para provocarte, Cassio. No sabes si es verdad. Daniele y el bebé podrían ser tuyos. ¿De verdad crees que Gaia se habría arriesgado a poner los huevos del cuco en tu nido?

—No los llames así —dije con aspereza.

Faro me miró con tal intensidad que terminé apretando los dientes.

—Andrea sabía lo que le esperaba. Una muerte lenta, horas y horas de brutal tortura hasta que cantara todos sus secretos. Al provocarte, se aseguraba una muerte rápida.

Eché un vistazo al cadáver sanguinolento tendido en el suelo.

—Dudo que fuera el final indoloro que esperaba.

—No, indoloro no —convino Faro, que siguió mi mirada—. Pero sí bastante rápido. Más de lo que se merecía, en mi opinión.

Me recliné sobre la pared sin saber qué hacer a partir de ese momento. Mi mujer me había traicionado; había admitido que prefería verme muerto, había amenazado con matar a nuestro bebé..., si es que realmente era nuestro.

Se me contrajo el pecho hasta el punto de que me costó respirar.

—¿Qué vas a hacer ahora? —preguntó Faro, cauto. Lo miré a los ojos—. Con Gaia —especificó, como si no lo supiera.

—No tengo ni idea.

No podía, no iba a matarla. Seguía siendo mi esposa, la madre de Daniele y Simona. Mi cabeza cayó hacia delante por el peso de todas las emociones que me golpeaban.

—Cassio. —Faro me apretó el hombro, implorante.

—Llama a mi padre y dile que venga. Tiene que saberlo. Pero no avises a nadie más todavía. Necesitamos una coartada.

—¿Vas a mantener en secreto la aventura de Gaia?

—Por supuesto. No quiero que se entere nadie. Le echaremos la culpa a Andrea. Diremos que era un traidor, cosa que, de todos modos, seguramente fuera cierta.

—Gaia podría saber algo más. Si era su amante, es posible que hubieran hablado.

Me zafé de su mano. Una nueva oleada de rabia y desesperación me alcanzó.

—Tengo que ver cómo está.

—Cassio. —Faro volvió a agarrarme el hombro—. Aunque no la mates, ya no puedes confiar en ella. Tu matrimonio se ha acabado.

No dije nada, me limité a subir las escaleras. Encontré a Gaia y al médico en su dormitorio. Estaba tumbada en la cama y parecía drogada. El médico estaba empapado en sudor y tenía un bulto en la frente.

—Se ha resistido. He tenido que sedarla y arrastrarla hasta la cama. De lo contrario, se habría autolesionado…, a ella y al bebé.

El doctor Sal miró mis ropas cubiertas de sangre.

—¿Quiere que revise también sus heridas?

—¿El bebé está bien? —pregunté desde la puerta, incapaz de entrar a la estancia, de acercarme a mi esposa y a la cama en la que me había traicionado.

—Sí. Ciertamente, haber tenido que sedarla no es lo ideal. Si sigue tan histérica cuando despierte, es posible que tengamos que atarla. No puedo seguir administrándole sedantes en su estado.

—¿Se podría sacar ya al bebé?

Sal sacudió la cabeza.

—Teóricamente sí. Pero deberíamos esperar dos o tres semanas más, por lo menos.

¿Cómo podía asegurarme de que mi hija permaneciera a salvo? Tendría que vigilar a Gaia las veinticuatro horas del día, los siete días de la semana y rezar para que se recuperase de la muerte de Andrea. Era estúpido esperar que pudiera hacerlo. Y, realmente, ¿qué podía esperar a esas alturas? ¿Que viviéramos bajo el mismo techo odiándonos el uno al otro? Gaia pasaría cada segundo deseándome una muerte cruel, y yo pasaría los días resentido con ella por lo que había hecho. Ese matrimonio estaba muerto. Lo había estado desde el principio.

—Quédate con ella —ordené.

Salí de aquel cuarto y me dirigí al dormitorio principal, donde me duché rápido y me vestí antes de ir a echar un vistazo a la habitación de Daniele.

Se había quedado dormido, acurrucado de lado en la cama. Despacio, me acerqué y me senté en el suelo. Le acaricié el pelo alborotado. Se parecía a Gaia. Era lo que todo el mundo decía desde que nació. Tenía sus mismos ojos marrones y el pelo rubio oscuro; hasta sus mismos rasgos. No tenía nada mío. Mis hermanas y mi madre tenían un color rubio oscuro similar, así que había supuesto que lo habría heredado de ellas. Cerré los ojos. Andrea y Gaia se parecían mucho físicamente. Si Andrea era el verdadero padre de Daniele, eso explicaba por qué el pequeño no tenía nada de mí.

Un dolor agudo me atravesó el pecho. Contemplé al niño, al que quería más que a nada en el mundo. No por Gaia, pues nunca la había amado. La había respetado y me había preocupado por ella, porque ella me había dado el regalo más puro del mundo: un hijo.

Me puse en pie de golpe. Oí voces en el pasillo; una de ellas era la de mi padre. Salí y lo encontré hablando con Faro en susurros acelerados. En cuanto mi padre me vio, deseé haber podido mantenerlo al margen de todo eso. Renqueó hasta mí con el semblante pálido y decaído. Me aferró el hombro y me miró fijamente a los ojos.

—Si quieres deshacerte de Gaia en cuanto nazca el bebé, nadie te culpará por ello..., y yo el que menos, hijo mío.

Asentí. No sería la primera vez que un mafioso mataba a su mujer por una infidelidad. ¿Habría sido distinto si Gaia no hubiese estado embarazada? ¿La habría matado igual que a Andrea? Ya había matado a mujeres en el pasado... Pensé en las putas que los moteros se buscaban para que les chupasen la polla, pero esas iban armadas y habían intentado matarnos a mis hombres y a mí.

Gaia seguía siendo una mujer, seguía siendo mi esposa y seguía siendo la madre de Simona y Daniele. No la mataría a menos que fuese su vida contra la de mis hijos o la mía.

—No quiero deshacerme de ella.

Mi padre parecía confundido.

—Faro me lo ha contado todo. ¿Por qué quieres mantenerla cerca? Es un peligro para ti.

—No es mi vida lo que me preocupa, sino la de mis hijos.

Mi padre miró a Faro y, de nuevo, me miró a mí.

—Ni siquiera sabes si son tuyos. Tendrás que hacerte la prueba cuanto antes.

—¿Y luego? —gruñí.

Se encogió de hombros como si el asunto fuera sencillo.

—Si no son tuyos, los enviamos con Gaia a vivir con su familia y luego buscas otra esposa que te dé hijos.

¿Dar a Daniele? Hasta nuestra hija nonata ya se había hecho un hueco en mi corazón desde el momento en que había oído sus latidos y había visto su ecografía por primera vez.

Mi padre me aferró el hombro con mayor firmeza.

—Cassio, sé razonable. Necesitas un heredero. No puedes querer criar a los hijos de otro hombre. Por el amor de Dios, esos niños podrían ser fruto del incesto. Es pecado.

—Pecado —repetí, y reí con amargura—. Hoy he matado a un hombre con mis propias manos. He desollado y quemado vivo a un motero para sonsacarle información. He matado a más hombres de los que puedo recordar. Vendemos drogas, armas. Extorsionamos y torturamos. ¿Cómo puede un niño ser un pecado?

Mi padre bajó el brazo.

—Dejemos esta discusión para otro momento.

—Fin de la discusión, padre. Daniele y Simona son mis hijos, y punto. Cualquiera que diga lo contrario lo pagará caro.

Parte de mi determinación era pura cobardía. Me aterraba la verdad; me aterraba mirar a Daniele a la cara y no ver a mi hijo, sino al de Andrea. Nunca dejaría que eso ocurriera.

Él se enderezó.

—No olvides con quién estás hablando.

—No lo hago. Te respeto. No destruyas esto diciendo algo que no pueda perdonar.

Mi padre se apoyó todavía más en el bastón y dejó escapar un profundo suspiro.

—Si prefieres vivir en la ignorancia…

—En la ignorancia es donde todos estamos más cómodos. —Me volví hacia Faro—. Deshazte del cuerpo.

Este inclinó la cabeza y se dio la vuelta para llevar a cabo la tarea. Siempre podía contar con él. Pero ¿confiar en él después de lo de hoy? Jamás volvería a confiar en nadie.

Mi mirada se detuvo sobre Gaia, a la que podía ver tendida en la cama desde donde me encontraba.

—¿Cómo vas a mirarla a la cara después de lo que te ha hecho? —preguntó mi padre.

—No creo que eso sea un problema. Seguramente sea ella la que no vuelva a mirarme a la cara después de lo que le he hecho a Andrea.

Tres semanas después, Simona nació por cesárea. El estado emocional de Gaia había empeorado, así que nos vimos obligados a atarla por las noches y a vigilarla a todas horas durante el día, incluso cuando iba al baño. Elia, Sybil y Mia se turnaban para echarle un ojo. Ni siquiera era capaz de estar en la misma habitación que yo sin perder los nervios. Yo la evitaba con gusto, de todos modos. Aunque nunca la había amado, su traición me dolía de un modo que no había creído posible. Mi hogar siempre había sido mi refugio, un lugar en el que relajarme después de agotadores días de trabajo, y mis hijos eran la luz de mi vida. Ahora, mi vida se había quedado a oscuras.

Daniele no entendía por qué no podía ir a ver a su madre, pero yo tenía miedo de que lo hiciera y de lo que ella pudiera decirle. Gaia siempre había sido vengativa, y ahora tenía motivos para odiarme.

Cuando sostuve a Simona en brazos el día después de su nacimiento, porque Gaia no había querido que estuviera durante el parto, me enamoré de la pequeña. La sangre no pudo importarme menos en ese momento, y nunca permitiría que lo hiciera.

Gaia no superó la muerte de Andrea. Había sido una estupidez por mi parte creer que lo haría por el bien de Daniele y Simona. Durante algún tiempo, me hizo creer que había pasado página. Tomaba pastillas que la calmaban y, al fin, casi parecía haber vuelto a su antiguo yo. Sybil y Mia tenían que ocuparse de Daniele y Simona casi siempre, pero las cosas parecían estar remontando. Nos las arreglábamos para desempeñar nuestros papeles en público y para evitarnos mutuamente a puerta cerrada. A veces nos mostrábamos educados con el otro, aunque el odio en los ojos de Gaia siempre me recordaba la realidad de nuestra situación. Había matado al hombre que amaba. Nunca me lo perdonaría, y yo tampoco necesitaba su perdón. Tan solo necesitaba que sacara fuerzas de donde fuera para cuidar de nuestros hijos.

Sin embargo, Gaia dirigía la mayor parte de su amor y su atención al último regalo que le había hecho Andrea: Lulú. Trataba al perro como si fuera un humano, le prodigaba el cariño y las palabras de amor que tan solo tendría que haber usado con Daniele y Simona.

No le permitía quedarse a solas con nuestros hijos. Sybil o Mia tenían que estar presentes, porque yo seguía sin fiarme de que Gaia no fuera a matarlos para hacerme tanto daño como yo le había hecho a ella al matar a Andrea. Nunca la había creído capaz de cometer un infanticidio, pero ahora ya no estaba tan seguro. Las imágenes de los cuerpos sin vida de mis hijos me atormentaban en mis pesadillas.

Vivíamos en una mentira que fue volviéndose más y más insoportable a cada día que pasaba; no obstante, al mismo tiempo, terminé por acostumbrarme.

Cuatro meses después del nacimiento de Simona, el día de nuestro octavo aniversario, Gaia terminó con todo. Yo había hecho una reserva en nuestro restaurante favorito para mantener las apariencias, pero, en el momento en que puse un pie en casa, supe que había pasado algo.

La casa estaba demasiado tranquila. Había demasiado silencio. Yo era un hombre que disfrutaba de la tranquilidad, pero ese tipo de silencio era demasiado ruidoso, demasiado alto. Reverberaba en las paredes con un eco siniestro.

Encontré a Sybil dormida en el sofá. La sacudí un poco para despertarla, pero no lograba focalizar con la mirada.

—Lo siento, señor. Debo de haberme quedado dormida.

—No solo dormida. ¡Te dije que tuvieras cuidado con Gaia! —rugí, y la solté—. ¿Dónde están Daniele y Simona?

Sybil parpadeó y luego abrió mucho los ojos, presa del miedo. Subí las escaleras a la carrera y me quedé helado en el descansillo del piso superior. Unas pequeñas huellas de perro ensangrentadas manchaban la moqueta *beige*.

Sentí el corazón encogérseme tanto que por un momento tuve el convencimiento de que me estaba dando un infarto. Después de todo, era algo habitual en nuestra familia. Salí disparado hacia el cuarto de Simona, abrí la puerta de golpe y tropecé en dirección a la cuna. Simona yacía allí inmóvil, y todo en mí se paralizó. Durante el segundo en el que la creí muerta, entendí por qué Gaia había querido quitarse la vida después de perder a Andrea. Levanté a Simona tan rápido que la pequeña se despertó y soltó un berrido que me perforó los tímpanos. Dios, era el sonido más bonito del mundo. La estreché contra mi pecho pese a su llanto incesante y le besé la cabecita una y otra vez.

Lulú ladró y luego chilló. Con Simona en brazos, salí de la habitación. Daniele se encontraba en el pasillo, a unos cuantos pasos del dormitorio de su madre, y apretaba a Lulú contra su pecho. El animal se retorció con fiereza. A medida que me acercaba, reparé en que tenía el pelaje y el hocico manchados de sangre. Los brazos de Daniele también estaban rojos. Me precipité hacia él y me arrodillé. Sujeté a Simona con un brazo y llevé la otra mano a su mejilla.

—Daniele, ¿qué ha pasado? —Palpé su cuerpecito en busca de heridas, pero estaba ileso.

—He encontrado a Lulú. ¿Dónde está mamá?

El perro hizo amagos de morder hasta que Daniele, al fin, lo dejó caer al suelo. Salió disparado a través de la puerta entreabierta del dormitorio de Gaia. Daniele hizo ademán de seguirlo. Le agarré la muñeca. Un miedo atroz me atravesó todos y cada uno de los huesos del cuerpo.

—No. ¿Has entrado antes?

—Mamá estaba dormida. ¿Ya está despierta?

Se me cerró la garganta.

—No. Todavía está durmiendo. Vete abajo con Sybil. Tiene que lavarte.

Daniele levantó el mentón.

—Quiero a mamá.

—Daniele, vete abajo.

Despacio, retrocedió y luego desapareció por las escaleras. Simona se había calmado en mis brazos. Era demasiado pequeña para comprender lo que ocurría y, aun así, sentía que no podía entrar con ella en el dormitorio sabiendo lo que hallaría dentro.

Volví a dejarla en la cuna antes de regresar al cuarto de Gaia. Abrí la puerta y entré. Un olor familiar me invadió las fosas nasales; nunca había significado nada para mí, pero, a partir de ese día, eso cambiaría. Incluso sabiendo lo que iba a encontrar, verlo fue como un puñetazo en el estómago. Me acerqué despacio a la cama. Uno de los brazos de Gaia colgaba flácido por un lado de la cama, todavía goteando sangre sobre el suelo de madera. Lulú se había colocado justo debajo y lamía los dedos pegajosos con entusiasmo. Estaba sentada sobre un charco de sangre, y había tal cantidad que supe que era absurdo llamar a una ambulancia. Mi trabajo me obligaba a saber cuánta sangre podía perder un cuerpo humano antes de tener que intervenir para evitar una muerte prematura. Antes de haberle sacado toda la información.

Gaia había muerto.

La sangre seguía goteando sobre Lulú, y el puto chucho seguía lamiéndola con ansia. Cabreado, agarré al animal por el cuello, me encaminé hacia la puerta y lo arrojé al pasillo. Aterrizó con un chillido y salió de allí corriendo.

Miré mis manos cubiertas de sangre y, luego, el cuerpo sin vida de mi mujer. Despacio, cerré la puerta por si acaso Daniele decidía volver y dejé una huella carmín sobre la madera pintada de blanco.

Daniele no tenía por qué volver a ver eso. Me volví de nuevo hacia la horrible escena. Las rosas rojas que una de las asistentas le había comprado a Gaia como regalo por nuestro octavo aniversario estaban aplastadas junto al cuerpo sin vida. Rosas rojas, a juego con la sangre que manchaba las sábanas y el vestido blanco que se había puesto en un desesperado intento de arreglar un matrimonio que no tenía arreglo. Prueba de mi propio fracaso.

Pasaron los segundos mientras miraba a mi esposa. Hasta muerta seguía siendo preciosa. Había elegido ponerse su vestido de novia para quitarse la vida. Todavía le sentaba perfectamente. Los cristalitos del corpiño refulgían bajo la luz de la lámpara. Algunos estaban salpicados de sangre y parecían rubíes, a conjunto con las gemas de su collar. Hasta se había rizado el pelo del mismo modo que el día en que pronunciamos nuestros votos. ¿Cuánto tiempo había estado planeándolo?

Cogí el móvil y llamé a mi padre. Rara vez lo llamaba después de la hora de cenar. Tanto él como mi madre pasaban las noches viendo clásicos o jugando al chaquete. Ahora que se había jubilado, tenían tiempo para hacerlo. Su amor era algo a lo que siempre había aspirado de joven, antes de casarme. Antes de Gaia.

—Cassio, ¿no habías reservado para cenar con Gaia?

Una cena para alardear en público de nuestro matrimonio fallido.

—Gaia está muerta.

Se produjo un silencio.

—Repite eso.

—Gaia está muerta.

—Cassio…

—Necesito que alguien venga a limpiar esto antes de que los niños lo vean. Mándame a un equipo de limpieza y avisa a Luca.

Colgué. Una hoja de papel sobre la cama, junto al cuerpo de Gaia, me llamó la atención. Me arrastré hacia la cama. La muerte no me perturbaba, no cuando había sido su heraldo tantísimas veces en el pasado, pero cada fibra de mi ser se rebelaba ante la idea de acercarse al cadáver de mi mujer. Tenía el otro brazo acomodado sobre su torso. La sangre que manaba del corte en la muñeca había empapado la tela del vestido de novia. Los ojos marrones y vacíos estaban fijos en el techo, y hasta muertos estaban colmados de acusación. Le bajé los párpados y cogí la carta de despedida con dedos temblorosos.

Su elegante caligrafía y la excelente calidad del papel prometían una carta de amor, pero, por supuesto, aquello no podía estar más lejos de la realidad.

Una parte de mí murió el día de nuestra boda.

Me lo quitaste todo. Siempre que nos acostábamos, me imaginaba que eras Andrea, era la única manera de poder soportar tus caricias. Pero, entonces, también me quitaste eso. Me quitaste lo único que amaba más que a mi propia vida.

Creía que te odiaba desde el primer día, pero ahora sé lo que es odiar de verdad.

Cada día, desde que mataste a Andrea, he tratado de encontrar la forma de destruirte. Y entonces se me ocurrió una. Sabía que si mataba a Daniele y a Simona te destrozaría. Los quieres tanto como yo lo quería a él. Deseé matarlos para hacerte daño. Deseé matar a mis propios hijos para causarte la misma agonía que siento yo desde la muerte de Andrea. Ese es el nivel de mi odio hacia ti, Cassio.

Una parte de mí sigue queriendo matarlos. Pero hoy, cuando me he asomado a la cuna de Simona, no he podido hacerlo. No por ti.

Sino por Andrea.

Podrían ser hijos suyos, y no puedo acabar con esa última parte de él, ni siquiera para destruirte.

Espero que sean suyos. Espero que lo averigües a ciencia cierta y que eso te mate por dentro. Espero que la culpa por lo que hiciste te devore por dentro mientras vivas, aunque, conociendo la clase de hombre que eres, esta es una posibilidad que ni siquiera contemplo.

Mis padres sabían lo mío con Andrea. Me obligaron a casarme contigo.

A ti te mintieron, y a mí me destrozaron la vida.

Aunque la culpa sea un sentimiento ajeno para ti, sé que cuento con tus ansias de venganza.

Mi respiración se había ido ralentizando a medida que leía la carta que me había escrito Gaia. Estaba petrificado, sin poder mirar otra cosa que no fueran sus últimas palabras. No me entristecía perderla. Nunca había sido mía, para empezar. Había sido de Andrea, incluso después de su muerte. Sentí una profunda tristeza por lo que eso significaba para Daniele y Simona y una rabia tremenda hacia las personas responsables de ese desastre. Hacia sus padres, que la habían obligado a casarse conmigo aun sabiendo la verdad. Era incesto. Su amor había estado tan condenado como el nuestro, pero sus padres habían dejado que me abalanzara sobre un cuchillo afilado y tampoco me advirtieron de nada cuando permití que Andrea pasara todos los días a solas con mi mujer.

Alguien llamó a la puerta, pero no reaccioné. Entonces se abrió. Faro entró y apareció a mi lado. Me dijo algo, pero sus palabras sonaban amortiguadas. Me quitó la carta de las manos. Yo se lo permití. No importaba que la leyera.

—¡Cassio! —Me sacudió con vigor y, al fin, centré mi atención en él.

A su espalda, mi padre apoyaba todo su peso sobre el bastón, furioso al estudiar el contenido de la carta.

—Ni se te ocurra sentirte culpable, Cassio —murmuró—. Eso es lo que ella quería. Te engañó, probablemente ayudara a su hermano a filtrar información a los moteros y encima intentó matar a tus hijos. No se merece ni una pizca de tu remordimiento.

Faro me miró a los ojos.

—No elegiste casarte con ella. Ambos fuisteis empujados a un matrimonio por pura conveniencia. No eres más culpable que ella.

Y, aun así, sentía que sí lo era.

—No sé cuánto habrá visto Daniele.

Mi padre torció el gesto.

—Sea como sea, no entenderá lo que ha pasado.

—He encerrado al maldito perro en la despensa. Estaba cubierto de sangre —dijo Faro.

Asentí distraído, pero mi mirada regresó al cuerpo de Gaia. Mi mujer se había suicidado por mi culpa. Yo había sido el último clavo de su ataúd, pero los que habían cavado la puta tumba habían sido sus padres.

—Ocúpate de todo —pedí—. Tengo que resolver un asunto.

Mi padre me agarró del brazo.

—Hijo, dime que no vas a hacer ninguna estupidez.

Se me hacía raro ver miedo en sus ojos, pero ahí estaba.

—No es la clase de estupidez en la que estás pensando. Es un acto de cobardía y un crimen hacia los que no están aquí.

Me zafé de su agarre y me alejé.

Faro se apresuró a seguirme.

—¿Necesitas ayuda?

—No.

Cogí el coche. Veinte minutos después, llamaba a casa de mis suegros. Cuando estos abrieron la puerta, los apunté con la pistola.

—Hablemos sobre Gaia y Andrea.

Al día siguiente, su asistenta los encontró muertos en su dormitorio. Se habían suicidado conjuntamente, incapaces de seguir viviendo tras la muerte de sus hijos. Esa fue la versión oficial.

DIECIOCHO

Cassio

En la actualidad

Aparté la mirada de la chimenea muy despacio y miré a mi joven esposa. Estaba pálida y con los labios entreabiertos, horrorizada a causa de lo que le había contado.

—Cuando me casé con Gaia, ella ya estaba enamorada de su medio hermano. Por aquel entonces yo no lo sabía; sus padres sí, pero habían decidido no divulgarlo. Tal vez ahora entiendas por qué me mostraba tan receloso con Christian.

Giulia se tapó la boca con la mano y se quedó con los ojos clavados en el suelo, como si no pudiese mirarme a la cara. No podía culparla de ello. Aquello había afectado incluso a mi padre y a Faro.

—Dios mío…

Hice una mueca. Odiaba recordar, y aún más hablar de lo sucedido, pero lo peor había sido la expresión del rostro de Giulia al enterarse de la verdad.

—Después de casarnos, Gaia me preguntó si su medio hermano podía ser uno de sus guardaespaldas. Yo accedí porque ella estaba triste por encontrarse lejos de su casa y pensé que eso la animaría. Quería que fuese feliz conmigo.

Giulia asintió sin levantar la cabeza.

—¿Y sus padres? Los mataste.

—Sí. Me traicionaron. Sus mentiras les costaron la vida a Gaia y Andrea.

Contuvo la respiración, horrorizada. Giulia era una buena chica. Noble, amable, optimista, dispuesta a buscar luz en la oscuridad. Yo ya había arrastrado a una mujer al abismo y estaba desesperado por evitar que Giulia corriera su misma suerte.

—Gaia prácticamente te pidió que los mataras en su carta de despedida.

—Me conocía.

A veces le contaba cosas del trabajo, cuando me sentía afectado o cuando me preguntaba, cosa que no sucedía a menudo.

Giulia sacudió la cabeza. Había dicho que nuestro matrimonio fracasaría si no le contaba la verdad, pero yo temía que precisamente esa verdad acabara con lo que estaba naciendo entre nosotros. Perder a Gaia no me había dolido. En primer lugar, porque me había traicionado y, también, porque nunca la había amado. Perder a Giulia..., no sería capaz de superarlo. Apenas llevábamos tiempo juntos, pero, en las semanas que habían pasado desde la boda, ella había iluminado mis días más de lo que habría creído posible.

—Jamás le levanté la mano a Gaia, ni siquiera entonces. No habría podido matarla. Decidas lo que decidas, no tienes que preocuparte por tu seguridad, Giulia. No te haré daño.

Giulia

No podía respirar. Escuchar a Cassio contarme lo sucedido con tanta sinceridad y tanta amargura me había perturbado profundamente. Eso era muchísimo peor de lo que había imaginado. La idea de encontrar a Cassio con otra mujer era desgarradora ya de por sí. ¿Cómo debía de haber sido para él? Encontrarse a su mujer embarazada con el medio hermano de esta, un hombre en el que había confiado, y enterarse de que tal vez sus hijos no fueran suyos. Era demasiado horroroso para haberlo contemplado. Ni siquiera podía decir qué habría hecho yo en una situación como esa. Tal vez no habría matado a nadie, pero a mí no me habían adiestrado para sobrevivir en la mafia.

Cassio sonrió tristemente al verme la cara.

—Así es el hombre con el que te has casado, Giulia. Entendería que ahora me tengas miedo. No impediré que te traslades a otro dormitorio si es lo que quieres, pero comprende que debemos permanecer casados por el bien de Simona y Daniele. No pueden perderte a ti también.

Me levanté, me senté en su regazo y lo envolví en mis brazos pese a notar que se tensaba. Lo besé con vehemencia. Dios, qué horrible. Todo. Que Cassio hubiera matado a un hombre en un arrebato de celos no estaba bien, pero era un asesino y, al igual que cualquier hombre de nuestro mundo, había matado a otros por menos. Parte de mí lo entendía.

Sus ojos brillaban con una mezcla de confusión y esperanza.

—¿Qué... qué haces?

Pegué la cara a su cuello. Él me rodeó suavemente con un brazo.

—¿Giulia? Di algo.

—No te tengo miedo.

Era verdad. Tal vez debería tenérselo, pero yo siempre había sabido que Cassio era capaz de ser brutal por cosas tan triviales como el poder y el dinero. Que hubiera matado a alguien que le había hecho daño solo demostraba que no era un asesino sin corazón.

Cassio puso un dedo bajo mi barbilla y la levantó.

—Pero me has escuchado.

—Sí. Protegiste a Daniele y a Simona. Dejaste viva a Gaia a pesar de lo que había hecho. Sé que no es algo que muchos hombres hubiesen permitido. Sabiendo lo que se dice de ti, es más de lo que había esperado.

Cassio torció la boca en una mueca irónica.

—Supongo que debo alegrarme de que tu primera impresión sobre mí fuera mala.

Puse los ojos en blanco para relajar el ambiente.

Cassio me acarició la mejilla.

—Solo tú puedes hacerme sentir mejor insultándome con una simple mirada.

Lo agarré de los hombros y acerqué nuestros rostros.

—Querías que dejase el pasado atrás y yo quiero ayudarte. Deja de pensar que voy a actuar como Gaia. No soy ella y no pienso acabar en la cama con mi hermano. La mera idea me pone enferma. Y tampoco pienso serte infiel. Te deseo, y soy fiel. ¿Te enteras?

Cassio se señaló el pecho.

—Aquí sé que no eres Gaia. —Se señaló entonces la cabeza—. El problema está aquí arriba. No soy muy dado a confiar, nunca lo he sido. Y ahora menos que nunca. Pero lo intento. —Me sostuvo la cabeza y me besó antes de añadir—: No puedo perderte.

—No lo harás. No, si sigues trabajando en tu desconfianza, porque yo estoy lista para luchar por este matrimonio y por nuestros hijos.

Cassio se echó lentamente hacia atrás.

—¿Qué acabas de decir?

Apreté los labios.

—Que estoy lista para luchar por nosotros.

—No —rebatió con voz ronca—. Has dicho «nuestros» hijos.

Me sonrojé. No solo casi me había declarado a él, sino que también le había dicho que quería que Simona y Daniele fueran de ambos, y no solo suyos. Apenas hacía un mes que los conocía, pero iba a estar muchos años a su lado. Esperaba que, algún día, fuesen míos a ojos de la gente y de los suyos.

—Sé que son tuyos y no míos…, no realmente míos…, pero me duele que digas que son tus hijos, como si yo no me preocupase por ellos.

Cassio me atrajo hacia su cuerpo y me besó apasionadamente. Yo me aferré a él y, cuando se apartó, estaba casi sin respiración.

—No te merezco, Giulia, pero mis hijos…, nuestros hijos sí.

—Me importan muchísimo. Incluso si no quieres tener otro me dará igual, porque voy a criarlos como si fueran míos.

—Lo sé —respondió en voz baja—. Yo haría lo mismo.

Busqué sus ojos.

—¿Te has llegado a hacer la prueba de paternidad?

Estaba casi segura de conocer la respuesta.

—No —contestó él.

Esa única palabra abarcaba muchas emociones: amor por Simona y Daniele, resolución para cuidar de ellos y también miedo.

—Entonces…, ¿no sabes si son tuyos?

—No. Simona y Daniele se parecen a su madre…, a…

Al medio hermano de Gaia.

—Pero su color de pelo es parecido al de tu hermana.

—Sí —coincidió, aunque lo dijo con cierta duda, y era comprensible.

Ahora que lo pensaba, tenía que admitir que ni Simona ni Daniele se parecían físicamente a su padre. Se me encogía el corazón con solo valorar aquella posibilidad.

Tragué saliva.

—¿Por qué?

—Porque los quiero y me aterra que los resultados me hagan cambiar de opinión. Sobre todo con Daniele... No soporto la idea de que pueda llegar a odiarlo por parecerse a Andrea —aseguró con voz temblorosa.

—¿Crees que querrías menos a Daniele si no fuera hijo tuyo?

—No lo sé —admitió, áspero—. No tengo ni puta idea, y por eso mismo no pienso arriesgarme. Prefiero no saber la verdad, vivir en una mentira, antes que hacerles daño de cualquier forma a Daniele o a Simona.

Le cogí las mejillas.

—Son tus hijos, Cassio.

—No lo sabes...

—Lo son. Porque los quieres, porque los crías y porque para ellos eres su padre y te quieren como tal. Eso es lo que importa.

—Sí —respondió tras un momento—. ¿Cómo puedes ser tan jodidamente inteligente y amable, Giulia? Debería ser yo quien te dé consejos. Por el amor de Dios, si casi te doblo la edad.

Me encogí de hombros.

—He tenido que madurar deprisa.

Cassio me apartó el flequillo de la frente con expresión melancólica.

—Por mí. Pensaba que serías otra niña de la que tendría que hacerme cargo, demasiado joven para asumir la responsabilidad que supone ser mi mujer, pero me has demostrado que estaba equivocado. Cuidas de mis hijos, de ese perro e incluso de mí.

—Se llama Lulú.

—Andrea se lo regaló a Gaia unas semanas antes de que me enterara de lo suyo.

—Oh... —Ahora entendía por qué apenas podía mirarla. Le traía muchos recuerdos dolorosos—. Pero no es culpa suya.

—¡Lamió la sangre de Gaia!

Me encogí y traté de no pensar en aquella imagen perturbadora.

—Es una perra. Nunca ha pretendido hacer ningún daño.

Cassio ladeó la cabeza con una sonrisa cansada.

—Puedes quedártela, pero no esperes que yo me encariñe con ella.

Preferí no responder. Algunas cosas llevaban tiempo. Le pasé las yemas de los dedos por la barba del mentón y la mejilla.

—¿Sabes por qué Daniele te rehúye? ¿Vio algo?

—No estaba delante cuando maté a Andrea ni cuando me peleé con Gaia. —Cogió la copa y dio un trago largo—. Justo después de la muerte de Andrea, seguía bien. Pero durante las semanas posteriores se retrajo y, más tarde, después del suicidio de Gaia, ya me fue imposible llegar a él. Daniele está resentido conmigo, lo veo en sus ojos. Estábamos muy unidos, pero todo cambió... No quiere hablar, así que no sé si es por algo que Gaia le dijo o por algo que vio.

Apoyé mi frente sobre la suya.

—Lo descubriremos juntos. Por nosotros. Por nuestros hijos.

Sabiendo lo que sabía ahora, se me puso la piel de gallina cuando encontré a Daniele en la habitación de su madre a la mañana siguiente. Por la forma tan vívida y cruda en que Cassio me había descrito la escena, casi podía verla ahí tumbada. Sentí un nudo en la garganta al ver a Daniele hecho un ovillo de lado. Deseé saber lo que le pasaba por la cabeza, si había visto más cosas de las que Cassio creía. Me acerqué a él despacio al tiempo que trataba de sacarme esas imágenes de la cabeza. ¿Cuán peor debía de sentirse Cassio cada vez que ponía un pie en ese cuarto...?

Cogí a Daniele en brazos y se despertó. Me resultaba fácil cargarlo porque no era tan pequeño. Cassio salió del cuarto de Simona con la niña en brazos. Le alborotó el pelo cariñosamente a Daniele, pero este apartó la cabeza.

Le dediqué a Cassio una sonrisa alentadora.

—Llegaré a tiempo para la cena —me prometió antes de irse.

Al igual que todos los días, Elia nos llevó en coche a los niños, a Lulú y a mí al parque para perros. Más tarde, durante el paseo, le permití a Daniele llevar la correa. Ni siquiera me había pedido su tableta hoy. Lulú demandaba toda su atención y él se la daba encantado. Era maravilloso ver cómo se estrechaba la relación entre ambos.

Elia esperaba en el banco mientras yo sujetaba a Simona de los brazos para que diese unos pasitos vacilantes por el sendero. Daniele se sentó en el suelo para ayudar a Lulú a cavar un hoyo con un palo que había encontrado. Estaba muy sucio y, probablemente, cavar agujeros en el parque estuviese prohibido, pero no lo detuve.

—Lulú.

Me quedé helada y casi solté a Simona, que bramó enfadada, pero yo tenía la vista clavada en Daniele. Acababa de hablar. No a mí y no en voz alta, pero lo había oído. Tragué saliva con dificultad mientras trataba de decidir si intentar forzarlo a hablar un poco más o no. Tenía la vocecita suave y quería oírla durante todo el día.

Decidí no presionarlo, aunque fuera difícil. En lugar de eso, miré a Simona.

—Buena chica.

Ella sonrió y dio un par de pasitos tambaleantes más.

En cuanto llegamos a casa y tuve un poco de tiempo libre, cogí el móvil y llamé a Cassio. No podía esperar. Respondió al primer tono.

—¿Qué ha pasado? —La preocupación que detecté en su voz hizo que me arrepintiera de haberlo llamado.

—Todo va bien. Solo quería decirte que hoy Daniele ha hablado con Lulú.

Silencio.

—¿Estás segura? —preguntó, vacilante.

—Sí. Lo he oído decir su nombre. ¿A que es genial? ¡Estamos progresando…!

—¿Por qué le habla a un perro?

—Muchos niños desarrollan vínculos afectivos con sus mascotas porque pueden contarles cualquier cosa sin ser juzgados o castigados. Son sus mejores amigos.

—Eso no explica por qué está tan obsesionado con ella.

Y entonces lo entendí.

—Para Gaia era un recuerdo de Andrea, pero a Daniele tan solo le recuerda a su madre, y es normal. Si encuentra consuelo en Lulú, bienvenido sea.

Cassio suspiró.

—Puede ser. Ahora tengo que volver al trabajo.

—De acuerdo. ¿Vendrás para la cena?

—Te lo he prometido, así que sí.

—Gracias. Me gusta cenar contigo.

Colgué deprisa, no quería ponerme demasiado ñoña.

Cassio me pidió que fuese yo quien llevara a Daniele a la cama esa noche. Parecía agotado, e incapaz de soportar el rechazo de su hijo una vez más.

En cuanto lo hube hecho, cogí uno de los cuentos ilustrados que le había comprado y se lo empecé a leer, pero él seguía teniendo la atención puesta en Lulú, que se había acurrucado frente a su cama. Di unas palmaditas sobre el colchón.

—Ven, Lulú.

Esta levantó las orejas y saltó sobre el edredón, entre Daniele y yo. Sus pequeños deditos se hundieron en el suave pelaje y siguieron acariciándola mientras yo le leía el libro.

—¿Quieres que Lulú se quede contigo?

Daniele asintió.

—Pero, si te levantas de la cama, la despertarás. ¿Vas a quedarte esta noche en tu cama?

Se lo pensó, con la cabeza inclinada hacia un lado, y, finalmente, asintió decidido. Sonreí y le di un beso en la frente. Encendí su lucecita nocturna, fui hacia la puerta y apagué la luz de la habitación.

—Buenas noches, Daniele.

Había empezado a cerrar la puerta cuando una vocecita me respondió:

—Buenas noches.

Me quedé helada. Me di la vuelta despacio, pero Daniele se había escondido bajo las sábanas. Tragué saliva y me marché. Bajé las escaleras como en trance y encontré a Cassio en la sala de fumar, preparando la mesa de billar para nuestra partida. Al verme la cara se acercó a mí.

—¿Ocurre algo?

—Daniele me ha dado las buenas noches.

Cassio dio un paso atrás.

—¿Ha hablado contigo?

Lo había preguntado con una mezcla de sorpresa y decepción. Primero Lulú y ahora yo.

—Solo me ha dicho «buenas noches», pero es un comienzo, ¿verdad?

Asintió despacio, pero noté que para él había sido un duro golpe que Daniele me hubiera hablado a mí primero. Lo abracé por la cintura.

—Tú pasas mucho tiempo fuera, así que Simona, Lulú y yo somos las personas con las que más se relaciona. Deberías sacar algo de tiempo para comer con nosotros o pasear por el parque. Cuando tú lo ves, siempre está cansado y no está para estrechar lazos.

—Podríamos pasar su cumpleaños en la casa de la playa. A Daniele le encanta.

Sonreí.

—Me parece perfecto. Quiero preparar una tarta y decorarlo todo con dinosaurios. Tal vez podamos invitar a Mia y a su familia, para que Daniele pueda jugar con alguien. Las hijas de Mia son de su edad, ¿no?

—Una es un año menor y, la otra, dos años mayor. Me gusta mucho la idea. —Me apartó el flequillo de la frente.

—¿Todavía lo odias?

Recordaba lo que había comentado sobre mi pelo la primera vez que nos vimos. Entonces sus palabras me habían dolido, pero ahora ya no demasiado. Teníamos gustos muy distintos. Al menos, ya casi había dejado de insistirme para que me vistiera como él quería.

—No odio nada de ti —murmuró.

El corazón me latía con fuerza en el pecho. Estudié su rostro para tratar de descifrar qué había querido decir con aquel tono de voz. Sus labios encontraron los míos e interrumpieron de golpe mis pensamientos. El beso fue volviéndose enérgico a medida que me agarraba de los muslos y me subía a la mesa de billar. Solté un gritito de la sorpresa. Cassio me colocó el trasero en el borde y me abrió las piernas. Era incomodísimo, pero no pensaba quejarme. Se me subió la minifalda a cuadros.

—¿Y qué hay de mis faldas? ¿Tampoco las odias?

Cassio dibujó un caminito ascendente por mi muslo con la lengua. Me retorcí y contuve una risa. Una parte de mí quería apartarlo, pero la otra quería más.

—No mientras me permitan un fácil acceso a tu dulce coño.

Me besó las bragas.

—Te gusta mucho el sexo oral.

Me apoyé sobre los codos para poder verlo entre mis piernas. Siempre me masturbaba con la boca antes de hacerlo y a veces lo hacía simplemente porque le apetecía. Nunca tenía prisa; siempre se tomaba su tiempo, y eso era fantástico. Verlo disfrutar tanto como yo me excitaba muchísimo.

—Joder, y tanto. Podría pasarme el día entero comiéndote el coño. —Introdujo la lengua entre mis pliegues, pese a que todavía llevaba las bragas puestas—. ¿Eso es una queja?

Lo agarré del pelo para empujarle la cabeza hacia abajo para que no se detuviese. En ese preciso momento, hablar era la última cosa que se me pasaba por la cabeza.

—Para nada. Tu lengua es mágica.

Él soltó una carcajada y eso hizo que otra oleada de humedad saliera de mí. Metió los dedos en mis bragas y las arrastró hacia abajo lentamente. Yo levanté el culo para facilitarle la tarea y abrí todavía más las piernas.

—¿Y qué hay de ti, cariño? ¿Te gusta ponerte de rodillas y chuparme la polla?

—Sí —contesté mientras me acercaba a su boca.

Él sonrió, satisfecho. En lugar de usar la lengua, me introdujo el índice para aumentar mi excitación.

—Estás tan cachonda que me vas a joder la mesa de billar.

—No me importa. Por favor, deja de atormentarme. Necesito tu lengua.

Su sonrisa se volvió pícara.

—¿Te acuerdas de cuando te dije que yo soy el único que da órdenes en la cama?

—No estamos en la cama —gemí.

Entonces me levantó de la mesa, me dio la vuelta y me empujó hacia delante sobre el borde hasta dejarme con el culo en pompa. Me dio un cachete en la nalga que hizo que me arqueara con un gemido. Lo oí bajarse la cremallera. Me palmeó el culo y me separó las nalgas con la punta de su miembro. Lo hizo despacio, hasta que lo sentí contra mi sexo y, entonces, me penetró de una sola embestida.

Me apoyé sobre la superficie verde mientras Cassio empujaba dentro de mí.

—Siempre me masturbas con la boca —logré decir—. No necesitas que te lo ordene.

Él pegó el torso a mi espalda.

—Incluso ahora me muero por tu dulzura.

Me embistió con más fuerza, lo que hizo que las bolas sueltas delante de mí chocasen unas con otras. Se introdujo todavía más, y sacudió el triángulo de las bolas. Eso fue todo lo que necesité, la imagen de Cassio poseyéndome de forma tan visceral, para hacerme llegar al límite tan rápido que incluso se me nubló la vista, aun cuando trataba de concentrarme en la tela verde que arañaba con las uñas. El orgasmo llegó de golpe. Dejé caer la cabeza sobre la mesa y traté de respirar hondo mientras mi cuerpo se estremecía.

Cassio salió de mi interior. Yo jadeé y mis paredes se contrajeron ante el abandono inesperado. Sentía el aire frío contra la carne mojada. Entonces, noté la lengua de Cassio contra mí, calentándola de nuevo. Me lamió con cuidado, consciente de que aún estaba demasiado sensible. Me quedé laxa sobre la mesa, colgando del borde con las piernas flojas.

Pronto el placer resurgió de nuevo, y él se mostró más hambriento y transformó los lengüetazos en acometidas. Perdí la noción del tiempo y dejé que se hiciese con el control, le permití darme placer y obtener el suyo hasta casi delirar. Ambos terminamos sobre la mesa de billar, jadeantes y respirando con dificultad. Estaba segura de que a la mañana siguiente tendría quemaduras debido a la fricción contra la alfombra y puede que también algunos moratones, pero nada de eso podía importarme menos.

—A veces me pregunto qué le diré a Daniele cuando sea mayor y quiera respuestas. Se preguntará por qué la mitad de su familia está muerta.

Me volví hacia él, me di la vuelta y me apoyé en su pecho con la barbilla sobre los dedos cruzados.

—Suenas arrepentido.

—A veces me siento así.

—Tuviste que matar a Andrea. Incluso si no lo hubieras hecho en un arranque de cólera, habrías tenido que hacerlo por ser un traidor.

—No lo sé seguro, nunca lo confirmé. No se lo pregunté, ni a él ni a Gaia. Debería haberlo hecho, pero lo maté antes de torturarlo para que confesara. Y ella..., a ella, sencillamente, no podía sacarle la información tal como estaba. De todas maneras, tampoco me habría dicho nada.

Me mordí el labio inferior.

—Andrea era un traidor. Todo apuntaba a que lo era, así que su muerte era inevitable. La muerte de Gaia fue una consecuencia de su aventura prohibida, así que también fue inevitable. Fue elección suya, y tú no podías hacer nada para detenerla.

—También maté a los abuelos de Daniele y Simona.

—Algún día, Daniele nos preguntará y nosotros le responderemos. Le contaremos que Andrea fue un traidor que escapó. Que su traición rompió el corazón de su hermana y por eso ella se suicidó, y que los padres de ambos no quisieron seguir viviendo tras haber perdido a sus dos hijos. Es una historia que pocos podrán contradecir, y los que pueden hacerlo no lo harán.

Me acarició la espalda.

—No pensaba que fueras a decantarte por la mentira.

—Si con eso os protejo a ti y a los niños...

Cassio suspiró y su fuerte pecho se elevó bajo mi barbilla.

—Primero tendrá que perdonarme por lo que sea que todavía tiene contra mí.

DIECINUEVE

Giulia

Dos días antes del cumpleaños de Daniele, cuando ya era seguro que pasaríamos el fin de semana en la casa de la playa, llamé a Mia. No había hablado con ella desde la boda y solo habíamos intercambiado mensajes cortos de cortesía.

—Giulia, qué agradable sorpresa. ¿Va todo bien?

—Sí, por supuesto.

—¿Por supuesto? —Su curiosidad era innegable.

Me preguntaba cuánto sabría realmente sobre la muerte de Gaia. A juzgar por las palabras de Cassio, solo conocía lo básico.

—Vamos a pasar el fin de semana en la playa para celebrar el cumpleaños de Daniele, y me preguntaba si a tu familia y a ti os gustaría venir. ¿O es demasiado trajín para ti?

Mia salía de cuentas en tres semanas, así que no sabía si querría arriesgarse a hacer un viaje, por corto que fuera.

—¿Ya te ha llevado allí?

Fruncí el ceño.

—Ya hemos pasado un fin de semana en la casa.

—Anda. Eso es maravilloso, Giulia.

Su sorpresa entusiasta me cogió desprevenida. Creía que la casa era de la familia, no solo de Cassio.

—Y por supuesto que iremos. ¿Quieres que le pregunte a Ilaria y a mis padres si quieren venir también?

—Sí —respondí, aliviada.

Con ellos había tenido incluso menos contacto, por lo que me habría resultado algo incómodo llamarlos así de repente, sobre todo a los padres de Cassio.

El día era frío pero soleado cuando llegamos a la casa de la playa el viernes por la tarde. Cassio se había encargado de comprar el regalo de Daniele, cosa que me sorprendió. Mi madre siempre se había ocupado de comprarnos las cosas a mi hermano y a mí, aunque me alegraba que él estuviese tratando de involucrarse con los niños.

Después de instalarnos, empecé a reunir los ingredientes para la tarta de cumpleaños. Cassio inspeccionó aquel despliegue de artículos al acercárseme por la espalda. Llevaba unos chinos que acentuaban los músculos de sus largas piernas y un jersey que dejaba poco a la imaginación respecto a la anchura de su pecho. Su loción para después del afeitado —de un olor especiado que siempre me inundaba de calidez— llegó hasta mi nariz y tuve que resistir la tentación de inclinarme sobre él. Hasta ahora, no habíamos compartido ninguna clase de intimidad delante de los niños, y no iba a ser yo la que iniciara nada.

—¿Para qué es todo esto? —preguntó.

Con su cuerpo pegado al mío, me acarició el costado hasta poner una mano sobre mi cadera y darme un ligero apretón ahí antes de dar un paso atrás.

—Para una tarta *funfetti* multicolor.

Vi la confusión en su mirada. Antes de hacer una búsqueda por internet, yo tampoco tenía ni idea de que existiera una tarta así. Sonreí.

—Ya la verás. —Daniele se encontraba delante de la puerta de la terraza y miraba a la playa. Lulú estaba sentada a su lado con la vista fija en las gaviotas, que parecían flotar en el cielo—. Podrías llevártelo de paseo por la playa, así no verá la tarta hasta mañana.

Cassio arrugó el ceño.

—Puedo intentarlo.

Entonces Simona vino gateando hasta nosotros y se aferró a mi pierna para ponerse en pie. Tras su desconfianza inicial hacia mí, ahora apenas se despegaba de mi lado.

—Nunca pensé que Daniele y Simona fueran a acostumbrarse a ti tan rápido.

—Supongo que es la ventaja de que sean tan pequeños.

Demasiado pequeños para comprender lo que había sucedido, sobre todo Simona.

—Sí. —Cassio miró a Daniele.

—¿Por qué no os lleváis a Lulú con vosotros?

La expresión de Cassio enseguida se transformó en otra de repugnancia.

—Escúchame —le dije antes de que pudiera rebatirme—. Daniele la quiere. Si Lulú confía en ti, tal vez Daniele también lo haga. Creo que por eso ha empezado a confiar en mí.

—Ese chucho no quiere que me acerque a él. Ya es un milagro que haya dejado de morderme.

Tras coger en brazos a Simona, quien no había dejado de tirarme de la falda, me volví hacia Cassio. Él nos miró a ambas y su expresión se suavizó.

—Podrías empezar por llamarla Lulú. Inténtalo al menos, por favor.

Él arrugó el ceño y sacudió la cabeza, pero luego se inclinó y me besó, lo que me cogió por sorpresa. Simona extendió los brazos hacia su barbilla y él le atrapó los deditos con la boca, un gesto que la hizo reír. Una vez que se separó, busqué a Daniele con la mirada, pero el niño seguía de pie con la nariz prácticamente pegada al cristal de la puerta.

—Está bien, pero ¿no saldrá Lulú corriendo, una vez que esté fuera conmigo?

—Puede. No le quites la correa.

Cogí la correa de camino al ventanal. Cassio me siguió de cerca. Me resultaba extraño ver a un hombre tan fuerte y acostumbrado a mandar sobre mafiosos tan perdido a la hora de manejar a su hijo. Supuse que sería más fácil mantener a hombres peligrosos a raya que recuperar la confianza de un niño pequeño. No era algo que pudiera forzar, obligar o exigir. Le até la correa a Lulú y Daniele levantó la mirada al instante.

—Tú y tu papá sacaréis a pasear a Lulú por la playa.

Daniele alzó todavía más su cabecita para mirar a Cassio.

—Venga, que hace frío fuera. Te voy a poner el mono de nieve —dijo.

Cogió a Daniele en brazos, que permaneció en silencio. Cinco minutos después, el niño llevaba ya su traje y Cassio se había puesto un abrigo por encima. Le tendí la correa y él la cogió de una forma que me dejó muy claro que nunca había paseado a un perro en su vida. En cuanto abrí la puerta, Daniele y Lulú corrieron afuera. Cassio los siguió e ignoró los tirones de Lulú hacia la playa. Me quedé observándolos un momento, hasta que llegaron a la orilla. Era una estampa preciosa. La enorme figura de Cassio y, junto a él, una diminuta bola de pelo y un niño pequeño...

No tenía demasiada experiencia como repostera, así que solo me quedó rezar para que la tarta saliera bien. Al menos, en lo referente al colorante, la experiencia que tenía pintando me vendría, literalmente, que ni pintada.

Había sentado a Simona en su trona para que pudiera verme. Normalmente prefería tener libertad de movimientos, pero verme preparando la tarta pareció captar su atención. Dividí la masa en tres partes y coloreé cada una de un color diferente. Tras cubrirlas con crema de mantequilla, las espolvoreé con el *funfetti*.

Simona estaba visiblemente fascinada por los fideos de colorines y estiraba los brazos hacia ellos, pero no quería que se ahogara con aquellos trocitos tan pequeños. Puse la tarta terminada en la nevera y luego cogí a Simona, nos envolví a las dos en un grueso abrigo de lana y salimos al porche. Pese al frío lacerante, Daniele estaba jugando en la arena. Cassio se había sentado en el borde de una tumbona justo a su lado y estaba escribiendo algo en su móvil y miraba de vez en cuando a su hijo. Lulú estaba junto a Daniele con la naricita al aire para sentir la brisa. Bajé los escalones de madera para llegar a la playa.

Cassio volvió la cabeza, crispado y alerta, hasta que sus ojos dieron conmigo y con Simona. Se relajó y volvió a guardarse el teléfono en el abrigo.

—¿Ya has terminado la tarta?

Asentí con una sonrisa y reparé en los montones de arena alrededor de Daniele, que parecía concentradísimo en la tarea que tenía por delante.

—Tu hermana y su familia llegarán en una hora. Deberíamos empezar a prepararnos.

A juzgar por el rebozado de arena que cubría a Daniele, aquello nos llevaría un buen rato.

Cassio se irguió y luego se agachó frente a Daniele, que había levantado la mirada por un momento.

—La tía Mia va a venir de visita. Tenemos que lavarte.

Cogió a Daniele con suavidad y lo puso de pie antes de empezar a quitarle la arena del grueso mono de nieve. Daniele no protestó; permaneció con los labios pegados. No dejaba de lanzarle miradas de reojo a su padre, y en sus ojos vi el mismo anhelo que tan a menudo percibía en los de Cassio.

—¿Listos para volver? —pregunté.

Daniele asintió y juntos regresamos a la casa. Cassio limpió al pequeño y hubo menos protestas que en el pasado. Daniele también echaba de menos a su papá. Yo limpié la cocina y puse la mesa, y me alegré de haber accedido a la sugerencia de Mia de que trajeran ellos la comida. Preparar la tarta y cocinar habría sido demasiado para mi limitada experiencia.

Mia tenía incluso más tripa que la última vez que la había visto, en la boda. Su marido, Emiliano, tenía la misma edad que Cassio y tan solo me estrechó la mano antes de irse con Cassio a tomar un aperitivo. Las dos hijas de Mia tenían cinco y dos años y eran absolutamente adorables con sus coletitas y sus vestiditos preciosos.

—¿Qué tal el bebé?

Mia se tocó la barriga.

—El niño está bien.

—¿El niño?

Mia sonrió, pero Emiliano habló antes de que pudiera hacerlo ella.

—Es un varón.

Su alivio y entusiasmo eran inconfundibles. Los hombres de nuestros círculos seguían necesitando un heredero. Cogí la comida para llevar de Mia y la dejé en la mesa, algo molesta por el hecho de que Emiliano hubiera dejado que Mia la cargara, aunque no pesara tanto.

—Está creciendo rapidísimo —comentó Mia, que señaló a Simona con la cabeza. La niña gateaba a toda velocidad.

—Ya está intentando andar.

Mia me tocó el hombro y bajó la voz.

—Tienes buen aspecto. ¿Intuyo entonces que va todo bien entre mi hermano y tú?

—Sí.

—Me alegro. Tanto él como los niños merecen un descanso.

Cassio

Había pasado bastante tiempo desde la última vez que celebramos una cena familiar en la casa de la playa. Era evidente lo encantadísima que estaba Mia con ese nuevo desarrollo de los acontecimientos. Había estado meses intentando convencerme de que organizara una.

Emiliano se tomó un *negroni* rápido conmigo antes de la cena. Lo pillé mirando a Giulia de un modo que me hizo apretar los dientes. No se atrevería a mover ficha, tenía un buen instinto de supervivencia. Solía comerse con la mirada a todas las mujeres atractivas con las que se cruzaba y, por desgracia, la cosa no quedaba ahí. Hasta entonces, le había puesto los cuernos a Mia en todos los embarazos. La primera vez, cuando me enteré, le aseguré que le cortaría la polla y los huevos a pedazos si no paraba, pero Mia me había pedido que no me entrometiera en su matrimonio. Lo quería, y prefería fingir que le era fiel. Yo respeté su deseo y Emiliano se esforzó el doble para mantener su adulterio en secreto. Mia tenía un sexto sentido para la infidelidad y, cuando yo me enteré de la aventura de Gaia, enseguida se dio cuenta, aunque nunca le dije con quién me había engañado. Giulia era la única persona a quien le había contado todos los detalles. Y ni siquiera sabía muy bien por qué. Mi padre y Faro habrían sido los candidatos idóneos para aquel tipo de confesión, pero con Giulia sentía una conexión más fuerte, pese a la diferencia de edad. Éramos completamente opuestos en todo, desde nuestra forma de ver la vida hasta nuestras experiencias e, incluso, hasta nuestros respectivos niveles de bondad y de maldad, pero nos complementábamos el uno al otro.

Mia me dirigió una mirada cargada de orgullo desde su sitio en la mesa, como si pudiera leerme la mente. Había estado en contra de Gaia desde el principio y en favor de Giulia desde el primer momento en que la vio. Había acertado con mi primera esposa, y esperaba que también lo hiciera con Giulia.

A la mañana siguiente, me levanté poco después del amanecer porque quería despertar a Daniele como había hecho en sus dos cumpleaños anteriores, pero su cama estaba vacía. Lo encontré en el suelo frente a las ventanas, lanzándole la pelotita a Lulú para que esta la persiguiera. Sus lanzamientos no llegaban muy lejos ni estaban demasiado bien dirigidos, pero la mirada de absoluta concentración seguida de otra de puro regocijo me pellizcaron el pecho.

—Feliz cumpleaños.

Daniele pegó un bote y dejó caer la pelota, que rodó hacia mí y chocó contra mi pie descalzo. Lulú no se atrevió a cogerla. La recogí y luego se la devolví a Daniele haciéndola rodar por el suelo. Él la cogió y volvió a lanzarla. Lulú se la devolvió con entusiasmo. Mi hijo cogió la pelotita y bajó la mirada hacia ella.

—Abriremos tus regalos cuando Giulia y Simona se despierten.

Sostuvo la pelota en alto. Me llevó un momento caer en la cuenta de por qué. Me acerqué despacio, preocupado por si cambiaba de idea, y luego cogí la pelota y la lancé al otro lado de la habitación para Lulú. La perra salió corriendo como si estuviera poseída por el diablo y luego regresó con ella entre los dientes. Esa vez soltó la pelotita delante de mí. Me agaché junto a Daniele y le tendí la pelota.

—Te toca.

Me miró a los ojos por primera vez en muchos meses. Su mirada era interrogante, y, si me hubiera preguntado, le habría dicho lo que fuera que necesitase oír. Cerró los deditos en torno a la pelota y luego la arrojó. Pasamos así un buen rato, hasta que Lulú, jadeante, terminó por llevarse la pelota a su cama, cansada de perseguirla.

Entonces reparé en la figura medio escondida de Giulia bajo el marco de la puerta. Su mirada transmitía tanto cariño que, por un momento, se me paró el corazón. Acunaba a Simona contra su pecho, pues la niña todavía parecía adormilada.

—Felicidades, cumpleañero —dijo al entrar—. ¿Tarta?

Giulia encendió tres velas sobre la tarta, espolvoreada con lo que aprendí que era *funfetti*. Daniele abrió mucho los ojos al reparar en ella. Lo subí a una de las sillas para que pudiera verla bien.

—Tienes que soplar las velas y pedir un deseo.

Simona trató de separarse de Giulia para tocar las velas y arrugó la carita con frustración al ver que no podía.

—¿Necesitas ayuda? —preguntó Giulia a Daniele al ver que había apagado solo una vela en su primer intento.

—Ya tienes tres años, grandullón. Puedes hacerlo —lo alenté.

Él asintió levemente y sopló con más fuerza y las dos velas que quedaban se apagaron.

—Bien.

Giulia sonreía de oreja a oreja al cortar la primera porción. En cuanto la sacó, se vieron las distintas capas de colores.

—¡Guau…! —exclamó Daniele.

Me quedé petrificado, incapaz de creer lo que acababa de oír. Una simple palabra, la primera palabra que Daniele había pronunciado en mi presencia en muchos meses.

Sí, efectivamente: guau.

Tuve que coincidir con él, no solo por la tarta de *funfetti* multicolor. Giulia dejó un plato frente a mí y se sentó en una silla con Simona en el regazo, quien aprovechó el momento para hundir los dedos en el trozo de tarta de mi mujer.

Con una carcajada, Giulia le cogió la manita a Simona y se la introdujo en la boca para lamerle la crema de mantequilla antes de limpiarle los restos con una servilleta. No podía dejar de mirarla.

Ella se dio cuenta y su expresión mudó de la vergüenza a la confusión. Se palpó la cara como si esperase encontrar más tarta allí y luego se apartó el flequillo con aquel ademán nervioso tan habitual en ella. No entendía cómo había podido centrarme en lo que percibía como malo en Giulia cuando la conocí —su flequillo, sus vestidos estrafalarios y su edad— en vez de ver todo lo bueno en ella. Y había tantas cosas buenas que hasta los pequeños detalles molestos quedaban relegados a un segundo plano. Giulia era perfecta para mis hijos y para mí. Quizás fuera por su edad, porque seguía siendo juvenilmente optimista, ingenuamente imprudente y atrevidamente inusual.

No era lo que yo había querido en una esposa, pero, joder, era justo lo que necesitaba.

VEINTE

Giulia

—¿Papá es un hombre malo?

Casi me caí de la escalera, con la respiración atravesada en la garganta. En las dos semanas posteriores a su cumpleaños, Daniele había pronunciado una o dos palabras como mucho, y había escogido precisamente la mañana del día de Nochebuena para soltar una pregunta como aquella. Esperé a recuperarme de la sorpresa para colgar otro adorno en nuestro árbol de Navidad. Entonces bajé despacio.

Mientras Simona se entretenía destrozando el espumillón plateado que había encontrado, Daniele se había sentado entre las cajas de decoración navideña que había comprado, porque me preocupaba que las de Gaia les trajesen recuerdos dolorosos.

Me senté junto al niño y lo miré. Estaba haciendo girar un adorno en el suelo mientras lo observaba con el ceño fruncido. Lulú había salido corriendo en cuanto Elia había dejado el árbol en el salón esa mañana y se negaba a acercarse a él.

—¿Quién te ha dicho eso?

No podía haberlo pensado por sí mismo. Era demasiado pequeño.

—Mamá. —Su voz apenas fue un susurro, pero se me encogió el corazón al escucharlo. Seguía sin mirarme. Solo tenía ojos para el adorno.

—¿Y qué te dijo?

—Que papá es malo. Que le hizo daño a Andrea y que eso la puso triste.

Me mordí el labio mientras trataba de pensar en qué decirle. Gané algo de tiempo quitándole a Simona un trozo de espumillón de la boca, cosa que la hizo berrear, pero estaba demasiado distraída para reaccionar. Al ver que no le prestaba atención, se quedó callada.

Daniele alzó la vista y me miró a los ojos. Confiaba en mí lo suficiente para hacerme esa pregunta, que debía de haber cargado como una losa sobre sus pequeños hombros durante todos esos meses. Contarle la verdad no era una opción. Y, siendo honestos, tampoco sabía cómo responder de forma sincera. Lo único que sabía era que, después de todo por lo que había pasado, Daniele merecía una infancia feliz. Las mentiras eran como una pendiente resbaladiza que terminaba por hacerte caer.

—Tu tío traicionó a tu padre. Huyó porque no quería que lo castigaran por el error que cometió. Eso le hizo mucho daño a tu madre. Después de que tu tío la abandonase, no era ella misma. Por eso no sabía lo que decía, Daniele. Tu papá hace todo lo posible para protegeros a Simona y a ti porque os quiere. Jamás os haría daño, ni a ti ni a tu hermana.

—¿No le hizo daño a mamá?

—No —susurré.

Era tanto la verdad como una mentira. Una mentira que ayudaría a que la familia sanase. A veces mentimos para protegernos o para proteger a otros; otras, nos mentimos a nosotros mismos por la misma razón. La mentira de ese día tenía un poquito de todo.

—¿Y a ti?

—A mí tampoco.

Simona gateó hacia el árbol e hizo un amago de ponerse de pie sujetándose a una rama. Yo me levanté de un salto, la cogí y la llevé junto a Daniele.

—¿La vigilas?

Él asintió y se la puso en el regazo. La abrazó contra su cuerpecito y ella pareció conformarse por el momento.

—¿Ves? —dije suavemente—. Tú quieres proteger a Simona, yo quiero protegeros a vosotros y vuestro papá quiere protegernos a todos.

Cuando terminé con la decoración, los niños y yo nos dirigimos a mi sala de pintura. Tal como habíamos estado haciendo las dos últimas semanas, los niños cogieron sus pinceles, acuarelas y papel para entretenerse mientras yo acababa el cuadro que había empezado para Cassio. Casi estaba listo. No terminaba de gustarme la espuma de las olas ondulando en la playa. Tenían que parecer más vívidas. Quería que Cassio pudiera oler la brisa del mar y sentir el viento refrescante cuando lo mirara. Tenía una foto de ese mismo paisaje en nuestro dormitorio, pero esperaba que le gustase en versión cuadro.

Lulú olisqueaba la puerta, pero siempre se ponía a corretear entre los tarros de pintura y sobre el papel y dejaba huellas de colores por todos lados, así que ya no le permitíamos entrar.

Daniele arrastró un pincel por el papel y creó líneas azules, como si él también estuviera pintando el mar.

Yo dejé mi pincel y me acerqué a él. El niño no levantó la mirada cuando me senté a su lado. Simona golpeaba el suelo con su propio pincel una y otra vez y lo salpicaba todo de pintura. Mi mono y mis pies descalzos ya estaban manchados de mil colores. Tras la conversación de esa mañana, Daniele había vuelto a retraerse y no dejaba de dar vueltas a lo que yo le había dicho. Deseé poder mirar dentro de su cabecita para saber en qué pensaba.

—A tu papá le encantaría tener un cuadro del océano por Navidad. ¿Por qué no se lo regalas?

Daniele mojó el pincel en el tarro de color azul y siguió trazando líneas bruscas.

—Vale —contestó con voz suave.

—Pero lo que más le gustaría es pasar tiempo contigo y volver a escuchar tu voz.

Le di un beso en la sien, me levanté y volví a centrarme en mi lienzo.

Fuimos los anfitriones de la cena familiar de Nochebuena. Por suerte, Sybil se encargó de cocinar casi todo el banquete. Incluso

Ilaria y su marido vinieron con los niños. Mia seguía con su avanzado embarazo. Tenía el presentimiento de que el bebé nacería en Navidad, y se notaba que estaba desesperada por dar a luz. Los hijos de Mia e Ilaria eran más escandalosos que Daniele, pero se llevaban bien a pesar del silencio voluntario de este. Una vez que nos sentamos a cenar, hubo un tema que evitar: Gaia. No me importó. Todavía había demasiado de ella entre esas paredes.

Mansueto nos observaba de cerca a Cassio y a mí. Era visiblemente protector con su hijo.

—¿Cuándo pensáis bendecirnos con otro nieto?

Me atraganté con un trozo de espárrago asado.

Daniele nos miró a su padre y a mí. No estaba muy segura de si había entendido la pregunta. Por lo menos, Simona estaba ocupada estrujando minizanahorias con las manos.

—Yo voy a bendeciros con un nieto cualquiera de estos días —intervino Mia aposta mientras se palmeaba el vientre abultado.

Mansueto no le prestó demasiada atención.

—Y estoy encantado con ello, pero ¿y tú, Cassio?

Cassio dejó el tenedor y el cuchillo sobre la mesa, muy despacio. Le palpitaba una vena en el cuello. Le toqué la pierna por debajo de la mesa. No quería peleas en la cena de Navidad.

—Tengo dos hijos pequeños. Con ellos me basta.

—Deberías pensar en tu esposa.

Eso no iba sobre mí. Tal vez a Mansueto le preocupara que Andrea fuese el padre biológico de los niños y no Cassio. Perpetuar el linaje era algo profundamente arraigado en todos los hombres de la mafia, por lo que me sorprendía que Cassio no se hubiera hecho una prueba de paternidad inmediatamente después de la muerte de Gaia.

—Yo estoy feliz con la familia que tenemos —dije rápidamente.

Cassio me tocó la mano con un destello de agradecimiento en los ojos.

—Eso lo dices ahora, pero ¿y dentro de unos años?

—Padre —dijo Cassio con brusquedad—. Eso no es asunto tuyo.

Mia se volvió hacia mí.

—Me he enterado de que pintas.

Me dieron ganas de abrazarla. Agradecí el cambio de tema, aunque era evidente que Mansueto no iba a darse por vencido tan fácilmente.

Cassio

Me costó reprimir el cabreo durante la cena, así que me sentí aliviado cuando todos se marcharon. Mi padre seguía insistiendo en que me hiciera una prueba de paternidad. Esa era otra sutil insinuación de que tal vez aún no tuviera un heredero. Tras haber dejado a Simona en la cama, encontré a Giulia junto a la puerta del cuarto de Daniele.

—Daniele quiere que esta noche lo arropes tú.

No podía haberla oído bien. Ese había sido nuestro ritual, el que había atesorado y que tantas veces me había perdido por llegar demasiado tarde a casa. Todo eso formaba parte del pasado. Me acerqué a Giulia y eché un vistazo a la cama. Daniele ya tenía el pijama puesto y, sentado sobre el cobertor, acariciaba a Lulú. Los perros no deberían subirse a las camas. Era una opinión que seguía manteniendo, pero no fui capaz de obligarla a bajar al suelo.

—¿Quieres que te lea un cuento para dormir?

Daniele asintió. Vacilante, pero lo hizo. Encontré la mirada de Giulia y me pregunté qué había hecho. Ella me dedicó una sonrisa esperanzadora. La calidez me inundó el pecho. Jamás había sentido este tipo de… ternura hacia una mujer. Me incliné y le di un beso rápido antes de acercarme a la cama.

Daniele frunció el ceño. Yo me senté a su lado y cogí el libro de cuentos de la mesilla. No tuve oportunidad de abrirlo.

—Has besado a Giulia.

Dejé el libro y traté de recobrar la compostura. Había echado de menos la voz de mi hijo, aunque me hiciera preguntas complicadas. Hasta entonces, había evitado las muestras de afecto con Giulia delante de él, preocupado por si le afectaban.

—Sí.

—¿Por qué? —preguntó, curioso, ni triste ni enfadado.

Me acerqué un poco y le acaricié la cabecita.

—Porque Giulia me gusta mucho.

—Mamá también te gustaba.

Al mirarlo a los ojos, a esos ojos marrones que eran los de Gaia, solo pude mentir.

—Sí.

Había habido un tiempo en el que esa afirmación había sido cierta. Al principio Gaia me había gustado, aunque al final solo quedó el rencor.

—Echo de menos a mamá.

Su confesión me dejó con la boca seca. Por supuesto que sabía que lo hacía, aunque durante los últimos meses de su vida Gaia no hubiese cuidado ni de él ni de Simona.

—Lo sé.

Lo atraje hacia mi pecho con la esperanza de que no me apartase. No lo hizo. Me permitió abrazarlo, y aquel pequeño gesto, por sí solo, ya fue el mejor regalo de Navidad que habría podido imaginar. Me alegraba que no me hubiera preguntado si yo también la echaba de menos. Con una mentira era suficiente.

—A mí también me gusta Giulia —admitió en voz baja.

Detuve la mano que tenía sobre su cabeza.

—Bien.

Mi propia voz me voz sonó rara. Eso nunca pasaba. Siempre mantenía la calma; no importaba si nos atacaban, o si mataba o torturaba a alguien, pero eso…

—¿Se va a quedar?

—Sí —respondí de inmediato.

No permitiría que le sucediera nada malo.

—Vale.

Cada vez parecía más somnoliento. Los últimos meses había echado de menos la sensación de su cuerpecito al quedarse dormido contra mí. Lo arropé y ni siquiera había terminado de leerle la primera página cuando vi que ya se había dormido.

Lulú me miró con los ojos entrecerrados. Cuando no estaba cagándose en cualquier parte o ladrando, era tolerable. Me puse en pie y volví al dormitorio principal. Me sorprendió que Giulia me estuviese esperando. La atraje hacia mí porque necesitaba tenerla cerca.

—¿Y bien...? ¿Cómo ha ido?

—Bien.

Ella entrecerró los ojos, pensativa. Había algo más que quería decirle. Algo que jamás le había dicho a nadie, salvo a mis hijos. Había tenido esas palabras en la punta de la lengua otras veces, pero nunca había sido capaz de pronunciarlas.

—He pensado que podríamos darnos nuestros regalos esta noche. Deberíamos dejar que mañana por la mañana sean Lulú y los niños los que abran los suyos.

Solté una carcajada.

—No me digas que le has comprado un regalo al perro.

Giulia frunció los labios.

—Claro. Es parte de la familia. Y también he comprado regalos para Elia, Domenico y Sybil.

—¿Cómo lo hicieron tus padres para crear a alguien como tú?

—Christian tampoco salió mal.

No quería hablar de él. Nuestras interacciones habían sido tensas. Ni yo confiaba en él ni él en mí. Y esa no era una buena base para una relación profesional.

—Déjame que vaya a por tu regalo. Está en mi despacho.

—Te acompaño, el mío también está abajo.

Giulia me cogió de la mano y tiró de mí hasta su cuarto de pintura. Nunca había entrado ahí.

—Cierra los ojos.

La miré mal.

—No tengo doce años.

—Qué aguafiestas eres, esposo mío. ¡Vamos, cierra los ojos...!

Le estrujé la nalga como advertencia, lo que la hizo saltar, pero finalmente los cerré. Me tenía comiendo de la palma de su mano y yo ni siquiera trataba de evitarlo. Sus dedos se tensaron alrededor de mi mano cuando me guio hacia el interior de la estancia.

—Párate justo ahí. —Eso hice. El olor a pintura reciente impregnaba pesadamente el aire—. Ahora, abre los ojos.

Al principio no sabía qué se suponía que debía ver y no entendí por qué Giulia había quitado la foto de la pared de nuestra habitación. Entonces me di cuenta de que no era la foto. Era un detallado cuadro de la playa que había frente a la casa.

—¿Lo has pintado tú?

—Sí —respondió mientras se alisaba el flequillo y se mordía el labio.

Me acerqué, impresionado por los detalles y por la viveza del mar. No era un amante del arte; tan solo había visitado un par de museos por asuntos de trabajo.

—¿Te gusta?

Eso significaba mucho para ella. Tanto el cuadro como el arte en general. Y yo apenas había reparado en ello.

—Es impresionante.

Giulia sonrió abiertamente.

—¿En serio?

—En serio. —La besé, pero, antes de perderme en su aroma y en su sabor, me aparté—. Voy a por tu regalo.

Percibí la ilusión en su rostro, y en parte esperé que me siguiera, pero esperó impaciente. Cuando regresé con el paquetito en la mano, vino corriendo hacia mí.

—¿Qué es?

—Si te lo dijera, perdería la gracia.

Ella puso los ojos en blanco y me quitó el regalo de las manos antes de desenvolverlo con tanta contención como Daniele. Abrió el estuche de terciopelo, y entonces quedó boquiabierta.

—¿Unos pendientes de girasol?

Al principio le había comprado unos elegantes pendientes de aro; joyas del estilo que yo habría elegido, pero que a Giulia no le habrían gustado en absoluto. Tres días atrás, había cambiado de opinión y me había puesto a buscar pendientes de girasol por internet. La mayoría de los que encontré eran horribles esperpentos amarillos. Entonces, di con el regalo perfecto para ella en la página de un orfebre. Sus girasoles eran pequeños, finos y completamente hechos de oro. Eran elegantes y extravagantes a la vez. Muy Giulia.

—Son preciosos —murmuró—. Creía que odiabas que llevara girasoles.

—A ti te encantan.

—Oh, Cassio. —Los sacó y se los puso—. ¿Qué tal?

—Preciosos.

No pude esperar más. Cogí a Giulia en brazos. Ella rio.

—¿Dónde?

—En la cama.

—¿En la mesa de billar no?

—No.

Esa noche quería hacerle el amor, no acostarme con ella como si fuéramos dos adolescentes cachondos, aunque técnicamente una de los dos sí que lo fuera. Al tumbarla sobre la cama frente a mí, me di cuenta de que también iba a ser algo nuevo para mí.

Me tomé mi tiempo y fui más cuidadoso y paciente de lo normal, y, tras mostrarse algo confusa al principio, Giulia imitó mis caricias sin prisas. Después, se acurrucó contra mí.

—Esta vez me ha parecido distinto..., como si significase algo de verdad.

Fui consciente de la pregunta velada, pero no supe qué responder. Asentí. Había sido distinto. Durante nuestra primera noche me mostré cuidadoso porque Giulia necesitaba que lo fuera. Hoy, lo había necesitado para descubrir qué me estaba pasando, para confirmar lo que nunca había considerado una opción.

—¿Alguna vez habías hecho algo así con otra mujer?

En la voz de Giulia había curiosidad y, más allá de eso, me pareció percibir cierto tono de... celos, quizás. No tuve que mentir.

—No. Con Gaia no, y antes de ella solo tuve aventuras.

—¿Y después?

—No hubo nadie después.

Giulia me miró, pasmada.

—¿En serio? ¿No te habías acostado con nadie desde la muerte de Gaia?

—No. Tenía otras cosas en la cabeza. —Vacilé, y me pregunté si debería hablarle de aquel desliz—. Aunque, justo después de encontrar a Gaia con Andrea, me acosté con una mujer que conocí borracho en un bar. Fue un polvo de venganza. Para demostrarme a mí mismo que las mujeres me deseaban, aunque mi propia esposa no lo hiciera. Cuando terminé no me sentí mejor, y no se lo conté a Gaia.

—La única persona a la que deseo eres tú, y no me gusta nada que otras mujeres se fijen en ti.

Una carcajada salió de mí.

—¿Estás celosa?

—Un poco. —Se impulsó y se sentó a horcajadas sobre mis caderas—. Me pasa como a ti, que no me gusta compartir.

No tenía de qué preocuparse.

—Si te soy sincero, contigo tengo más que suficiente. Dudo que pudiera satisfacer a otra además de a ti.

Ella abrió mucho los ojos, indignada. Me coloqué sobre ella a pesar de su falso forcejeo, me introduje en ella y la embestí con fuerza y deprisa porque ya no me hacía falta confirmar lo que sentía.

VEINTIUNO

Cassio

Giulia organizó la primera fiesta de cumpleaños de Simona en enero, preparó una tarta y lo decoró todo con globos. Mi familia llegó sobre la hora del té.

Simona ya había dado sus primeros pasos y seguía a Giulia como un cachorrillo. Era demasiado pequeña para recordar a su madre. Para ella solo existía Giulia.

Faro, su mujer y sus dos hijos también estaban invitados. En un momento de tranquilidad, este se acercó a mí.

—Ha conseguido que Daniele vuelva a hablar.

Asentí y seguí a Giulia con la mirada. Enderezó el girasol en el pelo de Simona. El vestido de mi hija también era de girasoles. Estaba adorable, así que yo había dejado de protestar.

—Sí. Es muy buena con los niños.

—Y contigo —comentó Faro con una sonrisilla sugerente.

Entrecerré los ojos.

—Venga ya, Cassio. Es como si te hubieses caído en la fuente de la juventud…, hasta estás menos gruñón que en el pasado. Me alegro por ti.

No dije nada.

—Tu padre ha hablado conmigo. —Por el cambio en su voz, supe que no iba a gustarme lo que estaba a punto de decir.

—¿Qué quería?

—Me pidió que tuviera una conversación contigo con respecto a lo de tener un hijo con Giulia. Cree que deberías estar preparado para cualquier eventualidad.

—¿Eventualidades como que Daniele no sea hijo mío? —pregunté, brusco.

Faro se encogió de hombros.

—Es una opción, y una bastante probable, además.

—No necesito otro hijo, ni tampoco que tú o mi familia os metáis en mis asuntos.

Levantó los brazos.

—No era mi intención entrometerme. Por eso te lo he contado. Pero tu padre no va a dar su brazo a torcer. Está preocupado.

—Si aceptara que Daniele y Simona son hijos míos, podría dejar de preocuparse.

—Pues díselo tú.

Me dirigí hacia mis padres, quienes estaban hablando con Mia, que, a su vez, arrullaba a su hijo recién nacido en brazos. Se la veía agotada.

—Déjalo ya, padre.

Sabía perfectamente a qué me refería, y no necesitaba que le diera más explicaciones.

—Solo intento pensar en tu futuro.

Señalé a Daniele, que tenía a Simona agarrada de la mano porque esta todavía se mostraba algo inestable sobre su propio pie.

—Ahí está mi futuro. Fin de la historia.

Mi madre me tocó el antebrazo.

—Nosotros los queremos, pero…

—Sin peros.

Intercambiaron una mirada y luego asintieron de mala gana.

Mia me dedicó una sonrisa orgullosa.

Esperaba que el asunto se hubiera zanjado de una vez por todas. Cuanto más indagara mi padre, más probable sería que los rumores llegaran a oídos de los demás.

Después de que todos se marchasen, Giulia y yo jugamos una ronda al billar. Necesitaba distraerme, y ella había resultado ser magnífica en esa tarea.

—Mañana tienes que llevar a Daniele a la jornada de orientación de preescolar. Pedí cita hace unos días.

Inclinada sobre la mesa, Giulia se quedó inmóvil. Luego se enderezó.

—¿Qué? ¿Por qué?

—Quiero que esté con otros niños. Es un centro que solo acepta a niños de nuestros círculos o de nuestros asociados. Daniele estará con sus futuros soldados. Aprenderá a reafirmarse ante los otros niños. Si solo está contigo, podría volverse muy blando.

La rabia cruzó su rostro. Negué con la cabeza.

—Es un hecho. No puedes evitarlo, y yo solo paso las noches y los fines de semana con él. Tiene que empezar a pelearse y a conocer a otros niños revoltosos.

—No me interrumpas. Ni siquiera sabes lo que iba a decir.

Su tono me hizo apretar los dientes. Después del roce que había tenido ese día con mi padre, el cuerpo me pedía pelea.

—Entonces di lo que tengas que decir.

—Tendrías que haberme contado tus planes.

—La decisión está tomada. A Daniele le vendrá bien el cambio.

Giulia me clavó un dedo en el pecho.

—Aun así, somos una familia. Soy tu mujer. ¡Merezco formar parte de una decisión como esta!

—Son mis hijos, Giulia.

Su dolor fue como una bofetada para mí.

—No —dijo vívidamente—. Son nuestros hijos, Cassio. Te lo dije hace tiempo, y te lo repetiré otra vez. Yo os quiero a los tres.

La miré fijamente mientras mi enfado se desvanecía de golpe.

—¿Qué?

Ella asintió, furiosa.

—Ya me has oído. No son solo tus hijos. También son míos. No puedes decir que son tuyos cuando te conviene. Siempre son nuestros, tuyos y míos. Tal vez no de sangre, pero sangraría por ellos igual que tú. Así que no me hables como si esos dos niños no significaran nada para mí cuando en realidad lo significan todo. Igual que el terco e idiota de su padre.

Era la primera vez que Giulia me había insultado. La primera vez que me había alzado la voz hasta casi gritar. Su ira no prendía la mía como me había pasado con Gaia, porque las palabras de Giulia fueron las mejores que yo había oído jamás. Mis pensamientos tropezaron unos con otros. Aun así, seguía sintiendo un pequeño pinchazo de duda, como si mi jodida mente no pudiera aceptar que alguien tan bueno, tan amable y cariñoso como Giulia fuera realmente mío. Joder, la quería; incluso con aquel flequillo que había odiado al principio, con aquellos horribles vestidos de girasoles, y hasta cuando me faltaba al respeto poniendo los ojos en blanco, la quería. Dios, especialmente entonces. Le cogí las mejillas.

—Yo también te quiero.

Giulia parpadeó. Ahora le tocaba a ella quedarse de piedra.

—Ah…, ¿sí?

—¿De verdad tienes que preguntar?

Escrutó mi rostro con la misma incredulidad que había sentido yo apenas unos instantes atrás.

—Dilo.

—Te quiero.

—Otra vez.

Me reí.

—Te quiero.

—Yo también te quiero a ti.

La besé y la estreché contra mí. Al rato, ella se separó.

—¿Son hijos míos?

—Sí —respondí.

—Entonces, déjame tomar las decisiones contigo.

—No he dicho cuántos días irá Daniele. Tienen distintas opciones. ¿Y si las discutes mañana con los profesores y luego lo decidimos juntos?

—Trato hecho. —Sonrió—. ¿De verdad me quieres?

Le di un beso en el flequillo.

—De verdad.

Faro y yo nos reunimos en el salón de fumar para nuestro informe semanal. Las cosas en Nueva York se habían puesto complicadas como poco, y obtener información sobre aquel asunto todavía nos había costado más.

—Luca ha estado particularmente volátil estos últimos dos meses. Ha estado matando a más hombres. Traidores, moteros, soldados de la Bratva. A la gente le preocupa dar un paso en falso por si Luca los mata a ellos también.

—Los que no tengan nada que ocultar no tienen de qué preocuparse.

Faro hizo una mueca.

—Exacto, pero ambos sabemos que tú no le contaste toda la verdad sobre Andrea y Gaia. En su estado de ánimo actual, esto podría ser tu sentencia de muerte.

—Solo lo sabéis mi padre y tú. Mi padre se aseguró de ello.

Tras la muerte de Gaia, había matado a los del equipo de limpieza y al doctor Sal sin consultarme. A veces se olvidaba de que ahora yo era segundo y que no necesitaba que se entrometiera en mis asuntos.

—¿Y Giulia?

Fruncí el ceño.

—Confío en ella.

Faro sacudió la cabeza.

—Después de lo de Gaia, no deberías. ¿Y si le menciona algo a su hermano o, Dios no lo quiera, a su padre? Felix aprovechará la oportunidad para chantajearte o se lo dirá a Luca para ganar puntos.

—Giulia no se lo contará a nadie.

—Son su familia. Es una mujer. Las mujeres tienden a pasar por alto los defectos de sus seres queridos.

—Algo por lo que deberíamos estar agradecidos porque, de no ser así, ni tu mujer ni la mía nos aguantarían.

Conmigo la palabra «defectos» se quedaba corta. Giulia los había aceptado. Desde el primer día de nuestro matrimonio, se había ocupado de Simona y de Daniele de forma desinteresada, pese a su edad.

—Habla con ella —insistió Faro.

Llamaron a la puerta y Giulia asomó la cabeza.

—Siento interrumpir, pero Christian está aquí y dice que tiene que hablar contigo.

—Vale —respondí despacio—. Dile que entre.

Faro me dedicó una mirada significativa.

Christian entró.

—Hola, Faro. Cassio, ¿puedo hablar contigo a solas?

—Como *consigliere* mío, Faro se queda.

Desde el incidente de diciembre, ya no confiaba en Christian. Nunca habíamos sido amigos, pero había sido un gran activo. Era una desgracia que nuestra relación laboral se hubiese visto afectada por mis celos irracionales. Yo no era de los que se disculpaban, y dudaba que él hubiese aceptado mis disculpas, de todas formas.

Christian asintió. No se adentró en la sala, sino que permaneció cerca de la puerta.

—He hablado con Luca…

Faro me dirigió una mirada aguda, pero yo no me dejé llevar por su miedo. Seguía pensando que Giulia no le había contado nada a su hermano. Tal vez Christian tuviera sus sospechas, pero no era tan imbécil como para extender rumores sin tener pruebas sólidas de ellos. Luca tenía buena opinión de mí. Haría falta algo más que rumores para cambiar eso.

—Voy a trabajar para él en Nueva York durante los próximos años, hasta que tome el mando de Baltimore.

La ira me recorrió las venas, pero me contuve.

—¿Y no lo consultaste conmigo primero?

—Yo no soy uno de tus soldados, Cassio. Soy el hijo de un segundo. Al final, solo Luca puede darme órdenes. Y ha accedido a que trabaje para él.

—¿Le has dicho por qué?

—Le dije que ambos tenemos personalidades demasiado fuertes para trabajar bien juntos.

Entrecerré los ojos y me pregunté si de verdad eso era todo lo que había dicho. Había sido listo al contactar primero con Luca. De ese modo se aseguraba de que yo no me desharía de él. Tampoco es que yo lo hubiera hecho. Ya había infligido demasiado dolor en el pasado, y no iba a poner en riesgo el amor de Giulia al matar a su hermano.

—Te deseo buena suerte en este nuevo empeño. Solo recuerda que Luca no vacila a la hora de matar a aquellos a los que considera una amenaza.

La sonrisa de Christian era tensa.

—Creo que en eso ambos sois muy parecidos.

Inclinó la cabeza y luego se fue.

Faro negó con la cabeza, ceñudo.

—Esto no es bueno.

—Estás dándole demasiada importancia.

—La verdad tiene la jodida manía de salir siempre a la luz. Tendrías que habérselo contado todo a Luca desde un principio.

Mi móvil empezó a sonar. Era Luca. Faro tenía cara de querer comprar billetes de avión para el siguiente vuelo a Colombia y que ambos desaparecieran del mapa.

—Luca, ¿qué puedo hacer por ti?

—Doy por hecho que Christian ya ha hablado contigo.

Nada de trivialidades. Luca siempre iba directo al grano.

—Así es. Siempre supe que su trabajo para mí sería temporal. Y, ahora que es mi cuñado, las cosas se habían complicado un poco.

—Ya lo suponía. —Calló un momento—. ¿Hay algo que deba saber?

Se me aceleró el pulso, pero no permití que se me notara en la voz.

—¿Respecto a qué?

—A Christian. Has tratado con él durante años.

—Es efectivo. Duro, fuerte. Sabe cómo comportarse. No se parece en nada a su padre. No te arrepentirás de tenerlo bajo tu mando.

—Bien. Eso es todo por ahora.

Colgué. Faro enarcó las cejas.

—Está todo bien.

—Esperemos que siga así. Si alguna vez se entera, acabará con todos nosotros: contigo, con tu padre y conmigo. Y no será agradable.

Giulia

Permanecí cerca del salón de fumar después de que Christian entrase. Desde que Cassio casi había matado a mi hermano, me preocupaba que ambos estuvieran juntos en la misma habitación, incluso habiendo trabajado juntos en los últimos meses.

Destensé los hombros, aliviada, cuando Christian al fin salió.

—¿Qué pasa? ¿Va todo bien?

Asintió.

—Voy a mudarme a Nueva York para trabajar para Luca.

—Vaya… —dije, decepcionada. No nos habíamos visto demasiado, pero me gustaba saber que vivíamos en la misma ciudad—. ¿Por lo que pasó entre Cassio y tú?

Christian rio.

—Joder, pues claro. Nos acusó de tener una aventura. Eso es demasiado retorcido para mi gusto. Y trabajar para Luca me permitirá establecer un mejor vínculo con las personas que realmente importan.

—¿No hay otra manera? ¿No puedes hacer las paces con Cassio? No quiero que odies a mi marido.

Christian me miró con evidente asombro.

—Te preocupas por él.

—Sí. Sé que es difícil de creer, pero es bueno conmigo.

—Me alegro, pero las cosas entre Cassio y yo están demasiado tensas. Algún día tendremos que volver a trabajar juntos, pero ahora mismo lo mejor es que no nos veamos.

—Lo entiendo. ¿Cuándo te vas?

—Mañana.

Lo abracé.

—No seas descastado y llámame.

Cassio y Faro se marcharon poco después, y yo fui al parque para perros con los niños y Lulú. La sorpresa se apoderó de mí cuando vi a Mansueto renquear hacia mí apenas diez minutos después de que llegásemos.

—Giulia, ¿puedo sentarme? —preguntó.

Elia se puso de pie al instante y le dejó espacio en el banco.

—Por supuesto —respondí, recelosa—. ¿Cómo sabías que estaba aquí?

—Domenico.

Asentí y miré de reojo al mayor de mis guardaespaldas, pero, casualmente, él miraba hacia otro lado.

Mansueto se volvió hacia Elia.

—Danos algo de privacidad.

Elia se dirigió hacia Simona y Daniele, quienes miraban cómo Lulú jugaba con un perro salchicha. Domenico vigilaba a cierta distancia.

Me soplé entre las manos para calentármelas, perfectamente consciente del intenso escrutinio de Mansueto.

—Me gustaría que reconsideraras tu decisión de no quedarte embarazada.

Alcé las cejas.

—No es solo decisión mía. También corresponde a Cassio. Él no quiere más hijos ahora mismo. Simona y Daniele requieren de toda nuestra atención.

Mansueto miró hacia un grupo de perros que se perseguían unos a otros.

—Eso es porque prefiere fingir que esos hijos son suyos.

—Usted tampoco sabe si lo son o no. Andrea y Gaia podrían haberlo dicho para hacerle daño.

—¿Entonces te lo ha contado todo?

Me mordí el labio.

—Debería aceptar la decisión de Cassio.

—Cambiaría de opinión si supiera la verdad.

—¿Qué verdad?

Mansueto me miró con tristeza.

—Que los niños no son suyos.

—Eso no lo sabe.

—Sí que lo sé. Les hice una prueba de paternidad a espaldas de Cassio.

Me quedé helada.

—¿Qué?

—Ni Simona ni Daniele son suyos. La prueba lo ha confirmado. Son de Andrea.

Se me cayó el alma a los pies.

—¿Por qué me cuenta esto?

—Porque Cassio no quiere saberlo. Si se lo digo yo…, puede llegar a ser muy terco. Necesito tu ayuda.

—Yo tampoco se lo voy a decir. Él no quiere saberlo y yo respeto su deseo.

—Pues no se lo digas ahora. Algún día lo averiguará, tarde o temprano. Para entonces, al menos asegúrate de haberle dado un heredero a Cassio. Dale un bebé. ¿No quieres tener un hijo propio, Giulia?

Simona y Daniele rieron cuando Lulú y su amigo empezaron a jugar al tira y afloja con una rama larga.

—Yo no puedo hacer nada.

Mansueto me tocó la mano.

—Cassio no se enfadará si se te olvida tomarte la píldora y te quedas embarazada por accidente. Eres joven y tienes muchas cosas en la cabeza.

No podía creer lo que estaba sugiriendo.

—No —repuse con firmeza—. No voy a engañar a Cassio. Por favor, no vuelva a pedirme algo así nunca más. Deje que Cassio crea que Daniele y Simona son suyos, si eso es lo que quiere. Él los quiere.

Mansueto dejó escapar un suspiro grave.

—Con razón está tan enamorado de ti.

Daniele vio a su abuelo y echó a correr hacia nosotros para lanzarse a sus brazos. Mansueto le acarició la cabeza.

—Eres rápido, chiquitín.

Daniele le sonrió y comenzó a contarle cosas sobre Lulú y sus amigos. Me puse en pie y cogí a Simona, que había tropezado dos veces en su afán por seguir a su hermano y en ese momento estaba berreando. Mansueto sentó a Daniele en su regazo y señaló a un gran danés. Volví hacia ellos despacio.

Simona sonrió a su abuelo, y este le acarició la mejilla regordeta con una sonrisa amable. Los trataba como a sus nietos.

Antes de que se marchara, lo acorralé a solas.

—Por favor, prométame que no se le escapará nada con Daniele y Simona. Daniele está mejorando. Ya habla. Le encantó su primer día de cole. No quiero que se abran viejas heridas solo porque para ti la sangre sea más importante que todo lo demás.

—Deberías recordar con quién estás hablando.

—Yo no soy dada a las faltas de respeto. Pero protegeré a esos niños hasta de su propio abuelo, si es necesario.

Mansueto soltó una risotada ronca y luego me dio unas palmaditas en el hombro.

—Cassio es un hombre afortunado.

Dio media vuelta y regresó renqueando a la limusina negra con sus guardaespaldas.

—¿Va todo bien? —preguntó Elia.

—Sí.

Esperaba haber convencido a Mansueto.

Cassio trabajó hasta tarde y yo me quedé dormida junto a Daniele. Cuando desperté pasada la medianoche, seguí el rastro de luz en el piso de abajo hasta el salón de fumar.

Cassio estaba sentado en el sillón frente a la chimenea con una copa de *whisky* en la mano, el ceño fruncido y la mirada fija en las llamas. Había dejado la chaqueta y la corbata de cualquier manera sobre el segundo sillón. Aún tenía el chaleco puesto, pero los botones superiores de la camisa estaban desabrochados, igual que los de sus puños. Se frotaba la barba con una mano, como si estuviera rodando un anuncio de loción para después del afeitado o de *whisky.*

—Estás intranquilo —dije al entrar en la estancia.

—Qué va.

Cerré la puerta con pestillo. Cassio alzó las cejas al verme andar hacia él.

—Sí, sí que lo estás. Sigues preocupándote demasiado.

Negó con la cabeza.

—Hay mucho por lo que preocuparse.

—Háblame de ello.

Me detuve frente a él. Parecía agotado. Trabajaba demasiado y se preocupaba más aún.

—Es trabajo, Giulia.

—¿Es por mi hermano?

—En parte. Luca se ha deshecho de mucha mierda con sus brutales ataques durante los últimos meses. Solo es cuestión de tiempo que la Bratva y los moteros se venguen. No te preocupes. No puedes hacer nada.

—Puedo hacerte sentir mejor.

Cassio sacudió la cabeza, pero dejó de hacerlo cuando me arrodillé entre sus piernas. Soltó el aire y dejó la copa en la mesa. Mientras le sonreía, le bajé la cremallera y lo masajeé a través de los bóxeres hasta que estuvo duro y caliente bajo mi mano. La respiración de Cassio era ahora más profunda y el deseo inundaba sus ojos. Le saqué la polla de los calzoncillos y me introduje tan solo la punta en la boca. Mi mirada encontró el vaso sobre la mesilla. Lo alcancé con la mano y me metí uno de los cubitos en la boca. Cassio me miraba con la boca entreabierta y el pecho agitado. Succioné el hielo durante un par de segundos antes de volver a escupirlo en la copa y, entonces, volví a cerrar los labios, ahora fríos, en torno al glande de Cassio.

—Ah, joder —dijo con voz ronca, y dejó caer la cabeza hacia atrás.

Tras un instante volvió a levantarla para mirarme con los ojos semiabiertos.

Me lo introduje más en la boca, centímetro a centímetro, usando la lengua para lamerle la punta sensible, me tomé mi tiempo, la saboreé y disfruté de su calor. Cassio mantuvo las manos con las palmas hacia abajo sobre los brazos del sillón y me dejó darle placer. Por una vez, me permitió tener el control. Quería demostrarle que me ocupaba de él porque me preocupaba por él…, porque lo quería.

Me encantaban los sonidos que hacía cuando estaba a punto de correrse, los gemidos graves y las respiraciones bruscas. Me encantaba cómo crispaba los dedos contra el cuero del sillón, cómo sus musculosos muslos temblaban bajo la carísima tela de los pantalones Brioni. Pero, sobre todo, me encantaba el brillo de posesión en sus ojos tan solo un segundo antes de dejarse ir.

—Sí, cariño —dijo, con voz ronca.

Se tensó, cerró los ojos y se corrió con un pequeño estremecimiento. Ahora era yo la que estaba caliente y mojada entre las piernas, pero decidí ignorarlo por el momento.

Tragué y seguí lamiéndolo mientras él se sacudía con los últimos vestigios del orgasmo. Con su miembro todavía en la boca, succionándolo delicadamente, le acaricié los testículos. Cuando al fin se quedó quieto, me miró y me acarició la mejilla. Dejé que su miembro se deslizara poco a poco fuera de mi boca y lo hice gemir de nuevo. Le besé el muslo.

—¿Mejor?

Él dejó escapar una risita ronca.

—Sí. —Se inclinó hacia adelante y me agarró de las caderas—. Ahora me toca a mí.

—Esto era para ti.

—Lo sé.

Tiró de mí hasta ponerme en pie y luego deslizó la cabeza bajo mi camisón. Enganchó un dedo en mis braguitas y las apartó para revelar mi carne hinchada. Deslizó la lengua entre mis labios y yo jadeé. Me cogió del muslo y levantó una de mis piernas hasta apoyar mi pie en el reposabrazos, de modo que me abrió para él. Al igual que había hecho yo, se introdujo el cubito de hielo en la boca y lo succionó antes de soltarlo sobre la palma de su mano y deslizar la lengua fría entre mis pliegues. El frescor me estremeció y me hizo arquear la espalda de placer. Introdujo la lengua en mi interior y yo le aferré la cabeza y moví las caderas para guiarlo más hacia dentro. Se separó un momento y luego acercó el cubito de hielo a mi sexo con los dedos. Grité ante semejante sensación. Cassio frotó el hielo por mis pliegues lentamente, hasta que estuve completamente embadurnada de aquel líquido frío. Entonces, volvió a inclinarse hacia delante y succionó la humedad de mi piel sensible. Me sacudí por la intensidad del placer, aunque logré contenerme. Cassio introdujo dos dedos en mi interior, helados tras haber sujetado el hielo.

Balanceé las caderas; necesitaba más, mucho más. Uno de sus dedos encontró mi ano e hizo presión sobre él.

—Oh, Dios —jadeé.

Dos dedos en mi sexo, la puntita de otro en mi culo y la boca de Cassio en mi clítoris. Me deshice con una fuerte sacudida. Él me acercó más a su cara y, a la vez, me introdujo un poco más el dedo por la puerta de atrás. La fuerza del orgasmo atenuó el dolor. Me senté sobre su regazo, saciada y agotada.

—¿Qué ha sido eso? —logré decir al cabo de un rato.

—Quería hacer algo más que darte cachetes en ese precioso culo que tienes.

Resoplé.

—¿Te ha gustado?

—No termino de decidirme, pero me inclino más hacia el no.

Él soltó una carcajada.

—Tal vez pueda convencerte.

—Tal vez. Pero tendrás que ser muy convincente con la lengua antes de volver a intentarlo.

Me acarició el hueso de la cadera y la espalda, y yo sonreí para mí. Había estado preocupada todo el día a causa de la conversación con Mansueto. Ahora me sentía mucho más ligera. Nada había cambiado. Le ocultaría la verdad a Cassio, por él mismo y por los niños.

—Creo que Simona está empezando a hablar.

—¿Qué ha dicho? —Cassio sonaba cansado, su voz era más grave de lo habitual.

—Pa-pa. Que suena muy parecido a papá.

Cassio me apretó el brazo, pero no dijo nada.

—He estado pensando en cómo debería llamarme a mí. Sé que Daniele me llama por mi nombre, pero… —Tragué saliva, preocupada por verbalizar mi idea—, pero he pensado que tal vez Simona quiera llamarme mamá. Ella no se acuerda de Gaia, y sería muy triste que no tuviera a nadie a quien poder llamar mamá. Ella…

Cassio al fin interrumpió mi divagación al atraerme hacia él y besarme.

—Tienes razón. Tú eres su madre ahora, y así es como debería llamarte. Aunque seguramente se confunda al principio, porque Daniele te llama Giulia.

—Sí, pero no pasa nada. Me adaptaré a su ritmo. Con que me hayan aceptado, yo ya soy feliz.

—Eso es porque tú los aceptaste a ellos desde el primer día. Nunca nos has guardado resentimiento por el peso de tus responsabilidades, ni a ellos ni a mí.

—Al principio sí que lo sentía como una responsabilidad, como algo que tenía que afrontar, pero ya no lo siento así. Esta familia es parte de mi vida, ahora.

VEINTIDÓS

Giulia

Pasamos nuestras primeras vacaciones de verano juntos en la casa de la playa. Era principios de junio y el sol brillaba con fuerza. El pronóstico del tiempo auguraba varios días sin lluvia. Cassio se había tomado una semana libre, cosa que no lo liberaba de tener que regresar en caso de emergencia, pero yo estaba entusiasmada ante la oportunidad de pasar unas vacaciones en familia en la playa.

Le puse a Simona un bikini con volantes y girasoles, unas gafas de sol monísimas y un gorrito de paja. Mi bikini era parecido a excepción de los volantes, pero, aun así, íbamos conjuntadas. Daniele llevaba su bañador favorito de Superman.

Cassio en bañador era un regalo para la vista. Llevó a Daniele al agua mientras Simona y yo mojábamos los dedos de los pies en el Atlántico. Yo prefería el agua templada, así que no entendía cómo podía gustarles bañarse en el puro frío. Simona era de mi misma opinión, porque chillaba cada vez que las olas le tocaban los deditos. Miró hacia arriba con alegría al levantar los brazos hacia mí.

—Brazos, mamá.

Cada vez que me llamaba «mamá» me daba un vuelco el corazón. A veces me llamaba Giulia cuando intentaba imitar a Daniele, pero le costaba pronunciar mi nombre. Al principio, que ella me llamara mamá había confundido a Daniele, pero, después de explicarle que yo no estaba intentando reemplazar a su madre y que aquello era solo una muestra de lo mucho que los quería y lo mucho que me importaban, pareció estar conforme.

Mientras abrazaba a Simona contra mi pecho, contemplé a Cassio llevar a Daniele sobre los hombros. Cualquiera que los viese sabría que eran padre e hijo; no por el parecido físico, sino por cómo se comportaban el uno con el otro. Era precioso. Lulú ladraba como una loca a mi lado, enfadada porque Cassio y Daniele no estuvieran a su alcance, pues no le gustaba nada el agua.

—¡Papá! —llamó Simona, que extendió los brazos.

Cassio salió del agua y dejó a Daniele en la arena. Lulú lo inspeccionó como si le preocupara que el mar le hubiera hecho algo. Cassio cogió a Simona en brazos y me dio un beso antes de volver al agua.

Daniele correteaba por la orilla y Lulú lo seguía de cerca, todavía ladrando. Le había vuelto a crecer el pelo y ahora era la bolita de pelo más suave y adorable del mundo.

—¡No tan rápido! —les advertí cuando ambos se descontrolaron.

Entonces Daniele tropezó y cayó estrepitosamente. Salí corriendo hacia él. Lulú ya le estaba lamiendo la cara. Me arrodillé a su lado. El niño se abrazaba la rodilla y lloraba. Había caído sobre una piedra y sangraba por un corte que se había hecho algo por debajo.

—No pasa nada. Vamos a curarte.

La sombra de Cassio cayó sobre nosotros. Me tendió a Simona y se llevó a Daniele a la casa, que logró calmarse en los brazos de su padre.

Afortunadamente, la herida no necesitó puntos. Cassio la limpió y la cubrió con una tirita, sin dejar de hablarle a Daniele en voz baja y tranquilizadora.

Daniele dejó de llorar. Siempre que estaba con su padre, trataba de comportarse como un niño mayor. Cassio le palmeó la cabeza.

—¿Quieres un polo? —le pregunté.

Él se mordió el labio, bajó la mirada hacia el sofá y arrastró los pies.

—¿Daniele? —Me puse en cuclillas frente a él para tratar de averiguar qué le pasaba. Él me sorprendió echándome los bracitos al cuello—. Oye, ¿estás bien?

Lo abracé con fuerza contra mi pecho sin saber por qué necesitaba de repente mi cercanía, pero estaba más que dispuesta a dársela.

—Mamá —susurró.

Me quedé helada. Cassio se tensó y una sombra cruzó su mirada. ¿ Daniele se estaría acordando de Gaia? ¿La echaba de menos? Me aparté despacio.

Daniele me miraba la barbilla.

—¿Te puedo llamar mamá?

Me quedé sin aire en los pulmones y los ojos se me llenaron de lágrimas ante aquella petición inesperada.

Cassio seguía inmóvil.

Besé a Daniele en la mejilla y volví a estrecharlo entre mis brazos.

—Claro. Nada me haría más feliz. Te quiero.

Empezó a sollozar y yo tampoco fui capaz de contenerme. Cassio desvió la mirada y se le movió la nuez al tragar saliva. Después de un momento, se acercó, se arrodilló junto a nosotros y nos abrazó. Yo presioné la cara contra su pecho y sentí lo rápido que le latía el corazón. Besó mi coronilla y después la de Daniele.

El niño me llamó mamá cada vez que pudo aquel día; al principio con timidez, pero luego con una alegría adorable.

Al atardecer, Cassio y yo nos sentamos en el columpio del porche para contemplar la puesta de sol. No habíamos hablado de lo ocurrido durante el día, pues con Daniele y Simona a nuestro alrededor apenas habíamos tenido tiempo.

—No me lo esperaba —confesé.

Cassio supo a qué me refería sin necesidad de que yo lo dijera explícitamente. Con un brazo sobre mis hombros, me apretó más contra su cuerpo.

—Yo tampoco. Es lo bastante mayor para acordarse de su madre, pero supongo que incluso su recuerdo se desvanecerá con el tiempo. Era demasiado pequeño para haber forjado un vínculo fuerte con ella. Supongo que es lo mejor, después de todo.

—Supongo. —Me parecía horriblemente cruel alegrarme de la prematura muerte de Gaia, pero para Simona y Daniele probablemente fuese mejor así. Si hubieran sido más grandes cuando ella decidió suicidarse, habrían sufrido más todavía—. Tarde o temprano preguntarán por ella. Es normal que sientan curiosidad por su madre biológica.

Cassio soltó el aire que había estado conteniendo.

—Hasta que no lo hagan, no pienso hablarles de ella. Y, de todas formas, todo lo que entonces les cuente será mentira.

—Todo no.

—Cuando nos casamos, creí estar haciendo control de daños.

Arqueé las cejas y Cassio rio al ver mi expresión.

—Lo sé. No suena nada romántico. Pero se suponía que tú debías hacerme la vida más fácil.

—Esperabas conseguir a una niñera con la que acostarte de vez en cuando.

—No lo niego. Ni siquiera consideré la posibilidad de que llegásemos a convertirnos en pareja, de que fuera a disfrutar de tu presencia fuera del dormitorio..., e incluso eso me parecía poco probable cuando te conocí.

—Tú sí que sabes cómo convertir este romántico atardecer en uno más romántico todavía —lo provoqué.

—El romanticismo no se me da muy bien.

—No me digas.

Cassio se volvió hacia mí y me acarició la mejilla.

—Me sorprendiste, y lo sigues haciendo.

—Eso es bueno..., ¿no?

—Mejor que bueno.

—¿Crees que podrás confiar plenamente en mí algún día? ¿Creer que no voy a serte infiel?

—Confío en ti. —Ante mi expresión dubitativa, añadió—: De verdad. Solo que no estoy muy seguro de que las dudas del fondo de mi cabeza vayan a desaparecer del todo jamás. Descubrir a Gaia de aquella forma... —Sacudió la cabeza y miró al océano—. Sé que la mayoría de la gente es capaz de hacer cosas horribles. Lo veo cada día. Me cuesta no esperar siempre lo peor.

Lo entendí. No podía ni imaginar cómo debía de ser encontrar a tu pareja siéndote infiel, y menos aún con un familiar.

—No voy a serte infiel. Me esforzaré por ganarme tu confianza todos los días, sin importar lo que tarde en callarse tu vocecita interior. Te quiero.

Cassio se inclinó y rozó mis labios con los suyos.

—Si alguien puede hacer que se calle, esa eres tú. Me has insuflado vida.

—¿Te refieres a esa virilidad tuya recién descubierta? —bromeé, sonriente.

Cassio no sonrió. Se limitó a acariciarme el pelo y a seguir con los ojos la trayectoria de sus dedos mientras los deslizaba hacia abajo.

—A todo. Estaba muerto por dentro y hacía las cosas por inercia; vivía para trabajar, para construir un futuro para mis hijos. Me olvidé del presente, de vivir. Me has enseñado lo importarte que es vivir el momento, formar parte de la vida de mis hijos y no solo hacer planes para su futuro. —Me besó y, entonces, su sonrisa se tornó peligrosa—. Pero esa virilidad recién descubierta que dices es, definitivamente, otro de los beneficios de tenerte en mi vida.

Deslizó la mano bajo mi camiseta. Yo miré alrededor.

—Nadie puede vernos, aquí.

—Lo sé —dije. Me puse en pie y di un paso hacia atrás—. Pero estaba pensando en probar a hacerlo en la playa…

Cassio también se puso en pie.

—Se te meterá arena por todos lados.

Di otro paso hacia atrás y me quité la camiseta.

—Puede que me gusten las rozaduras, viejales.

La sonrisa de Cassio se tornó lobuna.

—Creo que primero te zambulliré en el agua, para castigarte por tu insolencia.

Salí corriendo, bajé las escaleras y Cassio me persiguió como un cazador a su presa.

—Corre, pequeña, corre.

—No soy…

Se lanzó a por mí, pero yo salté hacia atrás con un chillido antes de volverme y huir. Los pies se me hundían en la arena y la brisa fresca del atardecer me alborotaba el pelo. Miré por encima del hombro y vi a Cassio quitarse los zapatos, la camisa y los pantalones. Puse los ojos en blanco, dejé caer el sujetador y le espeté en alto:

—¡No me cogerás nunca, viejales!

Era sorprendentemente rápido. Joder, era mucho más rápido que cualquier hombre de su altura y masa muscular. Al parecer, todo el maldito ejercicio estaba dando sus frutos.

Riendo, me desabroché los pantalones cortos. Por desgracia, tuve que hacerlo a la carrera, porque Cassio estaba muy cerca, así que casi tropecé al tratar de quitármelos en movimiento. Ya solo con las bragas, apreté el paso para intentar subir por las dunas y alejarme de la orilla.

—Te pillé —gruñó Cassio un segundo antes de envolverme con los brazos por la cintura y alzarme en el aire. Me besó en el cuello antes de mordérmelo, lo que me hizo gemir. A pesar de mi forcejeo, me llevó de nuevo a la orilla—. Estará muy fría. Por suerte, conozco la forma perfecta de hacer que vuelvas a entrar en calor.

—¡Cassio, ni se te ocurra! —le advertí, pero él se adentró entre las olas. La espuma helada me rozó las pantorrillas—. ¡Cassio!

Me lanzó al agua. El frío helado del Atlántico envolvió todo mi cuerpo. Salí a la superficie boqueando y respiré hondo mientras mi cuerpo trataba de acostumbrarse a aquella temperatura.

Cassio parecía estar dándose un baño en el Caribe y no en el Atlántico. ¡Ni siquiera se le había puesto la carne de gallina!

Lo fulminé con la mirada, sin poder reprimir una sonrisa al mismo tiempo. Tal vez yo lo hubiera sorprendido, pero él a mí también. Cuando lo vi por primera vez en el vestíbulo de casa de mis padres, con aquel porte tan elegante y controlado, me pregunté cómo lograríamos hacer que nuestro matrimonio funcionase. Seguíamos siendo muy distintos en muchos aspectos, pero poco a poco nos habíamos adaptado el uno a la otra. El matrimonio era un ir y venir constante y, a pesar de la necesidad de Cassio de controlarlo todo, él también había claudicado en muchas cosas para que lo nuestro funcionara.

—¿Y si ahora te hago entrar en calor?

Se pegó a mí y me estrechó contra su cuerpo, maravillosamente cálido. Acercó la boca a mi cuello otra vez.

—Nada de sexo en el mar. Se congelarán algunos activos esenciales de mi cuerpo si nos quedamos mucho más.

Cassio rio contra mi piel.

—¿Qué clase de activos esenciales?

Deslizó la boca hacia abajo y la cerró en torno a un pezón.

Lo agarré de la cabeza y asentí.

—Ese, por ejemplo.

Miré hacia la hilera de casas sobre las dunas. En algunas había luz, y me pregunté si podrían vernos en caso de mirar hacia el mar. Me dio igual.

—Yo me ocuparé de mantenerlas calientes, no te preocupes —murmuró contra mi piel, y yo decidí que, tal vez, morir congelada valdría la pena.

Tras echar un polvo rápido en el agua, logré convencer a Cassio de hacerlo en la playa, cosa de la que me arrepentí justo después... Tal como él había predicho, una espesa capa de arena me recubría todo el cuerpo y más de un grano se me había metido en huecos que, definitivamente, habría preferido mantener libres de arena. Tras una larga ducha, seguía sintiéndome dolorida cuando volvimos a sentarnos en el columpio del porche. El «te lo dije» del rostro de Cassio fue una especie de castigo adicional.

Se oyó un golpecito en la ventana. Simona pegó la nariz al cristal y lo golpeó con los puños. Cassio abrió la puerta y la cogió en brazos. Volvió a sentarse a mi lado con ella en el regazo. Simona se acurrucó contra él y me dedicó una sonrisa cansada. Yo le alboroté el pelo rubio oscuro y me senté sobre las piernas. Cassio siguió empujando el columpio con los pies.

Poco después, se abrió la puerta de la terraza y Daniele salió descalzo al porche. Frotándose los ojos, se acercó tambaleante hasta donde estábamos. Lo subí al columpio entre nosotros y él apoyó su cabecita contra mi pecho.

Nunca creí estar lista para convertirme en madre. Antes de que papá me informara de mi compromiso con Cassio, me había sentido una cría la mayor parte de los días. Era cierto aquello de que solo lograbas hacer algo si lo encarabas de frente. Seguro que cometería errores a menudo criando a esos niños, pero tendría que aprender junto a ellos.

Cassio recostó la cabeza, con aspecto de estar tranquilo y en paz. Quería ser su refugio. Su trabajo estaba repleto de sangre, conflicto y muerte. No quería eso en casa. Me pilló mirándolo y me dedicó una sonrisa cansada.

Yo me encargaría de Simona y Daniele; los protegería de todo, incluso de la verdad. Juré que jamás le mentiría a Cassio, pero la verdad que su padre me había revelado tendría que ser la excepción.

Al final, las mentiras siempre terminaban por salir a la luz. Esperaba que ese fuera uno de los casos en los que no lo hacían.

VEINTITRÉS

Giulia

Nueve años después de la boda

Cassio llegó a casa al atardecer. Había reservado mesa en nuestro restaurante favorito por nuestro noveno aniversario, un pequeño local que servía comida rústica francesa. Mia había accedido a cuidar de Simona y de Daniele, aunque, teniendo en cuenta que tenían nueve y casi doce años respectivamente, aquello iba a ser más bien una fiesta de pijamas. Ya era necesario vigilarlos las veinticuatro horas del día, aunque nunca se traían nada bueno entre manos.

Acabábamos de terminar un delicioso paté de hígado con pan *brioche* caliente y dos copas de Viognier, mi vino blanco favorito, cuando hice acopio de todo mi valor.

—¿Sigues sin querer más hijos?

Mi intención había sido preguntarlo con voz queda y calmada, pero, en vez de eso, lo había soltado de sopetón.

Cassio bajó la copa despacio y enarcó las cejas.

—¿Estás…?

Le dediqué una miradita y luego alcé mi copa, prácticamente vacía.

—¿En serio? ¿De verdad crees que me bebería dos copas de vino si estuviera embarazada?

Se rio entre dientes.

—Ni se me había ocurrido.

—Hombres… —murmuré, pero no pude evitar sonreír—. Bueno, entonces…, ¿qué me dices?

Estaba extrañamente nerviosa por aquello. Cassio y yo hablábamos de casi todo, a excepción de los detalles del trabajo que él consideraba demasiado brutales para mí… y del secreto sobre Simona y Daniele que yo seguía llevando en lo más hondo de mi corazón.

Cassio posó una mano sobre la mía.

—¿Quieres otro hijo?

Otro hijo. No un hijo, ni mi propio hijo. Habíamos recorrido un largo camino, y ahora ya no cabía duda de que Simona y Daniele eran hijos míos también.

—Siento que nuestra familia aún no está completa. Quiero volver a tener un bebé al que acurrucar.

—También lloran, vomitan y cagan, y, cuando ya no lo hacen, te montan los peores berrinches. ¿De verdad quieres volver a pasar por eso?

Sonreí.

—Sí.

Cassio negó con la cabeza, como si yo estuviera loca, pero por la expresión amable de sus ojos supe que lo había convencido.

—¿Entonces?

—Si quieres otro bebé, lo tendrás.

—Pero ¿y tú? No quiero que me des un bebé solo por hacerme un favor.

Cassio se inclinó sobre la mesa.

—Créeme, darte un bebé no me supondrá ningún esfuerzo. —Le golpeé suavemente el antebrazo y él siguió en voz todavía más baja—. Me encantaría tener un bebé contigo.

—Podríamos empezar a intentarlo hoy —susurré antes de subir el tacón por la pernera de su pantalón con una sonrisa.

Estaba irresistible con aquel traje ajustado.

Una de sus comisuras se elevó.

—¿Seguro que quieres perderte el *canard à l'orange* y el *crêpe Suzette*?

Oír a Cassio hablar francés, aunque solo fuera para elogiar un plato de pato en salsa de naranja y unas tortitas, fue casi demasiado para el poco autocontrol que me quedaba.

Presioné el tacón contra su entrepierna, y él soltó una especie de bufido.

—Está bien: comida primero, sexo después.

Él sacudió la cabeza, pero no pudo decir nada más porque el camarero ya se dirigía hacia nosotros con el primer plato.

Pasamos la Navidad en la casa de la playa, tal como habíamos hecho los dos últimos años. Pese al frío, nos encantaba salir a pasear por la orilla. Para Cassio era una forma de alejarse del peso de las responsabilidades durante un par de días. Cuando estaba en casa, siempre había alguien que quería algo de él. Aquel era el problema cuando eras segundo. Papá siempre había delegado la mayor parte del trabajo. Cassio prefería tener el control.

Simona y Daniele decoraron el árbol de Navidad mientras yo preparaba la cena de Navidad para toda la familia. Lulú esperaba a mi lado, con la esperanza de que cayera al suelo algún trocito de beicon. Se había convertido en tradición que las hermanas de Cassio y sus respectivas familias, así como sus padres, vinieran a celebrar la Navidad con nosotros. Mis padres no querían conducir trayectos largos en invierno, así que siempre los visitábamos en Baltimore después de Navidad.

Yo tenía un regalo especial para Cassio que le daría una vez estuviéramos solos. Una caja que había llenado con un *body* que decía «Hola, papá», unos tapones, paracetamol y un limpialfombras como broma por aquella vez en la que Simona se arrancó el pañal y se cagó en la alfombra del salón tras haber comido remolacha. Fue un momento memorable al que la alfombra no sobrevivió. Al parecer, los restos de remolacha eran más difíciles de limpiar que la sangre.

Me moría por ver su reacción.

Al reparar en que no bebía vino durante la cena, Mia me dedicó una mirada cómplice, y Cassio también pareció darse cuenta enseguida. Lo que más me preocupó fue la expresión deseosa en los ojos de Mansueto. Había mantenido su promesa y no había vuelto a mencionar lo de la prueba de paternidad, pero su silencio no significaba que hubiera dejado de pensar en ello. Su salud se había deteriorado muy rápido en los últimos meses. Iba en silla de ruedas y había perdido bastante peso. Conseguir un heredero, uno de su propia sangre, podría ser uno de los últimos deseos que quisiera ver cumplidos antes de morir.

Cassio

Incluso antes de que Giulia me diera mi regalo de Navidad, supe que estaba embarazada, y no solo porque no hubiera bebido vino. Llevaba un par de semanas comportándose de un modo distinto. Cambios sutiles. A veces se tocaba los pechos como si le dolieran. Tampoco se sentía muy bien por las mañanas. No le había preguntado, porque quería darle tiempo hasta que se sintiese preparada para contármelo.

Por supuesto, los demás también se percataron durante la cena. Giulia siempre bebía una copa de vino blanco con la comida.

Antes de que se fueran, mi padre me llevó aparte. Ya sabía lo que iba a decirme.

—Deberías considerar la idea de hacerte una prueba de paternidad ahora. Se lo debes a tu hijo nonato.

—¿Qué insinúas? —susurré con brusquedad.

Daniele y Simona estaban despidiéndose de sus primos, demasiado lejos para oír nada.

—Si es un niño, podría ser tu verdadero heredero.

—Esta discusión se ha acabado.

—Soy viejo. No sé cuánto tiempo me queda…

—Razón por la que no deberías arruinar nuestra relación ahora.

Mi padre asintió y luego hizo un gesto a mi madre para que lo sacara de la casa.

Giulia me observó con preocupación. Le sonreí, tenso. Ella no tenía por qué enterarse de eso.

Cuando abrí la caja de Giulia, más tarde, en nuestro dormitorio, me sentí un poco aturdido, aunque ya sabía lo que iba a revelar. Tenía cuarenta años. Después de la muerte de Gaia, había estado segurísimo de que nunca volvería a ser padre y, ahora, ahí me encontraba.

—Estoy embarazada —susurró al ver que yo no decía nada durante unos segundos.

La envolví en un tierno abrazo y besé su dulce boca.

—Qué rápido —dije, sin poder esconder algo de orgullo.

Giulia puso los ojos en blanco.

—Hemos practicado tanto a lo largo de los años que tus nadadores prácticamente están listos para llevarse el oro en las Olimpiadas.

Incluso después de todos esos años, el ingenio ágil de Giulia seguía pillándome desprevenido de vez en cuando.

—A veces no sé qué hacer contigo.

Ella hizo un puchero.

—¿Besarme?

Lo hice, y luego me aparté.

—¿Deberíamos decírselo mañana a Simona y a Daniele?

Giulia vaciló.

—Estoy seguro de que se alegrarán.

Habían aceptado a Giulia como su madre. Daniele casi nunca mencionaba a Gaia y Simona no la recordaba en absoluto.

La preocupación titiló en el rostro de Giulia y entonces comprendí que, hasta mis desconsideradas palabras, no le había preocupado que los niños no aceptaran al bebé.

—No era eso por lo que dudabas.

—No, es que pensaba que deberíamos esperar unas semanas más. No vaya a ser que pase algo… —Me miró fijamente a los ojos—. Se alegrarán, ¿verdad?

—Pues claro. Tendrán a alguien más a quien torturar.

Esos dos eran como el perro y el gato a veces, y todavía más ahora que habían crecido y Daniele trataba de hacerse el guay.

Esperamos seis semanas más antes de darles la noticia del embarazo, y lo hicimos una noche mientras cenábamos.

Por un momento, ambos se limitaron a mirarnos con los ojos muy abiertos. A continuación, empezaron a vitorear. Estaba claro que no sabían lo que implicaba tener un bebé en casa: hacer de niñera y cambiar pañales.

Giulia rio, aliviada.

Simona bajó de la silla de un salto y se lanzó sobre Giulia para rodearla con los brazos.

—Con cuidado —la advertí—. Tu madre lleva a un bebé en la barriga.

Simona asintió con los ojos bien abiertos y clavó la mirada en el vientre todavía plano de Giulia.

—¿Puede oírme?

—Sí.

Ella se inclinó.

—Por favor, sé una hermanita. Los niños son unos pesados.

—¡Eh! Tú sí que eres pesada.

Daniele lo había dicho con la boca llena, y se le escaparon unos cuantos fideos al hablar.

Simona arrugó la nariz.

—Qué asco.

Daniele tragó y soltó un eructo.

—Eso sí que da asco.

—¡Puaj!

—Ya está bien —dije, y me puse serio—. Estamos cenando.

Daniele asintió, pero mantuvo los ojos fijos en Simona.

Simona acarició el vientre de Giulia como si fuera una lámpara mágica y pudiera concederle un deseo antes de volver a su sitio. Daniele le sacó la lengua, llena de comida, y ella le pegó. Yo miré a Giulia. «¿De verdad quieres otro de estos?».

—Me muero de ganas —dijo.

Giulia

Estaba de ocho meses cuando Mansueto sufrió otro infarto. Los médicos no sabían con seguridad si esa vez saldría del hospital. Cuando me pidió que fuera a visitarlo sola, el miedo me embargó.

Estaba pálido y delgado sobre la cama del hospital. Tenía los ojos más apagados de lo habitual y apenas pudo levantar la cabeza para saludarme cuando entré.

—¿Cómo estás? —le pregunté con voz suave, y me senté en la silla junto a la cama.

—No me queda mucho.

Le toqué la mano arrugada.

—Eso no lo sabes.

Sonrió débilmente.

—Voy a morir, Giulia, y solo hay una cosa que necesito hacer antes de abandonar este mundo.

—¿Y qué es?

—Quiero que mi sangre perdure y gobierne. —Señaló hacia mi barriga con la cabeza—. Llevas al verdadero heredero del apellido Moretti en tu vientre. Daniele no debería poder llegar a segundo. No es justo.

Me recliné y aparté la mano. Esa era la razón exacta por la que me había arrepentido de haberle revelado el género del bebé. Si hubiese sido una niña, no se habría obsesionado tanto con aquel asunto.

—Hazle a este viejo moribundo el favor de contarle a Cassio la verdad sobre esos niños. Tiene que saberlo.

Negué con la cabeza.

—No se lo diré, y tú tampoco deberías hacerlo. ¿Por qué me lo pides?

Me dedicó una sonrisa cansada.

—Yo ya soy muy viejo. No me queda mucho por vivir. Si se lo dijera, Cassio nunca me lo perdonaría. No puedo irme de este mundo sabiendo que mi hijo me odia. Pero si se lo cuentas tú…

—No puedes decirlo en serio.

—Él te quiere, Giulia. Te perdonaría. ¿Cómo no iba a hacerlo?

—Incluso si se lo dijera, no cambiaría nada. Él quiere a Daniele y a Simona, y seguiría queriendo que Daniele llegase a segundo.

—Si eso fuera cierto, ¿por qué nunca ha querido conocer la verdad? La necesidad de crear un legado es algo arraigado en los hombres, y el suyo crece en tu vientre. El único legado que lleva Daniele es el de la traición y el incesto.

Abrí los ojos como platos. Un fiero sentimiento de protección bulló en mi interior. No podía creer que hubiera tenido la osadía de insultar a mi hijo delante de mis narices.

—¿Cómo puedes decir eso?

Mansueto consiguió erguirse y sentarse en la cama con gran esfuerzo.

—Porque es la verdad. ¿No quieres que tu hijo sea segundo? ¿Que tenga la posición que se merece?

Estaba sin habla. Aturdida, me llevé una mano al abdomen y Mansueto malinterpretó el gesto.

—Todas las madres quieren lo mejor para sus hijos, y ese bebé que llevas dentro es tuyo y de Cassio. Si tú se lo pides, desheredará a Daniele y convertirá a tu hijo en el verdadero heredero.

Negué con la cabeza, despacio.

—Él nunca haría una cosa así.

—Lo haría. Por ti. Él haría cualquier cosa por ti. Incluso eso. Te quiere más que a nada.

—La persona a la que él ama jamás le pediría que desheredara a su hijo.

Mansueto imploró con la mirada.

—Entonces no se lo pidas. Podría escapársete la verdad por accidente, sin querer. Si la gente descubre quién es el padre de Daniele, nunca lo aceptarán como segundo en la *famiglia.* El incesto es algo vergonzoso y asqueroso.

—Daniele y Simona no pueden cambiar quiénes son sus padres.

—Giulia…

—No —dije con firmeza—. Sabes que te respeto, Mansueto, pero que hayas considerado siquiera la idea de sugerirme algo así… —Respiré hondo—. No lo haré. Fingiré que esta conversación nunca ha tenido lugar. —Me acerqué a él y volví a cogerle la mano pálida y arrugada—. Prométeme que no se lo dirás a nadie. Prométemelo.

Mansueto suspiró, con la mirada tensa por el arrepentimiento.

Se me aceleró el corazón.

—¿A quién? ¿A quién se lo has contado?

—A tu padre.

VEINTICUATRO

Giulia

Pero ¿cómo se le había ocurrido contárselo a mi padre? ¡Ya de paso, podía haberlo anunciado en las noticias!

Le di la espalda y, al salir de la habitación a toda prisa, estuve a punto de chocar con Mia. Ella me sujetó por los hombros con firmeza.

—Oye, ¿qué pasa?

Me obligué a sonreír.

—Se me había olvidado que tenía que hacer un recado. Lo siento. Tengo que irme.

—Está bien.

Lo había dicho con una expresión vacilante, pero a la vez preocupada.

Elia, que me había estado esperando en el pasillo, echó a andar a mi lado, pero le hice un gesto para que me dejara algo de intimidad para llamar a papá.

Respondió al segundo tono con voz animada. Por supuesto, estaba extasiado ante la perspectiva de volver a ser abuelo.

—Giulia, ¿cómo está mi nieto?

—No se lo digas a nadie, papá. No lo hagas. Júramelo.

Se hizo el silencio al otro lado de la línea.

—¿De qué hablas?

—Sabes perfectamente de qué hablo. Daniele y Simona. Ni se te ocurra contarle a nadie lo que te ha revelado Mansueto.

—Giulia —empezó papá, como si estuviera hablándole a un crío de siete años.

—Lo digo en serio, papá. No quiero que esto salga a la luz. Eres el único que podría extenderlo.

Aceleré el paso, pero el peso añadido en mi vientre terminó por ralentizarme, así que tuve que esperar al ascensor, puesto que bajar por las escaleras quedaba descartado.

—No puedes pretender que me quede de brazos cruzados teniendo información que podría llevar a mi nieto, sangre de mi sangre, a ser segundo. Tú también deberías querer algo así. ¿De verdad quieres que tu hijo sea un simple capitán y que sirva al hijo fruto del incesto y el adulterio?

Apreté los dientes ante aquel insulto. Elia me miraba preocupado al bajar en el ascensor hasta el garaje subterráneo.

—Voy para Baltimore. Estaré ahí en un par de horas. Prométemelo.

Papá suspiró.

—Lo prometo. Avisaré a tu madre para que los cocineros vayan preparando la cena.

Colgué.

—Tenemos que ir a Baltimore.

Elia frunció el ceño.

—¿A casa de tus padres?

—Sí. Tenemos que salir ahora mismo.

Elia me condujo al coche y abrió la puerta por mí.

—Tienes que avisar a Cassio primero.

Me hundí en el asiento del copiloto mientras Elia se sentaba al volante. Marqué el número de Cassio, pero oí la señal de que estaba ocupado. Luca había venido hasta Filadelfia para hablar con Cassio y Mansueto. Todo el mundo sabía que a Mansueto no le quedaba mucho. Tal vez Cassio se encontrase en una llamada conjunta con el resto de los segundos y su capo.

—No podemos esperar a que responda. Es urgente.

Elia asintió con la cabeza, tenso, y salió del aparcamiento. El tráfico era horrible y mi preocupación aumentaba a cada minuto. Finalmente, Cassio me devolvió la llamada.

—¿Estás bien?

Su tono preocupado me reconfortó por dentro.

—Estoy bien, y el bebé también. No te preocupes. Voy de camino a casa de mis padres.

—¿Qué pasa?

Odiaba mentirle, pero no sabía qué otra cosa podía hacer.

—Mi madre se ha venido abajo. Quiero asegurarme de que está bien, y como llevan un tiempo pidiéndome que vaya a verlos…

—¿No es demasiado para tu estado?

Resoplé.

—Estoy embarazada, no enferma.

—Ten cuidado. Supongo que Elia está contigo, ¿no?

—Por supuesto. Y mis padres tienen a sus propios guardaespaldas, además de que Christian también estará allí.

—Me alegro. A diferencia de tu padre, él sí que es competente.

Normalmente defendía a mi padre, pero ese día no pude encontrar las palabras para hacerlo.

—Volveré mañana por la mañana. Cenaré con ellos y pasaré la noche allí.

—Vale —respondió Cassio. Oí algunas voces masculinas de fondo—. Te quiero —murmuró en voz baja para que nadie más lo oyera.

—Yo también te quiero.

Colgué, todavía más decidida que antes. Elia me miró fijamente.

—¿Hay algo que deba saber?

—No —respondí con una sonrisa.

Ya era lo suficientemente malo de por sí que Mansueto se lo hubiese contado a mi padre. Conociéndolo como lo conocía, probablemente ya se lo habría soltado a mamá y a Christian. Solo era cuestión de tiempo que el rumor corriera como la pólvora. No quería ni imaginar lo que aquello supondría para Daniele y Simona.

Después de un rato, me quedé dormida. Elia me despertó cuando llegamos a mi antigua casa. Salió del coche y me sujetó la puerta para que saliera.

Mamá y papá me estaban esperando en el porche, sonrientes como un niño en la mañana de Navidad. Deseé que no fuera por algo que podría destruir a las personas que más quería en el mundo.

Me dirigí hasta ellos y les di un abrazo rápido. Christian esperó su turno pacientemente.

—Cada día estás más gorda.

—Eso es algo que jamás deberías decirle a una mujer —le espeté—. ¿Has venido solo?

—En casa han caído todos con la gripe. Soy el único que se ha librado.

Esbocé una sonrisa que desapareció cuando me encontré con la mirada de papá.

—Debes de estar hambrienta —dijo mamá, impaciente, mientras me hacía gestos para que fuese al comedor.

Le indiqué a Elia que podía marcharse y se dirigió a la caseta de los guardias.

Nos sentamos todos a la mesa. En cuanto la asistenta sirvió la cena y se fue, saqué el tema.

—Supongo que papá ya os lo habrá contado, ¿no?

Christian asintió, grave. Su semblante tenso revelaba su desaprobación.

Mamá frunció los labios.

—Deberías alegrarte, Giulia. Esta es tu oportunidad.

Enarqué las cejas. ¿Cómo que mi oportunidad? Yo no iba a convertirme en segunda.

—No quiero que esto salga de aquí.

—Deberías querer lo mejor para tu hijo —me reprendió papá.

Exploté.

—No me digas, ¿en serio? ¿Igual que cuando me casaste con un hombre al que describiste como el segundo más cruel de la *famiglia*? ¿Un hombre que casi me doblaba la edad? ¿Eso fue lo mejor para mí o para ti, papá?

Su rostro pareció convertirse en piedra. Clavó la vista en el plato. Casi me sentía culpable porque, a pesar de todos sus fallos, lo quería. Había sido mejor padre que muchos otros hombres de nuestro círculo.

—¿Cómo puedes hablarle a tu padre en ese tono? Muestra un poco de respeto —protestó mamá.

Me llevé un trozo de solomillo de ternera a la boca para tratar de tranquilizarme. Mantener el equilibrio me resultaba más difícil desde que estaba embarazada por culpa de las hormonas.

—Te respeto, pero tu ambición lo arruinará todo. No me importa que este bebé llegue a ser segundo o no. Solo quiero lo mejor para él, y convertirse en líder en nuestro mundo desde luego no lo es.

—Siempre has sido una soñadora, Giulia. Eso es lo que más me gusta de ti —dijo papá, que cortó por un momento mi ira creciente—. Pero, como hombre, no puedo permitirme esas ilusiones absurdas. Soy consciente de la realidad de nuestro mundo. Y lo cierto es que lo único que importa es ocupar una posición de poder. No puedo permitir que el hijo de una puta adúltera llegue a segundo. Será nuestro nieto quien gobierne en Filadelfia, y nadie más que él.

—Papá… —empezó Christian con el ceño fruncido.

—No, el asunto está zanjado y no voy a discutir más sobre él. En cuanto me releves como segundo el año que viene, tomarás las decisiones, pero, por ahora, es mi palabra la que sigue siendo ley en esta casa y en esta ciudad. Me da igual si tengo que contar la verdad a todos los miembros de la *famiglia* si con eso logro que nuestra sangre gobierne en Filadelfia.

Dejé caer el tenedor y me puse en pie.

—Si esa es tu decisión, esta será la última vez que me veas.

Christian me tocó el brazo.

—Quédate. Otro viaje en coche tan pronto y en tu estado no es aconsejable.

—Estoy bien. No te preocupes por mí. No pienso quedarme en esta casa ni un segundo más.

Papá se puso en pie también.

—Hago esto por nuestra familia. Te darás cuenta cuando nazca tu hijo, y entonces me lo agradecerás.

Sonreí tristemente, con lágrimas en los ojos.

—Te equivocas, pero sé que ni tú ni mamá lo entenderéis jamás. No podéis.

—Deberías estar agradecida —susurró mamá, como si le hubiera roto el corazón.

Estaba hasta las narices de sus chantajes.

—Me alegro de no haber heredado tu ambición. Jamás convertiré a mis hijos en peones de este maldito juego por el poder.

Ni a Daniele ni a Simona ni a Gabriel. —Me toqué el vientre—. Porque todos ellos son mis hijos, y me enfrentaré a quien sea con tal de protegerlos de los horrores de este mundo, incluso si estos toman la forma de mis propios padres.

—¿Cómo te atreves, después de todo lo que hemos hecho por ti? —susurró mamá con dureza.

—¿Después de todo lo que habéis hecho? —grité. Se me hizo un nudo en el estómago y sentí un dolor agudo, pero lo ignoré—. Me casasteis con Cassio para afianzar la posición de papá. Casasteis a vuestra propia sobrina con esos monstruos de Las Vegas por la misma razón, ¿y todavía esperáis que os dé las gracias?

Me di la vuelta aferrándome el vientre, con el corazón a mil por hora. Elia me esperaba en el vestíbulo con una mano en la pistola y los ojos entrecerrados.

—Será mejor que apartes esa mano de la pistola o no llegarás a mañana con vida —gruñó Christian.

Elia lo ignoró y se acercó a mí y me tomó del codo.

—¿Estás bien, Giulia?

Asentí, tensa.

—Llévame a casa. He terminado aquí.

Elia me llevó fuera y cogió mi abrigo mientras salíamos. Christian nos siguió. Me hundí en el asiento del copiloto. Antes de cerrar la puerta, mi hermano se inclinó sobre mí.

—Mándame un mensaje cuando llegues a casa, para que sepa que estás bien.

Le sonreí, temblorosa.

—Ojalá ya fueras segundo.

—Incluso en ese caso, no podría evitar que papá lo contara a los cuatro vientos. Ya conoces a nuestros padres. Esta es su oportunidad.

—Lo sé.

—Trataré de disuadirlos, de todas formas.

Cassio y Christian habían llegado a un acuerdo tácito a lo largo de los años. Seguían sin ser amigos, pero se respetaban mutuamente. Christian jamás se lo contaría a nadie, pese a que eso podía llegar a mejorar su propia posición.

—No pierdas el tiempo —añadí antes de cerrar la puerta.

Llegados a ese punto, solo había una persona capaz de garantizar el silencio de mis padres. El hombre al que mi padre temía como al diablo, y no solo porque fuera su capo.

—¿Luca sigue en Filadelfia?

Elia frunció el ceño.

—Eso creo. Tienen previsto acabar la reunión tarde. No volverá a Nueva York hasta mañana por la mañana.

—Entérate de dónde está y llévame ante él.

Elia me miró.

—No puedes presentarse ante el capo así como así.

—Ese capo es mi primo. Seguro que puede sacar un poco de tiempo para la familia, ¿no?

—¿Qué pasa, Giulia? Puedes confiar en mí; de lo contrario, Cassio no me habría elegido como tu guardaespaldas.

—Confío en ti.

Miré por la ventanilla. Elia era un buen hombre, y un mejor soldado y guardaespaldas, si cabía.

—Pero no me lo vas a contar, ¿verdad?

Apoyé la frente contra el cristal.

—No puedo.

Elia era, ante todo, el soldado de Cassio. Le era leal. Le contaría la verdad a Cassio en cuanto se enterase.

—Porque Cassio no debe saberlo —dijo con un tono cargado de sospecha.

—Llévame hasta Luca, Elia. Eso es lo único que necesitas saber.

Elia frunció los labios, cogió el móvil y llamó a alguien para preguntar dónde se encontraba el capo. Resultó que, cuando llegamos de nuevo a Filadelfia, Luca ya había regresado a su hotel.

—¿Tienes el número de Luca? —pregunté al entrar en el lujoso vestíbulo del Ritz Carlton.

—No. No todos los soldados tienen su número, Giulia. Tiene a miles de hombres bajo su mando. Yo ni siquiera he llegado a hablar con él.

Me acerqué al mostrador y sonreí a la recepcionista. Me costó conseguir su número de habitación. La mujer se negaba a dármelo.

—Llame a su habitación y avísele de que su prima Giulia quiere hablar con él.

La mujer así lo hizo y asintió mientras hablaba por teléfono.

—De acuerdo, señor Vitiello. —Colgó y me sonrió educadamente—. *Suite* presidencial, trigésimo piso.

Me dirigí a los ascensores. Elia sacudió la cabeza y me siguió.

—Probablemente crea que es una trampa y esté esperándonos con armas de fuego. Luca es el hombre más desconfiado que conozco, y tiene motivos para serlo.

—Bueno, no creo que le dispare a una mujer embarazada. Además, me conoce, así que tranquilízate.

La tensión de Elia me ponía más nerviosa todavía. En cuanto llegamos a la trigésima planta, lo toqué en el pecho.

—Tú espera aquí. Necesito hablar con Luca a solas.

Su expresión se endureció.

—No puedo perderte de vista.

—¿Vas a decirle a Luca que no te fías de él? Mira por dónde, me gustaría verlo.

Elia tragó saliva.

—Me quedaré fuera, junto a la puerta.

Puse los ojos en blanco.

—¿Para actuar si me oyes gritar? ¿Y qué harás entonces? ¿Vas a matar a tu capo para defenderme? No seas ridículo. Luca te mataría antes de que pudieras pestañear siquiera.

Elia no me contradijo. Llamé a la puerta. Durante unos instantes no pasó nada, pero, finalmente, la puerta se abrió y Luca asomó por la rendija. Sostenía una pistola en la mano derecha y tenía la expresión hosca de siempre.

Sonreí para tratar de ocultar los nervios.

—Buenas tardes, Luca. Siento molestarte. ¿Puedo hablar contigo?

Luca miró detrás de mí, hacia Elia, y un escalofrío recorrió mi espalda.

—No te esperaba, Giulia. —Sus ojos desconfiados se posaron en mí. Éramos primos, pero eso no significaba que tuviéramos una relación estrecha o que Luca confiase en mí lo más mínimo. No confiaba en nadie. Después de un momento, asintió y me abrió la puerta—. Entra.

Pasé por su lado.

—Elia esperará fuera. Lo que tenemos que discutir es un asunto privado.

Luca enarcó una ceja al cerrar la puerta, pero no respondió. Según las normas de nuestro mundo, eso era inapropiado. Una mujer casada no debía quedarse a solas con otro hombre, pero yo nunca había hecho demasiado caso a todo eso, y no iba a empezar a hacerlo en ese momento. Luca hizo un ademán hacia el salón de la *suite*. Me acomodé en el sofá blanco. Luca tomó asiento en un sillón frente a mí. Se guardó la pistola en la funda alrededor del pecho, aunque seguía mostrándose receloso.

—¿Cassio sabe que estás aquí?

Apreté los labios.

—No, y me gustaría que esto siguiera así.

Luca entrecerró los ojos. Como mi marido, Cassio tenía derecho a saber si me reunía con alguien, sobre todo si ese alguien era un hombre y, especialmente, el capo.

—¿De qué tienes que hablar conmigo sin que tu marido se entere?

Bajó la vista hacia mi vientre y abrí mucho los ojos.

—No es del bebé —me apresuré a contestar—. Es sobre Daniele y Simona.

Vacilé. Cassio respetaba a Luca. Decía que era el mejor capo que había tenido la *famiglia*, pero ¿confiaba en él? No. Los hombres como ellos no podían permitirse el lujo de confiar en mucha gente. Sin embargo, Luca era el único que podía obligar a mis padres a guardar el secreto. Tenía que arriesgarme y contárselo porque, de lo contrario, sabía que la verdad terminaría saliendo a la luz.

—¿Qué pasa con ellos?

—No son de Cassio.

La sorpresa cruzó su rostro y, tras un momento, endureció la expresión.

—¿Y tú cómo lo sabes?

—Me lo contó Mansueto. Les hizo una prueba de paternidad después de lo de Gaia y Andrea.

Me di cuenta de mi error en el momento en que las palabras salieron de mi boca. Luca no lo sabía. Se le tensó cada músculo del cuerpo al inclinarse hacia delante.

—¿Lo de Gaia y Andrea?

Parpadeé. ¿Cassio no se lo había contado? Creía que Luca conocía los detalles de la muerte de Gaia y el motivo por el cual se había suicidado.

—Giulia.

Sentí que esa palabra —mi propio nombre— me cortaba como una cuchilla.

Desvié la mirada. Ya era demasiado tarde para mentir. Pero ¿qué supondría revelar la verdad para Cassio? Tragué saliva.

—Gaia tenía una aventura con su medio hermano y Cassio se enteró. Mansueto sospechaba que Andrea era el padre de los niños y las pruebas lo confirmaron.

—Y has venido porque quieres que tu hijo sea el legítimo heredero de Cassio en lugar de Daniele.

—No —susurré, horrorizada—. No quiero que Cassio se entere. No quiero que nadie lo sepa, y por eso he venido. Te pido por favor que obligues a mis padres a guardar el secreto. Ellos lo saben y están deseando contárselo a todo el mundo.

Luca me miró fijamente por un momento y parte de la dureza de su rostro se esfumó.

—No quieres que tu hijo se convierta en segundo.

—Daniele también es mi hijo.

Luca apartó la mirada durante unos segundos.

—Mantener este tipo de secretos es complicado.

—No lo sabe nadie, excepto mis padres, mi hermano y Mansueto. Mansueto no se lo dirá a nadie porque teme la reacción de Cassio, pero mis padres sí que lo harán. Mi padre te tiene terror. Si hablas con él, mantendrá la boca cerrada.

Luca curvó los labios en una sonrisa siniestra.

—¿Quieres que amenace a tus padres?

—Es suficiente con que amenaces a mi padre. Mi madre hará lo que él diga. Es obediente.

—Un rasgo que, evidentemente, tú no has heredado.

Me sonrojé; no sabía si se trataba de un cumplido o no.

—Yo solo hago lo que creo que es correcto.

Luca se puso en pie y se elevó sobre mí.

—Tu marido me dijo que mató a Andrea porque era un topo. Y ahora me entero de que lo hizo porque se tiraba a su esposa.

Cassio me mintió sobre uno de mis soldados. Tengo que hablar con él.

Se me cayó el alma a los pies cuando comprendí lo que eso significaba. Cassio le había mentido a su capo. Y la mentira podía considerarse traición.

Me puse en pie, me acerqué a Luca y lo agarré del brazo. No me importó que su expresión fuera capaz de poner a muchos hombres de rodillas, que fuera uno de los hombres más temidos de los Estados Unidos o que los únicos que rivalizaran en crueldad con él fueran los monstruos de Las Vegas. Luca no mataría a su prima embarazada, aunque tal vez sí que matara al padre del niño nonato.

—Estaba destrozado por lo de Gaia, desquiciado por el dolor y la ira. No sabía lo que hacía.

La expresión de Luca no cambió. ¿Y si lo que acababa de decir tan solo había servido para empeorar las cosas? Si Luca pensaba que Cassio había actuado por impulso, dominado por sus emociones, tal vez se deshiciera de él con menos contemplaciones todavía.

La bilis me subió por la garganta.

—Andrea podría haber sido un topo, de todos modos. No lo sé.

Luca se zafó de mi mano.

—Hablaré con Cassio y él me lo explicará todo.

Lo miré fijamente.

—No vas a matar al padre de mi hijo nonato.

Tenía que haber sido una pregunta, pero, no sé cómo, me salió como una amenaza y, por un momento, me entraron ganas de reír por lo absurdo de la situación.

—Un hombre ya estaría muerto por semejante amenaza.

—Yo no soy un hombre.

Luca sacó el móvil.

—Voy a llamar a Cassio ahora, y tú vas a volver a casa con tu guardaespaldas. —Se llevó el teléfono a la oreja—. Hola, Cassio. Necesito que vengas.

Cassio dijo algo al otro lado de la línea y la sonrisa con la que Luca le respondió me heló la sangre.

Volvió a guardarse el móvil en el bolsillo.

—Tu marido ya está aquí. Tu guardaespaldas lo ha llamado en cuanto has entrado en la *suite*.

—Por favor —rogué con voz ronca y lágrimas en los ojos.

Mi súplica no lo conmovió. La compasión no era una de sus virtudes.

Llamaron a la puerta y Luca me indicó que permaneciese donde estaba. Sacó la pistola y se acercó a la puerta. La mente me iba a mil por hora tratando de buscar una forma de salir de todo esto.

—Buenas tardes, Luca —saludó Cassio tranquilamente.

Luca se apartó, dejó pasar a Cassio y cerró la puerta. Cassio me miró de arriba abajo y se dirigió hacia mí. Me atrajo hacia sí con expresión preocupada.

—¿Qué pasa?

—Lo siento —susurré—. Quería ayudar y lo he arruinado todo.

Cassio clavó sus ojos en mí antes de mirar hacia Luca, que nos observaba como si estuviese tratando de decidir si éramos amigos o enemigos. El cambio en la postura de Cassio fue instantáneo. Se tensó y su mirada se transformó en la de un depredador cuando se miraron el uno al otro. Iba armado, por supuesto. Dos pistolas y, por lo menos, un par de navajas también. Luca no apartaba los ojos de Cassio, y lo miraba del mismo modo en que Cassio lo miraba a él.

Me dio un apretón en la cadera y me besó en la sien.

—Que Elia te lleve a casa.

¿Lo decía en serio? No iba a marcharme de esa *suite* sin él.

—Cassio…

Me empujó suavemente hacia la puerta. Los miré a ambos.

—Cassio, Luca sabe lo de Gaia y Andrea —susurré, suplicante, para tratar de hacerle comprender.

Cassio asintió.

—Lo sé. Tu hermano me ha llamado para advertirme del plan de tu padre.

Me quedé helada.

—¿Qué te ha contado exactamente?

Me acarició el pelo con ternura.

—Que estás peleando como una leona para protegernos a Daniele, a Simona y a mí. —Sonrió con tristeza.

Busqué en su mirada. ¿Significaba eso que él sabía que no eran sus hijos? No se lo pregunté por miedo a revelar más de lo que hubiera hecho Christian, pero sus palabras conducían a una única conclusión.

—Sé que no querías enterarte.

Cassio asintió y volvió a mirar a Luca, quien seguía observándonos de cerca, con la mano que sujetaba la pistola colgando despreocupadamente a un lado.

—Tienes que irte ya.

—Debería hacerlo, sí. Tenemos asuntos de los que hablar —dijo Luca fríamente.

Cassio volvió a empujarme hacia la puerta. Retrocedí.

—No pienso irme a ningún lado sin ti.

—Giulia, todo irá bien. Vete a casa con Elia y descansa.

Esquivé a mi marido y clavé los ojos en Luca.

—¿Irá todo bien, Luca?

Los iris grises de Luca permanecieron inexpresivos.

—Creo que deberías irte ya, como ha dicho tu marido.

—No me importa lo que creas, y no pienso marcharme hasta que me jures que mi marido volverá a casa.

Cassio me abrazó.

—Giulia, vete ya.

No me pasó desapercibido el hecho de que se colocara entre Luca y yo, como si temiera que mi falta de respeto fuese a hacer que Luca me golpeara.

—No —espeté mientras me dejaba caer. Aquello tomó a Cassio por sorpresa y apenas logró amortiguar mi caída. Me senté en el suelo como una niña testaruda, o como una mujer embarazadísima resuelta a salvar al hombre al que ama—. No pienso irme a ningún lado. Me quedo aquí. Tendréis que sacarme a rastras.

Cassio sacudió la cabeza, pero sus ojos reflejaban su admiración. Se agachó y me alzó en brazos a pesar de mis protestas. Me llevó hasta la puerta y me dejó en el suelo tras rodearme la cintura con el brazo para evitar que volviera a intentar sentarme. Me aferré a su camisa y se la arrugué. Él me levantó la barbilla con el índice y el pulgar.

—Vete a casa, cariño.

Su voz sonó aterciopelada y suplicante a la vez.

Se me empañaron los ojos al aferrarme a él.

—Júrame que volverás a casa.

Cassio miró a Luca y, por un momento, simplemente se miraron a los ojos.

—Lo juro.

Elia apareció a mi lado y, a la seña de Cassio, me rodeó con el brazo y me llevó a rastras. Miré a Cassio por encima del hombro. Él me dedicó una sonrisa alentadora antes de cerrar la puerta. ¿Me habría mentido sobre lo de volver a casa?

VEINTICINCO

Cassio

Cerré la puerta frente al semblante aterrorizado de Giulia antes de volverme hacia Luca, que seguía con la pistola en la mano. Pese al impulso casi irresistible de desenfundar yo también la mía, no lo hice. Respetaba a Luca y él me apreciaba a mí más que a cualquier otro de sus segundos. Aunque eso no significaba que no fuera a matarme. No había hombre o mujer en este mundo al que Luca fuese incapaz de matar, salvo, quizás —y solo quizás—, su mujer y sus hijos.

—Me mentiste sobre Andrea.

—No te mentí. Omití parte de la verdad.

Luca torció el gesto de forma peligrosa.

—Algunos dirían que omitir parte de la verdad es mentir.

—La única opinión que a mí me importa es la tuya.

Luca se me acercó. La pistola seguía colgando de su mano de un modo relajado. Aquella imagen podría haber engañado a cualquiera que no conociera a Luca como lo conocía yo. Luca era un asesino nato. Pocos hombres eran tan peligrosos como él, con y sin pistola.

—Si eso fuera cierto, me lo habrías contado todo cuando te pregunté.

Asentí.

—Andrea era mi soldado. Cuando lo maté, fue bajo la ley de Filadelfia.

—Filadelfia es mía, Cassio. Todo el este es mío. Tú y mis otros segundos gobernáis *mis* ciudades en *mi* nombre. No lo olvides nunca.

—No lo hago. Pero tú confiaste en mí para gobernar Filadelfia como mejor me pareciera, y sabes que lo hago bien. No esperas que te comunique cada mínimo incidente. Confías en que yo mismo me ocupe de ellos.

—Espero que me informes cuando hay un traidor en la *famiglia*.

—Andrea era un topo.

—¿Lo era? ¿O era solo el hombre que se follaba a tu mujer?

De tratarse de cualquier otro, ya lo habría atacado. Sofoqué la rabia.

—Era ambas cosas. El vicepresidente de la filial de los Tartarus MC en Filadelfia al que descuarticé me reveló que tenían un contacto, y su descripción encajaba con la de Andrea.

—¿Conseguiste sacarle una confesión?

—Es lo que tendría que haber hecho —admití mientras le sostenía la mirada—. Cuando regresé a casa después de atacar el club, encontré a mi esposa, embarazada y desnuda, cabalgando sobre mi cuñado, su medio hermano, bajo mi techo y con mi hijo pequeño abajo pensando que estaban jugando a algo. Cuando me encaré a Andrea, él alardeó de habérsela follado desde el primer día de nuestro matrimonio y de que mis hijos no eran realmente míos. Lo golpeé hasta la muerte con mis propias manos, le rompí cada puto hueso del cuerpo, le destrocé la cara de insolente hasta que los ojos se le salieron de las cuencas, y volvería a hacerlo de nuevo.

Luca asintió porque los arrebatos de celos eran algo que él comprendía demasiado bien.

—¿Mataste a Gaia?

—No. Ni siquiera me lo planteé —respondí—. Se suicidó, tal como te dije. Lo echaba demasiado de menos.

El dolor del pasado no apareció esa vez. Gaia formaba parte de él. Giulia era mi presente y mi futuro. Me había enseñado lo que era amar a una mujer con tanta fuerza como quería a mis hijos.

Luca enfundó la pistola.

—Espero que mis hombres me digan siempre la verdad.

—No quería que nadie se enterara de que Gaia me había sido infiel. Algunos lo hicieron, por supuesto, y su reacción ya fue lo suficientemente mala.

Odiaba admitirlo en voz alta, pero Luca debía comprender. Le había jurado a Giulia que volvería con ella y no tenía ninguna intención de romper esa promesa.

—Lo entiendo —respondió Luca, sin más—. Me aseguraré de que Felix mantenga la puta boca cerrada, a menos que tú quieras que se descubra la verdad.

La verdad sobre Daniele y Simona, sobre su sangre, y sobre por qué no se parecían a mí.

—Daniele y Simona son mis hijos. No pueden enterarse nunca de la verdad.

—Y no lo harán.

Luca cogió el teléfono.

—Debería ocuparme de ello.

Luca sonrió, irónico.

—No creo que a tu mujer le haga mucha gracia que mates a su padre, y probablemente Felix cuente con ello. No obstante, Felix es consciente de que yo no dudaría ni un instante en terminar con su lamentable vida.

Incliné la cabeza. Luca ya había matado a miembros de la familia antes, de modo que Felix no podía esperar ningún tipo de clemencia.

Luca se llevó el teléfono a la oreja.

—Vaya, Felix, me he enterado de que ha llegado a tus oídos un caramelito de información muy interesante. ¿Se lo has contado a alguien ya? —Esperó—. Y así se va a quedar, ¿entendido? Aunque creo que sería mejor discutir este tema en persona, solo para asegurarme de que comprendas bien el mensaje. —Una pausa—. No, nos vemos mañana en Nueva York a las cuatro de la tarde. No me hagas esperar.

Y colgó.

Asentí a modo de agradecimiento, porque jamás sería capaz de pronunciar las palabras.

—Deberías regresar al lado de tu mujer.

Me volví y me dirigí hacia la puerta, pero, antes de que llegara a abrirla, Luca volvió a hablar:

—Que sea la última vez que me ocultas información, Cassio. Ni tres hijos podrán protegerte la próxima vez que me mientas.

—Lo sé.

Me marché. Faro seguía esperándome en el pasillo y casi cayó al suelo de alivio al verme aparecer.

Esperó a que las puertas del ascensor se cerraran para hablar.

—Pensaba que no volvería a verte.

—Luca sabe que le soy más útil vivo que muerto.

Faro sacudió la cabeza.

—Si tú lo dices... —Me miró de cerca—. ¿Quieres hablar?

Hice una mueca.

—No necesito hablar.

En cuanto puse un pie en casa, Giulia vino corriendo hacia mí y me abrazó con tanta fuerza que me preocupó que pudiera hacerle daño al bebé en su vientre. Tenía los ojos rojos. Daniele apareció en el vestíbulo detrás de ella. A sus doce años, ya era casi tan alto como Giulia. Aún me acordaba de cuando se aferraba a las perneras de mi pantalón.

—¿No deberías estar en la cama? Mañana tienes colegio.

—He sabido que pasaba algo cuando mamá ha vuelto a casa llorando. No ha querido contarme nada.

Ya le estaba cambiando la voz. Lo había criado yo, había sospechado que no era mío durante muchos años y ahora tenía la certeza. No había cambiado nada. Giulia quería a Daniele y a Simona como si fueran suyos, y yo también.

—He discutido con Luca.

Daniele se acercó un poco más, con el miedo reflejado en el rostro.

—¿Estás en un lío, papá?

Aquella última palabra seguía colmándome de orgullo cada vez que salía de sus labios. Eso nunca cambiaría.

Giulia dio un paso atrás para darnos espacio.

Puse una mano en la nuca de Daniele y lo atraje contra mi pecho.

—Ya lo he aclarado todo. Ha sido un malentendido. —Daniele me abrazó brevemente. Ahora que ya no era un niño pequeño, esas muestras de afecto se habían vuelto menos frecuentes—. Y ahora vete a la cama.

Daniele retrocedió y se dirigió al piso de arriba subiendo los escalones de dos en dos. Envolví a Giulia con un brazo.

—No ha cambiado nada —dijo con firmeza.

—No ha cambiado nada —confirmé—. Daniele es un buen chico, mi chico, y será un buen segundo.

Mi mujer sonrió de oreja a oreja.

—Lo sé. Igual que su padre. —Entrelazó nuestros dedos—. Vámonos a la cama.

Por cómo lo dijo, supe que necesitaba algo más que descansar y, después de lo de ese día, hacerle el amor a mi esposa se me antojaba el bálsamo perfecto.

Después de que Giulia se durmiera, me dirigí al salón de fumar. Lulú vino trotando detrás de mí. Pasaba casi todas las noches en la cama de Daniele o de Simona, pero mis pasos debieron de haberla sacado de aquella en la que hubiese decidido dormir esa vez. Me serví una copa, me hundí en el amplio sillón y bebí un trago. La estancia estaba a oscuras, a excepción de la luz de la luna que entraba por la ventana y del resplandor de las brasas que quedaban en la chimenea.

Lulú me miró.

Me di unas palmaditas en el muslo y ella saltó y se acurrucó en mi regazo. Con los años, habíamos llegado a entendernos. Seguía prefiriendo a Giulia, Simona o Daniele, pero, cuando pasaba alguna noche en vela en el salón de fumar, siempre me hacía compañía.

Acaricié sus suaves rizos con un suspiro.

Los secretos siempre encontraban la forma de salir a la luz. Ese día había sido prueba de ello.

Tendría que haber sabido que mi padre había hecho una prueba de paternidad en el momento en que se enteró de lo de Andrea. No era de esos hombres que dejaban cabos sueltos.

Me cabreaba que no hubiese respetado mi voluntad y me enfurecía todavía más que, en su afán por sacar la verdad a la luz a toda costa, se la hubiese revelado a alguien como Felix. Ambos querían ver a su nieto nonato llegar a segundo. Aquello era lo único que había hecho falta para convertir a dos hombres que a duras penas se soportaban en aliados.

No quería ni imaginar lo que habría supuesto para Daniele y Simona si ellos hubiesen llegado a enterarse de la verdad. Nuestros círculos no habrían tenido ninguna piedad con ellos. El fruto del adulterio y el incesto. Por brutal que hubiera sido mi reacción a los cotilleos y las murmuraciones de la gente, dudo que hubiese podido convencer a mis hombres para aceptar a Daniele como su jefe algún día.

Ni siquiera sabía si quería volver a verle la cara a mi padre. Había puesto en peligro el futuro de Daniele y Simona. Y eso no era algo que yo pudiera perdonar. Luca debía de haberlo llamado, porque mi padre había intentado contactar conmigo, pero yo había terminado por poner el móvil en silencio. No quería hablar con él.

Como si mis pensamientos lo hubieran conjurado, el teléfono se iluminó, pero era Mia. Que estuviera despierta a esa hora de la madrugada era un mal presagio. Descolgué.

—Tienes que venir al hospital. Papá se muere. No sobrevivirá a esta noche.

Me quedé callado, atrapado en algún lugar entre la conmoción y la ira que me quemaba por dentro.

—¿Cassio?

—Llegaré en un momento.

Colgué.

Lulú bajó de un salto de mi regazo y volví al dormitorio a toda prisa para despertar a Giulia.

—Voy contigo —dijo ella al instante.

No despertamos a los niños. No quería que vieran a su abuelo moribundo, especialmente si había una mínima posibilidad de que les revelara la verdad en sus últimos momentos. Elia vigilaría la casa en nuestra ausencia.

Giulia me miraba con preocupación mientras yo conducía rumbo al hospital.

—¿Estás bien?

—No.

—Quieres a tu padre, ¿verdad?

Fruncí el ceño. En ese preciso momento, la ira era la emoción que predominaba en mí al pensar en él, pero sí, seguía queriéndolo.

—Fue un padre decente, mejor que muchos hombres de nuestro mundo. Tenía sus fallos, pero también yo los tengo.

—Entonces no dejes que el enfado te arruine la despedida. Lo que hizo estuvo mal. También lleva mucho tiempo enfermo. Puede que eso le haya nublado el juicio.

—Lleva años queriendo que la verdad salga a la luz.

—Lo sé. Pero, aun así, no discutas con él hoy. Déjalo morir en paz. No solo por él, sino también por ti.

Suspiré. De los dos, Giulia era el alma caritativa. Yo era más bien un ser vengativo. No obstante, asentí.

Ilaria esperaba junto a mi madre en el pasillo. Ambas estaban llorando, aferradas la una a la otra. Nada más verme, mi madre vino corriendo hacia mí y me abrazó con fuerza. Yo le di unas palmaditas en la espalda.

—¿Qué ha pasado?

No pudo responder. Solo sacudió la cabeza y siguió llorando.

Enarqué las cejas en dirección a Ilaria.

—Papá ha insistido en coger las llamadas de Luca y de Felix hoy. Ya sabes cómo es. Nunca descansa, aunque tú estés al mando de todo. Las llamadas le han afectado y le han provocado otro pequeño infarto. Su cuerpo está demasiado débil.

Asentí.

—¿Está hablando con Mia ahora?

—Sí —respondió Ilaria—. Quería hablar con todos nosotros a solas.

La puerta se abrió y Mia salió con el rostro surcado de lágrimas. Pareció sentir alivio al verme.

—Estás aquí. Le preocupaba que no vinieras.

—Estoy aquí —dije sin más.

Giulia me dio un ligero apretón en la mano. Entré en la habitación de hospital intentando ahogar la ira que sentía hacia mi padre. En cuanto lo vi tumbado en la cama, tan frágil y como la sombra del hombre al que había visto durante toda mi vida, esta desapareció. Giulia tenía razón. Ese no era día para lanzarse acusaciones, sino para despedirse. Esa era una de las cosas que me había enseñado mi mujer: mostrar amabilidad cuando podía permitírmelo, cosa que no sucedía a menudo.

Los ojos de mi padre me siguieron a medida que me acercaba a la cama. Parecía aterrado. Nunca lo había visto así. Era valiente, uno de los hombres más fuertes que yo había conocido. Y en ese momento parecía que una simple palabra mía podía hacerlo pedazos.

—Padre —dije en voz baja.

Toqué la mano flácida y delgada que reposaba sobre las sábanas. Su expresión se suavizó y lentamente le dio la vuelta a la mano para envolver la mía con los dedos y darme un débil apretón.

—Cassio. —Esa palabra apenas fue un susurro bronco. Me incliné sobre él para oírlo mejor—. Yo solo..., yo solo quería lo que creía que era lo mejor.

—Lo sé.

Se había equivocado, pero yo también era culpable de haber tomado malas decisiones en el pasado.

—Lo siento. ¿Podrás perdonarme?

El perdón no era mi fuerte. No sabía si realmente podía perdonar a mi padre tan poco tiempo después de los acontecimientos, pero no le quedaba mucho tiempo.

—Sí.

No era mentira. Al final, terminaría por perdonarlo. No ese día, pero sí al cabo de unos meses, o años. Cerró los ojos un momento y se le escapó una lágrima. Nunca había visto a mi padre llorar. Me incliné y lo abracé con cuidado. Él volvió a apretarme la mano, aunque con menos fuerza que antes.

—¿Puedes... decirle a...?

Asentí y pedí a mis hermanas y a mi madre que entraran. Mi padre falleció dos horas más tarde, rodeado de su familia. Giulia había tenido razón. Hacer las paces no solo lo había liberado a él, sino también a mí.

—¿Cómo está nuestro niño? —pregunté, como hacía cada noche al llegar a casa.

Ese día no había podido llegar para la cena; cosa inusual. Giulia salía de cuentas en pocos días. Tras el funeral de mi padre y la advertencia de Luca a Felix, las aguas se habían calmado. Ahora ya podíamos mirar hacia el futuro.

—Bien —dijo suavemente mientras se tocaba el vientre—. Pero siempre tengo hambre y tengo un antojo terrible de algo dulce.

Le acaricié la oreja con la nariz.

—Vaya, como yo.

Giulia resopló.

—No esa clase de antojo. Aunque tampoco me importaría... —Su sugerente sonrisa fue directa a mi polla.

Por suerte para mí, el apetito sexual de Giulia no había disminuido ni una pizca durante el embarazo. Más bien al contrario, se había vuelto más insaciable todavía. Daniele y Simona estaban sentados el uno junto al otro en el sofá, viendo uno de sus canales favoritos de YouTube en la tele. Lulú se había acurrucado a su lado.

—Daniele, Simona, podéis ver otro vídeo más después de ese. Vuestra madre y yo tenemos que hablar de algo arriba.

Daniele arrugó la expresión para dejarnos claro que se había percatado de la mentira. Ya no era ningún niño. Por lo menos, eso significaba que ni él ni Simona nos molestarían. Envolví a Giulia con un brazo y la conduje escaleras arriba.

—Qué ansias —dijo con una risita.

—Ya te lo he dicho, tengo antojo de algo dulce, y los dos sabemos que eres una dulce tentación a la que no puedo resistirme.

Giulia puso los ojos en blanco, se desabotonó el vestido y después lo dejó caer al suelo del dormitorio.

—Menuda cursilada.

—De rodillas sobre la cama.

—Te das cuenta de que tengo como nueve kilos pegados a la barriga, ¿no?

Pese a sus palabras, hizo lo que le pedí. Era mi posición favorita para comérselo, y la suya también.

Gimió antes de que la tocara siquiera, y no de placer.

—Creo que vamos a tener que cancelar lo del sexo.

La ayudé a ponerse de pie de nuevo y su semblante se retorció de dolor.

Se me heló la sangre.

—¿El bebé? —pregunté con voz tranquila, pese a que en absoluto me sentía así.

En mi interior todo daba vueltas y se retorcía.

—Sí.

Rodeé a Giulia con el brazo y la sujeté. Estaba tan nervioso que, por una vez en mi vida, no dejaban de temblarme las manos. Tras ayudar a Giulia a vestirse, llamar a Elia y encargarle a Daniele que cuidara de Simona, conduje hacia el hospital mientras le susurraba palabras de aliento a mi mujer. Ni siquiera sabía lo que le decía y apenas veía la carretera frente a nosotros, pero conseguí que llegáramos sanos y salvos.

Nunca había estado presente en un parto. Gaia jamás me había permitido presenciar el nacimiento de un bebé. Yo no le había insistido, porque había preferido que tanto ella como nuestro bebé estuvieran a salvo durante el alumbramiento. No quería que discutiera conmigo.

En esa ocasión fue distinto. En todos los sentidos. Giulia quiso que estuviera a su lado, me necesitaba. Le sujeté la mano en cada punzada de dolor y sentí cada uno de sus estremecimientos, fascinado por su fuerza y por su capacidad para dedicarme una sonrisa cada vez que tenía un respiro. Verla sufrir fue lo peor que habría podido imaginar, pero agradecía que me hubiera dejado ser testigo de todo.

—Empuja una vez más —la animó la comadrona tras casi cinco horas de parto.

Giulia me apretó la mano y arrugó la cara. Estaba cansada y sudada. El suelo estaba cubierto de fluidos, y mis ropas estaban empapadas de su sangre y mi sudor. Era un asco y, aun así, fue el momento más hermoso de mi vida.

Y entonces se oyó un llanto. Me tensé y contuve la respiración al tiempo que Giulia se destensaba, aliviada. Miré hacia el rostro rojo y sudado de mi mujer, crispado a causa del dolor de hacía tan solo unos momentos, ahora colmado de una felicidad que yo apenas llegaba a comprender. Tenía la vista en el bebé, que acunaba la comadrona, pero yo no podía apartar la vista de ella: de la mujer que nos había salvado a mis hijos y a mí de un futuro de oscuridad. Giulia me dedicó una mirada asombrada y yo por fin aparté la vista de ella para dirigirla al pequeño bebé que le había causado tanta felicidad.

Estaba arrugado y cubierto de sangre, y en ese momento todo hizo clic. La misma alegría del rostro de Giulia me colmó el pecho y me hizo sentir casi mareado con su fuerza. La comadrona se nos acercó y depositó a nuestro hijo en los brazos de Giulia. Gabriel era precioso. Rodeé con un brazo los hombros de mi mujer y la besé en la sien, me sentía más agradecido de lo que jamás me había creído capaz. Su sonrisa era de amor puro y alegría irrefrenable.

Habría sido feliz con solo dos hijos, pero, ahora que Gabriel estaba en brazos de su madre, ahora que había sido testigo de su nacimiento, sabía que haría nuestra vida más perfecta todavía.

Giulia

Dar a luz una vez fue más que suficiente, y por eso me alegraba de tener ya tres hijos sin haber tenido que parir a dos de ellos. Quería a Daniele y Simona con todo mi corazón, y que Gabriel ahora formase parte de nuestra pequeña familia no iba a cambiar eso. Me alegraba de haber vivido la experiencia del embarazo —no tanto la del parto— por lo menos una vez.

El día después de dar a luz, Simona y Daniele vinieron a visitarnos al hospital con Elia. Gabriel dormía en su cunita y ambos lo miraron como si fuera un extraterrestre.

Reprimí una sonrisa. Cassio les tocó los hombros. Tenía la ropa arrugada por haber pasado la noche en el hospital y la barba más descuidada de lo que a él le gustaba, pero sus ojos brillaban de orgullo.

—Ahora tenéis un hermanito del que cuidar. Eso significa que tendréis que dejar de pelearos todo el tiempo o molestaréis al bebé.

Daniele miró fijamente a su padre con expresión dudosa, captando lo que en realidad había querido decir.

Buen intento.

—Dijiste que sería adorable, pero está todo arrugado y se le está pelando la cabeza —comentó Simona, que arrugó la nariz.

Cassio suspiró. Con una carcajada, me levanté de la cama y me acerqué a ellos lentamente, a pesar del dolor en la parte inferior de mi cuerpo.

—Es un recién nacido. Todos son así. A mí me parece muy bonito.

—¿Yo fui un bebé bonito? —preguntó ella.

—Sí —respondimos Cassio y yo a la vez.

Daniele frunció el ceño. Lo rodeé con un brazo y le susurré:

—Te quiero.

Él sonrió y abandonó cualquier pensamiento pesimista que lo hubieran molestado. —Me alegro de que me hayas dado un hermano y no una hermana, como quería Simona.

—Eso se lo tienes que agradecer a tu padre.

Cassio me atravesó con la mirada y los ojos entrecerrados cuando Simona y Daniele lo miraron en busca de respuestas. Sonriendo, caminé hasta él.

—Quizás deberías tener la charla de la cigüeña con ellos.

—Daniele ya lo sabe, y Simona no necesita saber nada de todo eso hasta que tenga dieciséis o diecisiete años.

Puse los ojos en blanco.

—Yo tenía diecisiete cuando nos comprometimos.

—No me lo recuerdes.

Me besó en los labios, y nuestros hijos pusieron cara de asco.

—Nos ha ido bien.

—Ya lo creo —convino él mientras admiraba a nuestro hijo recién nacido.

Aquella tarde, mamá, papá y Christian vinieron a visitarme. Había visto a mis padres en el funeral de Mansueto, pero apenas nos habíamos saludado; nos habíamos limitado a un breve intercambio de cortesías en público. Llevábamos sin hablar de verdad desde la pelea. Probablemente me guardasen rencor por haberle pedido a Luca que los amenazara. Y, precisamente por eso, me sorprendió verlos en el hospital.

Cassio estaba junto a la ventana y no los saludó cuando entraron. Estrechó la mano de Christian, eso sí, lo cual me hizo sonreír. Entonces mi hermano se volvió hacia mí y me abrazó torpemente, pues yo tenía a Gabriel en brazos.

—Felicidades. También de parte de Corinna. Habría venido, pero se encuentra mal a menudo.

Su mujer estaba embarazada de su tercer hijo.

—Gracias —le susurré.

—Mamá y papá no te darán más problemas. Hablé con papá y le dejé claro que tendría que controlarse si no quería perdernos a ambos.

Me sobrevino una oleada de agradecimiento hacia él. Christian me dio un apretón en el hombro y dio un paso atrás para dejar sitio a mis padres.

Mi madre se acercó a mí con los ojos llenos de lágrimas.

—Ay, Giulia.

Su alegría era sincera, y eso amortiguó mi resentimiento. Esa era una nueva etapa en mi vida y no quería entrar en ella con el peso del equipaje del pasado. Sonreí. Ella me abrazó intentando no aplastar a Gabriel. Le acarició la mejilla y cogió sus deditos.

—Dios, había olvidado lo pequeños que son los bebés.

Papá esperaba algunos pasos por detrás, con aspecto de sentirse algo incómodo. Sin embargo, también sus ojos irradiaban alegría. Le sonreí y él se acercó.

—Felicidades.

—¿No me vas a dar un abrazo?

Una expresión de alivio cruzó por su cara y, como mamá, me abrazó prestando especial cuidado. No sabía qué hacer con Gabriel, pero le acarició la cabeza una vez antes de apartarse.

La mirada gélida de Cassio bien podría haber congelado un horno.

—Espero que acatéis la orden de Luca.

—Cassio —dije suavemente—. Mis padres no volverán a sacar el tema, ¿verdad?

Los miré, expectante. Si me querían, si querían que tanto yo como su nieto formásemos parte de sus vidas, se olvidarían de lo que Mansueto les había contado.

Papá suspiró y asintió.

—Si eso es lo que quieres, nos llevaremos el secreto a la tumba.

—Es lo que quiero.

Asunto zanjado. No volvimos a mencionarlo y, cuando Simona y Daniele vinieron más tarde, mis padres los abrazaron y los trataron casi como si fueran nietos suyos.

Aquello demostraba lo mucho que temían perderme… y, también, lo mucho que temían la ira de Luca, pero decidí centrarme en lo primero. La vida era definitivamente más agradable si optabas por concentrarte en lo positivo y no en lo negativo. Y yo tenía mucho por lo que estar agradecida.

Un marido que me quería, una perrita razonablemente bien educada y tres hijos maravillosos.

EPÍLOGO

Cassio

En el pasado, había venido a la casa de la playa en busca de paz y para recordarme a mí mismo la belleza de la vida. Me levantaba temprano y bajaba al porche para contemplar el romper de las olas contra la playa de arena blanca, para escuchar el sonido tranquilizador del agua sin que me molestaran. A menudo me traía trabajo.

Ese día me había despertado tarde. Era algo que me había enseñado Giulia. Eran más de las nueve cuando salí al porche. Giulia y los niños ya estaban levantados. Algunas risas me llegaron desde la playa en lugar del silencio del pasado. No lo echaba de menos. No había venido en busca de paz interior ni para ver algo bonito. La paz interior me había encontrado a mí cuando Giulia entró en mi vida. Ya no tenía que conducir durante cientos de kilómetros para venir a la casa de la playa y sentir eso. Ahora me bastaba con volver a casa, al lado de mi mujer. Era demasiado preciosa para explicarlo con palabras, tanto por dentro como por fuera.

Cerré los ojos y eché la cabeza hacia atrás para dejar que el sol matutino me acariciase la parte superior del cuerpo y el rostro. Muchos aspectos de mi vida seguían siendo oscuros espacios de violencia y brutalidad, pero mi hogar se había convertido en mi refugio.

—Amor, ¿por qué no vienes con nosotros? —me llamó Giulia.

La miré. Sostenía a nuestro hijo de dos meses en un brazo mientras con la otra mano se sujetaba el enorme sombrero de paja contra la coronilla. El viento se ensañaba con aquella cosa horrible. Había hecho las paces con su ropa estrafalaria, pero algunas cosas estaban más allá de los límites de mi tolerancia.

—¿Amor?

Aquella palabra no era un simple mote cariñoso surgido a consecuencia del hábito. Cada vez que Giulia la pronunciaba, lo hacía con todo su significado.

Giulia abarcaba esa palabra —«amor»—, ese sentimiento, en cada acción, en cada sonrisa, con cada fibra de su ser.

Me dirigí hacia ella, y la arena se adhirió a mis pies descalzos al atravesar la duna en dirección a la playa. Simona y Daniele estaban bañándose en el frío océano, reían y se perseguían el uno al otro. Hacía calor para ser finales de octubre, pero el agua estaba helada. En Filadelfia, esos momentos de despreocupación infantil de Daniele eran cada vez menos y se sucedían con menos frecuencia. Tenía casi trece años y el año siguiente pasaría a formar parte de la mafia; su decimocuarto cumpleaños sería el día de su iniciación. Sus ojos me encontraron por un momento y me dedicó una sonrisa infantil antes de que Simona le salpicase en la cara y su persecución prosiguiera. Llegué hasta Giulia, le rodeé la cintura con un brazo y le cogí la mano que estaba sujetando el sombrero para acercarla a mi cuerpo, con Gabriel entre nosotros. Una ráfaga de viento se llevó el sombrero, hasta que solo quedó el destello amarillo de uno de sus enormes girasoles a lo lejos.

Giulia me miró indignada.

—Lo has hecho a propósito.

La besé y ella se ablandó contra mi cuerpo. Me tendió a Gabriel, que miró hacia mí con unos ojos azul oscuro idénticos a los míos. Me colmaba de emoción ver nuestro parecido físico, pero no más que ver a Daniele o Simona hacer algo que yo les hubiera enseñado, como jugar al billar. A ambos se les daba bastante bien. Los quería a los tres por igual.

—Tengo más sombreros iguales —dijo ella intencionadamente.

—Lo sé. He hecho las paces con tu amor por los girasoles. —Giulia había plantado varias de esas flores descomunales en nuestro jardín. Lo que un día había sido un césped bien cuidado ahora estaba lleno de juguetes (de los niños y de Lulú), de flores silvestres y de aquellas atrocidades amarillas—. Trajiste el caos a mi vida.

—Te gusta mi caos.

Daniele y Simona seguían persiguiéndose en la playa. Lulú saltó de su sitio en la silla reclinable y se unió a ellos ladrando alegremente. El suelo de la casa de la playa estaría lleno de arena esa noche. En el pasado, eso me habría puesto furioso.

—Pues sí. Más que ninguna otra cosa. Y me encanta nuestra vida. Me parece perfecta.

Giulia me besó en el pecho, sobre el corazón, y después hizo lo mismo en la frente de Gabriel.

—Nosotros la hemos hecho así. Trabajamos todos los días para conseguirlo. La felicidad es una elección.

No estaba seguro de que aquello fuera cierto para todo el mundo, pero para mí, especialmente desde que Giulia formaba parte de mi vida, así era. Seguía pintando casi todos los días, e incluso tomaba cursos para mejorar su técnica. En uno de ellos, el profesor les había pedido que pintasen lo que ellos consideraban su versión de la felicidad.

Giulia había pintado a nuestros hijos, a Lulú y a mí dando un paseo por la playa.

Así de fácil.

Cuando miraba la foto de Giulia y nuestra pequeña familia que llevaba en la cartera, me invadía un sentimiento abrumador: la felicidad.

AGRADECIMIENTOS

Normalmente, suelo evitar estas cosas a toda costa, porque me preocupa olvidarme de mencionar a alguien. Y, aun así, creo que ha llegado el momento de dar las gracias.

Mi marido siempre dice que se me da peor expresar mis sentimientos que a él, cosa que, si lo conocierais (suelo referirme a él como «el hombre de hielo»), os ayudaría a haceros una idea de lo mal que se me da. Tal vez sea porque, como los escritores pasamos más tiempo dentro de nuestra cabeza que fuera de ella, a menudo doy las gracias por dentro tantas veces que termino convenciéndome a mí misma de que realmente las he dado en voz alta. Expresar sentimientos profundos me cuesta todavía más, así que, sencillamente, no lo hago.

Sin embargo, hay mucha gente que me ha ayudado muchísimo; no solo con este libro (que es solo una pequeña parte de todo), sino con mi carrera. Ser escritora profesional, a tiempo completo, puede ser una tarea solitaria. Me encanta escribir y comunicarme con mis seguidores. Todo lo demás, todo el esfuerzo organizativo que conlleva ser escritor, no tanto.

Que mi vida tenga alguna apariencia de organización es gracias a mi fantástica asistente, Emily. Ella lo organiza todo por mí. Sin ella, estaría completamente perdida. Su trabajo no es fácil, pero ella hace que lo parezca, incluso cuando yo olvido o confundo cosas o desaparezco en el interior de mi cabeza otra vez. Muchísimas gracias. En 2019, tuve la suerte de conocer a otro de los pilares de mi templo de la escritura: Kiki, de NextStep PR. Tienes el corazón más grande que yo haya visto y agradezco muchísimo tu amabilidad. Conocerte en persona y pasar tiempo contigo y tu marido fue muy especial. Me ayudas a centrarme y a no desviarme de mi objetivo. ¡Tu equipo y tú (gracias, Colleen y Kristina) sois geniales!

Marica, gracias por todo tu apoyo. No puedo expresar cuán agradecida estoy por tu entusiasmo. Conocerte en Las Vegas fue lo más destacado de ese año para mí. ¡Eres una mujer maravillosa y tengo muchas ganas de volver a verte!

Kate, gracias por preguntarme si quería formar parte de Mystic Box y por hacer de mi viaje a California y Las Vegas algo tan especial.

Gracias enormes a mis encantadoras lectoras beta de *Dulce tentación:* Sejla, Selma y Ratula. Mis libros os llegan cuando todavía son patitos feos, pero siempre me enseñáis cómo convertirlos en cisnes preciosos. ¡Muchísimas gracias!

Por último, pero definitivamente no menos importante, quiero dar las gracias a mis seguidores y, en especial, a mis Flamingos. Cuando volví a escribir, a finales de 2018, no sabía qué esperar, o si todavía habría gente que leería mis libros, y me encontré con tanto entusiasmo que me quedé completamente alucinada. Desde entonces, el Flamingo Squad ha crecido, y eso me hace inmensamente feliz. Soy incapaz de expresar con palabras lo mucho que esto significa para mí. Vuestros ánimos. Vuestras especulaciones. Vuestra ilusión. Vuestras ganas de saber más sobre mis personajes. Lo es TODO para mí.

Y tampoco os quedáis callados a la hora de demostrar vuestro amor por mi mundo. Vuestros montajes sobre mis personajes y mis libros son preciosos. Les habéis creado cuentas de Instagram a mis hombres de la mafia. No tengo palabras. Podría pasarme horas mencionando a toda la gente que ha creado montajes preciosos sobre mis libros, porque todos y cada uno de ellos me encantan. Por ahora, voy a agradecer a tres mujeres especiales que fueron de las primeras en crearlos y que aún siguen haciéndolo (y me dejan alucinada con su talento):

Thebooksdreamer (Sofia), c_bookollage (Coraline), read.me.astray (Alannah).

Gracias.

Probablemente me haya olvidado de alguien, y ya me siento culpable por ello. SÉ que hay más gente ahí afuera. Veo vuestros montajes. Conozco vuestros nombres. Cada corazón que doy a vuestras publicaciones es absolutamente sentido.

Y gracias a todos mis otros fans que publican montajes, reseñas y, en general, hacen público su apoyo. OS LEO, e intentaré mejorar en lo de mostraros mi agradecimiento, porque os estoy ETERNAMENTE AGRADECIDA. Mis libros existen gracias a vosotros. <3

Chic Editorial te agradece la atención dedicada a
Dulce tentación, de Cora Reilly.
Esperamos que hayas disfrutado de la lectura
y te invitamos a visitarnos
en www.chiceditorial.com,
donde encontrarás más información
sobre nuestras publicaciones.

Si lo deseas, también puedes seguirnos
a través de Facebook, Twitter o Instagram
utilizando tu teléfono móvil
para leer los siguientes códigos QR:

Newsletter